Um Assassino para o Papa

Outra obra do autor publicada pela Editora Record

Chopin em Paris – uma biografia

TAD SZULC

Um Assassino para o Papa

Tradução de
DOMINGOS DEMASI

EDITORA RECORD
RIO DE JANEIRO • SÃO PAULO
2001

CIP-Brasil. Catalogação-na-fonte
Sindicato Nacional dos Editores de Livros, RJ.

Szulc, Tad, 1926-
S998a Um assassino para o papa / Tad Szulc; tradução de Domingos Demasi – Rio de Janeiro: Record, 2001.
416p.

Tradução de: To kill the Pope
ISBN 85-01-06005-4

1. Ficção norte-americana. I. Demasi, Domingos. II. Título.

01-0248 CDD – 813
CDU – 820(73)-3

Título original norte-americano
TO KILL THE POPE

Impresso no Brasil

ISBN 85-01-06005-4

PEDIDOS PELO REEMBOLSO POSTAL
Caixa Postal 23.052
Rio de Janeiro, RJ – 20922-970

Este livro é para o meu neto

JOHN DAVID

Sumário

Prólogo

1981

ACONTECEU MAIS DEPRESSA do que um piscar de olhos.

Na verdade, durante uma fração de segundo, a multidão entusiasmada e reverente ficou sem entender se havia acontecido *algo*.

Num momento, a figura vestida de branco, segurando com a mão esquerda a barra metálica diante do assento traseiro do Jeep branco, abençoava os fiéis com um lento gesto circular da mão direita, enquanto o veículo avançava vagaroso através da massa humana que lotava a praça de São Pedro, no Vaticano, sob o azul-celeste da tarde de maio.

No momento seguinte, a figura de branco estava caída, aparentemente sem vida, em meio a uma poça de sangue rubro que alagava a traseira do Jeep. Os mais próximos a ele pensaram ter ouvido, naquele mesmo instante, o súbito detonar de uma arma — *Pá! Pá! Pá!* Pombos assustados elevaram-se de seus tranqüilos poleiros, na colunata barroca do século dezessete, projetada por Gian Lorenzo Bernini, que maternalmente abraça a praça, e fugiram para a segurança atrás da basílica, as asas cinzentas em vôo marcado por um sinistro bater ruidoso.

Em seguida, o grito desesperado de milhares de gargantas, pronunciado em centenas de línguas, se elevou aos céus: "Mataram o papa! Mataram o papa!..."

Entretanto, Gregório XVII, o muito amado, mas, de um modo irritante, quase sempre polêmico papa francês da Igreja Católica Apostólica Romana, o líder máximo de um bilhão de almas, sobreviveu — por pouco —, já que uma das três balas disparadas contra ele à queima-roupa passara a milímetros da aorta, saindo abaixo da omoplata direita. A segunda havia perfurado a cavidade abdominal e teve que ser removida. A terceira bala não chegou a atingir o papa.

Era evidente que Javé, o Senhor, ainda não estava disposto a convocá-lo. Obviamente, isso seria feito de acordo com a conveniência de Deus. Gregório XVII, que era um estudioso do Antigo Testamento e tinha, igualmente, uma fé profunda e uma inclinação filosófica, estava sempre resignado, tranqüila e alegremente, a aceitar a vontade do Senhor.

No momento em que recobrou a consciência na cama do hospital, o papa lembrou que, certa vez, Javé tentou matar Moisés, o seu melhor amigo e interlocutor; a seguir, mudou de idéia, mas, após os quarenta anos no deserto, decretou a sua morte. Gregório XVII memorizara, do Livro do Deuteronômio, as palavras do Senhor dirigidas ao Moisés com 120 anos: "Eis que vem chegando o dia em que hás de morrer... Sobe a este monte, até o Monte Nebo, e contempla a terra de Canaã, que eu dou aos filhos de Israel por possessão, e morre no monte a que vais subir, e junta-te aos teus antepassados..." — e a passagem do Deuteronômio: "Assim Moisés, servo do Senhor, morreu ali na terra de Moab, conforme a vontade do Senhor... e ninguém soube até hoje o lugar da sua sepultura."

Então, Gregório XVII disse a si mesmo: "Desta vez, Javé mudou de idéia a meu respeito", e deu um sorriso de satisfação, apesar de a dor aguda dos tiros percorrer o seu corpo. "O Senhor escolheu me poupar no dia de hoje", refletiu, "mas, da próxima vez, talvez não o faça. Eis que são misteriosos os Seus caminhos."

Em seu estado penumbral, entre a anestesia do sono sedado e a semiconsciência, o papa perguntou-se, mais uma vez, se Moisés existiu realmente. Desde a fase inicial de seu sacerdócio, era uma espécie de *hobby* intelectual para Gregório XVII discutir a respeito de Moisés com os sábios da Bíblia judaica; isso abrangia integralmente o âmbito da erudição e das crenças judaicas, com todas as contradições contidas, através dos milhares de anos, no Torá e no Talmude, e nas compilações de narrativas dos exegetas rabínicos do Talmude e do Midrash. E incluía, é claro, a sabedoria cristã, que costuma ser mais rigorosa na fé do que na efetiva erudição, e até mesmo o *Moisés e o monoteísmo*, de Freud, e suas dúvidas a respeito do Moisés histórico. Que *Javé* existia estava acima de qualquer questão, e a inclinação de Gregório XVII sempre fora concluir que houvera *um* Moisés.

Na ocasião, imobilizado em uma cama, com aplicações intravenosas nos braços, intubação na boca e no nariz, e com os olhos apertados encarando a luz ofuscante do teto, o papa conjeturava: a sua perpétua e secreta tendência para se comparar com Moisés não seria um sacrilégio, uma blasfêmia, ou, no mínimo, uma indizível arrogância? Gregório XVII não esquecia o fato de que a teologia cristã sempre viu Jesus como "o novo Moisés", e, naquele fim de tarde, o papa martirizado e sedado permitiu que a sua mente divagasse — imaginando que, ao salvar a sua vida, Deus havia confirmado que ele *era* o segundo Moisés, no trono de São Pedro, preparando o mundo para a chegada do novo Messias.

Estava consciente o bastante para saber que precisaria repensar tudo isso, com mais profundidade, quando se sentisse melhor e mais forte — e no firme controle da mente —, embora a imagem que surgira repentinamente em sua memória fosse a estátua em mármore de Carrara de Moisés, feita por Michelangelo, e que se encontrava na Igreja de São Pedro, em Vincoli, o objeto de arte favorito de Gregório em todo o mundo. Ele vivia inventando desculpas para passar por lá e rezar, o máximo de vezes possíveis: só de ver o Moisés maciço, o papa se sentia revigorado.

E, no estado semiconsciente, Gregório lembrou subitamente de uma divertida fantasia que havia lido, décadas atrás, sobre as Pragas do Egito, na qual o Senhor lançava a *décima primeira* praga na forma de uma faraônica canção popular, *Leve-me para o Nilo, Mamma!*, que se espalhara pela terra como um incêndio incontrolável. O poder subliminar da música paralisara toda a atividade, já que a população inteira havia deixado de trabalhar para, dia e noite e por toda parte, cantarolar a canção, e Ramsés fora alertado de que a epidemia da *Mamma* não cessaria enquanto ele não deixasse os filhos de Israel partirem — liderados por Moisés. Em total desespero, Ramsés cedeu, a *Mamma* sumiu instantaneamente, e teve início o Êxodo.

Essa obsessão mosaica é ridícula, pensou Gregório, ao mergulhar em um sono profundo. Sem dúvida nenhuma, porém, Javé o estava testando. Mas a propósito de quê? E quem era o agente humano, a ferramenta ou o instrumento da vontade do Senhor, que o havia atingido na praça de São Pedro? Algum dia, a verdade surgiria — será?

O que salvou o pontífice de sessenta e um anos, além da vontade de Deus, foram a sua forte compleição atlética e uma saúde de ferro, a rapidez com a qual a ambulância o levara às pressas para a Clínica Gemelli, a pouco mais de três quilômetros de distância, e, em última análise, a extraordinária perícia do Dr. Francesco Crucitti, o cirurgião italiano que, por acaso, estava de serviço na emergência naquela tarde preguiçosa.

É claro que, para Gregório XVII, esses fatos, magníficos mas profanos, foram *sagrados* — divinamente ordenados por Javé, quando Ele optou por salvá-lo — e ele jamais deixou de destacar, pública ou reservadamente, que a tentativa de assassinato ocorrera em um treze de maio, dia de Nossa Senhora de Fátima. O papa sentia uma veneração especial pela Virgem de Fátima, em cujo altar em Portugal, no ano seguinte, depositou a bala que quase despedaçou o seu coração. O projétil fora extraído da mão de uma jovem freira americana, na qual havia penetrado após atravessar o corpo de Gregório. Ela estava no meio da multidão, a três metros do outro lado do Jeep branco, quando o assassino, um misterioso turco com pouco mais de vinte anos, disparou quase à queima-roupa o seu revólver no papa. Nossa Senhora de Fátima, Gregório acreditava, estava cuidando dele, cumprindo o desejo de Deus. Ela realizara o milagre de proteger a sua vida, quando o turco desferiu os três tiros com uma potente pistola automática Walther, no momento em que o papa completava a sua descontraída volta pela praça de São Pedro, após realizar a habitual Audiência Geral das quartas-feiras.

Naquela época, as audiências públicas aconteciam à tarde, ao ar livre, defronte à Basílica de São Pedro, com um mínimo de segurança. Nunca ocorrera a ninguém, mesmo nesta era de terrorismo, que o pontífice poderia ser o alvo de uma trama assassina. Como era de costume, portanto, Gregório saiu em seu Jeep por entre caravanas de romeiros, fiéis católicos e turistas de todo o mundo, abençoando-os e acenando sorridente em resposta aos aplausos e aos gritos arrebatados de *Viva il papa! Vive le pape! Viva o papa!*

O papa francês, há apenas três anos no trono de São Pedro, após a sua surpreendente eleição como o primeiro pontífice "estrangeiro" — não-italiano — em quatro séculos e meio, estava convencido de que o contato direto freqüente com o seu rebanho era essencial para a missão pastoral. Precisaria haver uma circulação de emoção e imediatismo entre ele e os fiéis, se a Igreja católica e a religião desejassem ter qualquer significado duradouro nos novos século e milênio que se aproximavam. Além disso, o gregário Gregório, que era extrovertido, bem como místico e introspectivo, mas que tinha também uma personalidade altamente pragmática, cultivava o relacionamento afetivo com o povo — quanto mais, melhor — e não perdia uma oportunidade de se encontrar com multidões em quaisquer ocasiões imagináveis. Isso o reanimava e o rejuvenescia.

Uma Audiência Geral de quarta-feira era perfeita para essas ocasiões, e a vasta praça diante da Basílica de São Pedro vivia lotada com milhares e milhares de pessoas, na esperança de vislumbrar o papa a apenas alguns metros de distância, talvez manter durante uma fração de segundo um contato visual com ele, ou, quem sabe, conseguir a chance de tocar as suas vestes, enquanto ele era, invariavelmente, conduzido com todo vagar. Para as pessoas, isso fazia com que Gregório se tornasse visível e palpavelmente humano, e, para ele, tornava a multidão algo mais do que uma abstração sem rosto da fé — bem diferente do que era, não muito tempo atrás, quando o pontífice, durante suas aparições em público, era carregado em uma liteira e olhava de cima a baixo para o seu povo.

Isso, porém, também tornou possível, naquele dia, ao jovem turco, que após a captura disse se chamar Agca Circlic, passar despercebido no meio das caravanas de romeiros aglomeradas do lado direito da praça de quem está de frente para a basílica, aguardando entusiasmadas a aproximação do Jeep papal. Ele foi o "agente humano", como Gregório definiria posteriormente, que cumpriu o desejo do Senhor em relação a ele — embora somente até certo ponto. Não havia motivo para alguém prestar atenção em um turco com barba por fazer e vestindo um terno de tecido leve, folgado, amarrotado e manchado de comida.

Circlic havia chegado à praça duas horas antes da Audiência Geral e, pacientemente, esperou de pé no local que escolhera como sendo o melhor para o seu objetivo, após observar, nas duas quartas-feiras anteriores, o percurso que o Jeep do papa fazia por entre os devotos. Sua possante pistola estava bem escondida, aninhada no bolso interno esquerdo do paletó. O meticuloso treinamento de Circlic na Turquia como pistoleiro profissional — um terrorista político — o ensinara a medir exatamente a sua distância em relação ao alvo e à velocidade da bala, antes de tirar a pistola do bolso e disparar. Ele era um excelente atirador, e sabia que tudo precisava ser executado com um único movimento, suave e elegante, baseado em um instintivo cálculo matemático.

Poucos minutos antes das cinco horas, quando o sol começava a descair para oeste, na direção do horizonte, pincelando de dourado as igrejas, monumentos e telhados de Roma, o Jeep de Gregório virou na direção de onde Circlic se encontrava, e o turco passou a calcular a distância do momento ideal, enquanto o veículo se aproximava, acompanhado por *evvivas* cada vez mais ruidosos, que se elevavam em um crescendo no meio da cascata de aplausos. A Audiência Geral, realizada na larga escadaria da basílica, terminara há cerca de vinte minutos, com o papa saudando os visitantes estrangeiros em uma grande variedade de línguas.

Quando o Jeep se encontrava a precisamente três metros de distância, com Gregório encarando-o por um instante, a pistola materializou-se na mão de Circlic. No momento exato — cinco horas e três minutos —, o turco disparou três vezes, em um ângulo ascendente. Ele se comportou fria e calmamente, obediente às suas instruções, uma máquina humana perfeitamente ajustada. Foi como disparar contra um alvo, no campo de treinamentos de Anatólia, Turquia: a mão de Circlic foi firme, a pontaria, perfeita, e o papa caiu, sem pronunciar uma só palavra, na traseira do pequeno veículo.

Durou menos de um segundo, um fotograma congelado, mas, ao mesmo tempo, foi uma eternidade. O monsenhor francês, o secretário particular de Gregório, que se encontrava no banco traseiro ao lado do pontífice, jogou-se por cima dele, para protegê-lo de mais algum disparo, a sua sotaina negra tornando-se ainda mais escura por causa do sangue pontífice. Quando isso aconteceu, o Jeep se encontrava bem próximo de uma ambulância que, rotineiramente, ficava estacionada na praça, e Gregório XVII pôde ser transferido imediatamente para ela. Com o monsenhor gritando para o motorista "*À l'hôpital, à l'hôpital!*", a ambulância deu uma brusca guinada para a direita, dispersando a multidão abalada, enquanto saía rapidamente da praça e seguia na direção da Clínica Gemelli, sem se importar com o trânsito pesado adiante. O motorista da ambulância sabia aonde ir: a ordem permanente era correr até a Gemelli, no caso de um acidente em que o papa se machucasse. Miraculosamente, carros e ônibus abriram caminho para ele. *Carabinieri* e viaturas da polícia, sirenes estridulando e luzes piscando, bramiam no rastro da ambulância.

Na praça, onde passou a reinar o pandemônio, Circlic largara a pistola no chão, no local de onde havia disparado. Ela caiu perto de uma poça de sangue, ao lado de um buquê de cravos brancos que haviam se tornado vermelhos, uma das centenas de feixes de flores que os fiéis, minutos antes, haviam jogado na direção de Gregório. Livre da arma, o turco virou-se em direção ao abrigo da colunata de Bernini, tentando escapar por aquele caminho. Mas, imediatamente, foi capturado pela multidão enraivecida. Homens e mulheres tinham corrido para ele, com terríveis imprecações, jogando-o e mantendo-o no chão, mal deixando que respirasse.

A santidade da praça de São Pedro pode ter salvo Circlic de ter sido, literalmente, espancado até a morte e sua carne feita em pedaços. Em vez disso, a multidão recuou para deixar que os *carabinieri*, postados como sempre ao longo da colunata, agarrassem e algemassem o turco e o jogassem dentro de uma viatura. Circlic aparentava uma estranha tranqüilidade, como se parecesse bastante surpreso por ter sido preso e levado dali. Certamente, os seus empregadores haviam lhe garantido que conseguiria se safar, sem nenhum problema, e ele acreditou. De qualquer modo, o jovem turco reconheceu de imediato, em um italiano arrevesado, que, realmente, tinha tentado matar Gregório XVII, sem fazer nenhum esforço para negar, disfarçar ou protestar. Forneceu o nome para os *carabinieri*. Em seguida, mergulhou em um completo silêncio.

Exatamente oito minutos depois da confusão na praça, o telefone tocou com estridência e premência na cabeceira do cardeal Diarmuid Hume, o irlandês octogenário decano do Colégio dos Cardeais. Na eventualidade da morte de um papa, o dia-a-dia da administração dos negócios do Vaticano é regido pelo Colégio, até a eleição de um novo pontífice. Naquele momento, a responsabilidade recaía pessoalmente sobre Hume. Fora, portanto, necessário que um funcionário da Residência Papal interrompesse a sesta vespertina do cardeal e o notificasse da situação, a fim de que ele estivesse preparado para agir imediatamente, se necessário.

Além do mais, Hume, que sempre se descreveu jocosa mas verdadeiramente como "o único irlandês abstêmio", era a figura mais sensata, mais experiente e mais cínica da Cúria Romana. Na verdade, institucionalmente, ele sozinho *era* uma Santa Sé, altamente respeitado e freqüentemente temido naquele cadinho de devoção e intriga. De imediato, Hume percebeu que a Santa Sé e a Igreja católica poderiam enfrentar uma crise insolúvel, se Gregório XVII permanecesse vivo indefinidamente, mas ficasse incapacitado física ou mentalmente. Informado da extensão dos ferimentos do papa, o cardeal não excluiu a possibilidade da incapacitação, e isso se tornou um terrível dilema. Não podia nem devia desejar a morte de Gregório — no mínimo, por serem amigos íntimos e fraternos — mas, já que a Lei Canônica não prevê qualquer medida a ser tomada no caso de incapacitação, e como não existe um "vice-papa", todas as decisões a serem tomadas pela Igreja católica, como nomear bispos ou formular medidas teológicas e políticas, seriam paralisadas *ad infinitum*, até ser eleito um novo papa. E uma incapacitação poderia durar indefinidamente. As perspectivas eram aterradoras.

— Mantenha-me informado a cada minuto sobre o estado do Santo Padre! — Hume gritou para o seu assistente, que lhe havia telefonado do escritório do Colégio, no Palácio Apostólico. — Agora, deixe-me mudar de roupa!

Dez minutos depois, quando Hume terminava de se aprontar, no quarto de dormir de pé-direito alto do seu *palazzo*, o telefone voltou a tocar para dar a notícia de que Gregório estava reagindo ao tratamento e que havia grandes chances de sobrevivência. O irlandês suspirou aliviado.

— Deus seja louvado — disse ao assistente. — E falo sério...

— Eminência — prosseguiu o assistente —, o pistoleiro foi capturado e levado pelos *carabinieri*. Ele é turco...

— O quê? Um turco? Que tipo de turco? — interpelou Hume, impaciente.

— Não faço idéia, eminência — informou o homem. — Só sabemos que é jovem... e que não falou nada, a não ser o nome dele.

Hume processou a informação em sua mente. Nunca aceitava algo pelo seu significado aparente.

— Hum... — disse para si mesmo. — Um turco... Por que um turco iria querer matar Gregório? Porque é um fanático muçulmano, se é que ele é isso? Não, não faz sentido. Deve ser algo mais complicado. Tem que haver mais coisa... Bem, mais cedo ou mais tarde, descobriremos... ou não. Até lá, quero Gregório de pé, dirigindo a Igreja católica.

Hume ainda sacudia a cabeça, intrigado, ao entrar na sua limusine preta, para ser conduzido ao seu escritório no Vaticano, onde esperaria a evolução dos acontecimentos.

— Existe algo mais em tudo isso — murmurou o cardeal, pensando nos telefonemas urgentes que precisaria dar, assim que a emergência fosse superada, ou não, e nas perguntas que teriam de ser feitas.

Roma, Itália e o mundo permaneceram horas em estado de choque diante das parcas notícias que foram divulgadas, naquelas tarde e noite, a respeito do estado de Gregório XVII — e sobre a identidade e o passado do pistoleiro turco. O papa sobreviveria? Quem *era* esse turco? Por que ele tentou matar Gregório XVII? Quem estava por trás disso? Claro, só podia ser um complô! A RAI, a rede de rádio e televisão italiana, permaneceu no ar, com reportagens emocionadas em torno dos acontecimentos da praça de São Pedro — incluindo entrevistas ofegantes com testemunhas verdadeiras ou supostas —, embora houvesse muito pouca novidade a transmitir enquanto a noite se esvaía. A rede, e também os correspondentes estrangeiros, entrevistavam qualquer pessoa que localizassem e que conhecesse o papa muito bem, mais ou menos, ou não fizesse idéia, como também aquelas que soubessem uma coisa ou outra sobre papado, todas com um ar circunspecto, fingindo-se especialistas em Gregório XVII e terrorismo internacional.

De sua sala privativa na Embaixada americana em Roma, com os aparelhos de rádio e de televisão a todo volume, o chefe da divisão da CIA tentava, à noitinha — ainda era início da tarde em Washington —, colocar a par, através de uma linha de segurança, o diretor da Central de Inteligência na sede de Langley. A CIA, o presidente e todo o gabinete americano souberam da tentativa de assassinato poucos minutos depois de ter ocorrido — os serviços de imprensa haviam transmitido a notícia momentos após Circlic ter disparado a arma e Gregório caído — e, de imediato, todos passaram a exigir respostas e explicações detalhadas. O presidente ordenara ao diretor da Central de Inteligência o fornecimento, o mais rápido possível, de "um quadro geral da situação"; ele temia, com toda razão, uma crise global, se o papa morresse, e a culpa e a responsabilidade tivessem que ser estabelecidas. Os Estados Unidos precisavam estar preparados para agir com credibilidade e destemor, em qualquer contingência, e fazer ou avaliar acusações. E se os soviéticos estivessem por trás disso?

— Não, senhor, não temos nenhum indício sobre a identidade do turco — o chefe da divisão informou ao diretor, esforçando-se para manter sob controle a própria impaciência e frustração. — Não, não sabemos se os soviéticos estão por trás disso... Não, não sei nada sobre a presença de notórios terroristas palestinos em Roma... Meu Deus, isso aconteceu há apenas algumas horas... Sim, o atirador está preso... Ah, sim, o papa continua vivo... Ele foi atingido por duas balas de alta velocidade... Sim, o nosso pessoal está na clínica... Claro, senhor, faremos todo o possível para lhe dar as respostas logo que for possível...

O rádio também estava ligado, a uns três quarteirões do Vaticano, na minúscula sala de um jesuíta americano com quarenta e poucos anos chamado Timothy Savage. Ele era o principal especialista em assuntos islâmicos do Vaticano. Vestido informalmente, naquela tarde, com calça esporte e camisa pólo, Savage soube do atentado através de um colega jesuíta que irrompera em sua sala berrando a terrível notícia.

O americano acabara de saudar o seu visitante, um arcebispo francês licenciado que servira durante décadas no Oeste da África e criara uma desconfiança bem arraigada sobre qualquer coisa relacionada ao Islã. Ele marcara um encontro com Savage para discutirem os perigos apresentados, segundo ele, pelo mundo muçulmano. O idoso arcebispo, grave em sua batina negra *démodée* recendendo a naftalina, dissera a Savage, ao se cumprimentarem, que chegara havia apenas dois dias, vindo de seu retiro no sopé dos Pireneus, Sul da França, para uma visita a Roma há muito tempo planejada, talvez a última que faria. Savage recebeu-o por questão de cortesia.

Uma figura macilenta e recurvada com gélidos olhos azuis encovados, o arcebispo arqueou as grossas sobrancelhas e se benzeu silenciosamente, ao ser informado do ataque contra Gregório XVII, seu conterrâneo francês. Mas, durante quase três horas, os dois conversaram apenas sobre o Islã, já que o velho homem não mudava de assunto. O arcebispo se mostrava curiosamente relutante em ir embora, enquanto Savage tentava, desesperadamente, ouvir o visitante com um ouvido e o noticiário da rádio com o outro. Já tinha escurecido lá fora, quando o locutor da RAI leu um boletim médico da Clínica Gemelli informando que, após seis horas de cirurgia, tudo levava a crer que Gregório XVII sobreviveria.

Levantando-se da cadeira, o arcebispo benzeu-se novamente e murmurou "Vontade de Deus", ao despedir-se de Timothy Savage.

LIVRO UM

Monsenhor

Capítulo Um

1986

— O Santo Padre deseja saber toda a verdade sobre o atentado à sua vida — anunciou monsenhor Romain de Sainte-Ange, calmamente, em seu inglês com sotaque francês.

O monsenhor, secretário particular do papa, fez uma pausa de efeito, ajeitou os óculos sem aro, limpou uma sujeira invisível da frente da elegante batina bem cortada e da faixa violeta e inclinou-se adiante para fitar o jesuíta americano com um olhar confiante e conspirador.

O padre Timothy Savage concordou com a cabeça, sem saber de que outro modo deveria reagir. Não fazia idéia por que fora convocado com tanta urgência por Sainte-Ange, com quem nunca se encontrara antes, e por que estava sendo informado do desejo de Gregório XVII. Mas o corpulento monsenhor de feições delicadas, boca com lábios salientes e olhos negros duros como diamante, era o conselheiro mais íntimo e confidente do papa — e o homem mais poderoso da corte papal. Tudo o que ele fazia tinha um propósito específico, e Tim Savage supôs que isso incluía o seu próprio encontro com Sainte-Ange naquela manhã.

— Como sabe — prosseguiu o monsenhor, impelindo adiante as abotoaduras de ouro cravejadas com diamantes enquanto falava —, na semana passada, as autoridades italianas decidiram encerrar as investigações sobre a tentativa de assassinato porque, como exige a lei, o Parlamento decidiu pela não-prorrogação do prazo das diligências. E sabe por quê?

— Não, monsenhor, não sei — rebateu Tim, cada vez mais perplexo com o que ouvia.

— Foi porque, durante todos esses anos, desde o atentado, os investigadores italianos não conseguiram qualquer nova prova ou evidência que indicasse quem ordenou o ataque contra a Sua Santidade... e o motivo — explicou Sainte-Ange. — Como sabe, hoje é o quinto aniversário do atentado, e continuamos sem saber absolutamente nada do que houve por trás dele. Isto é inaceitável!...

O secretário particular respirou fundo e continuou.

— Sim, o culpado, aquele turco demente, está cumprindo pena de prisão perpétua, mas, fora a confissão, da qual ele se retratou posteriormente, ele não disse absolutamente nada ao tribunal italiano. E quando o Santo Padre o visitou na prisão, para perdoá-lo, o turco disse ser Jesus Cristo. E sabe o que mais?

Tim sacudiu a cabeça, enquanto observava o monsenhor ficar vermelho de raiva.

— Estou quase convencido de que há algum tipo de complô para evitar a descoberta da verdade — sibilou Sainte-Ange. — Todo mundo parece ter medo da verdade. Apesar das promessas do Presidente Reagan, a sua CIA, obviamente, não fez o mínimo esforço para ajudar o juiz italiano encarregado da investigação. O mesmo podemos dizer da Interpol. Dá para entender uma coisa dessas?

— Não, não dá — respondeu Tim. Ele estava totalmente perplexo. Tratava-se de uma conversa surreal, pensou, sobre um assunto que ele ignorava completamente e que não era de sua conta. Mas, misteriosamente, estava passando a ser.

— Durante cinco anos, ficamos presos às mesmas velhas e

cansadas teorias que ninguém conseguiu provar — disse-lhe o monsenhor. — A de que o turco fez isso porque é muçulmano, e os muçulmanos supostamente devem odiar os cristãos. Que disparate! A de que o turco foi enviado pela polícia secreta búlgara, por ordem da KGB, também é uma idiotice, pois ninguém no Kremlin é maluco o bastante para querer matar o papa. Meu Deus, estamos em negociações secretas com os russos!

Tim voltou a concordar com a cabeça, rezando por uma explicação sobre o significado daquele encontro com Sainte-Ange. Em todos os seus anos no Vaticano, nunca passara por uma experiência que tivesse alguma remota semelhança com aquilo. Todavia, o Vaticano era famoso por ocorrências estranhas e misteriosas.

O monsenhor já havia recuperado a calma, e sorria confiante para o jesuíta americano do outro lado da mesinha da minúscula mas magnificamente adornada sala de estar quadrada, que ficava ao lado do seu gabinete na segunda *loggia* do Palácio Apostólico. Era uma das magníficas *loggie* projetadas por Rafael, no século dezesseis, quando a Basílica de São Pedro e os santuários adjacentes foram reconstruídos após a pilhagem de Roma. Um antigo relógio veneziano tiquetaqueava sobre o tampo de mármore de uma mesa de canto. O cheiro da dispendiosa loção após a barba de Sainte-Ange, provavelmente Equipage, de Hermès, pairava com intensidade à sua volta. Tim achava mais agradável do que o cheiro de incenso que parecia permear permanentemente os enormes corredores e galerias do Palácio Apostólico. O odor da devoção.

— Diante das circunstâncias — declarou o secretário particular com um tom de voz solene —, o Santo Padre determinou que devemos contar com os nossos próprios recursos para descobrir a verdade. Moral e legalmente, ele acha que devemos fazer o que precisa ser feito. É vital que tenhamos a compreensão total dos perigos que a Igreja católica talvez precise enfrentar, no futuro, e que saibamos quem é o inimigo... Como no passado...

Fez uma nova pausa, e o seu sorriso era beatífico.

— E — falou de forma agradável e quase sedutora — escolhemos você para levar a cabo essa missão em nome do Santo Padre. Descobrir a verdade. Esperamos que aceite...

Tim Savage agitou-se desconfortável na cadeira, tentando, em desespero, disfarçar o choque produzido pelas palavras do monsenhor. Ele sabia, é claro, que o Vaticano tinha um serviço secreto próprio e até mesmo um setor de "truques sujos", mas sempre conseguira manter o seu trabalho de pesquisa à parte das sutis atividades da inteligência papal. E, agora, isso! Aos quarenta e quatro anos, Tim pensava já ter tido todas as surpresas imagináveis, mas estava enganado.

E não havia como recusar o "convite" de Sainte-Ange. Como jesuíta, havia jurado obediência ao papa. Sentia-se como se estivesse sonhando, vivendo uma fantasia, a de que fora subitamente aprisionado em uma jaula de ferro. Mil alarmes soaram em sua mente: era como os Kennedy, décadas atrás, assassinatos nunca solucionados em definitivo; como Dag Hammarskjöld, o secretário-geral das Nações Unidas, cuja morte, em um desastre de avião, na África, pode ou não ter sido acidental; como o adorado primeiro-ministro sueco Olof Palme, baleado na rua por desconhecidos. Que chance teria ele, Tim Savage, de ser bem-sucedido na investigação do atentado contra Gregório XVII?

Lentamente, inclinou a cabeça, em assentimento. Não havia se passado um minuto desde que Sainte-Ange pronunciara as palavras fatais.

— Sim — consentiu. — Estou sempre a serviço do Santo Padre. Mas, por que eu? Não passo de um simples jesuíta americano que trabalha em Roma. Não sei de nada, absolutamente nada, sobre a tentativa de assassinato. Escolheram a pessoa errada.

— Não, escolhemos a pessoa *certa*, você — retrucou o monsenhor com firmeza, apontando para Tim o dedo troncudo imaculadamente manicurado. — Por favor, padre, acredite que a nossa decisão de lhe confiar a investigação foi muito refletida. Muito refletida e discutida. Estamos familiarizados com os seus conhecimentos, os seus talentos especiais e a sua experiência. Você não é um "simples jesuíta"... Trata-se de uma questão de "ser preciso um ladrão para descobrir outro ladrão", como dizem vocês, os americanos...

— Na verdade, nós dizemos "para *pegar* outro ladrão" — atalhou Tim Savage, educadamente, mas, de imediato, ficou imaginando o que o levou corrigir o homem mais velho, e percebeu que foi uma tola fustigada de auto-afirmação naquela situação impossível.

O monsenhor ignorou o comentário, juntou as pequenas mãos e elevou a voz ao nível de um sussurro e continuou a se dirigir a Tim:

— Estou muito contente por você ter aceito a missão. Mas a sua investigação deve ser conduzida da maneira mais confidencial e ultra-secreta possível. Precisa agir sem chamar atenção. É por isso que precisa ser uma investigação de um homem só. Como, sem dúvida, deve saber, o Vaticano tem o seu próprio promotor e uma Corte Civil, mas fomos escolhidos para passar por cima deles, como também pelos agentes secretos da Guarda Suíça. E não tomaremos nenhuma medida, se nós... você... descobrirmos a verdade. Só queremos *saber* a verdade.

— Temos muito pouco a lhe informar, para que possa começar — continuou Sainte-Ange. — Apenas o óbvio. Porque o turco que disparou os tiros, Agca Circlic, é muçulmano e um terrorista dedicado, podemos levar em conta uma conexão muçulmana, seja lá o que for isso, embora não passe de uma teoria. Mas é aí que os seus conhecimentos o tornam tão perfeito para o caso. E o seu tipo especial de experiência talvez combine com outras teorias que continuam surgindo até hoje. Além disso, poucas pessoas desconfiarão que um jesuíta pesquisador americano está bancando o detetive para o Vaticano...

Novamente, Tim curvou a cabeça, concordando. Não havia sentido em insistir em sua inutilidade como detetive da Santa Sé. O papa e Sainte-Ange haviam decidido o seu destino. Bem, que seja assim, disse a si mesmo. Outros já haviam feito isso antes.

— Mais uma coisa — acrescentou o monsenhor, com um sorriso congelado no rosto. — Você ficará totalmente por conta própria. Pode trabalhar da maneira que quiser. Se alguém souber de sua missão, ou desconfiar dela, nós simplesmente negaremos que você tenha qualquer coisa a ver conosco. De qualquer modo, o diretor do nosso Serviço de Imprensa, o psiquiatra espanhol, não sabe de sua missão, e, portanto, ele não estará mentindo, se negar tudo. Ele dirá que você é um americano maluco delirante, um padre renegado... Por outro lado, terá, naturalmente, um apoio logístico de nossa parte, através de canais especiais que estou criando. Aliás, vamos começar imediatamente.

Sainte-Ange pegou o telefone e cochichou algumas palavras em francês.

— Um momento — disse para Tim.

Houve uma discreta batida, e a porta atrás de Tim se abriu. Ele girou a cabeça, levantou-se da cadeira e teve o segundo choque do dia, só que bem mais agradável. De pé diante dele estava uma freirinha vestida com um hábito branco e sorrindo modestamente.

— Padre Savage — o monsenhor falou sem se levantar —, esta é a irmã Ângela. Ela pertence à ordem das Irmãs Agostinianas da Notre Dame de Paris, e, como eu, é natural da França. Ela já está há alguns anos na Residência Papal, ajudando o Santo Padre com os documentos na língua inglesa e, às vezes, com visitantes estrangeiros, já que fala um excelente inglês. Foi por isso que decidi designá-la como o seu contato direto comigo. A irmã já foi informada de sua missão, e será a ligação entre nós... Você só se encontrará comigo em emergências ou em ocasiões especiais. A irmã Ângela vai lhe providenciar verbas, documentação e tudo de que precisar. Você terá o número do telefone direto dela, e poderá ligar quando for preciso. Se necessário, poderá ir até a sala dela, mas tente manter as suas visitas no mínimo possível. Não deve ser visto freqüentemente por aqui.

Enquanto ouvia Sainte-Ange, Tim encarava a irmã Ângela com total fascinação. De imediato, decidira que ela era excepcionalmente bela, lembrando um delicado quadro de Matisse. E determinou, com igual rapidez, que não deveria ter mais do que trinta e poucos anos. Gostou do modo como ela fitou mansa e diretamente os seus olhos, enquanto o monsenhor fazia as apresentações. A maioria da freiras européias que Tim havia conhecido costumava olhar firmemente para os pés ou para as mãos, na presença de um homem, mesmo sendo um padre. Execrar pensamentos impuros, disse a si mesmo, é o preço que se paga por ser homem e celibatário. Mas precisava lhe dizer alguma coisa, para romper o silêncio, após a apresentação feita pelo monsenhor. Sainte-Ange, interrogativo, já levantara as sobrancelhas.

— Diga-me — indagou Tim —, onde aprendeu inglês?

— Eu freqüentei a escola do Convento das Irmãs Inglesas Agostinianas em Paris — Ângela respondeu em um inglês sem sotaque. Ela tinha uma voz suave e agradável.

— Irmãs inglesas em Paris? — indagou, incrédulo. — Eu não sabia que elas tinham um convento lá.

— Ah, sim — a freira retrucou. — Fica na margem esquerda, em Faubourg Saint-Germain. Foi fundado em 1653 por irmãs agostinianas que fugiram da Inglaterra, para escapar da perseguição de Cromwell aos católicos. Como sabe, ele escreveu que a grande questão era "se o mundo cristão deveria ser todo ele católico romano". Pois bem, o convento está lá desde então. George Sand, a famosa escritora do século dezenove, estudou lá.

— Mas como você foi parar lá?

— No meu caso — explicou —, foi por causa dos meus pais. O meu pai, inglês, era um expatriado... um judeu. A minha mãe era de uma longa linhagem de católicos devotos. Os dois se encontraram durante a ocupação alemã; ela se apaixonou por ele e o ajudou a se esconder dos nazistas. Então, se casaram, e eu nasci dez anos depois. O meu pai morreu quando eu era criança, a minha mãe me criou como católica, e o resto deve ter sido predestinação... Mas aqui está o número do meu telefone, padre. Não hesite em ligar, se precisar de alguma coisa.

Ela se curvou na direção de Sainte-Ange e saiu da sala. O monsenhor levantou-se e estendeu a mão para Tim Savage.

— Muito obrigado por ter vindo — falou. — Sei que o Santo Padre ficará bastante satisfeito... Por favor, não se esqueça de que, se não descobrir a verdade, o papa nunca estará a salvo. Os inimigos dele jamais desistirão. É por isso que, em termos imediatos, a sua missão é tão vital. Não se trata simplesmente de uma pesquisa histórica.

— O que achou do americano? — indagou Gregório XVII ao monsenhor Sainte-Ange. — Ele é mesmo o homem indicado para o serviço?

Estavam sentados no gabinete particular do papa, na terceira *loggia* do Palácio Apostólico, desfrutando a quietude do final da manhã antes da refeição do meio-dia. Gregório XVII despedira-se do último visitante do dia — raramente havia audiências à tarde — e Sainte-Ange havia subido, após a partida de Tim Savage. À distância, podiam ver os raios do sol iluminando com chamas douradas os telhados de Roma do outro lado do Tibre até a Colina Aventino.

— É, sim — concordou o monsenhor. — E acho que vai se sair bem. Gostei do que já sabia sobre o seu passado, e ele me causou uma boa impressão. O meu instinto me diz que fizemos a escolha certa.

Gregório XVII confiava em Sainte-Ange sem restrições. Era o seu amigo mais antigo. Quarenta e cinco anos já haviam se passado desde que ambos, com a idade de vinte e um, entraram para o seminário perto de Clermont-Ferrand, na zona de Vichy governada pela França. E permaneceram lá quando os alemães, logo depois, ocuparam também essa parte do país. Para sua surpresa, os dois descobriram que uma grande quantidade de padres simpatizava com Vichy, colaborando com a sua polícia e, subseqüentemente, com a Gestapo; muitos denunciavam, às autoridades, famílias judias escondidas no campo e os *maquis*, lutadores da Resistência que desafiavam os nazistas. Como o futuro papa e Sainte-Ange não se dispuseram a se juntar às organizações de padres "integristas" de direita, os dois eram evitados e discriminados no seminário. Mas, em vista disso, aprenderam bastante sobre as muitas faces ocultas da Igreja francesa. Nunca se esqueceram disso, mesmo quando a Igreja católica integrista prestou homenagem a Gregório XVII pela sua eleição ao papado.

Na ocasião, ambos aos sessenta e seis anos, o papa e o seu secretário particular formavam uma dupla perfeita, um estranho par aparentemente desconjuntado. Enquanto Gregório XVII, alto, magro e de porte magnificente, era cerebral, visionário e imensamente cativante, Sainte-Ange era puramente pragmático e essencialmente frio. Tratava-se do clássico *homme des coulisses* francês, que se sentia mais à vontade nas sombras dos bastidores do que nos refletores adorados por Gregório XVII, e era um gênio na manipulação do poder, que ele exercia, em geral impiedosamente, a fim de garantir a inquestionável obediência da Cúria Romana ao seu amo e amigo. Era lógico, portanto, que Sainte-Ange, sozinho, tenha imaginado e colocado em prática a investigação da tentativa de assassinato de 1981, convencendo o papa de sua urgente necessidade e, na verdade, descobrindo Timothy Savage para a missão. Em todo o Vaticano, apenas a irmã Ângela, que executaria a função vital de ligação e em quem o monsenhor decidiu confiar, principalmente por causa da formação dela, sabia a respeito da incumbência de Timothy Savage.

— Bem, alegro-me pela missão já estar em curso — disse Gregório XVII, saboreando um pequeno gole de Gavi di Gavi, o seu vinho branco favorito. — Mas o americano sabe a respeito da advertência feita por de Marenches e que ela não foi levada em consideração?

— Não, achei que seria prematuro — explicou Sainte-Ange com a sua maneira cuidadosa. — Ele terá que fazer muito dever de casa até poder entender isso e todas as suas implicações. Mas espero que o nosso padre Savage não seja uma perda de tempo. Não se pode ter certeza de estar seguro, talvez mais agora do que nunca.

— É verdade — concordou o papa. — É por isso que, em todas as minhas preces, peço proteção à Nossa Senhora de Fátima.

Enquanto Gregório XVII e Sainte-Ange conversavam no gabinete papal, dois homens se cumprimentavam cautelosamente em uma pequena mesa encostada à parede, no Roberto, um movimentado restaurante na Borgo Pio, a apenas três quarteirões do Portão de Sant'Anna, a entrada principal para o Vaticano. A Borgo

Pio, uma rua estreita de restaurantes e lojas, começa no Portão de Sant'Anna e é conhecida pelos romanos como o "Gueto do Vaticano". O Roberto é freqüentado principalmente por turistas e padres estrangeiros, principalmente americanos, que trabalham no Vaticano.

Os dois chegaram ao restaurante com poucos minutos de diferença. O primeiro era um homem robusto e grisalho, com um rosto malévolo, as rijas feições imutáveis como uma gárgula da Notre Dame, e os olhos injetados. Aparentava estar na metade dos sessenta anos e parecia mais acostumado a um uniforme militar do que à calça esporte marrom mal-ajambrada e à folgada camisa havaiana que usava naquela ocasião. Ele pedira a mesa encostada à parede, e logo se levantou ao ver se aproximar um homem muito mais jovem e vestindo um terno escuro muito bem cortado.

— Está um dia lindo, não é mesmo, senhor Kurtski? — comentou ele, em inglês, que pronunciava com um forte sotaque francês. — E é um prazer revê-lo.

— Certamente — concordou o homem mais velho —, mas não viemos aqui para falar do tempo — o inglês dele surgindo com entonação e sotaque europeu oriental.

— Então, vamos logo ao assunto, sem perda de tempo — sugeriu o francês. — Quando nos conhecemos, em Paris, eu lhe disse o quanto estávamos impressionados com a sua reputação.

— Sim, vamos tratar de negócios — disse Jake Kurtski. — Mas, antes, quero uma cerveja gelada. O que está pretendendo, afinal?

— É simples. Queremos ver o papa morto — explicou o jovem elegante. — E acreditamos que você saberia como fazer isso.

A expressão de Kurtski não mudou. O garçom tinha trazido a cerveja, e o velho soldado deu um demorado gole da garrafa.

— O que eu sei não importa — falou. — Conte-me as *suas* idéias...

O francês deu um sorriso charmoso.

— Deixe-me mencionar o seu famoso conterrâneo, Joseph Conrad, a respeito do assunto... "O ataque precisa ter toda a chocante insensibilidade de uma blasfêmia gratuita" — citou para Kurtski. — E Conrad referia-se a bombas. Isso é de *O coração das trevas*... e essa é a nossa idéia.

— Eu não sei quem foi a porra desse tal de Conrad — Kurtski anunciou, pronunciando "porra" como *pórra*. E prosseguiu: — Quer dizer, então, que vocês querem que eu o mande pelos ares? Querem que eu exploda o avião, quando o papa for viajar novamente?

— Exatamente — confirmou o jovem. — Queremos que ele seja explodido bem lá no céu. É capaz disso?

— Não sei. Preciso pensar a respeito. Sabe, não é tão fácil assim, com toda a segurança em volta dele e dos aviões — observou.

— Sim, nós entendemos. É por isso que estamos lhe oferecendo um milhão de dólares, se fizer isso acontecer — sussurrou o francês.

— Não sei se devo encarar isso seriamente — disse-lhe Kurtski. — Vocês, sejam lá quem forem, sempre parecem foder com a *pórra* toda. O turco de vocês fodeu aquela *pórra* lá na praça. E sei que tentaram, e fracassaram, colocar uma bomba a bordo do avião da Alitalia, quando o papa foi a Portugal. Foi mesmo burrice colocar a bomba na comida que estava sendo levada para o avião. É claro que foi encontrada. E o padre maluco com a baioneta, em Fátima, não era um dos seus?

— Sim, era, e é por isso que, agora, estamos querendo profissionais — revidou o jovem. — E também sabemos que, como dizem no Vaticano, a paciência é uma virtude cardeal. Portanto, poderemos esperar a sua resposta e o seu plano detalhado o tempo que for necessário. Vamos nos encontrar, daqui a exatamente um mês, para uma outra conversa.

Kurtski concordou com a cabeça e deixou o restaurante sem dizer mais nada. Ao passar por uma barraca de frutas diante de um armazém, pegou uma laranja e passou a descascá-la.

Enquanto o sol se punha em Roma, o francês trancou-se em seu quarto de hotel, a um quarteirão de distância do Roberto, e redigiu uma longa carta em código. Em seguida, caminhou até o minúsculo correio do Vaticano, a fim de postá-la para um endereço em uma pequena cidade do Sul da França, não muito longe da cidade medieval fortificada de Carcassonne, uma região onde as placas rodoviárias indicam *Pays des Cathars*, o País dos Cátaros — os "puros" que, no século treze, lutavam pela liberdade religiosa.

Naturalmente, não ocorria a Tim Savage ou a Kurtski que os dois estivessem em Roma, ao mesmo tempo, tão perto um do outro — e, novamente, em rota de colisão. Afinal de contas, o Vietnã estava muito distante no tempo.

Capítulo Dois

Tim Savage deixou o umbroso bafio do Palácio Apostólico através da Porta de Bronze e saiu na praça de São Pedro, sereno, no sol cálido da manhã de maio. A basílica e a imponente *Scala Regia* — a escadaria real —, o arranjo arquitetônico central da praça oval, estavam à sua direita.

Parando momentaneamente, retirou da bainha da gola o colarinho de celulóide e o enfiou no bolso do peito da camisa preta de algodão que vestia por baixo do paletó negro de lã de seu traje sacerdotal. Os jesuítas, em geral, quase nunca usam batina. Com a camisa agora aberta no pescoço, passou a respirar com mais facilidade enquanto tentava pôr em ordem os pensamentos e acalmar as emoções, após o trovão com o qual Sainte-Ange o havia atingido. Os transeuntes olhavam para Tim com um interesse mais do que casual. Ele era bonito, com um agradável jeitão irlandês, media um metro e oitenta e dois, era magro, ombros largos, e tinha afetuosos olhos de um azul profundo, maçãs do rosto pronunciadas e um nariz aquilino. O contorno do couro cabeludo, de um negro intenso, começava a recuar, nada de anormal após os quarenta. Tim era um homem afável que gostava de gente, e até mesmo desconhecidos percebiam isso de imediato.

A *piazza* à sua frente começava a se encher rapidamente com grupos de romeiros estrangeiros pastoreados pelos seus guias, turistas malvestidos dos Estados Unidos, Espanha e Alemanha

— a maioria das mulheres usando blusa de alça e *short* inadequados, e os homens com camiseta e *jeans* — e crianças de escolas paroquiais, em seus uniformes asseados, brincando em volta da fonte do centro da praça e gorjeando impetuosamente como as andorinhas da primavera de Capistrano.

"*Nie biegaj tak!* — Não corra desse jeito!", uma mãe polonesa repreendeu o filho de calças curtas. Uma adolescente americana, os cabelos louros impecavelmente penteados, maravilhava-se em voz alta, conversando com os pais: "A gente vai ver o papa na janela?" Uma idosa romeira sul-americana, encantada com a imponência da basílica, não parava de exclamar *Por Dios, que maravilla!* Padres com sotainas negras e chapéus de abas largas, prerrogativa do clero italiano, e freiras de preto disparavam para lá e para cá com um ar importante.

Estava tudo muito tranqüilo, mas as lembranças de Tim daquele dia cinco anos atrás irromperam de volta como um dilúvio. Encarregado da tarefa de trazer de volta o passado — o verdadeiro passado —, ele sentia um grande temor de não conseguir executar a missão, sem saber para onde se virar e de que modo começar. Um temor ainda maior era decepcionar o papa, a quem admirava como ser humano, apesar de discordar de algumas de suas posições. Tim fora apresentado a Gregório XVII durante a visita de um grupo de jesuítas ao Vaticano — o contato durou apenas um segundo —, e sabia pequenas preciosidades sobre o pontífice: que ele era um místico na tradição de Saint-Bernard de Clairvaux, do século doze, e um rigoroso intelectual na mais alta tradição do cartesianismo francês. Tim, portanto, via lógica no desejo de Gregório XVII em *entender* o mistério da morte, tanto quanto em *aceitá-la*, e, em conseqüência disso, *precisava* saber a verdade. Como Sainte-Ange destacara, o papa precisava disso para permanecer vivo.

Pensamentos prementes passavam pela cabeça de Tim, ao

deixar a praça de São Pedro, passar pela famosa livraria do Vaticano e a supostamente moderna *Sala Stampa*, o escritório de imprensa da Santa Sé, e entrar na Via della Conciliazione. A larga avenida, na direção leste-oeste, levava ao Vaticano a partir do Tibre e do Castel Sant'Angelo, onde um dirigente da ordem dos jesuítas foi aprisionado por ordem do Papa Clemente XIV, havia mais de 200 anos. A via foi um presente triunfal de Benito Mussolini a Roma, e exigiu a destruição de centenas de edificações antigas. Tim caminhava lentamente em direção ao seu escritório, meditando a cada passo do caminho, imaginando de que modo executaria o que lhe fora instruído. Não era de sua índole admitir o fracasso, principalmente em uma missão para aquele papa em particular.

Gregório XVII tinha a reputação de ser um homem bastante rigoroso. Como o primeiro papa estrangeiro em quase meio milênio, ele era também o *décimo* pontífice francês da História. Outrora, isso fizera da França a "Filha Primogênita da Igreja católica", se bem que desobediente, de vez em quando, e a segunda maior fornecedora de papas românicos depois dos italianos. Gregório XVII era o primeiro papa francês em 607 anos, continuando a tradição gaulesa de Pierre Roger de Beaufort, que adotara o nome Gregório XI e reinara durante um ano, de 1370 a 1371. Os dois papas anteriores a ele também tinham sido franceses, Urbano V e Inocêncio VI. O primeiro papa francês foi Urbano II, nascido Oddone di Lagery, que reinou durante onze anos, entre 1088 e 1099, e ficou famoso por proclamar a Primeira Cruzada, em 1095, um precedente papal que muitos franceses iriam amaldiçoar por muito tempo. Gregório XVII adotou esse nome porque Gregório, o Grande, que atravessou os séculos seis e sete, foi o seu modelo. Também quis homenagear o antigo Gregório francês, o décimo primeiro, e aquele que o precedeu, Gregório XVI, um agradável italiano que ocupou o trono de São Pedro, de 1831 a 1846, pouco antes da "Primavera dos Povos" na Europa. O papa atual, certamente, não gostaria de ser identificado com Gregório IX, o advogado bolonhês do século treze, que aprovou uma legislação autorizando os poderes seculares a queimarem na fogueira os hereges condenados, instituindo a Grande Inquisição, em 1231. Foi outro precedente papal que iria martirizar bastante a França. Oito séculos depois, era uma história que Gregório XVII não podia se dar ao luxo de ignorar.

O próprio Tim Savage vivenciara lembranças e mistérios de morte que não conseguia apagar de sua mente.

Exposta no lugar de honra do seu escritório, estava a bandeira dos Estados Unidos, cuidadosamente dobrada, que, em uma cerimônia, fora entregue à mãe de Tim por um general da Força Aérea, após o pai dele ter sido morto na queda do seu bombardeiro B-25, durante a Segunda Guerra Mundial. Na época, Tim estava com dois anos e teve de entender o que era a morte. O bombardeiro do pai foi abatido pelos alemães sobre o Monte Cassino, o local em cujo topo ficava o mosteiro beneditino onde os nazistas resistiram durante longo tempo ao avanço dos Aliados através da Itália. Foi uma das batalhas mais implacáveis da guerra, que arrasou o mosteiro, juntamente com as suas famosas bibliotecas medievais. Depois que foi morar em Roma, Tim passou a fazer uma romaria anual ao Monte Cassino, para depositar flores nas ruínas que ainda se encontram lá. Ele não fazia idéia do local exato onde o corpo do pai repousava.

Depois, muito depois, veio o jovem árabe, a garganta cortada em um beco estreito do Cairo. Na ocasião, Tim estava com vinte e seis anos. E, mais depois ainda, aos trinta e dois, houve o rosto da camponesa morta, com uma pequenina cruz em um cordão em volta do pescoço, do lado de fora de sua choça em chamas, num pequeno lugarejo do Vietnã. E houve outros, cujas mortes têm sido parte de sua vida.

Mas, como um jesuíta de meia-idade em Roma, sem sentir nem aparentar a idade que se segue à juventude, Tim via esse passado como se não fosse mais condenado a vivê-lo e revivê-lo. Seu sereno senso de humor retornara. A inteligência era tão intensa quanto a sua tendência ao pensamento independente, uma característica que não era rara nos jesuítas. Na maioria do tempo, era calmo e descontraído. Cortês e amigável. Era igualmente agradável aos olhos dos homens e das mulheres. Tinha consciência, é claro, de ser atraente para as mulheres, e houve ocasiões em que se sentiu fortemente tentado à reciprocidade — e ir até o fim. Antes de seus votos de castidade, levava uma vida sexual razoavelmente ativa, na faculdade e depois no exterior, mas eram apenas transas de uma noite ou casos passageiros. Nada de envolvimento romântico ou compromisso. Seja como for, sempre lembrava a si mesmo que isso ficara no passado.

Naquele dia, caminhando do Palácio Apostólico para o seu escritório, encontrava-se alheio ao que o cercava, abatido que estava pela conversa que tivera com o monsenhor Sainte-Ange. A Via della Conciliazione estava apinhada de gente motorizada e a pé, mas Tim nada percebia ou ouvia, preocupado com o que o aguardaria em seu novo papel. Com todas as festas religiosas de maio, milhares e milhares de romeiros e turistas de todos os cantos do globo convergiam diariamente para o Vaticano, como os exércitos invasores de outrora, para olhar a janela do apartamento papal no alto do Palácio Apostólico, no lado oeste da *piazza*, onde Gregório XVII aparecia, ao meio-dia de todos os domingos em que se encontrava em Roma, e abençoava a multidão, ou então formar uma fila diante das imponentes portas da Basílica de São Pedro, esperando para entrar ou apenas se maravilhar. A própria praça mudara muito pouco desde a reforma de Gianlorenzo Bernini — com a colunata barroca e a *Scala Regia* — feita na segunda metade do século dezessete sob os auspícios do Papa Alexandre VII.

Ônibus de turismo, com placas da Itália, Alemanha, Áustria, França, Espanha, Portugal, Polônia e de outros países, que haviam trazido os fiéis e os curiosos ao locais sagrados, fazem fila dos dois lados da Conciliazione, manchando o ar com a fumaça negra do diesel de seus canos de descarga. Os motores são mantidos funcionando para que os visitantes molhados de suor, ao retornarem, encontrem os seus veículos perfeitamente refrigerados e superfrios. Pequenos táxis amarelos, carros particulares, e as motocicletas e *motorinos*, responsáveis pelo permanente zunido de altos decibéis que é o som característico de Roma, escoam pela via em direção à praça, criando um engarrafamento perpétuo.

Romeiros e turistas abrem caminho pelas calçadas estreitas, conversando e gritando em cada uma das línguas da Torre de Babel, parando nas lojas ao longo da avenida para flertar e comprar toda a *memorabilia* de plástico, barata e de mau gosto da Santa Sé — Nossas Senhoras (de quaisquer lugares), Jesus Cristo (na cruz ou fora dela), cruzes, rosários e fotos coloridas emolduradas do papa francês com um ar abestalhado. Eles se sentam, no caso de conseguirem uma mesa, nos cafés ao ar livre, para um *espresso*, um *cappuccino*, um refrigerante, uma cerveja ou um sorvete de casquinha. Na opinião abalizada de Tim, a modesta lojinha do tradicional Columbus Hotel, o abrigo favorito dos romeiros, fazia o melhor sorvete de pistache do mundo.

O panorama geral é o de uma mistura de fé e devoção, curiosidade e lazer, e uma interminável bonança comercial. Caixas automáticos de câmbio de moedas estrangeiras — os modernos fornecedores de dinheiro em seus templos — adornam ambos os lados da Conciliazione. A banalização e a comercialização da religião são totais. E o Vaticano também participa disso, vendendo ingressos para visitas à Capela Sistina e selos postais da Santa Sé, e cobrando de equipes de TV estrangeiras que desejem filmar nos interiores de suas paredes. Trata-se de uma reminiscência da venda de indulgências do passado. Não é de se surpreender o fato de o Vaticano ter se enredado, anos antes, em um escândalo constrangedor envolvendo o seu próprio banco e bancos italianos, com um alto executivo encontrado enforcado sob uma ponte de Londres, e outros funcionários, inclusive padres, cobertos de desconfiança.

Sentindo o aumento da temperatura da manhã em seu uniforme negro eclesiástico, Tim Savage seguiu mais dois quarteirões da Conciliazione e virou à direita, na Via dell'Erba, uma rua estreita que, em seu lado ocidental, se resume a um *palazzo* transformado em prédio de escritórios da Cúria Romana. As sedes e os escritórios de algumas congregações, conselhos e comissões pontificiais e outras organizações da Santa Sé, que constituem o governo da Igreja católica em torno do papa, estão fora do Vaticano, transbordando para avenidas e ruas adjacentes, até mesmo à distância, como a bela e histórica Santa Maria, nas imediações da Trastevere. O Estado do Vaticano tem apenas 44 hectares, ocupados principalmente pela praça e a Basílica de São Pedro, o Palácio Apostólico, a Biblioteca do Vaticano, o amplo Auditório Paulo VI, onde atualmente são realizadas as Audiências Gerais das quartas-feiras, os suntuosos jardins, vários palácios administrativos, uma minúscula estação ferroviária e um *free-shop* para os empregados do Vaticano e, na moita, para os seus amigos seculares.

O prédio número 1 da Via dell'Erba abriga o Conselho Pontifício para o Diálogo Inter-religioso, o Conselho Pontificial para o Progresso da Unidade Cristã e a Comissão para Relações Religiosas com Judeus. A Comissão para Relações Religiosas com Muçulmanos está subordinada ao Conselho Pontificial para o Diálogo Inter-religioso, ambos dirigidos por um cardeal do Terceiro Mundo bastante respeitado. A Comissão Muçulmana tem escritórios no andar térreo do prédio da Via dell'Erba, e era onde o padre Timothy Savage, da Companhia de Jesus — Tim para os íntimos — trabalhava havia quase dois anos como consultor em tempo integral — *consultore* — em reconhecimento à sua *expertise* em assuntos religiosos e políticos relacionados a muçulmanos e árabes e o domínio do árabe falado e escrito, se bem que, principalmente, do falado no Cairo.

Tim era um dos poucos padres de fala inglesa especialistas no Islã — apenas recentemente o inglês substituíra o francês como língua culta e política no mundo muçulmano — e o presidente da Comissão Muçulmana ficara muito contente, ao recrutá-lo da Pontifícia Universidade Gregoriana à qual ele havia sido incorporado. E, agora, deu-se conta, fora a vez de o papa recrutá-lo. Permitiu-se ficar deleitado — e desafiado — pela missão, ao começar a passar o choque inicial da reunião com Sainte-Ange. Mas é claro que Tim resistiria ao pecado da soberba, mesmo em sua mente.

Havia uma agradável atmosfera internacional no prédio da Via dell'Erba, e os seus conselhos e comissões — algo como um ministério das relações exteriores religiosas — eram bem diferentes das outras rançosas congregações e instituições da Cúria, nas quais ainda prevalecia o provincianismo da Igreja católica italiana. Lá, as pessoas iam e vinham em missões, abertas ou dissimuladas, de e para cada continente e nação onde o Vaticano tinha algum interesse, o que significava praticamente o mundo todo. Pouco antes de atravessar a porta principal, Tim percebeu, com um toque de melancolia, um rapaz de *jeans* encostado à parede do prédio, uma das mãos em volta da cintura de uma bela jovem, a outra apoiando um telefone celular sobre o ouvido, e conversando. "Espero que você consiga se dar bem", Tim disse em silêncio para o rapaz.

No interior de sua sala, despiu o paletó e enrolou as mangas da camisa preta. Para a visita que fizera ao Palácio Apostólico, ele se vestira com o traje completo de um jesuíta; até mesmo passara a ferro o vinco da calça preta. Tim só fora convocado na noite anterior, quando, sem maiores detalhes, o superior geral da Companhia de Jesus, seu chefe máximo, o instruíra por telefone a comparecer na manhã seguinte, às dez horas, ao gabinete de Sainte-Ange. Também lhe dera instruções para entrar pela Porta de Bronze, usada principalmente por grupos de romeiros, em vez de o Portão de Sant'Anna. "É menos ostensivo", disse o superior.

Tim só havia se encontrado uma vez com o monsenhor francês, pouco antes da Páscoa, quando acompanhou o diretor da Universidade Teológica Islâmica da Arábia Saudita para uma audiência particular com Gregório XVII. Toda a conversa entre os dois consistiu em Sainte-Ange lhe ordenar que não seguisse o diretor ao interior do gabinete particular do papa. Acompanhar dignitários, clérigos e estudiosos islâmicos, que, de um modo ou de outro, tinham assuntos a tratar com o Vaticano, estava entre as obrigações de Tim perante a Comissão, e quando o superior geral lhe telefonou, achou que se tratava de algo semelhante.

Pela manhã, ao se vestir no seu quarto, no último andar da Villa Malta, a residência jesuíta empoleirada no alto da íngreme Via di Porta Pinciana, no centro de Roma, a única preocupação de Tim era livrar-se o mais depressa possível e voltar ao seu escritório para prosseguir o trabalho que realizava atualmente — uma análise da situação no Irã sete anos após a revolução islâmica ter derrubado o xá. O Secretariado de Estado havia ordenado o estudo, com prioridade máxima, a fim de preparar uma missão confidencial a Teerã. As relações com os países muçulmanos eram um grande desejo de Gregório XVII, principalmente depois da sublevação iraniana, que ocorrera apenas poucos meses após a sua eleição ao papado, em 1978. Como francês e durante muito tempo arcebispo de Marselha, ele estava familiarizado com o Norte da África muçulmano e seus problemas religiosos e políticos, e na ocasião se preocupava com a situação no Oriente Médio e ao longo do Golfo Pérsico. O desejo papal de ser informado plenamente desses assuntos mantivera Tim ocupado desde que entrara para a equipe da Comissão para Relações com os Muçulmanos, havia três anos, como o único americano a participar dela.

Normalmente, Tim pegava o ônibus na Via del Tritone até a Via dell'Erba. Mas, naquele dia, decidira viajar com estilo até o Palácio Apostólico — de táxi —, mesmo que fosse mais demorado no sufocante tráfego matinal de Roma e saísse mais caro.

— *Buon giorno, padre* — saudou-o o motorista sorridente, após Tim pedir para que o levasse à praça de São Pedro. — Vai se encontrar com o Santo Padre?

Retribuindo o sorriso, Tim respondeu:

— Sim, é claro... Eu me encontro com ele todos os dias.

Os dois sorriram satisfeitos.

LIVRO DOIS

Timothy

Capítulo Três

1942

Para o filho de uma tradicional família católica de classe média americana, uma visita ao "Santo Padre" — ou, pelo menos, ao centro de poder de uma Igreja que chefiava um bilhão de fiéis — era um acontecimento extraordinário. Tim Savage estava plenamente ciente disso, ao passar pela Guarda Suíça vestida de preto e laranja, postada na base da Porta de Bronze, a caminho de seu encontro com o monsenhor Sainte-Ange. Sentia o *frisson* da aventura.

Ele era o mais novo dos três filhos da família Savage. A irmã Julia, funcionária do corpo diplomático americano, atingira o cargo de embaixadora dos Estados Unidos, e atualmente servia como emissária no Brasil. O irmão do meio se chamava Anthony, formou-se na Faculdade de Direito de Harvard e era sócio de um bem-relacionado escritório de advocacia de Washington, especializado em clientes estrangeiros poderosos, indo desde empreiteiros palestinos multimilionários, que viviam regiamente em Londres, a ministros de finanças asiáticos. A família do capitão James W. Savage, morto em combate sobre a Itália, tinha se saído esplendidamente bem.

Tim Savage nascera em Washington, no final do primeiro ano em que os Estados Unidos haviam entrado com força total na Segunda Guerra Mundial, um ano após Pearl Harbor. O seu pai voltara para uma breve licença em casa, pouco antes de Tim completar dois anos; só viu essa vez o seu filho mais novo, antes de morrer. Tim, é claro, não tinha nenhuma lembrança disso. Dois anos depois do fim da guerra, sua mãe se casou com Jim Stella, um oficial da Força Aérea que fora o melhor amigo do capitão Savage. Bastante condecorado por atuações na Segunda Guerra Mundial e na Coréia, ele se reformou como brigadeiro no ano em que Tim entrou para o sacerdócio.

Com Stella como padrasto e a mãe dedicada, a infância e a adolescência de Tim, como as de Julia e de Anthony, foram anos de uma educação católica rigorosa e tradicional. Tim freqüentou uma escola paroquial a poucos quarteirões do lar da família, uma espaçosa casa antiga próxima a Reservoir Road, um pouco afastada de Georgetown, perto do Potomac, que pertencera aos ricos pais de sua mãe. Posteriormente, fez o curso secundário na elegante Gonzaga College, de jesuítas. Foi o período do "Gueto Católico" em Washington, como era chamado, mas a Gonzaga atendia às necessidades da elite católica da capital.

E, para a família de Tim, era missa todos os domingos, confissão pelo menos uma vez por mês, na Santa Trindade, em Georgetown, a igreja deles há décadas, e observância de todos os dias santificados: Ascensão e Corpus Christi, e não apenas Natal e Páscoa. A sua educação elementar, antes da escola paroquial, fora na Escola Primária da Santa Trindade.

Após se formar na Gonzaga, com distinção tanto atlética quanto escolar, entrou para a Universidade de Georgetown. Fora sempre presumido na família que ele se candidataria — e seria aceito — à grande Universidade Jesuíta em Washington, como Julia e Anthony haviam feito. A princípio, Tim estava em dúvida sobre que especialização faria, embora soubesse que a sua inclinação era para humanidades, e não para ciências exatas.

Escolheu Ética como matéria facultativa — o seu estudo o atraía intelectualmente e remetia ao antigo pensamento católico, de volta a Aristóteles e Santo Tomás de Aquino, com conceitos de bem e de mal. Por acaso, a matéria o levou à sala de aula do padre Hugh Morgan. Isso alargou os seus horizontes — e o fascínio pelo Islã se seguiria, já que o padre Morgan era estudioso do islamismo, assim como da ética.

O início dos anos 60 foi uma época revigorante e restauradora em Washington. O jovem John F. Kennedy, o primeiro católico a chegar à Presidência dos Estados Unidos, havia lançado a política da "Nova Fronteira", e as novas gerações da nação foram envolvidas por uma onda de idealismo. O novo presidente prometeu paz, igualdade racial e, entre outras iniciativas ambiciosas, criou o Corpo da Paz, a mais arrebatadora expressão do jovem idealismo americano em um mundo que se transformava rapidamente. O fato de a invasão da Baía dos Porcos em Cuba, organizada pela CIA, ter fracassado e de Kennedy enviar os primeiros "conselheiros" militares ao Vietnã se transformaram em pequenas nuvens sobre a "Nova Fronteira" e a euforia causada por ela.

Parecia ser uma era de renovação universal. Em um de seus cada vez mais freqüentes bate-papos, o padre Hugh chamou a atenção de Tim para o Concílio Vaticano II, que o Papa João XXIII acabara de inaugurar em Roma. João XXIII e John Kennedy eram os líderes mais populares e encantadores do mundo.

— A idéia é simplificar e modernizar a Igreja — disse-lhe o padre. — Esse é o primeiro grande Concílio em quase um século... desde 1870... e aposto como a Igreja católica nunca mais será a mesma. Nem o papado. Foi um fato heróico do Concílio, por exemplo, substituir a missa em latim por missa em vernáculo... Por isso, eu acredito que a Igreja renovada terá uma grande necessidade de jovens padres brilhantes, com formação excepcional, para levar adiante as decisões do Concílio Vaticano... E, sabe, nós, da Igreja católica, também precisamos de idealismo. Haverá forças poderosas, dentro da própria Igreja, nos combatendo, e teremos grandes batalhas...

O padre Morgan absteu-se de sugerir diretamente que Tim deveria seguir o sacerdócio; eles tinham um acordo tácito de não voltar ao assunto, após Savage ter recusado uma proposta inicial para tornar a Igreja católica a sua vida. Mesmo assim, Tim estava muito interessado no Concílio Vaticano como um significativo fato histórico, e Morgan forneceu-lhe um fluxo constante de informações e documentos durante todo o tempo em que durou o Concílio — o mesmo período em que Tim estudava para se formar em Georgetown. No último ano da faculdade, Tim acrescentou, ao seu currículo escolar, um curso sobre a história da Igreja católica.

Certa tarde, poucas semanas antes da formatura, quando o *campus* da Georgetown era um mar de azaléias, tulipas e cornisos, ele foi convidado para um chá pelo reitor da Escola de Relações Exteriores, à qual ele se candidatara para um curso de pós-graduação. Na ocasião, sua irmã Julia, apenas iniciando a escalada na hierarquia em sua espetacular carreira no Departamento de Estado, o havia empurrado nessa direção. Ao entrar no gabinete do reitor, Tim foi apresentado a um senhor de meia-idade, que usava óculos sem aro, uma caríssima calça esporte cinza, paletó de *tweed*, camisa branca e uma gravata de tecido grosso. Usava aquilo como se fosse uniforme.

— Este é o Sr. Billington, da Agência Central de Inteligência — apresentou o reitor. — Ele pediu para conhecer você.

Tim concordou com a cabeça, intrigado. Nunca estivera com ninguém da CIA. Mas Billington não perdeu tempo com conversa fiada.

— A CIA está recrutando um grande número de funcionários, a maior parte nos melhores *campi* do país — informou a Tim, com desenvoltura. — O seu nome chamou a nossa atenção como uma perspectiva promissora, e o reitor teve a gentileza de providenciar este encontro. Espero poder interessá-lo em uma carreira na CIA. Como disse o presidente, trata-se de "o que você pode fazer pelo país".

Tim ouvira dizer vagamente que, ao passo que o FBI era parcial com os católicos, a CIA preferia os WASP — brancos protestantes anglo-saxões — e alunos da Ivy League, um grupo de prestigiosas universidades americanas, como o foram os veteranos da guerra que criaram a Agência a partir do Escritório de Serviços Estratégicos daquela época.

— Mas eu sou católico, como deve saber — lembrou Tim, arrependendo-se de imediato, ao perceber que fora uma observação imatura. Billington riu gostosamente, enchendo o seu cachimbo.

— Isso não é nenhuma surpresa em Georgetown — replicou. — É por isso que estou aqui. Você não acreditaria na quantidade de colegas seus que vamos contratar aqui. Todos de alta qualidade. Aliás, estou contente por ter mencionado a religião. A Agência está muito carente de especialistas em Islã e Oriente Médio; andamos nos concentrando demais na Europa, Ásia e América Latina. Se você concordar, a nossa pretensão é torná-lo um especialista em Oriente Médio. Estou a par do seu interesse no assunto e sei que se candidatou à Escola de Relações Exteriores daqui. Mas posso lhe garantir que a Agência cuidará muito bem de sua educação. E tenho certeza de que o reitor concordará...

Posteriormente, quando Tim pensou no assunto, a idéia o atraiu. Dentro de uma semana, deveria ligar para um número especial que Billington lhe fornecera, dando-lhe uma resposta.

A CIA parecia lhe oferecer o melhor de todos os mundos: educação superior, serviço à pátria naquela época de idealismo e uma carreira vitalícia certamente repleta de ação empolgante. Apesar do fiasco da Baía dos Porcos, a CIA ainda era vista com um quê de admiração, um misterioso serviço de elite. No dia seguinte, consultou o padre Hugh Morgan, confiando em sua discrição de jesuíta. Billington lhe pedira para não comentar com ninguém a oferta de emprego na CIA, exceto com os pais e com os amigos mais íntimos, se isso fosse absolutamente necessário para ajudá-lo a se decidir.

— Eu concordo — disse Morgan, todo sorridente. — Sabe, o serviço de informações foi o que nós, os jesuítas, fizemos de melhor durante séculos. Talvez ainda o façamos. Quem sabe? Por isso, estou contente por você entrar para a CIA, em vez de ingressar na Companhia de Jesus. Creio que é a segunda melhor opção.

É claro que o general Stella, o seu pai adotivo, ficou felicíssimo. Naquela noite, abriu uma garrafa de champanhe.

— Vamos comemorar... você, a sua mãe, o seu irmão e eu! — exclamou, contente. — Um brinde ao seu serviço ao país e ao futuro perito da CIA!

Tim passou dois meses no quartel-general da CIA em Langley, Virgínia, nos arredores de Washington, aprendendo o básico da atividade de informações, na Divisão de Treinamento. Foi sumariamente designado para a Diretoria de Planejamento — o lado clandestino ou "negro" da agência que executava mundialmente as suas operações secretas. Participou de reuniões com os analistas da Diretoria de Inteligência especializados em Oriente Médio, a maioria com doutorado nas melhores universidades, para adquirir um conhecimento geral sobre a atual situação política na região. Em seguida, foi despachado para a Fazenda, ao sul da Virgínia, a fim de passar pelo extremamente duro treinamento — físico, mental e paramilitar — dado aos futuros "operadores secretos". A Agência nunca se referia a eles como "agentes", uma designação reservada para estrangeiros que trabalhavam secretamente para a CIA no exterior.

No final do outono, Tim foi convocado para uma reunião com o chefe da Divisão do Oriente Médio da Diretoria de Planejamento.

— Bem, chegou a hora de você voltar para a escola — disse-lhe. — Estou muito necessitado de operadores secretos no Oriente Médio, e você será mandado de volta para Georgetown, que, segundo achamos, tem o melhor programa nesse campo. Não precisará de disfarce; você estará simplesmente fazendo a sua pós-graduação na sua universidade. E não precisarei vê-lo até completar o doutorado. Naturalmente, pagaremos seus estudos e as suas despesas e continuará na nossa folha de pagamento. Estamos investindo seriamente em você...

Em Georgetown, Tim inscreveu-se no Curso de Lingüística e Literatura de Língua Árabe e no Centro para o Entendimento Muçulmano-cristão da Escola de Relações Exteriores, o que o levou exatamente aonde ele queria anteriormente. E, mais uma vez, o seu caminho cruzou com o do padre Morgan, dessa vez em seu papel de erudito e professor de islamismo. Trabalhando os sete dias da semana, Tim obteve o grau de mestrado em História do Oriente Médio no final da primavera seguinte. Em um período de seis meses, estudando durante todo o verão, sob a cuidadosa orientação de Morgan e sem um momento livre para si mesmo, conseguiu, em tempo recorde, o doutorado em Estudos Islâmicos. A CIA o pressionava a fim de que se preparasse o mais depressa possível para o trabalho de campo; a Guerra dos Seis Dias entre Israel e os Estados árabes acabara de ser travada, e o governo dos Estados Unidos estava ávido por informações frescas. Tim tornou-se espantosamente fluente em árabe, durante o pouco tempo que teve à sua disposição. Ao conquistar o título de Ph.D., o mais jovem na história de Georgetown, ele estava à beira de um colapso, por causa da exaustão. Tinha vinte e seis anos. As pessoas que o conheciam afirmavam: "Que carreira fantástica o jovem Savage está fazendo."

Em meados de janeiro de 1969, o chefe da Divisão do Oriente Médio ordenou-lhe que partisse imediatamente para o Cairo, onde se juntaria à divisão da CIA. Tratava-se do maior posto avançado da CIA em todo o mundo, responsável não apenas por operações no Egito, mas em todo o âmbito do islamismo na África e no Oriente Médio, indo da Mauritânia, no Atlântico, a oeste, até a Síria e o Iraque, a leste, e incluindo a Jordânia, a Arábia Saudita e os Emirados Árabes no Golfo Pérsico. O Irã não-arábico estava sob uma jurisdição diferente da CIA. Mas a divisão do Cairo era, na verdade, um comando regional da CIA, e o seu chefe tinha muito mais poder político do que todos os embaixadores americanos da área juntos, quer se dessem conta disso ou não. Os operadores da CIA também eram muito ativos nos territórios da margem ocidental do Rio Jordão ocupados por Israel, e na Faixa de Gaza, no Mediterrâneo, onde ficavam de olho nos militantes palestinos.

Mais de cem operadores secretos foram designados para a divisão do Cairo. Alguns contavam com a imunidade diplomática da Embaixada americana, como o chefe da divisão — e os egípcios, é claro, conheciam a sua verdadeira identidade. Os que agiam secretamente estavam espalhados por toda a região do Egito, disfarçados como empresários, engenheiros, técnicos, consultores, professores e até mesmo jornalistas. Apenas o chefe da divisão conhecia a identidade deles. O setor do posto avançado, que concentrava igualmente a análise dos assuntos islâmicos e as operações secretas ordenadas por Langley ou imaginadas pelo chefe da divisão, estava localizado em um prédio de escritórios que abrigava a missão da AID, a Agência Internacional de Desenvolvimento, localizada a dois quarteirões do antigo Shephard's Hotel, no Nilo. A missão da AID no Egito, como em muitos outros países, dava cobertura aos operadores da CIA. Tim foi registrado oficialmente como membro da missão da AID.

Ele se dedicava ao trabalho com entusiasmo ilimitado. Estudava jornais, revistas e periódicos em língua árabe à procura de indícios de mudança nos padrões de comportamento de grupos islâmicos, inclusive do nascente movimento radical que começava a se voltar para o terrorismo. Em seguida, passou a manter um contato pessoal com eruditos islâmicos. O disfarce como membro da AID tornava o seu interesse perfeitamente legítimo: a missão criava e apoiava projetos culturais e educativos, ao mesmo tempo em que se infiltrava na comunidade intelectual e instruída.

Em pouco tempo, passou a manter relações de amizade com vários professores de teologia da Universidade Al-Azhar, do Cairo, a mais antiga do mundo e ainda a mais importante do Islã. Os professores se impressionaram com a sua fluência no árabe, com a compreensão que ele tinha do Islã e de suas leis *sharia*, baseadas no Alcorão, e, acima de tudo, com o seu sincero interesse no assunto. Exceto por alguns poucos teólogos americanos, nunca tinham conhecido um americano, e tão jovem, que se sentisse tão à vontade com sua religião e sua cultura. Tim adorava cada momento. O único acontecimento perturbador, no qual ele se viu indiretamente envolvido, relacionou-se ao "extermínio com dano extremo", no jargão da CIA, de um jovem informante árabe, que se descobriu ser agente duplo da inteligência síria e, talvez, tivesse comprometido inúmeras atividades da divisão. Tim usava-o ocasionalmente como fonte, e foi informado de seu "extermínio" em um beco escuro — com todos os detalhes sangrentos.

O caso de amor de Tim com os estudiosos islâmicos e intelectuais egípcios encerrou-se abruptamente após menos de um ano. No Dia de Ação de Graças, em 1969, o chefe da divisão do Cairo informou-lhe que a Agência ordenara sua transferência para o Vietnã, no menor espaço de tempo possível — ASAP (As Soon As Possible), no jargão burocrático. Tim ficou indignado.

— Mas, e o meu treinamento em assuntos árabes e de Oriente Médio? — interpelou, com o tom de voz se elevando. — A Agência investiu uma fortuna na minha educação. E os meus contatos aqui? Não me saí bem? Isso é um absurdo! Você não vai protestar?

— Não — revidou o chefe calmamente. — Não vou. Não cabe a você questionar os motivos...

Capítulo Quatro

1969

SAIGON ESTAVA INUNDADA, após três dias de um aguaceiro do tipo monção, quando Tim Savage aterrissou, em um domingo de dezembro, no Aeroporto Tan Son Thut imobilizado pelo nevoeiro. No Vietnã, os pilotos aterrissavam e decolavam praticamente com qualquer tempo, algumas vezes com resultados catastróficos espetaculares, e outras sem maiores dificuldades. Tim benzeu-se, quando o imenso avião de transporte de tropas C-141 da Força Aérea estacionou no terminal militar.

Foi recebido, ao pé da rampa, por um americano alto e magro vestindo um impermeável amarelo por cima de uma camisa florida havaiana e calça esporte, que lhe falou: "Savage? Sigame", e não emitiu mais nenhuma palavra até que o carro sem qualquer identificação, que os esperava a uns trinta metros e dirigido por outro americano calado, chegasse a um prédio de três andares no centro de Saigon. Conduziu Tim para o interior e escadas acima, até o último andar, onde o deixou diante de uma porta que dava para uma ampla sala acarpetada com aparelhos de ar-condicionado zumbindo debaixo das janelas.

Um homem de lábios finos e nada risonho, que parecia estar na casa dos cinqüenta e usava terno e gravata, levantou-se detrás de sua escrivaninha e estendeu-lhe a mão.

— Eu sou Roger Stephens — anunciou. — Bem-vindo ao

Vietnã. Você vai trabalhar diretamente para mim, no CORDS, vinculado a uma unidade especial de pacificação.

Na CIA em Langley, Tim ouvira falar que Stephens, uma espécie de figura lendária da Agência, servira como chefe da divisão de Saigon, nos primeiros anos da guerra, considerava-se a maior autoridade americana em Vietnã e não tolerava nenhuma divergência de seus pontos de vista, nem mesmo do diretor da Central de Inteligência, o seu superior, que, normalmente, condescendia com ele. Fervoroso católico romano de Boston, Stephens tinha uma profunda afinidade com os católicos sul-vietnamitas, a começar pelo presidente e os seus principais generais, na luta que travavam contra os comunistas hereges do Norte e seus lacaios sulistas, os vietcongues. Os budistas não tinham nenhuma voz ativa em Saigon, apesar de serem a maioria religiosa do país, e os seus monges de vestes cor de açafrão ficaram famosos por se queimarem vivos em protesto contra o governo ditatorial apoiado pelos americanos.

Tim soubera que, naquela ocasião, Stephens ostentava o sonoro título de subcomandante da Pacificação, COMUSMACV, e, pessoalmente, o grau de embaixador na imensa e intrincada burocracia de informações civil e militar que conduzia a guerra a partir de Saigon. COMUSMACV significava United States Military Assistance Command, Vietnam (Comando de Assistência Militar dos Estados Unidos no Vietnã), para manter viva a ficção inicial do Presidente Kennedy a respeito de "conselheiros" e "assistência", pois os Estados Unidos nunca chegaram a declarar guerra a ninguém no Vietnã. O Comando, MAC-V para encurtar, era comumente conhecido como "Pentágono Oriental", e o seu comandante-em-chefe era de Washington, um general quatro estrelas do Exército que jamais entendera a natureza do desafio que enfrentava, inclusive os motivos que haviam levado os vietcongues a combaterem com tanta obstinação. O MAC-V era ostensivamente uma dependência da Embaixada americana em Saigon, como o era também a enorme, poderosa e totalmente independente divisão da CIA.

O quarto pilar do sistema americano no Vietnã era o CORDS, junto com o comando militar, a Embaixada e a CIA, e foi para esse feudo de Roger Stephens que Tim Savage havia sido recrutado. CORDS significava Civil Operations and Revolutionary Development Support (Apoio a Operações Civis e Desenvolvimento Revolucionário) — todos os conflitos internos de países do Terceiro Mundo reivindicavam para si mesmos o elegante rótulo "revolucionário". Tecnicamente, o CORDS respondia ao comando do MAC-V, mas Stephens desfrutava uma quase total autonomia. O "disfarce" oficial do CORDS era o desenvolvimento econômico, e, aliás, desenvolvia uma série de programas sociais empregando o pessoal da AID.

A parte vital do CORDS, entretanto, eram o serviço de inteligência e as operações de elite de "busca e destruição" de Stephens, realizadas pelo seu Programa de Pacificação. Embora utilizasse gente da AID e oficiais militares americanos, a enorme estrutura do CORDS era dominada por antigos funcionários da CIA, e o trabalho de campo, executado pelos novatos da Agência. Por questões práticas, Stephens tinha o controle da divisão da CIA de Saigon, e, como o seu chefe, utilizava inquestionavelmente os recursos de que dispunha. Os militares, do mesmo modo, estavam à disposição de Stephens e forneciam Forças Especiais e Rangers do Exército para as suas operações.

Fundamental, em seus empreendimentos clandestinos, era

a criação de Stephens, batizada de "Operação Fênix" e planejada como a principal arma americana contra o movimento insurrecional. E foi para a Operação Fênix que designaram Tim, no instante em que chegou a Saigon. Porque a Guerra do Vietnã ia de mal a pior a cada dia — nove anos após o Presidente Kennedy ter enviado os primeiros soldados americanos como "conselheiros" e começar uma escalada até atingir um efetivo de meio milhão — Stephens e seus auxiliares conceberam a Operação Fênix como um meio de minar o inimigo. Era um complemento à campanha de guerra americana que, no seu auge, reunia centenas de milhares de soldados, tanques, artilharia pesada, bombardeiros e caças a jato, helicópteros armados com foguetes e metralhadoras, montanhas de bombas e rios de napalm, em apoio ao profundamente incompetente e corrupto exército sul-vietnamita.

Stephens estava convencido de que os comunistas sairiam derrotados, a guerra, vencida, e o Vietnã, "pacificado", somente quando fossem liquidadas as guerrilhas vietcongues no sul — conhecidas formalmente pelos americanos como Infra-estrutura Vietcongue (VCI). Seus líderes e combatentes, acreditava Stephens, tinham de ser identificados, capturados, interrogados, e "exterminados" nos vilarejos onde eles viviam aparentemente como camponeses pacíficos e indefesos, mas que, na verdade, tramavam e planejavam a guerra de guerrilha, expandiam as suas vitais comunicações mesmo quando aravam as terras encharcadas e se tornavam insurgentes homicidas noturnos.

As aldeias vietnamitas, teoricamente, eram controladas pelo Vietnã do Sul e pelas tropas americanas; "teoricamente", porque eram controladas apenas durante o dia, tornando-se território vietcongue ao anoitecer. Na opinião de Stephens, essa realidade desastrosa somente poderia ser revertida através da operação, batizada por ele de Fênix, por causa de *phung hoang*, uma enorme ave que, no folclore vietnamita, era capaz de voar a qualquer hora para qualquer lugar. No seu entender, a Operação Fênix tratava-se de um empreendimento puramente da CIA e ele não a confiaria a mais ninguém.

Foi por isso que Stephens exigiu que a Agência em Langley — e através de amigos em Washington, a própria Casa Branca — aumentasse o contingente da CIA no Vietnã com o máximo possível de jovens funcionários promissores. E foi por isso que Tim Savage acabou em Saigon uma semana antes do Natal.

O nome oficial da Fênix era Unidades Provinciais de Reconhecimento (PRU), outro eufemismo com a intenção de fazer o Programa de Pacificação parecer construtivo e benigno. Como tudo o mais, porém, as suas turmas — geralmente de dez homens — eram, pura e simplesmente, esquadrões da morte. Tim percebeu isso ao ouvir Stephens explicar a Fênix, durante uma instrução, na espaçosa sala de reuniões refrigerada do CORDS, dirigida a funcionários da CIA recém-integrados à operação.

— O que precisamos fazer é estraçalhar a infra-estrutura vietcongue, nem mais nem menos — disse Stephens, com o seu estranho tom de voz esganiçado, dirigindo-se aos presentes de uma tribuna diante de um enorme mapa do Vietnã dividido em regiões, províncias e distritos militares e do CORDS, e coordenadas que mostravam as áreas de atividades da Fênix.

Um homenzinho calvo, magro como um bambu e feições pronunciadas, Stephens sentia-se mais à vontade olhando os funcionários de cima para baixo. Era muito tenso, e o contato visual o deixava nervoso. Sempre que possível, evitava isso, às vezes retirando bruscamente os óculos sem aro, como se para poupar os claros olhos azuis da experiência de encarar um outro ser humano.

— E isso não é tão complicado assim — prosseguiu. — Devemos localizar os quadros de militantes, interrogá-los sobre suas ramificações, neutralizá-las e, quando menos se esperar, teremos, finalmente, rompido a espinha dorsal do inimigo. Isso deveria ter sido feito desse modo, anos atrás, em vez de perdermos tempo e recursos com os tais Povoados Estratégicos e com as extensas missões de busca e destruição e as enganosas contagens de corpos feitas pelo Exército.

Stephens deixou claro que o seu conceito global de pacificação incluía o "reassentamento de aldeias", no qual famílias de camponeses não suspeitas de contato com o inimigo seriam transferidas, depois que as suas casas, localizadas em territórios vietcongues claramente identificados, fossem queimadas por turmas da Fênix ou por unidades normais do Exército americano e sul-vietnamita, no intuito de "eliminar centros de contaminação e contágio e lhes dar uma lição", de acordo com suas próprias palavras. Reconheceu que nem *todas* as famílias de camponeses eram militantes vietcongues. Fez uma pausa, e continuou:

— Faz parte de suas responsabilidades, cavalheiros, identificar as aldeias inimigas e, se necessário, dizimá-las, após terem lidado com os quadros de militantes e com os líderes... de preferência exterminando-os. E não preciso lembrá-los de que tudo relacionado à Fênix é sigiloso. Nenhuma palavra deve ser dita para ninguém fora da operação. No nosso esquema de trabalho, não precisamos do tipo de publicidade que envolveu My Lai...

O que Stephens disse naquele dia fez sentido para Tim Savage. Filho de um herói de guerra, católico praticante desde a infância e dedicado funcionário da CIA, achava legítima a luta anticomunista no Vietnã e o uso de tropas americanas em apoio a Saigon. Afinal de contas havia sido JFK, o homem que tanto admirava, quem primeiro decidira envolver os Estados Unidos na Indochina. Na cabeça dele, isso estava de acordo com o idealismo de sua geração.

Tim, é claro, tinha a compreensão de que pessoas morriam nas guerras e que essa crueldade suprema fazia parte delas. Pertencia a uma cultura política e religiosa que aceitava essas realidades, moral e eticamente; no antigo senso cristão, se uma guerra tinha uma "causa justa", era, portanto, uma "guerra justa". E, naquele momento, em sua mente, não havia dúvidas de que esse, certamente, era o caso do Vietnã. Os Estados Unidos estavam em meio à Guerra Fria, a expansão do comunismo precisava ser controlada a todo custo e os longamente sofredores vietnamitas deviam ter uma chance de liberdade, independência e democracia. Eram esses a tradição e o modo americanos. E concordava com Stephens, que a infra-estrutura vietcongue precisava ser erradicada, se quisessem esmagar a insurreição. Não havia outra maneira, e, para Tim, a Fênix era o instrumento apropriado. Não sentia nenhum escrúpulo em relação à missão. Idéias como "neutralizar" os quadros vietcongues não passavam de abstrações em sua mente, ao ouvir Stephens naquela primeira manhã em seu novo trabalho.

Conseqüentemente, ao receber as suas ordens de agir pela Fênix, ele não se via como um possível assassino. A palavra nem mesmo passava pela sua cabeça. Não tinha tempo suficiente na CIA para estar familiarizado com a cultura secreta de assassinatos políticos da Agência, que remontava aos anos 50, logo após a sua criação pela Lei de Segurança Nacional do Presidente Truman. Por incrível que pareça, talvez os fundadores da CIA — homens cultos, ricos e tementes a Deus da elite do litoral do leste — não tivessem escrúpulos em relação a utilizar tais assassinatos como uma arma para incrementar a idéia que tinham dos objetivos e interesses da política externa dos Estados Unidos. Para eles, nem mesmo se tratava de uma questão de "causa justa", mas de puro pragmatismo e efeito positivo. O planejamento e a execução de assassinatos políticos cercavam, com uma benévola aura romântica de cavalheirismo andante, as operações secretas da CIA. Os operadores secretos viam a si mesmos como parte de uma irmandade nobre e heróica, o seu entusiasmo geralmente ampliado pelo máximo sigilo que cercava as missões de "extermínio com dano extremo".

Como Tim Savage viria a descobrir a tempo, essa idéia fixa se refletiu no papel desempenhado pela CIA, em 1954, na deposição do presidente eleito da Guatemala, um esquerdista chamado Jacobo Arbenz Guzmán, que havia instituído uma política de reforma agrária e se acreditava estar criando fortes laços com o comunismo e Moscou. Como não poderia deixar de ser, a United Fruit Company, uma potência na América Central e com esplêndidas ligações em Washington, era o alvo principal da reforma agrária e da racionalização da terra. Rapidamente, a CIA montou uma força paramilitar guatemalteca para derrubar Arbenz, ao mesmo tempo em que a sua Divisão de Serviços Técnicos desenvolvia detalhados procedimentos de assassinato. Estes foram reunidos em um manual de treinamento para assassinatos, o qual enfatizava que "a técnica específica empregada vai depender de um grande número de variáveis, mas deve ser constante em um ponto: a morte precisa ser absolutamente certa". As instruções acrescentavam, prestimosamente, que a "certeza absoluta é conseguida ao se cortar a medula espinhal na região cervical". No final das contas, não foram necessários assassinatos na Guatemala — Arbenz caiu rapidamente —, mas a CIA permaneceu fiel a essa sua opção de política de alto nível. Tim Savage conseguiu um exemplar do manual de treinamento na pequena biblioteca do quartel-general do CORDS em Saigon, mas, como não tinha nenhuma experiência em operações da CIA, isso não o deixou particularmente impressionado ou perturbado.

Não sabia, por exemplo, que, no início dos anos 60, foi a CIA que praticamente assumiu o controle de todas as decisões tomadas no Congo, que acabara de ter sua independência outorgada pela Bélgica, com a ajuda de Patrice Lumumba, um jovem esquerdista que freqüentara a "Universidade da Amizade" de Moscou e se tornara o primeiro líder do país. Washington, entretanto, temia a influência comunista no Congo — além do fato de o imenso país africano ser excessivamente rico em urânio, o material em estado bruto da bomba nuclear, como também em cobalto, ouro e diamantes. Imediatamente, Lumumba apareceu na lista de assassinatos da CIA, e logo foi morto por um atirador desconhecido.

Ainda na década de 60, Fidel Castro também entrou nessa lista. No caso de Cuba, havia uma convergência de interesses; o da segurança nacional dos Estados Unidos — Cuba ficava a "Noventa Milhas de Casa" —, o das grandes empresas americanas cujas propriedades estavam sendo nacionalizadas pelos vitoriosos revolucionários, e o do crime organizado, que era dono dos cassinos de Havana. Isso levou a Divisão de Serviços Técnicos da CIA e os especialistas em assassinatos da Máfia a se juntarem na concepção de métodos surrealistas para eliminar Castro. Todos fracassaram.

Não era de surpreender, portanto, que o assassinato como

instrumento político e de combate à insurgência fosse adotado pela CIA, no Vietnã, e aperfeiçoado por Roger Stephens. Quando Tim Savage chegou ao Vietnã, a Fênix de Stephens já estava há anos em operação. E ele só compreendeu o seu significado quando foi designado para uma missão no Delta do Mekong.

Capítulo Cinco

A MISSÃO DE TIM SAVAGE era em Can Tho, a capital da província de Phong Dinh, na região meridional do Delta, que servia de quartel-general do Programa de Pacificação para todo o Delta do Mekong, bem ao Sul de Saigon. O Delta fazia parte da Unidade IV — o Vietnã do Sul havia sido divido em quatro regiões controladas por Unidades militares — e Can Tho era o lar do CORDS IV, que, entre outras responsabilidades, coordenava as operações da Fênix naquele setor do país. O comando das forças militares da Unidade IV do Exército sul-vietnamita também estava localizado em Can Tho, junto com o comando de sua Vigésima-Primeira Divisão de Infantaria, provavelmente uma das mais inúteis de toda a guerra.

Em uma manhã nevoenta do início de janeiro de 1970, um helicóptero de combate Blackhawk havia levado Tim, do heliporto de Newport, acima do Rio Saigon, no centro da cidade, para Can Tho. Ele viajou na companhia de outros dois funcionários novatos da CIA, subordinados à Fênix, e de Jake Kurtski, o chefe da Unidade IV do CORPS, que voltava para a sua base após vários dias de intensas consultas no "Pentágono Oriental" com Stephens e militares do Alto Comando. Kurtski era o chefe imediato de Tim.

Um homem completamente calvo e baixo, ele tinha compleição forte, um grosso pescoço, o rosto vivia eternamente vermelho e os olhos verdes eram estranhamente comprimidos —

estava sempre mastigando um charuto apagado. Nascido na Polônia, tinha sido para os Estados Unidos em 1947, aos vinte e três anos, vindo da Alemanha, de um campo de refugiados de guerra. O seu patrono foi um coronel da Inteligência do Exército, que ficara impressionado com a tenacidade e o talento do jovem para a manipulação, e o havia incorporado à sua equipe particular como prestador de serviços. Durante a guerra, na Polônia, Kurtski pertenceu ao grupo armado de resistência antialemão — o Exército da Pátria —, mas fugiu para o Oeste antes do avanço dos soviéticos. Ele odiava os comunistas ateus. Nos Estados Unidos, passou mais ou menos um ano trabalhando, como funcionário civil, em uma unidade da Inteligência em Fort Benning, Geórgia, antes de ser cooptado pela recém-criada CIA.

A Agência estava ansiosa por funcionários durões, principalmente os que tivessem experiência de guerra e falassem línguas estrangeiras; Kurtski era um candidato ideal, fluente em polonês, russo, alemão e francês. Os campos de refugiados eram excelentes escolas de línguas para autodidatas, pois reuniam gente de uma dezena de nacionalidades. Na CIA, ele logo descobriu que os seus superiores eram um tanto quanto parciais com os europeus, particularmente com os europeus orientais e os alemães, e rapidamente prosperou em seu novo ambiente. O conhecimento que tinha do tempo da resistência era uma outra vantagem. Designado para a "negra" Diretoria de Planejamento, foi enviado de volta para a Europa, a fim de ajudar a espalhar a rede da CIA por todo o continente, preparando divisões em Viena, Bonn, Berlim e Helsinque.

Quando o Presidente Kennedy resolveu envolver os Estados Unidos no Vietnã, Kurtski estava entre os primeiros operadores veteranos da CIA a ser enviados a Saigon. Não estava familiarizado com o Sudeste Asiático, mas os seus superiores — principalmente o chefe de divisão Roger Stephens — achavam que ele era capaz de se adaptar rapidamente. O único pedido dele foi para que lhe permitissem ficar indefinidamente no Vietnã; no seu entender, tratava-se do maior desafio de sua carreira, uma guerra de verdade, ao contrário da imperceptível Guerra Fria. Estava determinado a ajudar os Estados Unidos a serem vitoriosos por lá — em gratidão ao seu país adotivo.

Rapidamente, aprendeu o suficiente de vietnamita para lidar com amigos e inimigos nativos, e dominou os conceitos da guerra de guerrilha mais depressa do que os seus superiores americanos, que ainda tentavam entender o significado de insurgências nacionalistas. Quando chegou a ocasião, Kurtski estava à mão para ajudar Stephens a dar origem à Operação Fênix. Solteirão e solitário, não tinha outros amigos além de Stephens, e era francamente antipatizado e temido pelos seus colegas da CIA, o que lhe convinha muito bem. Dedicava-se a porres solitários — com bourbon — uma vez por semana. Tinha um temperamento violento. Havia matado pessoas sem hesitação ou remorso.

No heliporto de Newport, Kurtski ladrou para Tim, na primeira vez em que se dirigiu a ele, uma frase carregada de sotaque polonês:

— É melhor vocês agirem sempre em conjunto, ou o inimigo vai foder com a *pórra* das suas cabeças. — E repetiu-a para os outros dois operadores. Ele portava uma pistola Colt calibre .45 sob a folgada camisa havaiana, a marca registrada do guarda-roupa à paisana do pessoal da CIA para climas quentes. A maioria dos funcionários da CIA em trabalho de campo desprezava trajes militares, e os vietnamitas que trabalhavam ou se encontravam perto de americanos sempre conseguiam reconhecer, pelo mau gosto nas roupas, quem estava "disfarçado". Tim, que trouxera camisas esportes coloridas do Cairo, usava naquela manhã o melhor produto florido de figurinistas egípcios da pior qualidade, para ficar em sintonia com a idéia do que a Agência fazia de um uniforme. Ele solicitara uma arma leve, mas o chefe da tripulação do Blackhawk lhe entregou um rifle automático M-16, assim que Tim embarcou no helicóptero.

— Nunca se sabe — comentou casualmente o chefe da tripulação de aparência juvenil. — Os sacanas gostam de atirar a esmo em nossa direção. Ou, então, podemos cair...

Os rotores ganharam vida, o helicóptero estremeceu na plataforma, arremessou-se adiante como um puro-sangue livre de uma porteira, e o chefe da tripulação instalou-se confortavelmente atrás de uma metralhadora giratória de grosso calibre instalada em uma das portas de correr aberta.

Deixando Newport para trás, o Blackhawk elevou-se a cerca de mil metros através da neblina matutina, os pilotos ajustando-o na direção Sudoeste. Pelo intercomunicador, o chefe dos tripulantes explicou para os passageiros que os pilotos do helicóptero preferiam voar acima do raio de ação de armas leves disparadas do solo.

— Sabe, um dia desses um piloto perdeu os ovos quando uma bala atingiu a parte de baixo do chassi do helicóptero, penetrou no aparelho e alcançou o saco do sujeito — gritou o chefe no microfone, com um tom levemente divertido. Delicadamente, Tim passou os dedos pelo tecido da camisa esporte, acariciando abaixo dela o medalhão de prata de São Cristóvão que pendia de um fino cordão em seu pescoço. A relíquia, abençoada pessoalmente pelo Papa Pio XII, tinha-lhe sido dada pela mãe, logo após a guerra, quando retornou de uma audiência coletiva no Vaticano. Ela garantiu a Tim que São Cristóvão o manteria em segurança aonde quer que ele fosse.

Com o sol da manhã se elevando a bombordo do Blackhawk e os seus raios oblíquos colorindo a região rural de rosa e vermelho — a neblina se dissipara —, Tim conseguia distinguir as características da paisagem abaixo. Primeiro, surgiu a fatia ocidental da Planície dos Juncos, uma zona de combate desprovida de vegetação, devastada pelo fogo. Em seguida, imediatamente após a capital provincial de My Tho, havia a imensidão silenciosa do Delta do Mekong. O pujante Rio Mekong, que nasce nas elevações tibetanas e é conhecido pelos vietnamitas como Me Nam Kong, na verdade se torna dois rios apartados, ao se dividir, logo abaixo da fronteira cambojana, no Tien Giang, formando a fronteira setentrional do delta, e no Hau Giang, a divisória meridional. Entre os dois rios encontra-se o Delta propriamente dito, uma faixa de terra oblonga abençoada por uma fertilidade extraordinária, graças às enchentes anuais do Tien Giang e do Hau Giang, que desembocam no Mar do Sul da China.

Mesmo antes de atravessar o Tien Giang, Tim podia ver os verdes arrozais alagados, ao norte do rio transbordado, e as pequeninas formas dos búfalos-da-índia já trabalhando presos às suas cangas de madeira. Raios solares faziam brilhar a superfície molhada dos campos de arroz como se fossem vidraças gigantescas. Tim sabia que o Delta tinha duas coisas em grande abundância: arroz e vietcongues. Suas províncias de Vinh Long e Vinh Bin eram o celeiro do Vietnã do Sul, que morreria de fome sem o arroz do delta. Mas esse arroz também sustentava os vietcongues e, por conseguinte, toda a guerra de guerrilha na estratégica região da Unidade IV.

Tim também estava ciente do quanto era precária a situação do Vietnã como um todo, além do problema do Delta. Dois anos antes, os combatentes vietcongues haviam aberto violentamente o caminho até Saigon, em uma jogada desesperada que culminou com a sua Ofensiva do Tet. Repelidos e arrasados pelo devastador poder de fogo dos americanos e do ARNV (Exército da República do Vietnã do Norte), eles rapidamente reconstituíram os seus quadros, sem jamais ceder o controle do Delta do Mekong. Os mapas dos campos de batalhas da CIA, que Tim estudara em Saigon, indicavam que os guerrilheiros tinham novas bases no delta ocidental, que se comunicavam com os refúgios no Camboja, onde armas e suprimentos desciam pela Trilha Ho Chi Minh, vindos do Vietnã do Norte e do porto cambojano de Sihanoukville pela Trilha de Sihanouk.

Acreditava-se que o quartel-general subterrâneo fantasma dos vietcongues — o famoso COSVN, um acrônimo dos americanos para Central Office for South Vietnam (Escritório Central para o Vietnã do Sul) — estivesse estabelecido em alguma parte a oeste ou a noroeste do delta, mas ele nunca tinha sido localizado pela Inteligência. Roger insistia que o COSVN se tornaria o grande prêmio, se os seus grupos da Fênix conseguissem desbaratá-lo ou, pelo menos, ajudassem a localizá-lo através de interrogatórios feitos com comandantes vietcongues capturados.

— Não me importa o que for necessário ou quantos inimigos vocês tenham que matar — dizia ao pessoal da Fênix. — Eu quero o COSVN...

O Blackhawk atravessara o Delta em menos de meia hora e cruzava o Hau Giang. Esse era o Delta meridional, com as províncias de Phong Dinh e Ba Xuyen, infestadas de vietcongues. O helicóptero descaiu abruptamente para a direita e baixou até uma plataforma de concreto.

— Fim da linha... Can Tho — anunciou o piloto pelo intercomunicador. — Desembarquem, por favor. Preciso reabastecer e voltar ao inferno.

Encravada na margem sul do Hau Giang, Can Tho era uma colméia em atividade. Ao saltar do Blackhawk, Tim viu seis ou sete outros helicópteros na área de pouso; entre eles, dois cargueiros Chinook, em vários estágios de descarregamento de suprimentos e reabastecimento. Soldados sul-vietnamitas usando capacetes dirigiam caminhões para dentro e para fora da área, vigiados por entediados soldados americanos, garrafas de cerveja na mão, sentados em Jeeps estacionados nas laterais. Descendo uma estrada sulcada, adiante da área de pouso, Tim conseguia ver agrupamentos de casas, as nuvens de fumaça espiralando preguiçosamente acima dos telhados. Os mosquitos zumbiam contentes. Bem, pensou Tim, este é o meu novo lar.

Mais precisamente, o seu novo lar em Can Tho era um confortável quarto de uma casa de dois andares no condomínio do CORDS protegido por cercas de arame farpado, localizado a oeste, nos arredores da cidade. O aposento lhe foi designado por Jake Kurtski, que ocupava, ali perto, uma espaçosa casa de campo pertencente a um rico proprietário de terras sul-vietnamita, que fugira para Saigon quando os vietcongues começaram a se consolidar no Delta. Como companhia, Kurtski tinha dois cães *rottweiller* pretos e, durante o dia, duas criadas vietnamitas. Todos os movimentos das mulheres eram observados por guardas armados da CIA, como garantia para que não tentassem envenenar Kurtski ou matá-lo de outra maneira. O inimigo costumava usar mulheres como operadoras clandestinas. Além disso, Kurtski estava convencido de que as criadas poderiam roubar garrafas do seu estoque de uísque Jack Daniel's com uma mistura especial de maltes destilados. À noite, a casa era vigiada por um pelotão da CIA fortemente armado, e quem se aproximasse era banhado pela luz de holofotes.

Nenhuma medida de segurança protegia a casa onde Tim fora alojado. O seu senhorio, por assim dizer, era Joseph Ryan, um funcionário civil da AID e assistente de Kurtski. Os dois outros funcionários da CIA também tinham quartos na casa de Ryan, que era a coisa mais próxima de uma pensão americana no Vietnã. Os homens faziam lá as suas refeições, nos intervalos do trabalho de campo, e tinham acesso à sala de estar com um aparelho de TV que captava facilmente o forte sinal da estação das Forças Armadas de Saigon que transmitia para o Sul através de torres de microondas. No controle dos afazeres domésticos, estava Sonia, a mulher de Ryan, a única dependente americana em Can Tho.

Can Tho era um local razoavelmente agradável, principalmente para militares americanos, funcionários da CIA e o pessoal do CORDS. Afinal a cidade era protegida de um ataque frontal por um destacamento dos Rangers do Exército, tropas sul-vietnamitas e helicópteros de combate estacionados lá — e, a qualquer momento, podia ser requisitado o apoio aéreo de jatos. Entre os americanos no Delta, Can Tho era conhecida como "Palm Springs", porque o condomínio do CORDS tinha uma piscina e um bem-equipado clube para oficiais. Americanos na guerra, como Tim estava percebendo em Can Tho, tinham um talento e uma predileção para o escapismo que beiravam o surreal. Na primeira vez que foi à piscina cercada de vestiários, encontrou colegas de calções, chapinhando na água, as suas M-16 e armas leves enfiadas em coldres repousando sobre o deque de concreto e ao alcance fácil da mão.

— Ei, não é um lugar legal para se planejar a Pacificação? — gritou para Tim um bem bronzeado capitão dos Rangers que segurava uma garrafa de cerveja. — Puxa, isto é que é vida.... se a gente viver o bastante!

A missão principal dos Rangers em Can Tho era participar dos grupos da Fênix. Tim conhecera todos os envolvidos com a Fênix — da CIA e dos Rangers — no dia em que chegara ao quartel-general do Delta, durante uma reunião presidida por Jake Kurtski. Mastigando o seu charuto apagado, entre um gole e outro de gim tônica — o seu drinque do meio-dia —, ele exortou os recém-chegados a desfrutar "todos os prazeres de nossa Palm Springs".

Olhando de banda e piscando de forma obscena, aconselhou ao seu pessoal:

— É bom fazerem o que eu digo! Bebam, nadem e trepem enquanto podem... há muita boceta nativa por aqui... e algumas nem tanto nativas. Vocês devem encarar o fato de que a Fênix tem uma puta taxa alta de baixas. Quando os filhos da puta nos pegam, eles nos matam... do mesmo modo como a gente mata eles. Não se esqueçam disso...

No ambiente doméstico dos Ryan, o conselho dado por Kurtski permanecia bem fixado na mente de Tim. Aliás, a idéia lhe ocorrera assim que botou os pés na casa e viu Sonia Ryan. Tratava-se de uma bela mulher, no final da casa dos vinte anos, com um corpo extraordinariamente bem esculpido, cor azeitonada, olhos castanho-claro e maçãs do rosto pronunciadas revelando os seus ancestrais latinos, talvez astecas. Sonia caminhava com uma sensualidade perfeitamente natural, e a primeira reação de Tim foi achar que Joe Ryan, uns vinte anos mais velho do que ela, só podia estar fora de si, ao trazê-la até Can Tho, para viver entre homens excessivamente tesudos que não sabiam se estariam vivos no dia seguinte. Ryan ficava muito tempo fora, geralmente vários dias de cada vez, fazendo inspeções ou viagens para os "Povoados Assentados", um dos seus principais projetos, e se Sonia desejasse, não havia falta de oportunidades para infidelidade.

Ocorre que, sem perda de tempo, ela desejou. Com Ryan tendo viajado para uma inspeção, no terceiro dia após Tim ter se mudado para a casa, Sonia apareceu no quarto dele, pouco depois da meia-noite, os cabelos soltos e o fino penhoar sobre o corpo nu. Deslizou para a cama ao lado dele, beijou-o intensamente na boca e sussurrou: "Quero que você me foda..." Tudo se acabou em dez minutos. Sonia deu-lhe um beijo no rosto, afagou sua cabeça e sumiu sem dizer uma só palavra.

Tim sentiu-se um tanto quanto satisfeito e agradavelmente

violentado; aquilo não havia sido muito romântico, mas, que se dane! Já tivera várias experiências sexuais, boas, ruins e indiferentes, que começaram na época da faculdade, em Georgetown, e prosseguiram, felizmente, se bem que com maior discrição, depois que entrou para a CIA. A Agência não tinha interesse na atividade heterossexual dos seus funcionários, desde que não colocasse em risco a segurança nacional. Como não era obcecado por sexo, Tim sempre tomara a iniciativa — era o atacante —, pois via isso como algo natural, e a abordagem totalmente utilitária de Sonia tratava-se de uma inovação. Sempre que Ryan estava viajando, ela fazia as rápidas peregrinações ao quarto de Tim, e a vida sexual dos dois adquiriu a regularidade relativamente satisfatória de refeições noturnas. Os orgasmos dela aconteciam com a precisão do mecanismo de um relógio suíço, durando exatos dez segundos. Nas tardes de domingo, ela fazia sexo oral. Como Kurtski mencionara, Can Tho ofertava os seus próprios produtos de prazer.

Capítulo Seis

Tim Savage passou o primeiro mês em Can Tho organizando e treinando o seu grupo da Fênix, estudando o tráfico de informações e tentando se familiarizar com a geografia do Delta do Mekong, nos mapas fornecidos pelos sul-vietnamitas e militares americanos, por mais precários que fossem. Kurtski também ordenara que Tim realizasse exercícios intensivos em guerra na selva, habilidade em sobrevivência e técnicas de interrogatório. Os Rangers e os veteranos da CIA que agiam na Fênix eram os seus instrutores, e entre eles estava Paul Martinius, um magro filho de sicilianos já há um ano em Can Tho, que Tim considerava o mais sério e inteligente de todos os funcionários da Agência que se encontravam por lá. O pessoal da Inteligência sul-vietnamita incorporado ao CORDS e os comandantes da unidade das Forças Regionais ensinaram a Tim tudo o que sabiam sobre deslocamentos, táticas e práticas de dissimulação dos vietcongues. Mas, logo de cara, ele teve a perturbadora sensação de que os sul-vietnamitas sabiam muito pouco sobre o montante de seus opositores.

— O que você esperava? — interpelou Martinius, quando Tim se queixou da qualidade do serviço de Inteligência sul-vietnamita. — Uma combinação de Einstein com James Bond?

O que havia de mais complexo na organização das turmas da Fênix era integrar os seus membros o mais estreitamente possível, apesar de suas diferenças básicas em formação, culturas e línguas. Para obter sucesso e sobreviver, eles precisavam se relacionar, confiar um no outro e ter a capacidade de atuar em conjunto como instrumentos bem-afinados. Tratava-se de um objetivo singular, mas, após um mês, Tim percebeu que a coisa tinha saído melhor do que o esperado. Havia dez homens na turma, batizada por Kurtski com o codinome "Romeu", por causa da identificação militar usada para a letra "R" (era a "Turma R").

Os dois outros funcionários da CIA na Romeu haviam participado de missões anteriores da Fênix, mas eram, principalmente, mestres especialistas em contra-revolta com pouca experiência militar. Os três Rangers subordinados a Tim — um jovem e fervoroso tenente e dois sargentos — tinham participado apenas de uma investida. Os quatro sul-vietnamitas haviam sido convocados das Forças Regionais, uma milícia que operava em sua região nativa e estava bastante familiarizada com a selva do Delta e suas trilhas, e com os povoados e os camponeses do lugar. No passado, já haviam trabalhado com a Fênix, e o seu conhecimento de inglês era suficiente para agirem como intérpretes nos interrogatórios dos vietcongues capturados pelas turmas. Tim perguntara a Martinius se os sul-vietnamitas podiam ser confiáveis como intérpretes; o amigo deu de ombros e respondeu:

— Por que deveriam ser confiáveis? Eles também são vietnamitas. Nós vivemos nos esquecendo disso...

Jake Kurtski, por sua vez, sabia exatamente o que esperar da turma. Os seus destacamentos da Fênix eram posicionados, genericamente, de um modo aleatório, para varreduras em áreas onde a Inteligência indicava haver líderes vietcongues agindo sob o disfarce de pacíficos aldeões. Uma varredura podia durar uma semana, duas, ou até mais, dependendo dos resultados, de novas informações conseguidas em campo, dos suprimentos, e da condição dos homens. Era sempre uma espécie de loteria o fato de uma turma conseguir localizar líderes vietcongues, mas Kurtski agia baseado na teoria, provavelmente correta, de que havia *algum* vietcongue em cada aldeia, e que ele deveria ser tratado de acordo. E explicou o que queria dizer com "de acordo", na reunião que fez com os membros americanos da Romeu, na noite que antecedeu a partida da turma para realizar a sua missão.

— Trata-se de uma operação em três etapas — explicou. Estava sentado atrás de sua escrivaninha, na sala de estar de sua casa de campo, mordendo o charuto e bebericando Jack Daniel's de um copo curto e largo. — A primeira etapa, obviamente, é penetrar na aldeia... não importa qual. A segunda é extrair tudo das pessoas. Podem ser anciãos do povoado. Ou podem ser mulheres. Vocês começam interrogando-os sobre quantos guerrilheiros há no povoado ou nas vizinhanças, quem são os chefes, como é feita a comunicação entre os grupos, se há armas e alimentos escondidos, e assim por diante. Tudo bem, se tiverem que agredi-los, surrá-los, torturá-los, ou seja lá o que for, mas é preciso ter paciência. Vietcongues mortos não falam. A terceira etapa é liquidá-los, *após* terminar o interrogatório; podem fazer isso do modo que desejarem. Não há motivos para deixá-los com vida... afinal de contas são o inimigo. Ah, sim, e cabe a vocês decidirem se devem ou não incendiar o povoado, depois do interrogatório... Boa sorte e boa caçada, cavalheiros.

A primeira missão de Tim era uma varredura no sul do Delta, em uma área de várias centenas de quilômetros quadrados, aproximadamente entre os municípios de Duc Long e Khanh Hung, uns cinqüenta quilômetros ao Sul de Can Tho. Kurtski lhe dissera que a varredura deveria durar cerca de duas semanas. Somente em graves emergências a turma deveria se comunicar pelo rádio com Can Tho, em código: se estivesse correndo sério perigo, ou se tivessem obtido informações de natureza urgente que precisassem ser comunicadas de imediato. Os vietcongues sabiam como interceptar o tráfego radiofônico dos americanos, e era mais seguro manter o rádio em silêncio.

O reconhecimento aéreo indicara que havia porções de terra seca entre as represas e os arrozais próximos a Duc Long, a cidade mais próxima de Can Tho, onde os helicópteros podiam deixar o pessoal. Ao amanhecer, Tim e o grupo foram levados para a área de pouso de Can Tho e embarcaram, em dois Huey de combate, para fazer a viagem. Tim ia no helicóptero da frente, com um funcionário da CIA, os dois sargentos dos Rangers e dois soldados das Forças Regionais vietnamitas. Os Huey voavam baixo, tirando vantagem do solo abaixo coberto pela neblina matinal, e, mais ou menos vinte minutos depois, pousaram, com a diferença de um minuto, sobre um pequeno outeiro que se elevava acima dos arrozais alagados. Um ajuntamento de árvores era visível no meio na neblina.

— Muito bem, para fora — gritou pelo intercomunicador o piloto do helicóptero de Tim. — Não posso me arriscar a ser um alvo fácil aqui... Deve haver inimigos por todos os lados... Não deixem de marcar as coordenadas deste lugar nos seus mapas... É aqui que virei apanhar vocês, quando formos avisados de que estão prontos para voltar para casa... E... ah, sim, tenham um belo dia, senhores...

As naves se foram, e a Romeu foi deixada, no que parecia ser o meio de absolutamente lugar nenhum, juntando suas armas, rádios e suprimentos.

— Onde é que vamos encontrar a porra dos vietcongues? — perguntou baixinho o tenente dos Rangers para Tim. — Vamos pedir informações?

Consultando a bússola e o mapa, Tim concluiu que a área operacional deles estava restrita a um estreito retângulo entre o ponto onde pousaram e Khanh Hung, que ficava aproximadamente cinqüenta quilômetros a Sudoeste. Havia uma dúzia ou mais de povoados naquela região, e a Inteligência sul-vietnamita a identificara como um importante centro de aumento de atividade vietcongue. Tim já aprendera o bastante sobre o Vietnã, apesar de não ter sido com os seus superiores da CIA, para admitir que o Delta estava muito longe de ser "pacificado" — na verdade, em termos práticos, toda a área rural era controlada pelo vietcongue. Ele também sabia que, na maioria dos casos, as aldeias levavam uma vida dupla: durante o dia, eram o lar de pacíficas famílias de agricultores; quando escurecia, eram fortalezas vietcongues. Amigos do Exército tinham dado aulas particulares a Tim.

Embora fosse mais fácil e seguro para a turma avançar durante a noite, Tim temia que uma incursão noturna pudesse levar a um confronto mortal com um inimigo amplamente superior, com vietcongues dispostos em torno do agrupamento de casas que formavam um povoado. Uma varredura durante o dia também apresentava sérios perigos, visto que os agricultores, imediatamente, iriam despir sua identidade civil e se tornariam uma feroz força de combate, trocando os arados por rifles de ataque Kalashnikov soviéticos, morteiros e lança-foguetes com granadas, escondidos em sótãos, porões e debaixo de pedras. Tim, portanto, decidiu pela única alternativa restante: um ataque furtivo pouco antes do amanhecer, quando, ele esperava, a maioria dos habitantes ainda estaria dormindo, e os sentinelas armados, relaxados e sem desconfiar de nada. Eles estariam cansados e sonolentos, após a vigilância noturna. Era a melhor abordagem, segundo Tim aprendera, ao ouvir sobre as táticas e os hábitos dos vietcongues.

O primeiro alvo da Romeu era o povoado de Truc Thien, cerca de sete quilômetros a leste do ponto de pouso. Há muito tempo ele estava na lista de vítimas da Fênix. Tim levou o destacamento para uma vala oculta da vista pelas árvores, dando aos homens o dia inteiro para verificar o equipamento e se concentrar na ação que se avizinhava. Abriram embalagens de rações K, para as refeições diurna e noturna. Quando a noite caiu, o grupo avançou silenciosamente, em fila indiana, atrás de Tim. Imitavam os métodos furtivos dos vietcongues.

Tim passara as horas do dia tentando memorizar o mapa detalhado que Kurtski lhe fornecera antes da partida de Can Tho, mas, no momento, precisava lançar mão de uma minilanterna para consultá-lo. Usava óculos infravermelhos para visão noturna, como todos os membros do grupo, esforçando-se para comparar os detalhes do terreno com as indicações do mapa. Claro que ele estava inseguro em relação à exatidão do mapa do Exército sul-vietnamita, e a isso se juntava sua crescente tensão. Tratava-se de uma típica noite no Delta, opressiva e úmida, e os homens estavam molhados com um suor pegajoso. O povoado de Truc Thien ficava imediatamente a oeste da antiga Rota Colonial Francesa 4, o que ajudava Tim a se orientar na direção do objetivo. O mapa, no mínimo, devia estar correto sobre a localização da Rota 4.

O truque era avançar por cima das faixas com vegetação que ligavam a rede de represas, evitando a armadilha alagadiça dos campos de arroz, se bem que, vez por outra, um dos homens escorregava, retornando envergonhado e coberto de lama para a coluna. Isso ajudava a camuflagem, pensou Tim, ao cuspir um pouco de lama, após ele mesmo cair no arrozal. Percorreram cinco quilômetros em oito horas de uma caminhada praticamente feita na ponta dos pés de suas botas pesadas. As travas de segurança de suas armas iam abertas; o grupo estava pronto para disparar, se, de repente, topasse com uma unidade vietcongue retornando de um povoado após um dos ataques de surpresa *deles*. Os ataques dos vietcongues aos povoados "pacificados" eram realizados quase que invariavelmente à noite. Mas, por enquanto, o silêncio era apenas quebrado pelos piados de pássaros noturnos e o chiado dos macacos.

Poucos minutos depois das quatro da madrugada, a Romeu alcançou a proteção de uma pequena mata. Truc Thien, segundo o mapa, ficava logo atrás das árvores. Tim fez sinal para a turma parar, e agachou-se, para descansar, na extremidade ocidental da mata. Adiante, só havia escuridão, mas conseguia distinguir, através dos óculos infravermelhos, as casas e as choças do povoado. Não viu nenhum movimento.

Às cinco horas, os galos acordaram e cachorros latiram aqui e ali. Amanhecia, sem impetuosidade, mas como o fim preguiçoso de um tranqüilo sonho de uma noite de primavera. A Romeu dominara a arte de se comunicar por gestos; quando estava muito escuro, os homens trocavam os sinais de mãos pelo toque, somente cochichando em uma necessidade urgente. Deslizando pelo solo imundo da mata até a primeira linha de árvores, o M-16 na mão esquerda, Tim escondeu-se atrás de uma densa moita de arbustos, o resto do grupo tomando posições de cada lado dele. Já havia luz suficiente para observar o povoado através de seus potentes binóculos. Divisou seis ou sete casas de um andar, algumas com estreitas varandas, no centro de Truc Thien, e talvez quatorze ou quinze choças de sapê em volta da periferia. Viu um velho alto e magro, vestido com uma folgada roupa preta, emergir na varanda de sua casa, olhar em direção ao sol nascente, bocejar e se espreguiçar.

— Vamos!... Vamos! — gritou Tim, ao saltar de trás dos arbustos e correr na direção das casas da aldeia atravessando um trecho de chão de barro amarelado e duro. O grupo, como uma cunha veloz, correu atrás e ao lado dele.

Tim Savage, um funcionário da CIA chamado Silva e um sargento vietnamita investiram contra a varanda da primeira casa, derrubando o velho vestido de preto, e se arremessaram para o interior através da porta aberta. Os Rangers assumiram a posição de leque, para defender o acesso do lado oeste — uma trilha esburacada que emergia dos arrozais mais adiante —, enquanto os outros homens da CIA, Gervasi e o restante dos sul-vietnamitas se postavam em volta da casa, as armas levantadas e de sobreaviso contra um ataque.

Lá dentro, Tim encontrou a família tomando o café da manhã ao lado do fogareiro a carvão. Os dois homens, três mulheres e quatro ou cinco crianças ficaram paralisados, com as tigelas de arroz suspensas no ar, quando a turma da Fênix irrompeu.

— Deitados no chão, o rosto para baixo! — berrou Tim, o sargento sul-vietnamita ladrando a tradução em sua língua. Os aldeões obedeceram calados. Foram revistados, à procura de armas; não tinham nenhuma.

— Muito bem — disse Tim. — Agora, levantem-se e fiquem encostados na parede do outro lado, olhando para mim. — E instruiu Silva a revistar a casa, à procura de armas. Os Rangers trouxeram, sob mira, quatro homens vestidos de preto.

— Nós os pegamos nas outras casas — anunciou o tenente —, mas outros fugiram, simplesmente desapareceram.

Tim fez um gesto com a cabeça para que os prisioneiros dos Rangers se juntassem aos demais contra a parede. Uma cadeira de encosto duro, a única na casa, foi colocada no centro do cômodo, e Tim sinalizou para que Gervasi levasse um dos vietnamitas para ela. O homem foi jogado na cadeira como se fosse um saco de arroz.

— Vamos ter uma conversa — disse-lhe Tim, e o corpulento sul-vietnamita traduziu. — Farei algumas perguntas, e se você responder com honestidade, nada acontecerá com a sua família. Entendeu?

O vietnamita, um homem macilento na casa dos trinta anos, permaneceu impassível e calado.

— Quantos guerrilheiros moram na sua aldeia? — quis saber Tim.

Imóvel, o homem sentado na cadeira encarava o chão. Os músculos faciais tornavam o seu rosto duro como uma máscara. Ele repetiu a pergunta. Novamente, o silêncio, expressivamente berrante em seu desafio e desprezo.

— Bem, já que quer assim — falou.

O sul-vietnamita aproximou-se e deu um tapa no rosto do prisioneiro, a força do golpe lançando-o fora da cadeira. Ele caiu no chão, e o sargento chutou-o violentamente na virilha. O homem não emitiu nenhum ruído. O sul-vietnamita e Gervasi o jogaram de volta na cadeira, amarrando-lhe os pulsos com um cordão resistente. As mãos do homem descansaram inertes sobre o colo.

— É a última vez que peço para responder — informou Tim calmamente.

O rosto do aldeão continuava sem trair qualquer emoção. Tim levantou as sobrancelhas como um sinal para o sul-vietnamita, que retirou da mochila varetas de bambu afiadas e, habilmente, enfiou duas delas debaixo das unhas da mão direita do homem. As varetas dilaceraram as unhas, e o sangue minou das pontas de seus dedos. O aldeão deu um gemido de dor, e logo voltou a ficar em silêncio. Ele não vai abrir o bico, disse Tim a si mesmo, mas acho que devemos continuar tentando. Sentiu náusea no estômago. Meu Deus, é isto que devemos estar fazendo? É errado, terrivelmente errado! Como *eu* posso permitir que isso aconteça, muito menos ordenar essa coisa? É desumano! Trincou os dentes e deixou que a tortura continuasse.

O sargento sul-vietnamita puxou para cima a cabeça do homem e enfiou a ponta afiada de seu cutelo no olho direito dele. Seguiu-se um ruído de algo sendo exprimido, o globo ocular deslizou pela sua bochecha até o colo, e em seguida para o chão de terra batida. O sangue jorrou da órbita ocular. Uma mulher encostada à parede soltou um grito lancinante. O homem, o marido dela, caiu para a frente, o rosto ensangüentado chocando-se contra o chão. Ele perdera a consciência. Tim correu para fora da casa e vomitou na varanda.

Ao voltar para dentro, o sargento vietnamita lhe perguntou:

— Devemos nos livrar dele, senhor?

Tim olhou enfurecido para ele e para Gervasi.

— Como assim? — indagou, com a voz entrecortada. — Ah, sim... Tudo bem, façam o serviço de vocês.

Tim estava no vão da porta, fugindo novamente, quando ouviu o ruído seco do disparo de uma pistola. Não se virou para ver o aldeão se contorcer de agonia com o crânio despedaçado. Tudo durou menos de um segundo.

— Olhe, Tim — ponderou Gervasi —, isso não vai funcionar aqui... o interrogatório. Vamos logo acabar com isso. Mostrar para eles o que acontece, se não quiserem cooperar. Que não vamos aceitar nenhuma merda da parte deles.

Ele confirmou debilmente com a cabeça. Gervasi era um membro experiente da Fênix, vindo da Divisão de Segurança da CIA, para quem as varreduras na selva eram uma missão totalmente impessoal; os seus critérios eram amplamente respeitados entre as turmas. Tim sentia enjôo e tontura. O que estou fazendo aqui?, perguntou-se, ao sair para a luz do sol ofuscante que já brilhava intensamente sobre o povoado do Delta. Os Rangers levaram os vietnamitas para fora da casa — os homens, as mulheres e as crianças. O silêncio era total. Passou-se mais ou menos um minuto, e o tenente dos Rangers olhou interrogativamente para Tim.

— Devemos prosseguir? — perguntou, finalmente. — Hã... sabe o que é necessário?

— Não, podem libertá-los — ordenou aos homens. E acrescentou, para o sargento sul-vietnamita: — Apenas deixe que eles dêem a porra do fora daqui.

— Mas, Tim — interpelou Silva, o outro funcionário da CIA —, eles irão correndo para os seus amiguinhos vietcongues, revelar nossa posição. Deve haver uma porrada deles em volta daqui...

— Sim, eu sei — retrucou. — É um problema. Mas não vou permitir uma execução em massa no povoado só porque não conseguimos arrancar respostas daquele sujeito. E ele já está mesmo morto. Que isso sirva de exemplo.

Os camponeses tinham sumido de vista antes de ele conseguir terminar a frase. O sargento das Forças Provinciais falou:

— Senhor, cada povoado deste tipo mantém depósitos escondidos de arroz para os guerrilheiros. Este não é diferente. Costumam esconder o arroz nos porões das casas, em alçapões. Não devemos...?

— Sim — respondeu mansamente. — Sim, devemos. Botem fogo em cada casa e em cada choça. Isso cuidará do arroz.

Quando a Romeu bateu em retirada para a mata, as chamas se elevavam muito acima dos telhados da aldeia, e a fumaça se retorcia em volta das construções. Então, seguiram-se fortes explosões.

— Os filhos da puta tinham munição escondida nas casas — exclamou Silva. — Deixamos escapar, quando revistamos as casas. Mas, de qualquer modo, ficaram sem ela.

Tim levou menos de duas horas para voltar pelo mesmo caminho até a zona de pouso, marchando rapidamente à luz do dia. Se havia vietcongues na área, eles não tentaram emboscar ou atacar o grupo. Aliás, os poucos camponeses com chapéus cônicos que viram, conduzindo os seus búfalos-da-índia pelos arrozais, não pareceram prestar nenhuma atenção a eles, como se os americanos fossem fantasmas. Afinal de contas não passavam de pacíficos agricultores, cultivando a terra do mesmo modo como o faziam os seus ancestrais há centenas de milhares de anos. Nada sabiam sobre guerras, certamente não enquanto o sol brilhava.

A meio caminho da zona de pouso, Tim enviou uma mensagem codificada pelo rádio para a base de Can Tho, pedindo para serem apanhados por helicópteros. Descansando na vala próxima às árvores, os homens logo ouviram o claque-claque dos rotores dos Huey. As duas naves pousaram no outeiro e a Turma Romeu subiu para bordo. O piloto gritou para Tim, ao levantar vôo:

— Aposto como vocês se divertiram a valer! Nós vimos a fumaça à distância, ao vir para cá...

— Claro — disse-lhe Tim. — Claro. Foi uma festa e tanto.

— Você fodeu com a *pórra* toda! — berrou Jake Kurtski para Tim. O seu rosto vermelho se tornara cor de vinho, como se tivesse sido atingido por uma apoplexia. Tinha dificuldade para respirar e, em meio à fúria, as suas palavras eram desferidas de uma forma quase incoerente. Isso acentuava o sotaque polonês de sua pronúncia do inglês. De algum modo estranho, deve ter percebido esse fato, pois, devido ao obscuro passado europeu e a uma esquisita personalidade, ele era a caricatura de um americano e se sentia compelido a representá-la.

— Você fodeu a missão na *pórra* daquele povoado, Savage! — repetiu com um grito primal. — Nós não somos as *pórras* de uns missionários! Estamos tentando ganhar a *pórra* da guerra! Você não tinha o direito de deixar que eles fossem embora... Os filhos da puta deviam ter sido executados. Cada *pórra* de um deles... Se não conseguimos informações deles, a gente mata todos. É o único modo de fazer a *pórra* dos vietcongues nos respeitarem!

— A função da Fênix *não* é essa — continuou, ficando um pouco mais calmo, enquanto relia o relatório da ação feito por Tim. — O objetivo é destruir... isso mesmo... destruir a infra-estrutura vietcongue, e *não* bancar a *pórra* de um missionário ou bom samaritano. Não basta incendiar os povoados, se as pessoas têm permissão para fugir. Desse modo, nunca vamos desbaratar os quadros deles. Qual é a sua desculpa para a *pórra* desse desastre?

— Não estou querendo me desculpar — rebateu Tim, de imediato, tentando controlar a raiva crescente. Os dois estavam de pé no vestíbulo da casa de campo de Kurtski, em Can Tho, encarando-se como se fossem gladiadores.

— Estou tentando explicar por que agi desse modo. Eu simplesmente não acredito que executar camponeses por atacado, inclusive mulheres e crianças, sem mais nem menos, faça algum sentido. Como sabe, um dos aldeões foi morto por não querer falar. Então, presumi que o mesmo aconteceria com os outros adultos. É óbvio que Truc Thien está firmemente nas mãos dos vietcongues. E eu não vi de que maneira uma execução em massa nos ajudaria a conquistar os corações e mentes daqueles camponeses vietnamitas. Não foi isso o que John Kennedy nos exortou a fazer?

Kurtski enfiou o toco de seu charuto na boca.

— Fodam-se as *pórras* dos corações e mentes — declarou. — E foda-se a *pórra* do Kennedy... Além do mais, o seu chefe agora é o Nixon...

Capítulo Sete

Nos dois anos seguintes, Tim Savage chefiou dezenas de varreduras da Fênix através dos campos de arroz e trechos da floresta Perdeu a conta dos ataques de surpresa, como se tentasse esquecer cada um deles, a única maneira de manter o equilíbrio mental Às vezes, a Romeu era bem-sucedida na captura de guerrilheiros vietcongues, inclusive, em várias ocasiões, chefes regionais, extraindo valiosas informações após horas e horas de indução, interrogatório e tortura. Na mente e no coração, Tim se insurgia contra os métodos de tortura, mas em pouco tempo conseguiu manter uma indiferença controlada o suficiente para aceitar aquilo como uma necessidade operacional. Era espantosa a facilidade com que isso sucedia com os melhores dos homens em um ambiente de combate. Como os demais, racionalizava essa aceitação, ainda acreditando em grande parte na causa alegada aos americanos para lutarem no Vietnã.

Mas Tim nunca participava pessoalmente dos interrogatórios com tortura, deixando isso para os seus subordinados da Romeu. Do mesmo modo, nunca matava ele mesmo um vietcongue capturado, embora aceitasse com relutância a insistência de Kurtski de que alguns prisioneiros tinham que ser mortos, uns por se recusarem a cooperar e outros *após* terem cooperado, como parte da erradicação da infra-estrutura da guerrilha. Inevitavelmente, uma racionalização levava à seguinte.

Quando a Romeu encontrava povoados desertos, como se de algum modo os habitantes tivessem sido alertados e fugido a tempo, Tim mandava incendiá-los. No mínimo, isso destruía depósitos de arroz, armas e munição, em geral escondidos em grutas abrigadas debaixo de estrados para dormir, o que privava o vietcongue de refúgios na localidade. Quando povoados simpatizantes da guerrilha eram identificados, eram normalmente incendiados. Isso, segundo as palavras de Kurtski, ensinava uma "lição" ao inimigo. Tim sentia pena dos camponeses — admitia que os idosos, na maioria mulheres, e, supostamente, as crianças tinham muito pouco a ver com os guerrilheiros —, mas, afinal de contas, tratava-se de uma guerra e o inimigo tinha de pagar o preço. E, é claro, o vietcongue também fazia a sua parte matando os americanos, sem falar nos sul-vietnamitas.

Sem sombra de dúvida, as operações da Fênix no Delta estavam afetando o vietcongue de várias e importantes maneiras. Documentos capturados do COSVN confirmavam isso, para a alegria dos planejadores em Saigon. Mas, no todo, a guerra estava indo muito mal para os sul-vietnamitas e os americanos. Uma importante incursão americana no Bico do Papagaio, na área fronteiriça com o Camboja, logo a oeste do Delta, fracassara em deter o fluxo de suprimentos do Vietnã do Norte para as suas unidades do Exército permanente e a guerrilha vietcongue no Sul. Isso tinha ocorrido mais ou menos um ano após Tim ter sido designado para a Fênix, e lembrou o choque e o desânimo que sentiu, ao ouvir pelo rádio, no quarto em Can Tho, as notícias sobre as manifestações estudantis nos Estados Unidos contra as incursões no Camboja — e sobre os quatro estudantes baleados mortalmente pela Guarda Nacional, na Universidade Estadual de Kent, em Ohio.

Houve muito mais mortes diante de seus olhos, e não apenas nos povoados atacados pela Romeu. Em inúmeras ocasiões,

Tim testemunhara bombardeios sistemáticos e intensivos realizados pelos B-52, que voavam a grande altitude, nos locais do Delta onde suspeitavam haver concentrações de comunistas, e o despejo de napalm e fósforo branco, na área rural, feito por jatos Wing da Marinha. Incontáveis povoados tiveram a sua existência erradicada, milhares de camponeses foram incinerados, e guerrilheiros vietcongues, quando localizados, eram abatidos, como em um torneio de tiro ao alvo, por metralhadoras dos helicópteros Cobra. Embora nauseado, Tim se acostumara com o fedor de carne humana queimada. Mas nada parecia funcionar.

Em Can Tho, a primavera de 1971 era tão sufocante, com temperaturas que se elevavam bem acima de 38 graus e a umidade do Delta quase chegando aos cem por cento, que até mesmo Sonia Ryan se sentia extenuada demais para fazer o seu sexo mecânico com Tim Savage — e, provavelmente, com outros. Entre missões, ele passava a maior parte do tempo na piscina e no ar-condicionado do clube dos oficiais, tomando cerveja gelada e imaginando quanto tempo aquilo ainda iria durar.

Então, em Can Tho chegou a notícia de que o vietcongue atacara Khanh Hung, abaixo da Rota Colonial 4, em uma audaciosa investida à luz do dia, matando funcionários civis municipais, massacrando a pequena guarnição das Forças Regionais e capturando armas e munição. Surgiram bem armados, com rifles de ataque AK-47 e lança-foguetes com granadas B-40, presentes dos soviéticos e dos chineses. Os comandantes americanos e sul-vietnamitas no Delta não tinham certeza se o ataque indicava uma nova ofensiva comunista na região, mas concluíram que não fazia sentido, como reação, empregar unidades permanentes para realizar operações de busca e destruição em larga escala. Os guerrilheiros eram muito esquivos e muito bem coordenados, e o terreno era por demais proibitivo para justificar o uso de blindados, da artilharia e até mesmo da fortemente armada infantaria. Arremetidas do tipo comando, como as turmas de Boinas Verdes, Rangers e Fênix das Forças Especiais, pareciam ser o único modo de enfrentar a mais recente iniciativa vietcongue. Mais uma vez, a esperança era despedaçar a infra-estrutura da guerrilha, um objetivo que os oficiais superiores repetiam e repetiam, como um mantra, nas reuniões de instruções.

Havia quatro turmas da Fênix baseadas em Can Tho, e Kurtski, após consultar Stephens em Saigon, decidiu desferir um ataque simultâneo com todas elas; normalmente, os grupos se alternavam para terem períodos de descanso. A Turma Romeu recebeu ordens de operar, enquanto durassem os seus suprimentos, em uma área com coordenadas ao Sul de Khanh Hung, onde se encontrava localizada meia dúzia de povoados. Eram considerados refúgios e deviam ser liquidados. A instrução dada por Kurtski aos chefes dos grupos, antes de embarcarem nos helicópteros, foi a de que a operação simplesmente tinha de ser bem-sucedida. Ele estava fora de si, de tanta empolgação.

— Vão, vão, seus filhos da puta — rosnou. — Se necessário, eu também estarei lá, para ajudar. Mandem um aviso pelo rádio, se precisarem de mim!

Ao amanhecer da Sexta-feira da Paixão — subitamente, Tim se lembrara que estavam na semana da Páscoa — a Turma Romeu alcançou um vilarejo sem nome, no coração do Delta meridional, depois de uma cautelosa aproximação noturna. Na tarde anterior, eles tinham sido deixados pelos helicópteros em uma clareira na selva. Penetrando no vilarejo com as primeiras luzes do dia, o grupo investiu não apenas contra famílias de camponeses, as crianças se escondendo atrás das mães ao verem os agressores estrangeiros, mas também um grupo excepcionalmente grande de homens, alguns dos quais com armas automáticas penduradas nos ombros. Surpreendidos pela incursão da Fênix, eles foram para trás das casas, disparando aleatoriamente em direção à periferia, enquanto se reagrupavam.

A turma reagiu aos disparos e, em seguida, ordenada por Tim, recuou para a densa vegetação rasteira da mata. Em minutos, ele se deu conta de que, pela primeira vez, havia topado com um posto de comando vietcongue, mas também que a Romeu estava em desvantagem numérica e, se quisesse sobreviver, precisava urgentemente de reforços. Pegando o rádio transmissor das mãos de um Ranger, Tim pediu ajuda a Can Tho, forneceu as coordenadas e rezou para um rápido surgimento dos Huey.

O vietcongue e a Romeu trocaram tiros, mas os guerrilheiros optaram por permanecer no interior do vilarejo, certamente em dúvida sobre o tamanho da tropa que os atacava. Isso salvou a turma. Quase uma hora se passou até que três Huey e um Cobra se materializassem no espaço acima. Ajustando as freqüências do rádio, Tim os orientou na direção do vilarejo. De imediato, a artilharia atacou violentamente, com disparos de foguetes e de metralhadoras, deixando mais ou menos uma dúzia de cadáveres no solo. Em seguida, os helicópteros pousaram em terrenos cobertos com grama em volta do vilarejo, desembarcando os Rangers, que rapidamente cercaram as casas. Tim e o seu pessoal correram para se juntar a eles. Ao se aproximar, ele viu Jake Kurtski, calça cáqui, camisa havaiana e um forro de capacete na cabeça, um passo atrás dos Rangers, um rifle M-16 aninhado nos braços e gritando ordens.

— Eu lhe disse que viria, se você se envolvesse na *pórra* de um combate — berrou Kurtski para Tim, com uma alegria incontida. — Meu Deus, como adoro isto... Adoro! Vamos mostrar a esses sacanas o que é bom pra tosse...

Disparou uma rajada de sua arma automática na casa mais próxima, acenando para que os Rangers o seguissem ao interior dela. Tim corria ao lado dele. Em seguida, Kurtski gritou:

— Vamos arrebentar com eles!

Três homens bem jovens, vestidos de preto, e uma mulher idosa, também de preto, estavam agachados diante da parede mais afastada do cômodo da frente, quando Kurtski entrou na casa miserável. Deteve-se por um momento, emitiu um som gutural, e despejou sobre os quatro uma chuva de balas. O sangue jorrou em golfadas para a parede e para o teto baixo. Os corpos se contorceram por um instante, e logo se tornaram inertes na imobilidade da morte.

— Vamos ver se eles têm algum documento — indicou Kurtski, curvando-se sobre o primeiro cadáver no seu caminho, arrancando a blusa do homem e revistando os bolsos. — Se este é um posto de comando, aposto como vamos encontrar documentos do COSVN com eles. Vamos, me ajudem a procurar...

Nada encontraram nos três homens. Kurtski praguejou:

— Filhos da puta! Eles devem ter se livrado do material... Vamos checar a velha.

O rosto dela estava terrivelmente desfigurado pelas balas, mas os olhos permaneciam intactos e pareciam encarar o teto manchado de sangue, o espaço e o céu daquela Sexta-feira Santa. Kurtski rasgou a parte de cima da blusa preta. Tim olhou para baixo e viu um pequeno crucifixo de ouro em um fino cordão em volta do pescoço dela, brilhando como um farol no quarto escuro. Curiosamente, não havia sangue no crucifixo.

Tim estava apavorado. Por um longo minuto, não conseguiu respirar nem falar. Não ouviu Kurtski dizer "Vamos reunir os outros, para um interrogatório", apenas o seguiu mecanicamente até a casa seguinte, onde os Rangers haviam juntado meia dúzia de vietnamitas. A sessão de interrogatório seguiu o padrão de sempre: perguntas, ameaças, tortura e execução. Kurtski acionou o gatilho de sua pistola Colt calibre .45 para as honras finais. Tim sentia-se totalmente entorpecido — não fazia idéia se os aldeões assassinados deram alguma informação útil ou apenas ficaram calados. Tudo o que havia diante de seus olhos era o rosto da velha senhora e o crucifixo de ouro. A visão ficara impressa na sua memória consciente como uma imagem em uma chapa fotográfica.

A Romeu foi levada de volta a Can Tho pelos helicópteros. Durante a curta viagem, Tim ficou olhando, sem enxergar, a paisagem do Delta abaixo — a selva, os arrozais, as represas, as choças dos camponeses às margens dos campos alagados, uma ou outra figura vestida de preto encurvada, os enormes animais. O verde se dissolveu em um borrão, e depois no rosto e na cruz da velha senhora. Desejou ter sabido o nome dela. Tim começou a tremer descontrolado, como em um estertor de malária. As mãos se apertaram no emaranhado das tiras do equipamento de segurança em seu peito. O helicóptero atingiu uma área de turbulência atmosférica, baixando e subindo, baixando outra vez e pelejando para ganhar altitude. Tim sentiu um medo terrível. Iam cair? Aquilo era um castigo divino? Ele ia pagar por seus atos abomináveis? Era uma punição da velha senhora? A rigorosa retaliação de Deus por causa da profanação do crucifixo? E, lembrou ele, era Sexta-feira Santa.

O helicóptero se estabilizara em sua rota e iniciara a abrupta descida em direção a Can Tho. Mais uma vez, Tim baixou a vista para o verde exuberante do Delta. "O que estou fazendo aqui?", cismou. "No que estou me tornando? — Oh, meu Deus, como tenho pecado!" — gritou bem alto, mas as suas palavras não foram ouvidas pelos outros, e se perderam em meio ao ranger dos rotores. Tim percebeu que tinha sido a primeira vez que as pronunciava depois da adolescência, quando fazia confissão. Desde aquela época, ele nunca mais havia se confessado.

À noite, saiu do quarto e foi até o clube dos oficiais. Tinha tomado banho e vestido as recém-lavadas e passadas calça cáqui e a camisa esporte egípcia. Vendo Kurtski no bar, um copo de bebida na mão, sentou-se no tamborete ao seu lado. Era um fato incomum ele sair de sua casa de campo à noite.

— Kurtski — anunciou —, quero transferência daqui. Para Saigon ou qualquer outro lugar.

— O que foi que houve? — interpelou o outro de um modo desagradável. — Está com medo de foder com a *pórra* de novo, ou amarelou?

— Exatamente — rebateu. — Eu amarelei e não quero foder com a porra de novo. Em quanto tempo você pode me tirar daqui?

Em treze de maio, dia da Ascensão, ele embarcou em um Blackhawk com destino a Saigon, para se apresentar a Roger Stephens, no "Pentágono Oriental". Não se deu ao trabalho de se despedir de Kurtski nem de Sonia Ryan.

— Eu quero me demitir da Agência — informou Tim a Stephens — o mais rápido possível.

Ele estava sentado na sala de Stephens excessivamente refrigerada, tentando, em vão, forçá-lo a um contato visual.

— Mas por quê? Por quê? — quis saber Stephens, aparentando realmente ter sido apanhado de surpresa. — Você fez um ótimo serviço. Tem um grande futuro com a gente. Langley tem você em alta conta...

— Bem, não tenho certeza se fiz um ótimo serviço! — afirmou. — Certamente não pelos padrões de Jake Kurtski.

— Kurtski é um louco — rebateu Stephens, isentando-se.

— Não ligue para ele. É um polaco maluco, mas eu o mantenho em Can Tho porque é formidável na contra-insurgência. Só por isso. Ele não sabe avaliar as pessoas, principalmente quando se trata de *verdadeiros* americanos funcionários da Agência. Mas não é por causa dele que você quer se demitir, é?

— Não, claro que não — reconheceu. — É muito mais complicado e pessoal. Para mim, é algo fundamental. Simplesmente não tenho mais estômago para isso. Não consigo mais tolerar assassinatos e tomar parte neles. Creio que devo ter percebido isso há muito tempo, mas eu acreditava no que estávamos fazendo nessa guerra. Então, há cerca de duas semanas, aconteceu algo que me fez entender o quanto ela é errada. Foi o assassinato de uma velha senhora, em um povoado. Não era necessário matá-la. E, sabe, ela usava um cordão com um crucifixo no pescoço... Por causa disso, ela dificilmente poderia ser uma guerrilheira comunista...

Stephens olhava para baixo, encarando a mesa, brincando com uma espátula de aço, como se estivesse prestes a enfiá-la em um inimigo. Por fim, largou-a e olhou diretamente para Tim. Pela primeira vez.

— Você é católico, não? E se formou na Georgetown.

— Sim — respondeu Tim, intrigado. — Deve ter lido a minha ficha e...

— Então deve saber o que diz a religião católica sobre "guerras justas", *Ius Bellum* — afirmou. — Isso vem da época de Santo Agostinho e Santo Tomás de Aquino... Sabe, eu cursei a Notre Dame... Pois bem, nos séculos quatro e cinco, Agostinho proclamou a legitimidade do serviço militar. E Santo Tomás de Aquino, redescobrindo Aristóteles, manifestou a idéia de que, apesar de a Igreja católica se consagrar à santidade da vida humana, a guerra é aceitável em uma causa justa, mesmo no caso de uma guerra ofensiva por uma causa justa, se ela for declarada por uma autoridade civil. E, como deve saber, uma guerra *é* considerada ética se causar menos danos do que se essa guerra *não* for travada. A Igreja católica chama isso de "proporcionalidade". No caso do Vietnã, nós estamos, indiscutivelmente, lutando por uma causa justa: a favor da democracia e contra a tirania dos comunistas ateus. Portanto, não se trata da questão do bem e do mal no sentido fundamental. Mas, infelizmente, guerra resulta em mortes. Por exemplo, o cardeal O'Connor, de Nova York, tão admirado por católicos e por muitos outros, apóia, doutrinariamente, a Guerra do Vietnã. E até mesmo escreveu um livro defendendo-a. Por isso, Tim, não pense que você é o único católico que tem meditado sobre essa questão filosófica. Acredite se quiser, eu também tenho...

Acontece que Tim estudara ética na Georgetown, matéria dada pelo padre Morgan, seu amigo e conselheiro, e havia lido o seu famoso tratado sobre "guerras justas". Morgan também colocara os seus alunos em contato com a obra *A cidade de Deus*, de Agostinho. Tudo isso afluiu de súbito à sua mente, ao ouvir a explanação de Stephens sobre o que era justo.

— Você está absolutamente certo em relação a Agostinho, Tomás e à doutrina da Igreja católica — revidou. — Mas, por outro lado, também deve lembrar aquilo que a Igreja católica chamou de critério da "imunidade civil". Como deve saber, ele afirma que os civis não devem ser atacados, mesmo na eventualidade de uma "guerra justa". Se não me engano, também é chamado de "imunidade dos não-combatentes". Mas nós o temos infringido, principalmente através da Fênix, pois *matamos* civis, e os matamos indiscriminadamente, nas aldeias, e eu sou tão culpado quanto qualquer um outro aqui. Isso, finalmente, me levou a concluir que sou um assassino, direta ou indiretamente, protegido por justificativas políticas, apesar de nunca ter matado ninguém pessoalmente. Mas compartilho essa culpa. E, agora, eu o ouço invocar a *Ius Bellum* para justificar o assassinato de velhas e crianças. E fique sabendo que acabei de ler o novo livro do cardeal O'Connor, no qual ele reconhece que estava errado em apoiar a guerra, e conclui que, de acordo com a doutrina da Igreja católica, o nosso uso cada vez maior de métodos injustos nos priva de uma justificativa para estarmos envolvidos nessa guerra. Tome, eu lhe trouxe um exemplar do livro dele, para que veja por si mesmo. Comprei-o ontem, na intendência aqui da rua.

Stephens pareceu levemente satisfeito.

— Esta é a primeira vez na minha carreira que estou tendo uma discussão teológica em relação ao trabalho da Agência — falou para Tim. — Mas, como colega católico, devo dizer que discordo totalmente da sua interpretação da *Ius Bellum*. O Vietnã é uma causa justa, e os danos colaterais... que você chama de "ataque a civis"... são trágicos, mas é o preço inevitável pelo que sei que virá a ser uma vitória moral para o nosso lado... não obstante a "conversão" de O'Connor.

— Quer dizer que precisamos destruí-los para salvá-los? — questionou Tim com sarcasmo. — É isso o que estamos fazendo no Vietnã, no país dos outros? É loucura...

— Não, não é loucura, Tim — divergiu Stephens. — Nós, os cristãos, não acreditamos em assassinar... "não matarás" e essa coisa toda... nem mesmo para proteger a nós mesmos. Mas o Cristianismo prega que, se alguém é atacado, precisamos defendê-lo. No passado, isso se aplicou a ataques contra bárbaros, e se aplica atualmente ao Vietnã. Estamos defendendo os vietnamitas contra os bárbaros comunistas que os atacaram. Entende isso?

— Não, realmente não. Eu me lembro de ter lido, na faculdade, sobre os heréticos cátaros albigenses. Se a memória não me falha, foi o papa... creio que Inocêncio III, no século treze... quem proclamou a cruzada contra eles, no Sul da França, como uma "guerra justa", e milhares e milhares de pessoas perfeitamente boas e decentes foram queimadas na fogueira. Isso se justificou realmente? E a Grande Inquisição nasceu daí. A seguir, o uso da tortura foi legitimada pelo Papa Inocêncio IV, para purificar os heréticos... está no livro de O'Connor. Isso é algo de que a Igreja católica se orgulha? Estamos repetindo isso no Vietnã, com Washington no papel de Roma imperial? Nós matamos e torturamos...

— Olhe... — atalhou Stephens — esta não é a ocasião, nem o local, para um debate sobre a história da Igreja católica. Precisamos lidar com a realidade atual.

Levantou-se de trás da escrivaninha, ficando de pé, quase perfilado, debaixo da foto oficial de Richard Nixon em pose de estadista.

— Bem, foi você quem levantou a questão da "guerra justa" para me fazer aceitar, como um bom católico, o que é inaceitável — ponderou Tim. — É por isso que quero me demitir da Agência e lavar as mãos em relação a toda essa coisa. Creio que foi Cromwell quem disse que, em uma guerra, cada rei se convence de que Deus está do lado dele.

— Tudo bem. Faça do seu jeito... se acha que pode deixar para trás os últimos dois anos e voltar a ser puro, apesar de nunca ter puxado pessoalmente o gatilho — disse Stephens. — Você admite que, outrora, acreditou no que estamos fazendo aqui. Portanto, não pode ser como Lady Macbeth e dizer: "Saia, maldita mancha!" Sim, pois se acha que estamos pecando, você é tão pecador quanto qualquer um de nós. Você é prisioneiro, meu rapaz, prisioneiro do próprio discernimento. Mas há mais uma coisa que quero lhe dizer, antes de se demitir...

— O quê? Uma nova justificativa?

— De certo modo, sim. Vou lhe contar um segredo. Em 1961, foi a CIA, sob as ordens de Kennedy, que organizou o assassinato do tal ditador Trujillo, na República Dominicana. Eu fui o funcionário que dirigiu o projeto. Trujillo era um tirano sanguinário, e todos nós concordávamos que ele devia ser morto. E sabe como os dominicanos chamaram esse assassinato? De *ajusticiamiento*, que, em espanhol, significa "fazer a justiça". Você alegaria que não foi um ato "justo" de nossa parte? Não esqueça, Tim, de que há todos os tipos de moralidade, de ética e de critérios em nossas vidas.

Tim concordou com a cabeça.

— Claro, você tem razão — afirmou. — Mas um assassinato não justifica outro. Eu já formei a minha opinião.

Stephens estendeu a mão para Tim Savage.

— Então, vá com Deus — disse. — E que Deus o acompanhe.

Capítulo Oito

1972

O PRIMEIRO TELEFONEMA que Tim deu, ao voltar do Vietnã para Washington e após visitar a família, foi para o seu ex-professor, o padre Hugh Morgan, em Georgetown, um jesuíta animado e corpulento. Além de ensiná-lo, quando ele ainda era estudante universitário, Morgan também o orientou, depois disso, durante a pós-graduação, nos graus de mestrado e doutorado em história e cultura islâmica e estudos da língua árabe.

Para que isso lhe viesse a ser muito útil no Cairo e depois em Roma, Tim desenvolvera, na universidade, enorme interesse pelo islamismo e pelo Oriente Médio sob a tutela de Morgan: Meca e Medina, o Profeta e o Alcorão, os dias gloriosos dos califados e a cultura árabe em filosofia e matemática, a conquista da Península Ibérica pelos mouros, o esplendor e a decadência; os eruditos, guerreiros e poetas; a era moderna de reis e nacionalistas, e a incalculável riqueza do petróleo destinada a recriar o antigo poder do Islã — ou levar a um outro colapso.

No padre ele encontrara o mentor perfeito. Um erudito em islamismo, Morgan avançou dos seus primeiros estudos sobre ética para o conceito cristão de "guerras justas"; conseqüentemente, ao papel da Igreja católica nas Cruzadas na Terra Santa e, inevitavelmente, ao Islã digno do nome. Na ocasião, era diretor do novo Centro de Estudos Islâmicos da Universidade de Georgetown. Aproximando-se dos sessenta, ele transpirava energia como professor e administrador, e, quando o tempo lhe permitia, como amigo e orientador de muitos estudantes.

E, provavelmente, Morgan fora para Tim sua maior e mais importante influência desde o dia em que, com dezoito anos, entrou para a Georgetown. Naqueles tempos, o padre tinha o hábito de convidar os alunos mais promissores para um almoço ou um chá, nos fins de semana, a fim de sondá-los sobre a possibilidade de, futuramente, entrarem para a Companhia de Jesus. Numa época em que as vocações para o sacerdócio já decresciam de forma pronunciada, o padre Morgan era incansável no recrutamento de jovens para os jesuítas. Referia-se a si mesmo, gracejando e cheio de orgulho, como "O Conversor", mas era extremamente seletivo e discriminador em suas escolhas. Em um de seus almoços, fez uma investida em Tim, não muito dissimulada, mas encontrou uma total falta de interesse. Morgan comentou: "É uma pena, pois você daria um bom jesuíta", e nunca mais voltou ao assunto. Apesar disso, nasceu uma profunda amizade entre o professor e o seu aluno. Raramente Tim tomava uma decisão séria sem consultá-lo antes.

De volta a Washington, Tim precisava decidir — e logo — o que pretendia fazer com o resto de sua existência. Já levara uma vida notavelmente plena: o doutorado ainda muito jovem, o trabalho com a CIA no Cairo; depois, o Vietnã, com a reação violenta à Fênix e a sua crise de consciência.

Mas a idéia de estar com Morgan e se abrir com ele assomava-lhe à mente como o primeiro passo em sua procura por soluções. O processo de demissão da Agência fora uma experiência impessoal, automática. Ele dirigiu até a sede da CIA em

Langley, no lado da Virgínia do Potomac e a uma curta distância de Washington, para se encontrar com os funcionários dos setores de Pessoal e de Segurança, e a sua demissão foi formalizada imediatamente. Nem mesmo lhe perguntaram por que estava se demitindo; ninguém parecia estar interessado. Tudo o que precisou fazer foi assinar um compromisso-padrão de sigilo, garantindo que jamais revelaria coisa alguma sobre a Agência e seus "métodos e fontes", nem qualquer informação secreta que pudesse ter chegado ao seu conhecimento durante os anos passados na CIA.

Em casa, entretanto, precisou agir com todo o cuidado. Jim Stella, seu padrasto, era um patriota inflexível que nunca questionava as políticas do seu governo. Como muitos oficiais militares de sua geração, tratava-se de um idealista no que se referia às ações dos americanos no mundo, e profundamente conservador em relação à política interna. Não gostava do "bom-mocismo" dos liberais. Na campanha presidencial de 1964, Stella havia trabalhado, entusiasmado, para o Senador Barry Goldwater, um colega piloto de combate. Aplaudiu a decisão de Tim de entrar para a CIA — embora preferisse a Força Aérea para o enteado — e apoiava com toda a sinceridade o envolvimento dos Estados Unidos na Guerra do Vietnã.

Católico romano irredutível, Stella via o Vietnã como uma espécie de cruzada religiosa contra os comunistas ateus, e sentia orgulho por Tim estar servindo na Indochina. Para ele, era exatamente a mesma causa pela qual arriscara a vida na Segunda Guerra Mundial, em que perdera o seu melhor amigo. Stella, certamente, nada sabia sobre a Fênix, uma operação ultra-secreta, e Tim não podia se referir a ela. O general reformado não tinha mais acesso a questões de segurança. Ele se sentiu pessoal e profundamente ofendido quando soube que a Igreja católica americana estava dividida em relação ao Vietnã e à sua moralidade; ficou chocado, ao ver padres, na televisão, protestando contra a guerra, como os quatro que derramaram o próprio sangue nos cartões de alistamento. Simplesmente não conseguia entender aquilo.

Era por isso que ele estava convencido de que o padrasto jamais entenderia ou toleraria o seu desencanto — e demissão da CIA. Stella talvez visse isso praticamente como um ato de traição, e Tim, para não desencadear uma amarga controvérsia no seio da família, optou por mentir. Durante o jantar em casa, na noite após a volta de Saigon, contou que fora transferido de volta a Langley, para uma outra missão, mas, até lá, teria um mês de licença. Isso lhe tornou possível morar com a família, pelo menos algum tempo, durante o período de transição. Ele planejava contar a verdade após decidir o rumo que tomaria no futuro. O general era um militar por demais disciplinado para questionar a suposta nova missão de Tim na CIA; nas Forças Armadas, ninguém fazia perguntas sobre missões secretas, nem mesmo aos próprios filhos.

— Como sempre, preciso de sua orientação — disse Tim ao padre Morgan.

Em uma tarde chuvosa de dezembro, os dois estavam sentados diante da resplandecente lareira da sala de estar da minúscula casa do sacerdote, na Rua 35, um pouco adiante do imponente prédio principal em forma de torre da Universidade de Georgetown.

— Pedi demissão da CIA — prosseguiu. — Não podia mais tomar parte no programa de assassinatos que o nosso governo realiza no Vietnã. Eu mesmo me tornei um assassino, embora nunca tenha realmente matado um prisioneiro vietcongue. Mas comandava um grupo especializado em assassinatos e, portanto, tenho parte da culpa.

Morgan pigarreou.

— E agora? — indagou.

— Não sei — respondeu Tim. — É por isso que quero o seu conselho. Aqui estou eu, um agente secreto no Oriente Médio desempregado e um ex-assassino no Vietnã. Oh, meu Deus! Creio que, antes, preciso ajustar as contas com a minha culpa, os meus pecados...

O jesuíta colocou mais uma grossa tora de lenha no fogo, e as chamas irromperam alegres, estimulantes, a madeira estalando.

— Você tem se confessado? — procurou saber.

— A verdade é que não me confesso desde a escola secundária — revelou Tim, remexendo-se desconfortavelmente na poltrona. — Não sei o motivo, e mentia para a minha mãe dizendo que ia me confessar. Mas não creio que isso agora possa causar algum mal.

— Quer que eu ouça a sua confissão? — ofereceu-se.

— Aqui? Agora? — surpreendeu-se ele, como se para ganhar tempo, já que essa idéia não lhe ocorrera.

— Por que não? Não preciso estar num confessionário para ouvir a sua confissão — explicou-lhe o jesuíta. — Mesmo estando usando *jeans* e um suéter vermelho, como agora. Duvido que Deus se importe com o meu jeito de vestir.

Tim Savage encarou Morgan durante algum tempo, ajoelhou-se diante dele e se benzeu. Durante a meia hora seguinte, recordações, palavras e lágrimas jorraram em um fluxo de consciência. Os espancamentos. As torturas. As execuções. A imagem da velha senhora morta com o crucifixo.

Morgan permaneceu em silêncio. Os minutos se passaram. O fogo começava a se extinguir.

— Tim — comunicou, finalmente, o padre Morgan. — Deus o perdoa. Eu o absolvo. Mas precisa começar uma nova vida. Talvez queira fazer algo para Deus. Mas eu acho que, no momento, precisa ocupar a mente, se empenhar em alguma coisa, fazer uma transição para a vida normal. Talvez eu tenha uma idéia para você.

A idéia que Morgan desenvolveu, nos dias que se seguiram, foi a de Tim voltar à Universidade de Georgetown, dessa vez para ensinar. Ocorre que havia uma vaga aberta para instrutor, no Centro de Estudos Islâmicos de Morgan, para o semestre seguinte, e Tim — com o seu Ph.D. e a experiência que tivera no Cairo — foi imediatamente considerado apto. Começando em janeiro do novo ano, ele caminhava, cinco dias por semana, de sua nova residência até a Georgetown, para explicar a intrincada política do Oriente Médio e os mistérios legais do *Shariah*, a lei canônica do Islã, a uma dúzia de estudantes bacharelados. Dissera ao padrasto e à mãe que a CIA o havia designado para dar um curso de emergência para seus funcionários, e, é claro, não foram feitas perguntas.

O semestre na Georgetown foi para ele o período mais tranqüilo e meditativo desde que atingira a idade adulta. Havia alugado um pequeno conjugado mobiliado perto da Avenida Wisconsin, a poucos minutos da universidade, visitado velhos amigos e criado para si mesmo uma espécie de vida social. Ia ao cinema e tinha um ou outro namoro platônico; abstinha-se de envolvimentos românticos, para evitar dispersões ou compromissos. O mais importante, porém, era o tempo livre de que dispunha para pensar, meditar e analisar. Também visitava o padre Morgan quase todas as semanas, para longas conversas — uma forma de terapia.

Tendo estudado o Alcorão como aluno de islamismo, passou a reler as Escrituras com uma atenção particular e mais profunda, atento à ordem inversa dos textos religiosos, nos quais, como cristão, ele havia se aprofundado. Estava familiarizado com a *história* da Igreja católica, mas não com a fé cristã; sabia a respeito da *Ius Bellum*, mas não sobre os Evangelhos, pois há muito esquecera o que lhe fora ensinado na escola paroquial e na Gonzaga. Estava lendo o relato da conversão de São Paulo que, certa noite, Morgan deixara em seu apartamento — sem fazer qualquer comentário.

A grande mágoa de Tim, como americano e católico, com a realização da Fênix no Vietnã, levou-o gradualmente a meditar sobre quais valores teriam um significado em seu mundo. Em um dos seus bate-papos com o padre Morgan, indagou:

— Como posso transferir o meu senso de idealismo, o idealismo que sentia quando entrei para a CIA, e que acho que ainda sinto, para uma outra coisa desta vida, como, por hipótese, a Igreja católica? Isso é possível?

— Bem, tudo é possível — conciliou o jesuíta. — Nesse caso, você consideraria deixar de lado as suas idéias e os seus ideais políticos, e, em vez disso, trabalhar para levar adiante a causa do Reino de Deus e o Evangelho de Jesus Cristo? Não quero parecer um professor de catecismo, Tim, mas há uma quantidade tremenda de coisas que pode obter, usando o seu idealismo e o seu talento, para a glória de Deus, o que, pelo menos para mim, significa trabalhar para o bem das pessoas que necessitam de todo o tipo de ajuda.

— Está sugerindo que eu me torne um missionário? — questionou Tim, meio a sério. — Não faço idéia do que Deus quer de mim, mas você diz que Deus continua me amando, apesar de todos os horrores dos quais sou culpado. Talvez eu precise mesmo é de algum tipo de inspiração.

— Talvez — concordou Morgan. — Não se pode fazer mais

mal do que bem sendo missionário em Ruanda ou no Paraguai. Albert Schweitzer foi, na realidade, um missionário, apesar de, formalmente, não ter sido um religioso.

A caminho de seu apartamento, de volta da casa de Morgan, Tim sempre passava diante da Igreja da Santa Trindade, o templo da família dele, na Rua 36, com as suas três fileiras de árvores. Nunca entrava ali, mas naquela tarde primaveril de domingo com chuva fina, as flores desabrochando altivas por toda parte, ele diminuiu o passo, fitou a fachada da igreja como se nunca a tivesse visto antes, e, guiado por uma força interior, subiu os brancos e largos degraus. A porta tinha sido deixada entreaberta. A enorme igreja, que conhecia tão bem de sua infância, estava vazia àquela hora, mas podia sentir pairando no ar o odor do incenso da missa do meio-dia. Avançou na direção do altar simples e retangular. Ajoelhou-se, fez o sinal-da-cruz e sussurrou palavras de uma prece há muito esquecida. Levantou o olhar para o Cristo crucificado e benzeu-se novamente. Imagens de pensamentos lembrados lampejaram em sua mente: a "agonia extática" da alma de São João da Cruz em busca da fé e de sua vivência mística da noite, o momento da conversão de São Paulo e as palavras das Escrituras: "Vem, Segue-Me."

Tim arrepiou-se, os olhos bem fechados. Será Deus falando comigo?, admirou-se. Isso é absurdo! É teatral! Estou enredado em um drama barato!

Foi dominado por um terrível temor, mas logo baixou sobre ele uma súbita sensação de paz e serenidade como jamais havia experimentado. Em seu coração e em sua mente, tudo agora tinha uma clareza cristalina. As respostas estavam ali. Teria sido abençoado naquele momento fugaz de revelação? Com certeza, algo acontecera. Tim enxugou as lágrimas e riu feliz. Os seus passos eram leves e velozes, ao fazer o caminho de volta até a casa de Morgan.

— Há muito tempo, você me perguntou se eu queria fazer votos, me tornar um jesuíta — anunciou, quando Morgan lhe abriu a porta. — Pois bem, já tenho a resposta. Sim, eu quero!

O padre o abraçou.

— Vamos orar juntos — sugeriu. Ajoelharam-se e rezaram na sala de estar, sob o olhar triste e atento de um Cristo macilento de El Greco pendurado na parede.

Capítulo Nove

A VOCAÇÃO DE TIM para o sacerdócio fora tardia. Ele sabia, por exemplo, que a de Hugh Morgan datava da época em que cursava o primário, durante a infância. Mas pessoas com vocações tardias não eram de todo incomuns. Os jesuítas as acolhiam com satisfação, já que os seus próprios quadros decresciam, como acontecia também em outras ordens religiosas e com o clero diocesano em todo o mundo. Aliás, nos anos recentes, as vocações tardias estavam em ascensão, principalmente porque muitos homens atravessavam a crise da meia-idade com profundas implicações espirituais.

O padre Morgan deu a Tim um artigo de revista sobre os tipos de homens, e as suas idades, que trocaram o seu local de trabalho secular pela Igreja: um antigo capitão-de-corveta da Marinha dos Estados Unidos, com sessenta e cinco anos; um gastrenterologista, sessenta e quatro anos, que "trocara o jaleco branco de médico por um colarinho romano"; um executivo de agência de publicidade, trinta e três, que possuía apartamento de luxo, carro esporte e sala em um arranha-céu de esquina em Nova York, mas achava que "faltava algo em minha vida"; advogados, psicólogos, assistentes sociais e, finalmente, o engenheiro rodoviário espanhol que se tornou bispo e chefe da imensamente poderosa e polêmica *Opus Dei*, uma congregação religiosa formada por padres e leigos (que era detestada cordialmente pelos jesuítas, por causa de seu conservadorismo).

— E por que não um ex-espião? — indagou Morgan retoricamente.

A opção de Tim pela Companhia de Jesus, como o caminho para a sua vida futura, foi natural — sem contar com a influência pessoal de Morgan. Ele era um produto da Georgetown e de suas antigas tradições jesuíticas. O seu desempenho nos estudos levou-o, logicamente, em direção aos jesuítas, uma ordem de ensino com um toque de elitismo intelectual, humanitário e científico — motivo pelo qual eles provocavam ressentimento em grande parte da Igreja católica. Mas Tim achava que, se ia abraçar o sacerdócio, era a esse grupo que pertencia.

E iniciou o demorado e árduo processo de admissão. Morgan se oferecera para seu mentor espiritual — era uma exigência que os candidatos fossem guiados espiritualmente — e passou a ensinar Tim de que modo rezar e a ler as Escrituras da maneira como deviam ser lidas: em profundidade. O passo seguinte foi se apresentar ao supervisor de vocações da Província Jesuíta de Maryland, que incluía Washington. No final de uma manhã de junho, dirigiu-se à sede provincial, na Avenida Rolland, ao norte de Baltimore, um prédio despretensioso não muito distante da Loyola, a universidade dos jesuítas. O encontro foi rápido, mas estimulante, e a impressão de Tim foi a de que havia um sério interesse nele. Também percebeu que os jesuítas — como a CIA — sabiam absolutamente tudo a seu respeito.

Grande parte do fardo da preparação de Tim para o sacerdócio recaía sobre o padre Morgan, como mentor espiritual. Ele precisava ajudá-lo a decidir se tinha realmente vocação para jesuíta, levando-o a entender melhor a Companhia de Jesus, a fim de que pudesse chegar a uma conclusão inteligente e esclarecida, antes de entrar realmente para a ordem. Morgan fornecia-lhe material sobre a história e as atividades dos jesuítas, exigia que orasse diariamente e fosse à missa com regularidade.

Tim passou o verão em casa, concentrado nos estudos religiosos, aprendendo os Exercícios Espirituais de Santo Inácio de Loyola, o fundador da Companhia de Jesus, no século dezesseis, aperfeiçoando os hábitos de oração e preparando-se para o caminho adiante do processo de admissão. No outono, voltou a Georgetown, para lecionar islamismo durante mais um semestre, enquanto aguardava sua aceitação como jesuíta noviço, um outro passo preliminar.

Pouca coisa mudara em sua vida diária, mas ele já se sentia um homem verdadeiramente mudado. Estava em paz consigo mesmo. Não tinha mais pesadelos com a velha senhora da aldeia com o rosto desfigurado e o crucifixo no pescoço. A culpa pelo Vietnã não mais pairava sobre ele como uma sombra negra. Naquele Natal, superfortalezas B-52 bombardearam o Vietnã do Norte, para forçar a aceitação da paz dos Estados Unidos — e a saída dos americanos. O tratado de paz foi assinado em Paris, um mês depois. Tim assistiu à cerimônia, pela TV, em seu apartamento. Tudo aquilo parecia indizivelmente remoto. Mas, pensou, aquilo também significava o fim da Fênix.

O processo de admissão seguia lento, cuidadoso e incansável. Os jesuítas queriam apenas os mais brilhantes e inteligentes em seu meio, e não se apressavam em decidir a quem acolheriam na Companhia de Jesus. Naquela ocasião, na Província de Maryland, havia apenas oitos candidatos ao noviciado, mas, como Hugh Morgan dizia a Tim, "não somos tão ansiosos assim, para eliminarmos etapas na seleção".

Em uma fria manhã do inverno, Tim foi entrevistado — separadamente — por três "juízes" jesuítas, que vasculharam meticulosamente todo o seu passado: a infância, a adolescência, a universidade, a CIA, o Vietnã e tudo o mais, para se certificarem de que ele estava fazendo uma escolha positiva, ao abraçar o sacerdócio, e não simplesmente fugindo do mundo. Grande parte daquilo parecia ter sido planejado para confirmar o que já sabiam a seu respeito — e ouvir isso dos próprios lábios dele. A vocação, disseram-lhe, tinha que ser uma incumbência construtiva e altruísta, a fim de que contribuísse para a obra dos jesuítas como educadores, eruditos e mensageiros inteligentes de Deus. E, acima de tudo, informou-lhe um dos juízes, Tim precisava saber e entender inteiramente o que estava deixando para trás em termos de vida pessoal secular — que ia desde a independência total ao sexo —, ao se dedicar ao sacerdócio.

Em seguida, foi a vez dos psicólogos profissionais, um jesuíta e um leigo de Georgetown. Fizeram com ele vários testes, desde os borrões de tinta até o MMPI — Minnesota Multiple Personality Inventory —, um método para determinar se tinha problemas emocionais ou psicológicos ocultos. Favorecendo Tim, os jesuítas o advertiram de que, "por exemplo, se você disser que, em um borrão de tinta, vê a sua mãe com uma faca, saberemos que *tem* um problema".

Finalmente, foi aceito para o noviciado jesuíta. Pegou o trem, na Union Station de Washington, para Hershey, Pensilvânia, e em seguida um ônibus para Warnersville, uma cidadezinha onde se localizava o Noviciado Jesuíta de Santo Isaac Jogues. Jogues foi um dos primeiros mártires jesuítas da América do Norte, morto por índios iroqueses, os quais, antes, lhe cortaram os dedos. O noviciado era uma ampla construção em forma de H, abundante em mármore, mandada edificar, para servir aos noviços jesuítas, por uma certa Sra. Brady, uma duquesa papal americana de Nova York, que tinha relações de amizade com o Papa Pio XII. Uma capela estava localizada no centro da construção.

O noviciado jesuíta no qual Tim Savage ingressara tinha um programa com dois anos de duração. Quando chegou ao Jogues, havia dez noviços no segundo ano de estudos, e ele era um dos seis que cursavam o primeiro. A vida por lá era menos rigorosa do que no passado, mas os noviços tinham que ficar a maior parte do tempo no prédio. Tim, é claro, havia revelado à família, no início do ano, a intenção de se tornar um jesuíta, e até que ela reagiu bem, após a surpresa inicial, embora o general Stella preferisse que o enteado permanecesse servindo ao governo, como militar ou não. Como bons católicos, não podiam fazer objeções ao seu desejo de servir a Deus. A família fez uma magnífica festa de despedida para ele, com direito a champanhe, e foi abraçado afetuosamente antes de partir num táxi para a Union Station. A irmã Julia telefonou-lhe, de Brasília, onde ocupava um cargo diplomático, para lhe desejar sorte na nova vida.

O noviciado, como Hugh Morgan explicara a Tim, tencionava confirmar — novamente — a vocação de um homem para o sacerdócio e dar aos jesuítas a oportunidade de um conhecimento mais aprofundado do candidato. Com o supervisor de vocações, um padre de meia-idade, sério e com o dom de se comunicar tranqüila e facilmente com aqueles ao seu encargo, enquanto os supervisionava, os noviços estudaram a história da Companhia de Jesus, leram as biografias de Santo Inácio e de outros jesuítas importantes, como Jogues, assimilaram as normas da Companhia e as importantes decisões das congregações jesuítas do passado, e freqüentaram aulas de teologia. Havia uma hora obrigatória de orações, trabalhos domésticos e visitas a comunidades de jesuítas na Pensilvânia.

Normalmente, os noviços eram levados a passar cerca de seis meses ensinando em escolas jesuítas, em geral no exterior, para adquirir experiência com os pobres do seu país e do Terceiro Mundo, mas, em vista da experiência de Tim no Oriente Médio e no Vietnã, essa prática foi considerada desnecessária. Em vez disso, passou vários meses na parte velha de Washington, uma região turbulenta e assolada pelo crime, trabalhando com os sem-teto e viciados em drogas — e jantando aos domingos com a família. Como acontece freqüentemente com os ricos de Washington, ele nunca fora exposto aos inchados bairros negros da capital — eram dois mundos à parte — e seu trabalho, a meio caminho de casa, em Anacostia, levou-o à surpreendente conclusão de que as partes pobres das cidades americanas eram tão degradantes para os seus habitantes quanto as favelas do Cairo ou de Saigon. O olhar vazio das crianças doentias de Anacostia e as marcas de picadas de agulha em braços e pernas de adolescentes foram para ele um choque cultural pós-Vietnã.

Depois de sua volta a Warnersville, ao relatar as descobertas que fez em Washington, disse ao supervisor de vocações que, no seu entender, os jesuítas deviam se engajar mais no campo da assistência social.

— Ah, sim — respondeu-lhe o padre. — É exatamente o que estamos fazendo, principalmente depois do Concílio Vaticano II. "Fé e Justiça" são as nossas novas palavras de ordem; não que, antes do Concílio, não estivéssemos trabalhando com os pobres. O problema da Igreja católica é que nem todos vêem as coisas da mesma maneira. Há uma infinidade de gente que percebe muito bem isso, e se ressente de nós, os jesuítas. Você vai descobrir, Tim, do modo mais difícil, quando estiver lá fora, lutando contra todos os tipos de inimigos da Igreja Católica, de dentro e de fora.

Talvez o momento crucial do noviciado para a maioria dos candidatos a jesuíta seja o "Longo Retiro", um período de trinta dias de meditação intensa, em silêncio total, exceto pelos "dias de intervalo", durante a metade do primeiro ano, quando os homens precisam tomar a decisão definitiva sobre o seu futuro e a Igreja católica. Para Tim, as meditações no retiro, que o forçaram a repensar e a reviver o passado de sua vida, foram a maior experiência espiritual que já tivera; as orações fervorosas e a aceitação do amor e da piedade de Deus manifestaram-se de um modo que nunca havia sentido ou considerado.

— Creio que encontrei a fé — exclamou Tim para si mesmo, enquanto rezava sozinho em uma noite de inverno. Não se tratava de *pathos*; era real, ele acreditava. A seguir, ocorreu-lhe que devia utilizar a sua fé de uma maneira bastante construtiva. Era isso o que o padre Morgan vinha lhe dizendo o tempo todo, como destacou, em certa ocasião: "Você não é do tipo que vai se tornar padre para dar um expediente normal; vai querer fazer mais, encontrará um desafio, e a sua experiência incomum virá a calhar. Você vai ver!..."

A experiência de Tim incluía, é claro, o Oriente Médio — igualmente como estudioso e funcionário da CIA. Esse passado invadiu sua consciência, quando, durante o noviciado, Egito e Síria atacaram Israel no dia sagrado dos judeus, o Yom Kippur — o Dia da Expiação —, na quarta grande guerra sucessiva na região desde a independência israelita, um quarto de século antes. Lembrou que a sua ambição, durante a missão que realizava no Egito, talvez um pouco exagerada por causa da exuberância juvenil, era ser capaz de exprimir o pensamento estratégico árabe, a fim de poder prever, com alguma precisão, o que os líderes árabes fariam a seguir naquele conflito sem fim. O pensamento voltou à sua mente, fazendo-o recordar o que aprendera.

— Na verdade, é bastante simples — disse-lhe um professor da Universidade do Cairo com quem Tim fizera amizade, os dois diante de doses de uísque com soda, no esplendoroso saguão do Mensa Hotel, aos pés das grandes pirâmides. Ele pedira uma explicação sobre como funcionava o pensamento político dos árabes.

Agitando a bebida com o dedo indicador direito, o professor prosseguiu:

— Procure sempre sinais de ressentimento ou rancor entre os nossos líderes, em relação a estrangeiros não-árabes, ressentimentos verdadeiros ou imaginados, pois não importam realmente quais sejam eles. Então, verá surgir uma onda irredentista de nacionalismo e, finalmente, decisões imprudentes destinadas a mostrar a coragem deles... e a influência... para *outros* líderes árabes. Como sabe, todos eles competem pela suprema liderança árabe, como era a do Sultão Saladino do século doze. A História não se repete. E se há sérios problemas domésticos no país de um líder... talvez oposição política e pobreza excessivas... esses gestos grandiosos servem para evidenciá-lo como grande patriota e um nacionalista que infunde temor.

— Foi isso o que Nasser fez, ao nacionalizar o Canal de Suez, aproveitando-se do fato de que a cessão deveria ter sido feita muito tempo antes pelos ingleses — frisou o professor. — Obviamente, existem atos insanos realizados por indivíduos insanos, e nós temos bastantes deles. Mas não se pode prever esses atos, embora um clima político explosivo possa produzir um comportamento insano. Nisso se incluem os assassinatos políticos, como a morte, há algum tempo, do Rei Abdullah da Jordânia, em Jerusalém...

Assistindo ao noticiário da televisão, no noviciado de Warnersville, e lendo as matérias dos jornais sobre a guerra, Tim foi tomado pela idéia de que talvez pudesse servir melhor a Deus e à Igreja católica no Oriente Médio, como um missionário jesuíta — ou algo parecido.

Os dois anos de noviciado passaram voando para ele. No segundo ano, era um dos quatro aspirantes a jesuíta que restavam. Os demais haviam desistido, no meio do caminho, após descobrirem que, afinal de contas, não estavam preparados para abandonar o mundo secular. Os quatro homens se tornaram amigos íntimos, apesar de Tim, com trinta e três anos, ser o mais velho do grupo; os amigos estavam na casa dos vinte e poucos. Mas sua inteligência, afetuosidade e a boa disposição permanente o levaram a se tornar o mais popular e o mais querido em Warnersville.

No dia 15 de setembro de 1975, Tim Savage fez os votos de pobreza, castidade e obediência, diante do Mestre de Noviços, na capela do noviciado. Tratava-se dos "primeiros votos" perpétuos, que o tornavam um jesuíta, mas não ainda um padre. Ele foi formalmente designado como "Escolástico" e ainda se dirigiam a ele como "Sr. Savage", ou simplesmente Tim. Normalmente, o passo seguinte para um "Escolástico" é passar dois anos estudando filosofia, seguidos por mais três de teologia, antes de ser ordenado padre. A carreira de Tim, contudo, foi colocada no que Hugh Morgan gostava de chamar de "via expressa". A hierarquia jesuíta, da Província de Maryland ao assento da Companhia em Roma, esta sempre mais vigilante, estava altamente impressionada com ele e com os seus progressos, e ansiosa por colocá-lo para trabalhar.

Considerando que ele já tinha doutorado, e levando em conta a prática como professor em Georgetown e a experiência além-mar, foi decidido pela hierarquia que Tim — indicado como o futuro "superastro" jesuíta — precisava apenas de um ano de estudo de filosofia. Os jesuítas sabiam ser flexíveis. Conseqüentemente, ele passou um ano acadêmico integral na Fordham, a universidade jesuíta do Bronx, em Nova York, recebendo o diploma em filosofia no final de junho de 1976. Durante esse ano, não saiu da universidade, não pôs os pés em Manhattan, nem foi visitar a família em Washington. Ao realizar essa incansável maratona acadêmica, sua determinação era a de completar os estudos na Fordham em tempo recorde.

Pois Roma e a ordenação lhe acenavam.

LIVRO TRÊS

A Investigação

Capítulo Dez

1986

Quando Tim Savage foi escolhido, inesperadamente, para investigar a tentativa de assassinato contra o Papa Gregório XVII, ele já era padre havia oito anos. Fora ordenado em Roma, na Gesú — a principal igreja dos jesuítas, onde Santo Inácio está enterrado, na Via del Corso, do outro lado da rua da sede do Partido Comunista Italiano —, depois dos seus três anos de estudo de teologia na Pontifícia Universidade Gregoriana, a instituição jesuíta conhecida pelos anglo-saxões como "A Greg". Já padre jesuíta ordenado, fizera a seguir os "Votos Finais", sendo o quarto deles a promessa solene de ir aonde quer que o Santo Padre desejasse enviá-lo. E ao iniciar o trabalho de formulação da investigação, achou surpreendente — e divertido — o quanto o quarto voto se aplicava literalmente à sua missão. Somente Deus, e certamente nem o papa ou o monsenhor Sainte-Ange, sabia aonde ele acabaria indo em sua busca da verdade.

Havia algo de predestinação em sua escolha para aquela investigação secreta. Por uma questão prática, foi selecionado porque morava em Roma quando o papa e o seu secretário particular resolveram fazer uma investigação privada sobre os tiros dados em Gregório XVII por Circlic, um jovem turco de origem bizarra — e porque Tim lhes fora recomendado como um notável e brilhante especialista em assuntos islâmicos e árabes. Agca Circlic, claro, era muçulmano, ligado aparentemente e de certa forma à tenebrosa política islâmica. Essa convergência tornou mais simples a escolha do homem para a tarefa, feita por Gregório XVII e Sainte-Ange.

Tim vivia em Roma porque os seus superiores jesuítas, vendo-o como um futuro "superastro", mandaram-no para lá, após o ano de filosofia na Fordham, a fim de fazer os seus estudos avançados em teologia na Gregoriana, em vez de, como acontecia com a maioria dos "Escolásticos" americanos, enviá-lo para a Escola jesuíta de Teologia em Berkeley, Califórnia, ou para a Escola Weston de Teologia em Cambridge, Massachusetts. E ele se tornara um admirador do intelecto e da essência dos jesuítas. Os seus missionários, por exemplo, chegaram ao Japão e à China no século dezesseis, como professores; o maior matemático desse século, Christopher Clavius, inventou o Calendário Gregoriano. E isso foi apenas o começo. Os jesuítas sempre estiveram na vanguarda do pensamento, da ciência e da prática teológica.

Os três anos que passou no imponente prédio da Gregoriana, na Piazza della Pilota, no centro de Roma, consistiram em profundos estudos sobre teologia sistemática (conhecida outrora como "dogmática"), as Escrituras e teologia moral; em instruções práticas sobre como celebrar missa no vernáculo — em inglês, para ele —, já que a missa em latim fora extinta, e também em como ministrar os Sacramentos e ouvir confissões. Estas últimas incluíam a interpretação de papéis pelos escolásticos, que inventavam "confissões" para serem ouvidas por colegas se fingindo de padres em confessionários. Ele, obviamente, tinha um cuidado extremo com esses arremedos de confissões. Com relação a isso, o padre Morgan, em visita a Roma naquela ocasião, o havia alertado:

— Você não pode simplesmente dizer "Perdoe-me, padre, pois fui um assassino ou cúmplice de assassinos no Vietnã".

Tim vivia parcamente, mas com conforto, na Residência Bellarmino dos jesuítas, a pouca distância a pé da Gregoriana, e, como antes, sobrava-lhe pouco tempo para qualquer outra coisa além dos estudos. Conseguiu enfiar um curso de italiano entre as aulas de teologia, e aprendeu a língua rapidamente, ajudado pelo latim que estudara em Warnersville como matéria facultativa. Em raras ocasiões, quando não conseguia resistir a um tempo excepcionalmente bonito, ele se permitia um passeio por Roma: ao Coliseu, ao monte Aventino, à Villa Borghese ou, atravessando o Tibre, a Trastevere e, é claro, à praça de São Pedro. Nessas ocasiões, às vezes ficava fora o dia todo. Uma vez por ano, dirigia um carro alugado até o Mosteiro de Monte Cassino, onde os ossos de seu pai jaziam espalhados sob as ruínas do tempo da guerra.

Finalmente, a ordenação aconteceu em um dia de junho, após ele obter o grau de Mestre em Divindade na Gregoriana. Optou por ser ordenado em Roma, em vez de Washington, e a mãe, o padrasto, o irmão e a irmã compareceram à missa de ordenação na Gesú. Foi ordenado por um bispo americano ligado à congregação da Cúria, de quem ele gostava e a quem respeitava. A missa foi profundamente comovente para ele e para os seis colegas da Gregoriana ordenados no mesmo dia.

Paramentado com a alva sobre uma camisa clerical e a calça preta, Tim lançou-se de bruços no chão, quando a missa começou. Após a Liturgia da Palavra e a pregação da homilia feita pelo bispo, teve início a ordenação. Os homens se levantaram. Calado, o bispo colocou as mãos sobre a cabeça de Tim; ao removê-las, ele havia se tornado padre. Em seguida, as suas mãos foram ungidas com óleo, e os demais padres presentes à Gesú, inclusive Morgan, que também fora para a cerimônia, impuseram as mãos nas cabeças dos homens recém-ordenados. Foi a primeira missa de Tim como padre, e ele a concelebrou com o bispo e os colegas. Era o final de um longo e penoso caminho, que tivera como ponto de partida o vilarejo vietnamita — e o início de um novo.

Esse novo caminho levou à retomada de seu trabalho a respeito do Islã, dessa vez ampliado para abarcar as complexidades das relações cristã-muçulmanas. Orientado pelo reitor da Gregoriana, um holandês que passara muitos anos no Líbano, entrou para o Pontifício Instituto Oriental da Universidade e sua Faculdade Eclesiástica de Ciências Orientais, onde melhor poderia aperfeiçoar sua especialidade. O reitor deixou claro para Tim que Gregório XVII tinha um interesse particular em melhorar as relações entre o Cristianismo e o Islamismo.

Trabalhando em seu escritório na Piazza Santa Maria Maggiore, perto de uma das maiores basílicas de Roma, ele logo se envolveu não apenas com os aspectos teológicos das relações da Santa Sé com o Islã, reunindo-se com estudiosos da Universidade Al-Azhar do Cairo e com mulás sauditas donos de uma cultura impressionante, mas também com a política muçulmana do Vaticano. Cada vez mais era designado, pelo Secretariado de Estado, para tarefas puramente de política internacional, que iam desde análises das pressões do islamismo fundamentalista no Egito ou na Turquia, duas proposições bem diferentes, a relatórios sobre a situação de cristãos perseguidos em virtude do governo muçulmano radical do Sudão.

Em pouco menos de um ano, já era consultor, em meio expediente, da Comissão de Relações Religiosas com Muçulmanos, criada em meados dos anos 70 pelo Papa Paulo VI como parte do Conselho Pontifício para o Diálogo Inter-religioso. Era lá que se encontrava, conversando com o bispo licenciado do Oeste da África, quando Gregório XVII foi baleado na praça de São Pedro. Três anos depois, o cardeal que dirigia o Conselho pediu ao reitor da Gregoriana a liberação dele para que pudesse se dedicar à Comissão como membro em tempo integral. Após consultar o superior geral dos jesuítas, o reitor, é claro, concordou. Estavam todos de olho no futuro de seu "superastro".

Em Roma, Tim sentia-se em casa. Já falava fluentemente o italiano, sem perder o controle do francês aprendido na Georgetown, e gostava dos italianos, da música, do temperamento alegre e da comida deles. Vivia com um conforto aconchegante em seu quarto na Villa Malta, na Via di Porta Porciana, no centro, com uma vista esplêndida do Quirinal e do Panteão. Apesar da ocupação com o trabalho diário, fazia amizade facilmente com os colegas jesuítas de Roma e gozava da estima de algumas famílias italianas. Mantinha contato amistoso com muitos americanos, incluindo vários jornalistas e diplomatas adidos à Embaixada dos EUA, na Via Veneto — no interior da qual se ocultava a divisão da CIA —, a poucos minutos da Villa Malta. Também cultivava relações com diplomatas de países muçulmanos e com especialistas em islamismo da Universidade Gregoriana e de outras instituições.

Devido às suas atividades profissionais e viagens pela orla do Mediterrâneo, Tim via em muitos deles excelentes fontes de informação. Por outro lado, diplomatas e jornalistas o procuravam, não apenas porque era uma boa companhia, mas porque o seu trabalho no Vaticano fazia dele um contato valioso. No ambiente romano, a informação era a mercadoria mais preciosa.

Os anos romanos foram os melhores para ele. Aos quarenta e quatro anos, finalmente havia conseguido exorcizar os demônios da vida anterior, ou assim acreditava, e encontrar a satisfação e a serenidade que há muito tempo lhe escapavam. Sentindo-se descontraído, freqüentemente fazia longos e agradáveis passeios por Roma — em geral, caminhando da Villa Malta até a Via dell'Erba e seu escritório, e voltando para casa. Ia à região rural da Toscana, com suas cidadezinhas hospitaleiras, e escalava montanhas, seguindo de carro até os Dolomíticos, durante as férias de verão, para desfrutar longos fins de semanas na companhia de um jesuíta francês que, outrora, fora guia nas escaladas dos Alpes. Ali, descobriu a intensa alegria de conquistar a face a prumo de um magnificente pico de granito. Seu senso de humor havia retornado por completo, e, o mais maravilhoso, ele estava plenamente gozando a vida.

Ao entrar no pequeno escritório, trancou a porta e, seguindo as ordens do monsenhor Sainte-Ange de iniciar imediatamente a investigação, passou a formular os seus planos. Mas, antes, precisava reformular sua vida em Roma.

Telefonou para o secretário da Comissão de Relações com os Muçulmanos, um belga tranqüilo que se tornara um bom amigo, e pediu para ser recebido no final do dia. Em seguida, deu um telefonema semelhante para o escritório do cardeal que presidia o Conselho para o Diálogo Inter-teligioso. Ele não podia, de um dia para o outro, simplesmente sumir do trabalho sem dar uma explicação aos seus superiores. Novamente, tinha a necessidade de dissimular, pensou ele, levemente divertido. O superior geral dos jesuítas, é claro, não precisava de uma explicação inventada; com certeza, *sabia* do verdadeiro motivo.

Ficara evidente, desde sua conversa pela manhã com Sainte-Ange, o fato de que a investigação seria demorada — poderia levar muitos meses, ou até anos —, pois estava claro que obstáculos aparentemente intransponíveis seriam colocados, por alguém ou por alguma organização, para manter a verdade inacessível. Ele planejava, em primeiro lugar, vasculhar toda a documentação oficial disponível e, talvez, no Vaticano, pudessem lhe mostrar ou contar mais coisas. Mas sabia que isso não seria nem o começo para apontar em uma direção. De qualquer modo, teria de ficar afastado um longo tempo das preocupações normais de seu trabalho com o Islã — e se concentrar em outras. Concretamente, sabia-se apenas que Circlic, o pistoleiro, era um turco muçulmano. O que havia diante do jesuíta era um quebra-cabeça sem nenhuma pista, uma situação clássica na arte da informação.

Sem fazer perguntas, o amigo belga aceitou o pedido de licença, que, segundo Tim alegou, poderia ser "bastante longo". A desculpa dada foi a de que o médico lhe ordenara passar "algum tempo" em uma estação de veraneio nas montanhas e descansando na Villa Malta, pois a tuberculose que supostamente adquirira no Vietnã não havia sido totalmente curada. Essa foi a primeira idéia que lhe ocorreu como desculpa, e no Vaticano, onde raramente se faziam perguntas, não importava realmente se a história era ou não verossímil.

O secretário da Comissão absteve-se de comentar a esplêndida aparência física de Tim, apesar da "tuberculose". Sabiamente, apenas confirmou com a cabeça e falou:

— Sim, é claro, Tim. Fique o tempo que for necessário... Ah, eu mesmo farei a análise daquele projeto iraniano... Não se preocupe...

O belga o conhecia muito bem para saber que devia haver um excelente motivo para a licença. O seu negócio quase sempre dependia de uma grande quantidade de trabalho confidencial de inteligência.

Tim obteve igual concordância imediata do idoso cardeal nigeriano que presidia o Conselho. Ele, também, era um especialista no mundo islâmico. Nascido em região muçulmana na

Nigéria, serviu por lá durante anos como padre paroquial de aldeias católicas, até ser nomeado bispo, arcebispo e cardeal pelo Papa Paulo VI. Antes do conclave que elegera Gregório XVII oito anos antes, o nigeriano era considerado uma barbada para se tornar o primeiro papa africano desde Vítor I, em 189 d.C. Na ocasião, era utilizado como um dos principais consultores da Igreja católica para o Terceiro Mundo. Tim anotou mentalmente que, quando avançasse em suas investigações, talvez valesse a pena consultar o cardeal.

Por uma questão de cortesia e respeito, visitou a seguir o superior geral dos jesuítas, no impressionante prédio cinza na Borgo Santo Spirito, uma rua tranqüila a dois quarteirões da praça de São Pedro. Foi recebido calorosamente pelo espanhol culto que permanecera durante muitos anos em um cargo no Egito e era um especialista em islamismo altamente respeitado, com surpreendentes contatos entre teólogos muçulmanos. Tim começou a se referir ao encontro que teve com Sainte-Ange, mas o superior geral acenou delicadamente com a mão, dispensando-o.

— Mas quero lhe desejar toda a sorte do mundo, meu filho — disse, abençoando Tim.

O que ele não tinha como saber era que o próprio geral recomendara sua indicação para a Comissão de Relações Religiosas com os Muçulmanos, após observar seu desempenho em questões islâmicas na Gregoriana. Do mesmo modo, não sabia que Sainte-Ange consultara o geral, como também o cardeal nigeriano, sobre o melhor candidato para uma missão secreta vital para o papa, sem especificá-la, o que exigia familiaridade com o Islã e o Oriente Médio. O geral dissera ao secretário particular do papa: "Não vejo mais ninguém que consiga se sair melhor do que o padre Savage", acrescentando alguns comentários sobre a ligação anterior de Tim com a instituição de Langley, Virgínia. O cardeal nigeriano fez algumas sondagens reservadas junto a um bispo confiável de Washington e ao pronúncio que chefiava a Nunciatura Apostólica de lá; ambos tinham sólidas ligações com o governo dos EUA. Sainte-Ange não explicara por que estava fazendo suas consultas, mas rapidamente lhe foi informado que, realmente, o padre Savage tinha o perfil e a vivência mais interessantes.

Desde o início, Tim decidira que o quarto na Villa Malta seria sua melhor central de investigações. Os jesuítas que dirigiam a residência não precisavam ser informados da "recaída" de sua saúde e dos planos de "descanso". Se o padre Savage preferia trabalhar em seu quarto, em vez de no escritório, e se viajasse bastante, era um assunto que só dizia respeito a ele. A Villa Malta, onde vários outros jesuítas com cargos importantes no Vaticano também moravam e trabalhavam, era um esconderijo extremamente discreto.

Dando início à sindicância, Tim dedicou longas semanas para se instruir sobre todos os aspectos concebíveis de sua missão. Leu tudo o que havia disponível a respeito do assassino turco, sua identidade e passado, sobre todas as investigações, oficiais e extra-oficiais, conduzidas nos anos anteriores, e sobre o julgamento do atirador. Atendendo a seus pedidos feitos por telefone — ele não achava prudente visitá-la em seu escritório, embora desejasse muito revê-la —, a irmã Ângela forneceu-lhe montanhas de material. Enviou-lhe os relatórios da polícia italiana, recortes de jornais, as transcrições do julgamento do turco, e até mesmo o inquérito do Senado americano no que dizia respeito ao conhecimento que a CIA tinha sobre o ataque a Gregório XVII. Era absolutamente necessário que Tim absorvesse toda essa informação, mas ela em nada lhe indicou de que maneira deveria orientar seu trabalho investigativo. Por outro lado, isso lhe dava uma justificativa para ligar com bastante freqüência para

Ângela, a fim de requisitar mais documentos ainda e lhe pedir qualquer outro material que pudesse existir — mais e mais, ele inventava pedidos difíceis e impossíveis. As conversas entre os dois se tornavam cada vez mais demoradas. Tim adorava o som da voz dela. Ângela aparentava estar sendo amável e educada, mas ele achava estar detectando um tom de voz mais do que simplesmente educado.

À espera, embora sem muita esperança, de conseguir algum progresso com um fragmento de informação, por menor que fosse, resolveu aprender mais sobre a história papal. Aprendera, tanto na Georgetown quanto na CIA, que ninguém, especialmente um estudioso ou um agente de informações, podia lidar com o presente sem ter conhecimento do passado. Ele sabia o bastante para se convencer de que, provavelmente, nada se assemelhava ao Vaticano — em tempo algum — no que se referia à grande e secular tradição de intrigas, tramas e conspirações. E, como veio a descobrir, admirado e fascinado, o atentado à vida de Gregório XVII tinha amplos precedentes, para se dizer o mínimo. Assassinatos de papas, geralmente cercados de circunstâncias sinistras e repugnantes, não eram uma novidade.

O registro incrivelmente aterrador da atividade papal começou com o primeiro papa oficialmente reconhecido como tal pela Igreja católica: Pedro, o Apóstolo, o pescador pobre da Galiléia, chamado Simão Barjonas de nascimento, que, junto com Paulo, o Apóstolo, fundou a instituição católica em Roma, após fugirem da perseguição romana na Palestina; já havia igrejas cristãs em Jerusalém, Antioquia, Corinto e Éfeso. Mas a primazia da Igreja de Roma tornou-se legitimada pelas palavras de Cristo no Evangelho segundo Mateus: "Tu és Pedro, e sobre esta Pedra edificarei a minha igreja, e dar-te-ei as chaves do Reino dos Céus." Estas palavras aparecem em letras grandes e em latim, embora originalmente tenham sido pronunciadas em aramaico e hebreu, na cúpula da Basílica de São Pedro, e Tim Savage as conhecia de cor.

Pedro, igualmente, deparou-se com uma perseguição anticristã em Roma, e também fugiu de lá. Após ter tido uma visão do Cristo, voltou e foi preso por ordem do imperador Nero, que não era nem um pouco indulgente com qualquer forma de dissensão. Pedro foi crucificado, de cabeça para baixo, na Colina do Vaticano, provavelmente em 64 d.C. O papa seguinte a ser assassinado foi Clemente I, o terceiro pontífice depois de Pedro; exilado para a Criméia, pelos romanos, em 97 d.C., foi amarrado a uma âncora e jogado no Mar Negro. Calisto I foi linchado por uma multidão, em 222, no subúrbio romano de Trastevere. Fabiano foi brutalmente assassinado na prisão, em 250, após quatorze anos como papa. Sisto II, um grego, foi decapitado pelos seus diáconos em 258. A perseguição contra os cristãos também foi tão grave no século quatro que, posteriormente, a Igreja católica declarou como mártires, a começar por Pedro, todos os trinta e dois pontífices anteriores a 335. O último desse grupo foi Silvestre I, deposto e morto por inimigos políticos, após vinte e quatro anos no trono de São Pedro. O assassinato, contudo, não era um pré-requisito para a condição de mártir. A perseguição oficial ao Cristianismo finalmente terminou com a conversão do imperador Constantino, em 337, pouco antes de sua morte.

Mas, como Tim continuava descobrindo, cada vez mais horrorizado, estava muito longe de terminarem os assassinatos papais e outras formas de desgraça e indignidades. Assim, a vítima papal seguinte das intrigas da Santa Sé foi São Silvério, preso e exilado para a Anatólia e destituído da condição de monge, em 537. Ele era filho do Papa Ormisda, que cumprira o seu reinado de modo pacífico e sagrado; houve outros cinco papas em situação de pai e filho. Silvério fora incriminado falsamente por Vigílio, o aristocrata embaixador papal em Constantinopla, o centro do Império Bizantino, que tinha fortes ambições de ele mesmo se tornar papa, e por Antonina, a mulher do general romano Belisário. O general havia acusado o Papa Silvério de tramar a abertura dos portões de Roma durante a aproximação dos exércitos godos. Vigílio foi eleito para o papado, mas esse não foi o fim da história. Apesar de o Imperador Justiniano garantir um novo julgamento para Silvério, ao ser trazido de volta de Anatólia para Roma, mediante o acordo de que seria reintegrado ao pontificado, se fosse declarado inocente, Vigílio conseguiu que ele fosse preso novamente e deportado para a ilha de Palmária, onde morreu pouco depois, de desnutrição. Não foi surpresa o fato de ser declarado mártir pela Igreja católica.

Entretanto, até mesmo a Roma assolada por intrigas, vez por outra, era capaz de produzir uma justiça poética. Justiniano mandou prender Vigílio duas vezes, por causa de complexas disputas teológicas que desencadearam graves crises políticas no Império Romano durante dez anos, até Vigílio morrer de cálculo biliar, em 555, enquanto viajava de Constantinopla para Roma.

Ser papa continuou sendo uma profissão extremamente insegura e sem qualquer garantia de segurança no emprego. O Papa Martinho I foi preso por ordem do Imperador Constantino II, em 653, também por causa de profundos desentendimentos teológicos e políticos. Depois de sofrer maus-tratos brutais em uma prisão romana, foi deportado para Constantinopla, condenado por traição em um rápido julgamento, arrastado pelas ruas preso a grilhões, e açoitado em público. Morreu dois anos depois, em seu exílio na Criméia.

O Papa Leão III foi atacado, em 799, por uma multidão de

romanos que tentaram arrancar sua língua e cegá-lo. A turba era liderada por Paschalis, sobrinho do antecessor de Leão, o Papa Adriano I; Leão recuperou-se dos ferimentos e conseguiu conservar a fala e a visão. Em 864, o imperador frâncico Luís II planejou o assassinato do Papa Nicolau I por ter excomungado seu irmão, o Rei Lotário de Lorena, por causa de bigamia, mas a cabeça fria prevaleceu, e a autoridade papal foi respeitada. O Papa João VIII, em 882, foi surrado a pauladas até morrer, por ex-amigos e acólitos.

Estêvão VI se deu bem pior, após dirigir um dos mais revoltantes episódios da história da Igreja católica. Em janeiro de 897, Estêvão VI ordenou o julgamento do corpo ressequido de Formoso, um papa cordialmente detestado — apesar de notável diplomata —, que morrera em abril do ano anterior. Formoso foi seguido no papado por Bonifácio VI, que faleceu duas semanas após a sua eleição, por causas não registradas. Trata-se de um mistério o motivo pelo qual o Papa Estêvão encenou o "Sínodo Cadavérico" de Formoso; trajado com a vestimenta papal e equilibrado sobre um trono, o cadáver foi considerado culpado de uma multiplicidade de crimes, os seus dedos foram cortados fora e ele foi lançado ao Tibre. Os romanos ficaram tão horrorizados com essa farsa sinistra que Estêvão foi expulso por multidões enfurecidas e, em seguida, estrangulado na prisão. Ele tinha sido pontífice durante um ano e três meses.

Lendo uma recém-publicada história do papado, Tim ficou pasmado ao saber que "um terço dos papas eleitos entre 872 e 1012 morreu em circunstâncias suspeitas". Não era muito animador em termos de seu próprio esforço investigativo, pensou ele. Mas continuou singrando pela sua pesquisa macabra. Leão V, por sua vez, foi assassinado em 903 por um bispo romano que o sucedeu como Sérgio III. O primeiro milênio da Era Cristã terminou com a asfixia de João X, em 928, e a terrível morte por mutilação de Estêvão VIII, em 931, após menos de três anos como papa.

Em termos de tentativas de assassinatos ou mortes papais violentas ou misteriosas, o segundo milênio se iniciou com o inexplicável falecimento de Sérgio IV, em 1012, apesar de as coisas em torno do Vaticano estarem se acalmando. Bento IX, jovem e dado à devassidão, viu-se deposto em 1044, mas foi deixado com vida e até mesmo encenou um breve retorno. Gregório VI foi afastado pacificamente, em 1046, após um ano e meio no trono. Gregório VII, um dos maiores papas, morreu no exílio de Salerno, em 1085, vítima da política e das guerras selvagens européias de sua época. Os danos corporais, entretanto, retornaram ao papado quando Lúcio II foi morto em 1145, no segundo ano no cargo, em uma batalha pelo controle de Roma. Em 1452, Nicolau V, um venerado humanista, patrono das artes e fundador da Biblioteca do Vaticano, sobreviveu a uma violenta conspiração de aristocratas romanos, liderada por Stefano Porcaro, para derrubá-lo.

Tim leu horrorizado que, segundo consta, o Papa Clemente XIV foi envenenado pelos jesuítas com uma "tigela de chocolate", na Quinta-feira Santa de 1773. No início daquele ano, Clemente havia reprimido os jesuítas, e essa pode ter sido uma tentativa de vingança. Os jesuítas, que viajavam pelo mundo desde o século dezesseis, haviam descoberto o cacau na Amazônia brasileira e aperfeiçoado a arte de preparar chocolate quente. Ocorre que o papa só veio a morrer no ano seguinte, provavelmente imune a chocolate envenenado — se, realmente, os jesuítas tentaram eliminá-lo através de uma maneira tão elegante.

Não há registros de tentativas de assassinato contra papas nos dois séculos que se seguiram, percebeu Tim, aliviado, mas mistérios pareceram ressurgir na segunda metade do século vinte. João Paulo I morreu após trinta e três *dias* como papa, em 1978, e as causas de seu falecimento nunca foram totalmente esclarecidas. E agora, disse Tim Savage para si mesmo, teria que lidar com o caso de Gregório XVII, algo particularmente perturbador, já que a trama ou a tentativa de matar o papa, bem-sucedida ou não, surgira *de fora* do Vaticano e de Roma — e não *de dentro* — como, pelo menos, parecia.

Capítulo Onze

E, COM RELAÇÃO a Gregório XVII, o que Tim Savage sabia sobre o seu passado, as suas ligações, os seus envolvimentos?

O fato era que sabia quase nada sobre o papa francês, já no seu oitavo ano de pontificado, além do que constava das biografias oficiais, matérias superficiais de jornais e revistas — e fofocas do Vaticano nas quais, geralmente, não se podia confiar. Sem um conhecimento mais profundo de Gregório XVII, percebeu que seria incapaz de fazer sua investigação com eficiência. Teria que procurar o que esse papa devia ter feito ou dito — ou apoiado — em público ou particularmente, para provocar uma tentativa de assassinato, ainda que o ato em si tivesse se originado da irracionalidade por parte de um ou mais atores do drama.

As coisas não acontecem em um vácuo, e cada vez mais ele duvidava que os disparos dados há cinco anos, na praça de São Pedro, tivessem sido simplesmente a idéia de um indivíduo desequilibrado. Os autos da polícia e do julgamento deixavam isso bem claro. O princípio que orienta a arte da informação, como ele bem sabia, estava em procurar pistas significativas, não importava o quanto, aparentemente, fossem pequenas ou irrelevantes, antes de se concentrar em caminhos a seguir para chegar à solução derradeira. Até então, Tim não encontrara nenhuma.

O resumo biográfico oficial do Vaticano, em uma estante de Villa Malta, disse-lhe o que já sabia: Gregório XVII, já próximo dos sessenta e sete anos, era o duocentésimo sexagésimo quarto papa católico romano, o décimo pontífice francês na história da Igreja católica, eleito em 1978, e assim por diante. Mas a pesquisa passou a ficar cada vez mais interessante enquanto avançava por um material mais extenso e começava a desenvolver uma espécie de perspectiva sobre a vida do papa.

Gregório XVII nasceu Roland de Millefeuille, filho único de pais descendentes de uma longa linhagem da nobreza Provençal, a 11 de novembro de 1918, o dia da assinatura do armistício que encerrou a Primeira Guerra Mundial. Durante a infância, morou cercado de conforto na mansão da família dos pais, situada à margem esquerda do Ródano, não muito distante de Avignon, onde, no século quatorze, sete papas franceses reinaram durante setenta e três anos. Ficava perto da Torre de Filipe, o Belo, uma magnífica estrutura do século treze. A mansão foi o seu local de nascimento.

Em uma nova e volumosa biografia de Gregório XVII, publicada em Roma na semana em que Tim se encontrara com Sainte-Ange, ele leu que Roland tinha sido um jovem e um estudante bastante precoce, causando admiração em professores por causa de sua acuidade. O rapaz, ao que parecia, era dotado não apenas de uma extraordinária inteligência, mas era também bondoso e amigável, devoto e de uma impressionante espiritualidade, mesmo na tenra idade. Os seus pais acreditavam que tal espiritualidade era atávica, proveniente das antigas tradições provençais de religião e fé — e mantidas vivas como um mistério pelo desassossegado vento mistral do Sul, pela poesia mística de Frédéric Mistral, o grande bardo que escreveu na linda e romântica língua provençal, e pelas antigas baladas dos trovadores da terra. Havia uma indicação de que essa espiritualidade também tinha raízes nas Cruzadas do século treze contra heréticos cátaros no Languedoc, bem ao norte dos Pireneus e entre Toulouse e o Mediterrâneo, quando incontáveis milhares de cátaros, tementes a Deus mas de espírito independente, foram massacrados ou queimados na fogueira pelos exércitos franceses, por ordem do papa de Roma.

Roland escreveu o seu primeiro poema — em francês — ainda no primário, quando freqüentava a escola paroquial católica. Tratava-se de uma ode a Nossa Senhora de Lourdes, composta após a visita que fizera, com os pais, ao altar mariano na gruta de Massabielle, onde dizem acontecer grandes milagres, na cura dos enfermos, pela intercessão de Maria, que, em 1858, apareceu dezoito vezes para uma moça de quatorze anos do local. A sua devoção cresceu durante os anos no *lycée* — todas as manhãs, a caminho do curso colegial, fazia uma parada na igreja —, também se destacava em latim, literatura francesa e história, e era considerado o melhor centro-avante do time de futebol de sua escola em Avignon.

Alto, atlético, semblante perspicaz, cútis morena mediterrânea, e conhecido pelo refinamento provençal, Roland era extremamente popular entre os professores e os outros adultos. Lendo a biografia do papa, Tim encontrava continuamente citações daqueles que o haviam conhecido na juventude, descrevendo a "força de vontade fenomenal", a "determinação de sempre ser o melhor em tudo" e os seus "charme e carisma". Nenhuma dessas características parecia ter mudado com o passar dos anos. Mesmo a aparência, aos sessenta e oito anos, não traía muito a passagem do tempo: continuava alto e ereto, a perspicácia do semblante marcando uma presença impositiva.

Tim desconfiava haver algo de hagiografia na descrição de Roland, e, por isso, ficou intrigado e surpreso com as palavras de um colega de turma, citadas no livro, afirmando que "Roland de Millefeuille não tolera divergência de seus pontos de vista e opiniões". Aliás, ouvira boatos e comentários de que Gregório XVII colocara rédeas curtas nos jesuítas, teológica e politicamente, por achar que eram autoconfiantes demais, se bem que não houvesse evidências perceptíveis disso. O superior geral, naturalmente, não discutiria o assunto com subordinados como Tim, e os boatos continuavam circulando na comunidade jesuíta de Roma. Mas, raciocinando a respeito, Tim especulou se a freqüente e obstinada rejeição de pontos de vista de outros por parte de Gregório XVII — se fosse realmente o caso — poderia ter sido um motivo para alguém ter planejado seu assassinato. Afastou a idéia e a guardou no fundo da mente.

Após completar o *lycée*, Roland optou pelo sacerdócio e entrou para um seminário. Foi ordenado na primavera de 1940, apenas semanas antes de a França se render à Alemanha nazista e nove meses após a deflagração da Segunda Guerra Mundial. Ainda por completar vinte e dois anos, e um dos padres mais jovens já ordenado na Igreja católica francesa, foi designado pelo arcebispo de Avignon para uma pequena paróquia ao Sul do Ródano, um pobre povoado montanhoso de famílias de camponeses idosos.

O padre Roland passou cerca de nove anos nessa paróquia, até o fim da guerra, cuidando o melhor possível do seu rebanho e devorando avidamente livros sobre teologia, filosofia e ética, emprestados da biblioteca arquidiocesana de Avignon. Mas também levou uma espécie de vida dupla, como organizador, na área, dos *maquis*, a resistência francesa antinazista. A batina sacerdotal era um excelente disfarce, e os alemães nunca desconfiaram que o jovem devoto padre e os anciãos do sonolento povoado, a quem Roland era tão dedicado, tinham contatos secretos com os Franceses Livres. Posteriormente, foi-lhe dado o crédito de garantir a passagem em segurança de um grande número de oficiais e soldados dos Aliados, que haviam escapado dos campos de prisioneiros de guerra dos alemães e se dirigiam à Espanha ou à Inglaterra. Roland desempenhou um papel heróico e, depois da guerra, foi agraciado com a Medalha da Liberação.

Entretanto, ficou bastante chocado ao tomar conhecimento de que alguns padres em sua região haviam entregue prisioneiros Aliados em fuga — e judeus escondidos na Provença — aos nazistas. Roland descobriu, após os arquivos serem liberados pelos governos franceses do pós-guerra, que cerca de 75 mil judeus, incluindo 12 mil crianças, foram deportados da França para os campos da morte nazistas, entre 1941 e 1944, e que apenas 2.500 sobreviveram. Estremeceu, ao imaginar que alguns desses judeus — mesmo se fosse apenas um — pudessem ter sido enviados ao matadouro pelos seus colegas padres.

Ao mesmo tempo, ficou profundamente perturbado ao descobrir que, após a libertação, muitos desses padres providenciaram refúgio para criminosos de guerra, policiais e outros *collaborateurs* da ocupação, manchando a Igreja católica da França com a coloração da extrema-direita. Quando, após a guerra, se tornou conhecida sua atuação a favor da atividade dos Aliados durante a ocupação, os colegas de sacerdócio ultraconservadores de Roland desencadearam uma sorrateira campanha maledicente, acusando-o de tendências comunistas. Tim leu a esse respeito, com espanto, no artigo de uma revista que a irmã Ângela lhe enviara do Palácio Apostólico, em um dos seus freqüentes pacotes de material. Poderia essa acusação estar por trás da conspiração contra Gregório XVII, após tantos anos, perguntou-se Tim, mas logo rejeitou a idéia como totalmente implausível. Não obstante seu passado, a Igreja católica francesa não podia estar tão dividida, pensou ele. Mas foi o próprio papa quem, como um jovem padre, fizera uma crítica devastadora aos colegas franceses, acusando, em um sermão sarcástico, que, "sob o lema de Liberdade, Igualdade e Fraternidade", eles transformaram a monarquia em um império do mal. Referia-se à Terceira República, de antes da guerra, com sua corrupção e imoralidade. Isso também valia para a Igreja católica francesa.

Estudando o material durante doze horas ou mais por dia, no quarto da Villa Malta, parando apenas para dormir, comer e cuidar de uma ou outra incumbência particular, Tim viu a carreira eclesiástica de Roland se desenrolar diante de seus olhos. Desse modo, um ano após a guerra, o padre foi enviado a Marselha para servir aos fiéis e suas famílias, na difícil e empobrecida região portuária, a famosa Canebière. O arcebispo de Marselha estava à procura de um padre "inspirado", e o seu colega de Avignon, que lhe devia favores, imediatamente recomendou o padre Roland.

Ele passou um ano em Marselha, descobrindo o desespero dos urbanos pobres e aliando-se ao novo movimento de padres-operários. Usando calça, camisa e uma vistosa boina negra, Roland trabalhou nas docas junto aos estivadores, ajudando-os a organizar cozinhas para fornecimento de sopa e, à noite, alfabetizava adultos. Logicamente, também cumpria suas obrigações sacerdotais, da confissão à orientação familiar, além de oficiar casamentos, batismos e funerais. Também passou a escrever artigos, para publicações católicas progressistas, sobre ética cristã de justiça social. O filósofo católico leigo Jacques Maritain, que ajudou a redefinir e modernizar o pensamento social na Igreja católica, tornou-se seu herói intelectual e espiritual. E Roland fez amizade com muçulmanos carentes do Norte da África, que, à procura de trabalho, estavam, às dezenas de milhares, se estabelecendo no Sul da França — e criando mais um problema social. Marselha forneceu o primeiro contato de Roland com os muçulmanos e o islamismo e deu início ao seu interesse na religião de Maomé e Seus seguidores. Seria essa a primeira pista para o que ocorreria muitos anos depois, com um turco muçulmano disparando sua pistola no papa católico romano na praça de São Pedro? Se fosse, qual o significado disso?

Havia tantas peças a juntar no quebra-cabeça. Qual fora, por exemplo, o tipo de ligação entre o padre Roland e o Grande Mufti de Jerusalém, que, de acordo com uma frase mencionada na nova biografia, era "bem relacionado com o padre Millefeuille, a quem costumava visitar em Marselha"? Também havia uma afirmação, feita de passagem, sugerindo que, quando irrompeu a rebelião na Argélia, no final dos anos 50, Roland, na ocasião estudando em Roma, apoiou abertamente a exigência da Frente Nacional de Libertação para tornar o país independente da França. Não era algo incomum entre os padres progressistas da Igreja católica francesa, mas isso deixou Tim com a impressão de que o jovem padre nutria simpatia pelas causas ligadas ao islamismo, o que, por sua vez, tornava bastante improvável o fato de um muçulmano tentar matá-lo vinte anos depois — quando já era Gregório XVII. Por outro lado, contudo, Tim sabia que, de um modo ou de outro, nada disso levava a conclusões lógicas. Àquela altura, ainda sabia muito pouco.

Ele deparou-se com outra pista potencial ao ler os artigos de Roland sobre a Mission de France, o movimento dos padres-operários com o qual este estivera em Marselha. Ficou impressionado com os comentários dele sobre a luta entre os católicos romanos e os sindicatos comunistas e socialistas pelo controle das docas de Marselha — e a sua firme identificação com os sindicatos católicos. Tim achou que isso tinha interesse suficiente para justificar uma pesquisa mais aprofundada, e passou vários dias na Biblioteca Nacional de Roma lendo livros sobre problemas e rivalidades do operariado na Europa Ocidental do pós-guerra. Não encontrou nenhuma referência ao nome do padre Millefeuille, mas o que lhe saltou aos olhos foi o fato de a CIA e a Federação Americana do Trabalho terem fornecido, secretamente, fundos para que os sindicalistas católicos de Marselha — e seus aliados, os estivadores mafiosos — lutassem e derrotassem os comunistas. Isso, é claro, já era história antiga, mas coincidia com a presença de Roland em Marselha e o seu envolvimento com os padres-operários. Quanto mais Tim se aprofundava na vida dele, mais suas pegadas se materializavam em contextos aparentemente sem relação e até mesmo contraditórios. Com certeza, fora um ativista, dentro e fora da Igreja católica, e ativistas provocam o destino, justamente o destino letal.

Gradualmente, a reputação de Roland expandiu-se através da hierarquia da Igreja católica. Certo dia, foi convocado pelo bispo de Avignon, ainda seu superior eclesiástico, para ser "informado" — na verdade, tratava-se de uma ordem — de que ia para a Sorbonne, em Paris, fazer o doutorado em filosofia; ele já tinha o equivalente ao grau universitário mais abaixo, em razão de seu *baccalauréat* no *lycéé* e dos estudos no seminário.

— Você é a esperança de nossa Igreja — disse-lhe o velho arcebispo. — Você tem a mente e também o coração... Hoje em dia, a nossa Igreja carece de ambos...

Três anos depois, aos trinta e dois de idade, recebeu o título de doutorado; sua tese foi sobre a Mission de France e seu significado para a Igreja católica e a ética secular.

Os anos 50 foram o auge dos intelectuais da Igreja católica, e Roland de Millefeuille era um astro em ascensão no meio deles. Entre os seus amigos estava o bispo de Orléans, ele mesmo um filósofo, que, durante a guerra, na adolescência, se convertera do judaísmo — os seus pais haviam imigrado da Polônia para Paris, onde nasceu — e, na ocasião, era um dos principais pensadores entre os liberais da Igreja católica. Aconselhado por ele, Roland inscreveu-se na Pontifícia Universidade Gregoriana, em Roma, para o doutorado em teologia. O amigo bispo o havia alertado de que "não bastava mais ter apenas *um* doutorado". A amizade de Roland com o "bispo judeu" lhe ocasionou ainda mais hostilidade da panelinha de padres da direita. Isso é *mesmo* interessante, pensou Tim Savage, fazendo uma anotação no grosso diário, a peça principal de seu crescente dossiê papal.

Roland permaneceu em Roma por sete anos, fazendo o doutorado em teologia e firmando uma ampla rede de amizade na Cúria, um investimento precioso para o futuro. Elevado à categoria de monsenhor, Roland de Millefeuille foi convocado pelo Secretariado de Estado como redator de discursos — em latim — para o Papa João XXIII. No início de 1962, o papa aprovou sua nomeação como bispo da diocese de Fréjus-Toulon, um excelente cargo na próspera Riviera; a diocese também abrangia a grande base naval francesa em Toulon, e, por conseguinte, ligações com militares de altas patentes.

De volta ao Sul da França, redescobriu suas raízes provençais, dirigindo-se em provençal às pessoas simples das aldeias de pescadores e das colinas, e, aos fiéis mais abastados, em um elegante francês. Naquela época, a missa ainda era celebrada em latim, a Missa Tridentina do século dezesseis, herdada do Concílio de Trento, e que teve o Papa Pio V como o seu rígido cumpridor.

Roland, porém, acreditava que, para a Igreja católica sobreviver no mundo moderno, a liturgia teria de ser modernizada — e a missa celebrada em vernáculo, a língua do país dos fiéis. Freqüentemente, escrevia e falava a respeito, afrontando ainda mais os padres tradicionalistas, os quais passaram a distribuir cartas em suas dioceses criticando-o duramente. As cartas que atacavam o bispo infringiam as regras de obediência da Igreja católica, mas os autores estavam dispostos a desafiá-las para divulgar seu ponto de vista.

Assim que se instalou em Fréjus, ele cuidou para que Romain de Sainte-Ange, seu amigo dos tempos do seminário, se juntasse à diocese como administrador. Embora separados pela distância, os dois mantiveram contato, ao longo dos anos, principalmente durante a demorada estada de Roland em Roma, quando Sainte-Ange só conseguiu visitá-lo duas vezes, mas, como bispo de Fréjus, ele tinha o poder de escolher os seus auxiliares para administrar a diocese. Na ocasião, Sainte-Ange era pároco da maior igreja de Honfleur, na Normandia, e não houve problema em transferi-lo para Fréjus. Roland não podia estar mais contente; não apenas podia confiar a administração do dia-a-dia da diocese ao amigo, como também conseguira um interlocutor leal e totalmente discreto com quem debater as idéias que tinha sobre o futuro da Igreja católica — e o seu próprio.

Em outubro de 1962, estava de volta a Roma, a fim de participar, juntamente com 2.859 colegas bispos de todo o mundo, do Concílio Vaticano II, convocado pelo Papa João XXIII, para forçar o ingresso da Igreja católica na era moderna. O primeiro Concílio Vaticano havia sido realizado em 1869 e 1870, quase um século antes. Roland foi indicado para fazer os esboços da Constituição da Sagrada Liturgia, a qual, pela primeira vez, autorizava o uso do vernáculo na celebração da missa — o seu sonho — e da Declaração sobre o Relacionamento da Igreja católica com as Religiões não-cristãs. Tratava-se de um magnífico empreendimento para um ambicioso prelado intelectual, e o bispo Millefeuille tornou-se uma figura de destaque do Concílio. Estabeleceu fortes laços de amizade por toda a Igreja católica, com bispos europeus ocidentais e orientais, americanos do norte e latinos, asiáticos e africanos. Como disse, muitos anos depois, a um biógrafo: "Eu tive o privilégio de ajudar a construir a *verdadeira* Igreja universal..."

Tim Savage achou extremamente interessante o fato de Roland ter sido o co-autor da declaração *Nostra Aetate* (Em nosso tempo), a qual, em um histórico avanço para a Igreja católica, afirmara que a crucificação de Jesus "não podia ser imputada sem distinção a todos os judeus viventes, nem aos judeus de hoje". Ficou imaginando: essa posição pró-judaica não poderia ter provocado suficiente ressentimento, entre os muçulmanos, para resultar em uma tentativa de assassinato, na ocasião em que já se tornara papa? Isso poderia explicar por que o turco, um muçulmano, foi o atirador? Tim sabia que, no sentido religioso, a maioria dos muçulmanos não era fanática ou visceralmente anti-judaica, mas o fundamentalismo islâmico crescia rapidamente — a revolução de 1979 no Irã, liderada por mulás fanáticos, era certamente um exemplo preocupante —, e uma conspiração contra Gregório XVII não podia ser totalmente excluída.

Mas não seria igualmente plausível, imaginou Tim, que a trama tivesse sido imaginada por católicos de extrema-direita, padres ou leigos, que, à sua própria maneira, também eram fundamentalistas? Não, decidiu, era por demais absurdo. Não estamos vivendo na Idade Média, quando papas eram assassinados a intervalos regulares, por motivos religiosos reais ou imaginados. Tim ainda não tinha nenhuma pista que apontasse em uma direção convincente. Observou que Sainte-Ange acompanhara Roland durante o Concílio, mas nada havia indicado que ele, de algum modo, influenciara o amigo, nem que tivesse reagido aos textos conciliares dos quais o bispo de Fréjus foi co-autor.

Nos anos pós-Concílio, Roland se ocupou ativamente em construir sua carreira na Igreja católica. Em 1967, foi nomeado arcebispo de Marselha pelo papa. Aquele não era mais apenas o território familiar de seus dias de padre-operário, uma vez que ia precisar conviver com as novas realidades da França — e da Igreja católica. A independência da Argélia, que ele apoiara desde o princípio, encheu a costa mediterrânea da França com os *Pieds-Noirs*, colonos franceses expulsos de seus lares ancestrais do Norte da África, e ainda de outra onda de jovens árabes que fugiam para os centros urbanos à procura de trabalho. As tensões sociais, já exacerbadas pelas rebeliões de jovens em 1968 por toda a França, mal conseguiam ser controladas em Marselha e ao longo de toda a costa meridional. O jovem arcebispo teve que agir como pastor para os fiéis; conciliador entre empregados e patrões; consultor para a polícia, a *gendarmerie*, e para os políticos locais; pregador da tolerância racial e religiosa; e executor das instruções teológicas do Vaticano. Estava com cinqüenta e dois anos, cheio de idéias, energia e opiniões bem firmes. Mudou-se novamente para Roma, dessa vez para chefiar a Congregação dos Bispos, um cargo de muito poder raramente dado a um novato no Colégio de Cardeais. Mas o velho papa via em Roland o futuro da Igreja católica, uma idéia total e silenciosamente compartilhada pelo novo cardeal.

Oito anos depois, o velho papa morreu em paz, e o seu sucessor devidamente eleito morreu misteriosamente após permanecer um mês no trono de São Pedro. O conclave, de volta ao trabalho na Capela Sistina, diante de um impasse causado pela rivalidade entre dois cardeais italianos, decidiu rapidamente se voltar para a França, o país que dera nove papas. Voltar-se para a França significava eleger o cardeal Roland de Millefeuille, o intelectual abençoado pelo charme, com uma consciência social, dois doutorados, um papel de destaque no Concílio Vaticano, invejável perspicácia política e diplomática, impecáveis credenciais pastorais, caráter impressionantemente forte — e poderosos amigos no Colégio de Cardeais, que elege os papas.

Ao sessenta anos, tinha a idade perfeita para o papado: o seu pontificado não seria nem curto demais nem longo demais, exatamente como os cardeais desejavam que fosse. Assim, Roland de Millefeuille de Avignon tornou-se o Papa Gregório XVII, o pontífice de sorriso encantador e mente aguçada. Os cardeais justificaram que foram inspirados pelo Espírito Santo.

Gregório, o Grande, como Tim observou, certa vez escreveu: "Estou pronto para preferir morrer a permitir que a Igreja do Apóstolo São Pedro se degenere em minha época." Isso foi no século seis. Roland de Millefeuille não afirmaria menos do que isso, no século vinte.

Tim Savage, finalmente, pôs de lado a biografia de Gregório XVII, após sublinhar o que lhe pareceu serem trechos reveladores, fazer copiosas anotações no seu diário e colocar pontos de interrogação e exclamação onde quer que algo tivesse atraído especialmente sua atenção. Na parte do diário que tratava da história pessoal do papa, Tim escreveu CONCLUSÃO: MUITOS INIMIGOS-MUITOS AMIGOS, e, em seguida, listou nomes, organizações e governos em cada coluna, designando motivos plausíveis mas incertos debaixo de MUITOS INIMIGOS. Optou por não escrever comentários debaixo de AMIGOS; seu treinamento em inteligência lhe ensinara que nunca era possível ter certeza da possibilidade de alguém estar atrás *dele*, seguindo-o, possivelmente para invadir seu quarto e pegar o diário, embora estivesse trancado dentro de um cofre que havia comprado. Um pouco de paranóia fazia parte da arte da informação. Os comentários sobre INIMIGOS eram essencialmente o óbvio, e não faria diferença se fossem lidos por um outro dos "inimigos". Os comentários sobre os "amigos", no entanto, não podiam cair em mãos erradas; não era da conta dos "inimigos" quais seriam os verdadeiros "amigos" de Gregório XVII, nem de que modo Tim poderia contar com eles, durante o curso de sua investigação.

Por ter estudado a história da Igreja católica no seminário jesuíta, Tim, é claro, estava familiarizado com os intermináveis cismas e heresias, grandes e pequenos, divisões, batalhas cruentas e conspirações de todos os tipos imagináveis que afetaram o Cristianismo nos dois milênios que se passaram, ou quase isso, desde o alvorecer da Era Cristã. No momento, porém, Tim estava curioso a respeito das relações, através dos séculos, entre a França e a Santa Sé, torcendo para a possibilidade de encontrar alguma pista útil. Era estranho como a história, mesmo a bem antiga, podia ajudar a entender certas realidades contemporâneas. Religiões e nações possuem uma memória eternizada, sempre prestes a agir por elas. Guerras, civis ou não, por causa da religião e suas interpretações foram tão comuns durante o primeiro século cristão quanto no vigésimo: elas envolveram antigas heresias cristãs, batalhas pela Reforma protestante, fundamentalismo moderno no meio de católicos, protestantes e muçulmanos, conflitos entre muçulmanos e hindus, e assim por diante. E, no caso da França e da Igreja Católica Romana, a história era incrivelmente intratável, contraditória, petulante e violenta.

Tudo começou na segunda metade do século cinco, quando Clóvis, rei dos francos sálios, se converteu ao Cristianismo — há tempos, sua mulher cristã, a princesa Clotilde, vinha insistindo para que ele fizesse isso —, em gratidão a Deus pela vitória contra os alamanos, os alemães da época. Clóvis foi batizado por São Remígio em Reims, no dia de Natal de 496, juntamente com três mil francos. Tornando-se um dos governantes mais poderosos da Europa, Clóvis fez de Paris a capital de seu reino e erigiu a Igreja dos Santos Apóstolos, que, posteriormente, passou a ser conhecida como de Santa Genoveva. Os seus soldados eram equipados com achas-d'armas, conhecidas como *franciscas*, um dos primitivos instrumentos de conquista da França. Hoje em dia, como Tim veio a descobrir, Clóvis continua sendo celebrado pela Igreja católica como o herói que tornou a França sua "filha primogênita".

Urbano II, o primeiro papa francês, que reinou por trinta e sete anos, dos últimos anos do século onze aos primeiros do doze, foi um reformador da Igreja católica dotado de um entusiasmo obsessivo e fervoroso. Estava determinado a tornar pura a Igreja católica, excomungando, no processo, soberanos católicos por toda a Europa e perseguindo ferozmente bispos e arcebispos que resistiam à reforma e insistiam em práticas corruptas. Foi ele, claro, o mesmo papa que proclamou a Primeira Cruzada, em 1095, contra os "infiéis" islâmicos da Palestina. Será que os atuais fundamentalistas islâmicos se lembram desse cruzado francês? Provavelmente não, decidiu Tim, mas fez uma anotação, em seu diário, debaixo de INIMIGOS.

No início do século treze, o Papa Inocêncio III, um italiano, desencadeou a cruzada européia contra os heréticos cátaros — também conhecidos como albigenses — no Sul da França, aliando-se ao rei francês Filipe Augusto, que, anteriormente, tentara transformá-los em seus vassalos. A Cruzada Albigense logo explodiu em uma guerra civil entre as aristocracias francesas do Norte e do Sul, com Inocêncio III apoiando totalmente Filipe Augusto e os nortistas. Dezenas de milhares de heréticos sulistas, os "puros", foram queimados na fogueira, ou liquidados de outra maneira, com as bênçãos entusiasmadas do papa. Isso deixou a França em dívida com Inocêncio, não muito tempo depois de os padres e leigos franceses do Norte exigirem ruidosamente sua independência de Roma e de sua Igreja.

Lendo sobre os cátaros, Tim ficou em dúvida sobre como deveria listá-los em seu diário: como AMIGOS ou INIMIGOS? Estava ciente de que essa antiga heresia e suas terríveis conseqüências não haviam sido esquecidas. Desse modo os franceses do Sul talvez nutrissem um ódio atávico em relação a Roma, ao passo que os nortistas talvez sentissem gratidão — ou nenhuma das hipóteses anteriores. Além do mais, esse era o centro do mundo de Gregório XVII. Tim simplesmente marcou o episódio com um sinal de interrogação; os seus instintos disseram-lhe que aquilo não deixava de ser importante no plano geral das coisas.

Meio século depois, a França emergiu como a superpotência da Europa, forçando a submissão do papado à coroa francesa. Curiosamente, o poder francês fora consolidado por Luís IX, um rei devoto posteriormente canonizado pela Igreja católica. Durante o século quatorze, as relações entre a Igreja Romana e os franceses oscilaram loucamente. Eleito em 1305, o papa francês Clemente V recusou-se a residir em Roma, por causa de conflitos internos italianos, e, em vez disso, estabeleceu Avignon como a Sé pontificial durante um longo período, chamada de "exílio babilônico" dos papas. A Igreja católica tornou-se ainda mais submissa à França. Com mais cinco pontífices reinando de Avignon, e o Colégio de Cardeais repleto de franceses, a Igreja católica logo ficou parecendo uma instituição francesa. Somente em 1362 Urbano V, ele mesmo um francês, devolveu a Sé Apostólica a Roma.

Em 1404, os cardeais de Roma elegeram como papa um napolitano que adotou o nome de Inocêncio VII, mas teve que competir com Bento XXIII, um espanhol e o segundo dos quatro "antipapas" eleitos pelos cardeais franceses, que manteve sua corte em Avignon. Essa foi a época do "Grande Cisma" na Igreja católica, colocando Roma contra França. Bento, claro, tinha o apoio da coroa francesa. Gregório XII tornou-se papa em 1406, após a morte de Inocêncio, mas ele e Bento não conseguiram chegar a um acordo. Nesse meio tempo, a Igreja católica francesa deu as costas a Bento, e Martinho V, um italiano, foi escolhido, em 1417, encerrando o "Grande Cisma". Nesse ponto, a cabeça de Tim Savage começou a girar, ao se esforçar para entender os caprichos dos conflitos entre França e Roma.

Mas a história prosseguia, inexorável. Os franceses e o papado não conseguiam deixar um ou outro em paz. No final do século quinze, Carlos VII da França ocupou Roma, em nome de uma panelinha de cardeais rebeldes, e ameaçou depor o Papa Alexandre VI. Durante os séculos seguintes, Roma e Paris oscilaram para lá e para cá entre o conflito e a cooperação — no poder político, e não no teológico —, até a marcante Revolução Francesa.

A Revolução de 1789 declarou guerra total contra a Igreja católica romana, e, por causa disso, a Santa Sé não perdoou a França — até hoje. Aliás, Tim conhecia um idoso monsenhor que falava de François Mitterand, o então presidente socialista francês, com a mesma expressividade com que falava de Robespierre. A campanha de Napoleão Bonaparte na Itália levou à ocupação de Roma pelas suas tropas e à captura do Papa Pio VI, que, pouco depois, morreu exilado na França. Cinco anos depois, contudo, Pio VII ungiu Napoleão imperador, transformando a monarquia em um império. Cinco anos depois dessa ocasião, Napoleão anexou os Estados papais à Itália e depôs o ex-amigo Pio VII, afastando-o para a França. Ia longe a véspera de Natal de 800 d.C., quando Carlos Magno, um antigo imperador, prostrou-se na Basílica de São Pedro à espera de ser ungido pelo Papa Leão III. Mas, quando Napoleão, finalmente, caiu do poder, após Waterloo, Pio VII retornou em triunfo para Roma. No final das contas a Igreja católica sempre parecia vencer.

As rivalidades, no entanto, continuaram. O Papa Pio IX fora forçado a fugir de Roma, por causa da revolução liberal de 1848 na Itália, mas, dois anos depois, as tropas francesas o levaram de volta ao poder. O papado ficou sob a proteção da França até a Guerra Franco-prussiana de 1870, quando os derrotados franceses tiveram de cuidar de seus próprios assuntos. Em 1901, a Terceira República Francesa exigiu que as ordens religiosas — dos Beneditinos aos Jesuítas — deixassem o país, fechou 14 mil escolas católicas e confiscou as propriedades da Igreja.

Grande parte dessa longa história não passou de simples conflitos motivados pela fome de poder, derramamento de sangue e intolerância entre os povos mais civilizados da Europa. Com raras exceções, os reis e os papas não eram exemplos notáveis de virtude — muitos foram capazes de atos covardes inomináveis. Tim ficou admirado com o fato de muito da maldade e da criminalidade, por parte dos governantes esclarecidos e de seus cortesões, pertencerem às mesmas épocas das esplêndidas cultura e criatividade européias nas artes e no pensamento humano.

Evidentemente, o bem e o mal conseguiram coexistir pacificamente durante a Idade das Trevas, assim como no Iluminismo. Mas, raciocinou Tim, as coisas não eram tão diferentes hoje em dia. Atualmente, era tão plausível matar um papa quanto o fora em qualquer momento da história da humanidade e da religião. A propensão sempre esteve presente e sempre houve muitos devotos voluntários — e não apenas mercenários — acreditando que eram instrumentos de Deus por se livrarem de papas que acreditavam estar traindo a Igreja católica. Para Tim, a história papal forneceu-lhe a perspectiva de que carecia, além de algumas descobertas importantes. Elas incluíam periódicas erupções de protestos, de ressentimento e até mesmo de violência contra o papa, por parte de clérigos extremistas franceses e seus seguidores, principalmente depois do Concílio Vaticano II em meados dos anos 60. Por isso, precisava considerar que a tentativa de assassinato contra Gregório XVII, afinal de contas, poderia ter se originado no *interior* da Igreja católica, desprezando a noção convencional de que devia ter sido tramada, por exemplo, por Moscou ou por muçulmanos — com a exclusão de outras possibilidades. Por outro lado, a noção convencional poderia estar certa.

A pesquisa deixava Tim fascinado, quanto mais e mais se aprofundava no material que vinha recebendo da irmã Ângela. Mas se sentia completamente exausto, ao terminar de ler as centenas de páginas sobre a história do papado, no início da manhã daquele dia de junho. Apesar da nova perspectiva obtida, ele não percebia qualquer progresso significativo em seu trabalho. Tudo que tinha, após um mês de estudo, eram idéias e suspeitas semiformadas. De repente, sentiu-se impotente e deprimido.

O sol já estava quente e brilhante quando atravessou o portão da Villa Malta para descer, caminhando, a Via de Porta Pinciana até o convento, no final da rua. Entrou na capela e se preparou para celebrar a missa das seis e meia, a primeira do dia, para as poucas piedosas senhoras de idade que compareciam a ela diariamente. Ele fazia isso uma ou duas vezes por semana. Rezar a missa e estar em comunhão com Deus sempre lhe clareava a mente e restaurava seu equilíbrio interior. Nessa manhã, Tim Savage precisava disso mais do que nunca, certamente desde a sua passagem pelo Vietnã.

Capítulo Doze

— MEU DEUS! Não via você desde o Vietnã, desde o Delta! — gritou Paul Martinius, ao saltar da funda poltrona do elegante bar da Via Veneto, próximo à Embaixada americana, e abraçar Tim com força. — Eu sabia que você tinha se tornado padre, mas não imaginava que estava na Cidade Eterna... Puxa, que legal ver você novamente!

Martinius, um homem exuberante e de compleição forte, era o chefe da divisão da CIA em Roma, um funcionário graduado de Inteligência da nova geração, com doutorado em ciências políticas. Ele e Tim haviam servido juntos, no Vietnã, como jovens operadores da Fênix, e Martinius construíra uma notável carreira na Agência. Confiando nele como amigo, Tim abriu uma exceção na regra de sigilo total sobre a sua missão, ao decidir entrar em contato. Havia uma possibilidade, imaginava, de que Martinius pudesse ter algum conhecimento sobre a investigação da tentativa de assassinato, embora ele não estivesse servindo em Roma, na ocasião. Era provável que a divisão da CIA mantivesse um arquivo sobre o assunto e, rotineiramente, Martinius devia ser informado sobre qualquer novo progresso.

Ao telefone, Tim não explicou por que desejava se encontrar com Martinius, e o chefe da divisão não fez perguntas. Nem ficou surpreso por Tim estar a par de sua função atual; funcionários e ex-funcionários da Agência costumavam não perder de vista antigos colegas. Combinaram de se encontrar, na noite seguinte, no bar sugerido por Martinius, e Tim vestiu-se com descontraída elegância, usando calça esporte, camisa pólo e *blazer*, para não destoar do ambiente. Os dois se atualizaram sobre o que haviam feito em suas vidas, após a cerveja de despedida que tomaram na cidade do Delta do Mekong, e Martinius sugeriu que mantivessem a tradição.

— *Birra, prego* — pediu ao garçom, e depois se dirigiu a Tim: — Bem, me diga, o que *está* fazendo aqui? — indagou. — E o que eu posso fazer por você?

— Eu trabalho com questões islâmicas, no Conselho para o Diálogo Inter-religioso do Vaticano — revelou Tim. — E pensei trocar umas idéias com os meus antigos colegas. Achava que poderia estar interessado no meu assunto, e isso me deu uma desculpa para ligar para você.

— Mas é claro — reagiu Martinius, dando um gole na cerveja. — Islamismo era o negócio em que você trabalhava, antes de fazerem a sacanagem de o mandar para o Vietnã. Eu tinha esquecido. Mas, sim, é óbvio que a gente anda acompanhando a questão islâmica, no nosso negócio. Há muito tráfego de muçulmanos por Roma, e estamos preocupados com o terrorismo e esse tipo de coisa.

Conversaram durante algum tempo sobre o crescimento do fundamentalismo islâmico, com Martinius repetindo sua preocupação com o terrorismo. Tim aproveitou a deixa.

— Bem — questionou —, você acredita, por exemplo, que foram mesmo os muçulmanos que tramaram a tentativa de assassinato contra o papa, cinco anos atrás? Refiro-me ao turco Agca Circlic, que está na prisão.

Martinius pousou cuidadosamente sua cerveja na mesa. Os olhos se estreitaram.

— Tim, meu rapaz, esta é uma pergunta casual?

— Não — afirmou o jesuíta. — Não vou mentir para você. Não é casual. É profissional. Mas, no momento, tudo o que posso dizer é que estou interessado nela.

O chefe da divisão da CIA acendeu um comprido charuto, um Cohiba cubano, um prazer proscrito nos Estados Unidos, onde a importação de charutos é proibida pela lei do embargo.

— Tudo bem — concordou, expelindo fumaça. — Eu entendo. O que, exatamente, quer de mim? Tentarei ser útil, mas sabe que também tenho sérios impedimentos com relação a esse assunto. Está enterrado...

— Só esperava que você pudesse me ajudar a entender a atitude da Agência, como também a do governo americano, em relação a essa questão — explicou. — Eu a achei muito confusa, principalmente depois de ler o testemunho que o diretor-geral deu, ano passado, a uma comissão do Senado.

Tim referia-se a documentos um tanto quanto surpreendentes: a transcrição das respostas dadas pelo diretor-geral da CIA a uma comissão do Senado americano que investigava o terrorismo, e os relatórios internos da Agência sobre a tentativa de assassinato. A Nunciatura Apostólica em Washington conseguira todos esses documentos e os havia mandado para Sainte-Ange. Ângela os enviara para Villa Malta por um motoboy.

Para o olhar treinado de Tim, o desempenho da CIA como um todo, na investigação do ataque a Gregório XVII, parecia extremamente desconcertante e perturbador. O ponto de vista aceito pela Casa Branca e pela opinião pública em geral era o de que Circlic fora simplesmente o instrumento de uma conspiração soviético-búlgara para matar o papa, por causa da sua ativa e efetiva aprovação aos movimentos dissidentes da Europa Oriental, muito maior do que o apoio dado por quaisquer outros pontífices anteriores, por mais anticomunistas ardorosos que fossem.

Fora o caso, particularmente verdadeiro e bem-sucedido, na oprimida Polônia católica romana. Mas, ao mesmo tempo em que a CIA aparentava não subscrever o enredo soviético-búlgaro, ela parecia não ter nenhum outro de sua própria autoria, agindo inexplicavelmente de um modo desinteressado e antiprofissional.

E, é claro, Tim ficou pasmado ao descobrir que a Agência não tinha opinião formada sobre se o atacante tinha agido sozinho ou fizera parte de uma conspiração mais ampla — uma constante controvérsia entre investigadores de todo o mundo. Tratava-se de uma questão eterna, repetia Tim constantemente para si mesmo, como no caso dos assassinatos de Lincoln e de Kennedy. Teria John Wilkes Booth agido sozinho? O mesmo teria acontecido com Lee Harvey Oswald, passados quase cem anos? E com Agca Circlic, cerca de vinte anos depois disso?

Por sua vez, a CIA, que *sempre* tinha uma opinião sobre praticamente tudo, achava-se envolvida na controvérsia, como todos os demais, só que, percebera Tim, de uma maneira muito estranha. Desse modo, a Corte italiana, que havia declarado Circlic culpado e o condenara à prisão perpétua, concluiu, em seu Relatório de Exposição de Motivos, com cinqüenta e uma páginas, que o turco "poderia ter executado o difícil projeto com absoluta autonomia". Mas o diretor-geral da CIA informou à comissão do Senado que Circlic era "um notório maluco... instável demais para ser incluído em uma trama de assassinato, e muito menos ficar com a responsabilidade de dar os tiros". O diretor também testemunhou, em uma sessão do executivo, que, na opinião da CIA, os soviéticos "não seriam tão insanos a ponto de organizar uma trama para matar o papa, pois sabiam que um assassinato levaria, quase certamente, a incontroláveis explosões populares por toda a Europa Oriental, principalmente na Polônia, e destruiria as relações deles conosco e com todos os demais. Eles não se arriscariam a serem apanhados em flagrante...".

Por que, então, a CIA insistia que o turco agira totalmente por conta própria? Tim sabia que, em quase todos os casos, os pontos de vista e as conclusões da Agência se vinculavam a questões de política doméstica e externa. Por que ela tinha assumido tal postura nesse caso? Ele também achara completamente incompreensível o testemunho dado ao Senado, por um antigo funcionário da Agência, de que, "nos primeiros anos, após a tentativa de assassinato, a CIA agiu de modo canhestro e lento ao lidar com o problema", e que, "pelo menos a princípio, isso foi devido à predisposição de aceitar a idéia de que um pistoleiro solitário havia sido o responsável". Leu, com um espanto crescente, que, "ao mesmo tempo em que a inconsistência do relato de Circlic e a falta de evidências não levavam a um apoio conclusivo à teoria de uma conspiração soviético-búlgara", as próprias investigações da CIA "revelavam algumas sérias deficiências". Um avaliação interna enfatizava que, "na ausência de provas, a produção [da CIA] foi estropiada, idéias preconcebidas substituíram evidências, e o assunto se tornou cada vez mais polarizado".

A seguir, Tim verificou que, na CIA, a "direção superior tinha pontos de vista firmados e, em alguns casos, conflitantes sobre o assunto" e que "analistas e diretores foram relutantes em investigar situações alternativas". E descobriu, nos documentos, que "a abordagem apressada foi, pelo menos em parte, responsável pela qualidade inconsistente do alcance da Inteligência em relação a esse assunto". Tim estava acostumado com as brigas internas, quando eram colhidas as NIEs, National Intelligence Estimates (Avaliações de Inteligência Nacional) — e o choque de opiniões costumava ser saudável —, mas aquilo era pura insanidade.

— Que conclusão posso tirar disso? — inquiriu Tim, após resumir os relatórios que havia lido e citar as reprováveis questões que levantaram.

— Estou a par desse material — Martinius respondeu com tranqüilidade. — Fui informado a respeito, em Langley, antes de viajar para Roma. Mas não há muita coisa que eu possa lhe contar. O fato é que não sei a verdade e não tenho certeza se *alguém* do nosso lado sabe. Só posso lhe dizer uma coisa, com toda certeza: na minha opinião, opinião pessoal, preste bem atenção, *ninguém* quer realmente descobrir o que aconteceu. *Ninguém* quer saber a verdade. *Ninguém* quer tocar no assunto. E esta é uma dica que o seu velho amigo está lhe dando...

Tim ficou petrificado, olhando para Martinius.

— O que quer dizer com isso de "*ninguém*" querer saber a verdade? Como é possível? — indagou, incrédulo.

— Quero dizer que, na *minha* opinião, todas as pessoas que se envolveram nesse assunto concluíram que saber de certas coisas era mais perigoso do que ignorá-las — disse lentamente o chefe da divisão. — Sabe, Tim, se descobrir a verdade, seja qual for, e ela passar a ser amplamente conhecida, você terá que fazer algo a respeito. E tudo leva a crer que de nada adiantará fazer "algo", pois isso poderá levar ao desastre... como uma guerra nuclear... ou seja lá o que for...

— Está bem, está bem — atalhou Tim. — Está me dizendo que, por exemplo, se tivesse ficado provado que Moscou estava por trás da tentativa de assassinato, porque uns sujeitos da Inteligência búlgara foram vistos perto do local, os Estados Unidos teriam que tomar uma medida drástica contra os soviéticos? Como a guerra nuclear que acaba de citar? E que os EUA, obviamente, não estavam preparados para desencadear uma guerra, não importava se Gregório XVII vivesse ou morresse, e que o pessoal da Casa Branca também não queria esse tipo de coisa?

— Mais ou menos isso — confirmou com a cabeça. — Mas foi você quem tirou essa conclusão. Estou apenas concordando com ela... Mas posso lhe contar que o meu amigo, o novo *rezident* da KGB soviética, que conheci no passado, em outro lugar, pensa de modo semelhante. Ele morre de medo que alguém, como os EUA, proclame de repente a "verdade" e abra as portas do inferno. Ele me disse que isso seria uma "provocação" pior do que a crise dos mísseis cubanos, não importasse quem viesse a fazer a provocação. Eu avisei que ele não precisava se preocupar. Nós não íamos descobrir nada nem proclamar nada. É coisa antiga, e é melhor ser esquecida.

Martinius fez uma pausa e terminou de tomar a cerveja.

— Eu não disse a ele, mas direi a você, amigo velho — falou, finalmente. — Apenas para os seus ouvidos. As minhas instruções são para *não* investigar esse assunto do papa, não fazer perguntas, não ouvir e nem informar coisa alguma para Langley.

— Ou seja, "nada vejo, nada ouço, nada falo"? — perguntou Tim.

— Digamos que sim — concordou o chefe da divisão. — Mas pode ser que você queira xeretar com outras pessoas da comunidade de informações. Esqueça os italianos. Eles já jogaram a toalha há muito tempo e se contentam com as coisas como estão. Circlic em prisão perpétua e coisa e tal. Não perca tempo com os ingleses... eles estão no mesmo barco que a gente. Com relação aos franceses, não tenho certeza do que podem ou não saber sobre o que quase aconteceu com o venerando conterrâneo deles. Sabe, o sujeito que dirigia a Inteligência deles, o SDECE, era um verdadeiro gênio. Chamava-se Alexandre de Marenches. Já ouviu falar nele? Pois devia...

Martinius levantou-se para ir embora e colocou o braço em volta de Tim.

— E, a propósito, por falar em tipos estranhos, você sabia que o nosso velho amigo Jake Kurtski está em Roma? Por que será...?

De volta ao quarto da Villa Malta, Tim Savage meditou sobre o que o amigo lhe contara. O comportamento da CIA era mesmo estranho, e Martinius não tinha motivos para inventar explicações. O que ele dissera era coerente com os documentos da CIA e as transcrições do Senado que havia consultado. Tim entendia a lógica dessa política, por mais espantosa que pudesse parecer, mas continuava intrigado com o fato de a Agência ter interrompido todas as investigações por conta própria. Não importava a política adotada pela Casa Branca, não era natural uma organização de informações agir desse modo. E passou a lembrar coisas pequenas e grandes que o tinham deixado perplexo, quando seguira adiante em sua tarefa.

Era perfeitamente plausível o monsenhor Sainte-Ange reclamar, como o fizera a Tim, no primeiro dia, que a CIA não havia se empenhado o bastante na investigação dos disparos na praça de São Pedro, apesar das promessas feitas pelo governo americano à Santa Sé. O secretário particular, provavelmente, não sabia que as potências ocidentais, a começar pelos Estados Unidos, tinham decidido não arriscar um confronto com os soviéticos por causa do atentado contra Gregório XVII — a não ser que os amigos dele do serviço secreto francês lhe tivessem contado o que era possível. Tim não fazia idéia, mas concluiu que o perspicaz monsenhor deve ter deduzido isso por si mesmo. Do mesmo modo, Sainte-Ange deve ter imaginado que a Interpol, a organização policial internacional baseada na cidade francesa de Lyon, deve ter optado — ou ter sido seriamente aconselhada — a ficar igualmente fora da questão papal.

Diante das circunstâncias, o papa e o monsenhor tinham todo

o direito de realizar uma investigação secreta por conta própria, embora Gregório XVII tenha anunciado publicamente, durante uma visita televisionada à cela onde o turco se encontrava preso, que, como cristão, ele o havia perdoado, e que a Santa Sé considerava o assunto encerrado. Havia, é claro, uma grande diferença entre as declarações públicas e os empreendimentos privados e secretos, e Tim lembrou que Sainte-Ange lhe dissera, logo de início, que a decisão de se conduzir uma nova investigação fora tomada após a Itália ter anunciado, formalmente, a interrupção de suas tentativas para chegar à verdade.

Essa seria a desculpa perfeita, no caso de serem levantadas questões para os motivos que levaram Gregório XVII a reabrir a questão, após, piedosamente, tê-la encerrada em benefício da opinião pública mundial. Tim chegara à conclusão de que o papa e o seu secretário particular sempre estiveram resolvidos a descobrir quem havia ordenado o assassinato e por que, mas tiveram de esperar o momento em que pudessem, sigilosamente, ter o assunto nas próprias mãos. E esse momento havia chegado. Tim ficou imaginando se Gregório XVII e Sainte-Ange revelariam a verdade, se tivesse sucesso em descobri-la, desde que isso fosse do interesse deles em relação à Santa Sé. Como aparar as pontas soltas do pontificado.

A atenção de Tim se concentrava cada vez mais, principalmente depois do papo com Paul Martinius, em todas as peças bizarras com que se deparava, enquanto buscava juntar os fatos que faziam sentido. Lembrou que Sainte-Ange lhe explicara que a decisão sobre a investigação secreta fora tomada porque, na "semana passada", os italianos haviam encerrado o inquérito. Mas isso não devia ser inteiramente correto, já que a escolha dele para a missão fora feita bem antes; Sainte-Ange simplesmente não poderia tê-lo tirado do nada. Tim sabia, tanto pela experiência na CIA quanto no Vaticano, que levava tempo para se encontrar a pessoa certa para uma missão altamente delicada, e Sainte-Ange, obviamente, sabia havia algumas semanas, se não mais tempo do que isso, o que os italianos planejavam fazer. Então, por que fora impreciso ou nem um pouco sincero com ele?

Havia, também, o estranho caso de *L'Osservatore Romano*, o jornal diário oficial do Vaticano. Vasculhando a montanha de material que Ângela continuava lhe enviando, Tim ficou intrigado com um editorial, publicado em *L'Osservatore* poucos meses após o atentado na praça, dizendo que "algo impede que tudo isso se encaixe" e que o julgamento de Circlic, que se aproximava, "poderia nos levar aos confins do surrealismo, por causa das evidentes disparidades entre pequenas perguntas que talvez nunca sejam respondidas e grandes perguntas que certamente nunca serão respondidas". Ele sabia que o conteúdo editorial de *L'Osservatore* precisava ser aprovado diariamente, antes de ir para a impressão, pelo Secretariado de Estado do Vaticano, às vezes pelo próprio cardeal-secretário de Estado, e que o jornal falava pela Santa Sé. O que se tornava ainda mais interessante para Tim era o fato de o bizarro editorial sobre Circlic ter usado a palavra "conspiração".

Por que, cismou ele, o Vaticano concluiria publicamente, mesmo antes do julgamento, que houvera uma "conspiração", que ela beirava ao "surrealismo" e que "grandes perguntas" envolvendo o ato criminoso do turco "nunca serão respondidas"? Gregório XVII e Sainte-Ange saberiam de alguma coisa, na ocasião ou depois, que o monsenhor não estava preparado para compartilhar com Tim? Estaria ele sendo usado como isca, ou, no jargão da CIA, como um "intermediário", para servir a um propósito que ele não conseguia adivinhar? Tim começava a pensar que, se realmente tivesse havido uma conspiração, teria sido uma conspiração de silêncio por parte de todos os envolvidos — inclusive Sainte-Ange. O que o perturbava cada vez mais era a pergunta crucial: o que o monsenhor sabia e quando ele o soube?

Tim Savage sentiu-se intranqüilo. Seria tudo uma cortina de fumaça?

Várias semanas depois da conversa com Paul Martinius, Tim compareceu a um jantar na sede dos jesuítas, na Borgo Santo Spirito, em homenagem a um idoso padre jesuíta francês, por ocasião do cinqüentenário de sua ordenação. Conversando com ele, ao final da noite, enquanto terminavam de tomar um conhaque, Tim referiu-se de passagem ao atentado contra Gregório XVII, comentando a sorte que tivera o papa, um velho conterrâneo do francês, por ter sobrevivido. Ele estava apenas jogando conversa fora. Mas o padre se retesou, olhou em volta, e cochichou:

— Infelizmente, não deram ouvidos ao alerta.

— Alerta? Que alerta? — quis saber Tim, perplexo.

— Ora, o alerta de Alexandre de Marenches, é claro — respondeu o jesuíta, impaciente. — Eu achava que todos aqui sabiam disso...

— Eu não sei — confessou. — Sou novo por aqui. Podia me contar a respeito?

— Certamente — concordou o francês. — Pelo que me consta, não é nenhum segredo. Menos de dois anos após o atentado contra o papa, de Marenches, você sabe, o grande espião francês, falou, em entrevista a um jornal de Paris, sobre o alerta que tinha enviado ao Vaticano. Creio que foi *Le Figaro*. Ele disse que havia alertado a cúpula do Vaticano, dois anos *antes* da tentativa de assassinato, que estava sendo maquinada uma trama contra o papa, mas ninguém deu a mínima. Imagine! Não dar a mínima para um alerta desses!

Uma campainha tocou dentro da cabeça de Tim. De Marenches foi o chefe do serviço secreto francês que Paul Martinius fez questão de citar naquela noite no bar. Claro, pensou Tim, Paul *estava* indicando uma direção que não lhe tinha ocorrido. Talvez as peças, finalmente, estivessem começando a se encaixar. No dia seguinte, Tim ligou para Ângela pedindo uma xerox da entrevista dada a *Le Figaro*, embora não soubesse precisar a data. Vinte e quatro horas depois, ele tinha em mãos a cópia do recorte de jornal. Foi isto o que de Marenches declarou:

"No início daquele ano, dois anos antes da agressão, a ameaça era tão séria que enviei a Roma um general e um funcionário do alto escalão, para alertar o chefe da Igreja católica."

Após ler a matéria, Tim pediu a Ângela que verificasse se havia algo, nos arquivos da Residência Papal, sobre de Marenches e o alerta que ele afirmava ter dado. Três dias depois, Ângela ligou de volta.

— Não consegui localizar nada sobre qualquer alerta, além da entrevista do *Figaro* — avisou. — De Marenches morreu há poucos anos, mas talvez você esteja interessado em saber que, cerca de dois anos e meio após os disparos na praça, um dos principais auxiliares de de Marenches, um coronel chamado Bernard Nut, foi encontrado morto, misteriosamente, em Nice, no Sul da França, e parece haver algum tipo de ligação entre a morte dele e a conspiração contra o Santo Padre.

Tim, que ouvia a voz de Ângela, a respiração presa, com atenção e prazer, notou que ela usou a palavra "conspiração" de uma maneira bastante natural. Seria esse um "fato" aceito no círculo papal? Mas a história do alerta também era bastante confusa. A fornada seguinte de material enviado por Ângela continha uma entrevista de jornal com Ferdinando Imposimato, um juiz da Suprema Corte de Apelação da Itália, o qual, na época do atentado, era o encarregado de todas as investigações na região metropolitana de Roma. A versão de Imposimato era diametralmente oposta à do relato de de Marenches. "De Marenches", declarou o juiz italiano, "não colaborou em nada com a justiça italiana... Aliás, em três ocasiões diferentes, pedimos a Paris informações adicionais, e Paris informou: 'enviem-nos um pedido por escrito'. Mandamos uma lista de perguntas para o SDECE, e Paris respondeu, em cinco linhas, que diziam absolutamente nada."

Novamente, Tim conjeturou: quem estava mentindo e quem estava falando a verdade, se é que alguém estava? Também ficou surpreso, a julgar pelos documentos que leu, com o fato de a CIA desconhecer a entrevista de de Marenches ao *Figaro*, o que era improvável, ou optou por ignorá-la, o que confirmava o que Paul Martinius lhe dissera sobre a postura total da Agência em relação à situação de Gregório XVII. De fato, Tim agora percebia que Martinius o havia colocado, propositadamente, no rastro de de Marenches.

— O americano sabe a respeito de de Marenches e do alerta — revelou o monsenhor Sainte-Ange a Gregório XVII, ao se sentarem para jantar, na pequena sala de jantar privativa do papa, contígua à copa e cozinha.

— Como ele descobriu? — indagou o papa.

— Bem, Ângela veio me ver, esta manhã, para me contar que Savage tinha lhe perguntado se havia algo em nossos arquivos sobre o alerta de de Marenches — disse o monsenhor. — Ele ouviu falar da entrevista do *Figaro*, e, a seu pedido, Ângela lhe enviou um recorte. Tudo bem, ele poderia obter o jornal facilmente em outro lugar. Mas, naturalmente, informei à irmã que nada tínhamos em nossos documentos sobre qualquer alerta.

— O americano sabe que o alerta não foi levado em consideração — insistiu Gregório XVII — e por que não foi levado em consideração?

— Duvido — murmurou Sainte-Ange. — Mas pode ser que

ele descubra alguma coisa, se seguir nessa linha, agora que sabe ter havido um alerta. De Marenches está morto, mas há outros, ainda vivos, que poderão falar, se Savage topar com eles. Mas, Santo Padre, nós o escolhemos como o melhor investigador que havia para a sua missão, e, conseqüentemente, devemos presumir que chegará ao fundo de muitas coisas que preferiríamos que ele ignorasse. Não podemos ter as duas coisas, creio eu...

— Sim, eu compreendo isso — admitiu Gregório XVII. — Mesmo assim, tenho a estranha sensação de que, nesse estágio, não está inteiramente claro quem está investigando quem e o quê... Pode ser que venhamos a ser investigados pelo americano, antes que ele descubra quem tentou me matar... Talvez tivesse sido melhor deixar como estava...

Romain de Sainte-Ange optou por não comentar.

Em seu escritório, na Embaixada americana, Paul Martinius terminou de rascunhar um cabograma para o quartel-general da CIA em Langley, e pediu ao funcionário da divisão encarregado de escrita cifrada que codificasse a mensagem. A frase-chave informava aos seus superiores que "a cúpula do Vaticano iniciou uma investigação secreta da tentativa de assassinato contra Gregório XVII" e que "ela está sendo conduzida por um ex-funcionário da Agência, um velho amigo da época do Vietnã". Martinius acrescentou que aguardava instruções sobre como lidar com a situação, se fosse o caso, além de ficar alerta em relação a ela da melhor maneira possível.

Corria a metade de junho. Roma estava insuportavelmente quente, e o Vaticano, lotado de romeiros e turistas. O quarto de Tim, sob as telhas de Villa Malta, era uma fornalha. Sentado junto à janela, em uma velha poltrona estofada, e suando profusamente, pois não se sabe por que os jesuítas não haviam descoberto o ar-condicionado, Tim segurava no colo o diário e as pastas de papéis, o resto de seus arquivos transbordando de uma mesinha próxima e caídos ao chão. Ele tentava resumir o que descobrira durante o primeiro mês de investigações. Chegou à conclusão de que, além da história em si e de alguns acontecimentos recentes, ele sabia muito pouco — e o que achava que sabia era insuportavelmente confuso.

Sabia, por exemplo, que Agca Circlic era um cidadão turco de vinte e três anos, de religião muçulmana, com uma estranha folha corrida e um passado misterioso. Os investigadores italianos haviam descoberto que Circlic pertencera outrora aos Lobos Cinzentos, uma organização terrorista fascista da Turquia. Ele assassinara o editor de um jornal de Istambul, por motivos não explícitos, e depois escapou da prisão em circunstâncias inexplicáveis, embora, claramente, tivesse sido ajudado por alguma autoridade. Em seguida, Circlic escreveu uma carta dirigida a uma publicação turca, ameaçando matar o papa, um ano após este ter sido eleito e pouco antes de Gregório XVII visitar a Turquia, para, com isso, mostrar sua dedicação ao Islã. Na verdade, fora um gesto muito mal concebido, visto que a Turquia era um Estado completamente secular e, embora a maioria da população fosse de crença islâmica, ela era bem pacífica.

De qualquer modo, não se encontrou nenhuma evidência de que Circlic tenha perseguido o papa na Turquia, e nem em qualquer outro lugar, durante os anos que se seguiram. No entender de Tim, os Lobos Cinzentos eram um grupo de extrema-direita sem qualquer envolvimento com os fundamentalistas islâmicos de qualquer parte e, portanto, não fazia sentido mandarem Circlic, um dos seus "soldados", matar o papa católico. A ameaça que publicara na Turquia, de assassinar Gregório XVII, fazia menos sentido ainda, mas Tim ficou curioso em saber o que o teria levado a isso. Claro que Circlic devia ser louco — o seu comportamento posterior parecia confirmá-lo —, com uma obsessão psicótica em relação ao papa.

Por outro lado, raciocinou, o ódio pessoal que Circlic tinha de Gregório XVII, fosse qual fosse o motivo demente que dominava o seu cérebro, tornava-o o assassino de aluguel perfeito para quem estivesse sabendo dessa sua disposição. Se fosse preso, com sua ficha criminal, poderia facilmente ser desmentido pelos incitadores da trama — no caso de ele revelar quem o havia contratado — ou, preferivelmente, ser liquidado. Tim lembrou que Lee Harvey Oswald foi baleado mortalmente por Jack Ruby, dois dias após ter assassinado Kennedy, em Dallas, e que, por sua vez, Ruby morreu em circunstâncias estranhas, possivelmente de câncer.

No caso de Circlic, entretanto, os seus "empregadores", se é que realmente existiram, o tinham abandonado à própria sorte. Ninguém tentou se livrar dele, e o turco foi preso facilmente. O fato de um ou mais búlgaros, que seriam ou não agentes da polícia secreta de seu país, terem sido presos nas vizinhanças da praça após os disparos, não provou nada. O serviço secreto búlgaro era subordinado à KGB, mas Tim estava inclinado a aceitar a conclusão interna da CIA de que os líderes soviéticos não seriam loucos o bastante para quererem assassinar o papa. Desse modo, Circlic, ou agiu por conta própria, ou foi "jogado aos lobos", como Tim havia anotado em seu diário, antes de perceber que fora um trocadilho involuntário com os ex-colegas do turco.

O sistema judiciário italiano também não ajudou muito. Embora tenha condenado Circlic rapidamente, a Corte Judicial Romana não conseguiu ir além do simples fato de proclamar a culpa dele, o que nunca esteve em discussão. O turco, ansiosamente, admitiu à polícia que havia atirado em Gregório XVII, depois se desmentiu e, causando uma perplexidade ainda maior, recusou-se a testemunhar em seu julgamento. A lei italiana garante um julgamento, ainda que o réu admita sua culpa, para poder determinar a pena a ser cumprida. Circlic também passou por sucessivos exames psiquiátricos, mas, como Tim verificou, desalentado, os especialistas italianos discordaram do grau de sua doença mental; alguns, aliás, acharam que ele nem era doente mental.

Só havia perguntas e nenhuma resposta, e Tim se viu diante da desanimadora descoberta de que cada questionamento surgido em sua mente fazia surgir mais indagações ainda. Por que, por exemplo, Sainte-Ange lhe omitiu o alerta de de Marenches? E por que fez questão de dizer a Tim que uma "conexão muçulmana" devia ser levada em conta? Só por Circlic ser muçulmano? Aquilo era como estar perdido em um labirinto.

Respirando fundo, iniciou um novo segmento em seu diário, com três tópicos: SOVIÉTICOS — ISLÃ — DESCONHECIDO. O seu instinto lhe dizia que a chave da investigação estava em DESCONHECIDO. Mas, onde se encontrava o DESCONHECIDO? A sua única certeza era a de que o rastro estava esfriando. Pessoas estavam morrendo e o papa estava mentindo.

O sol da tarde batia forte na Igreja de Santa Maria, localizada na praça Trastevere, uma das mais famosas *piazzas* de Roma, quando o magro e jovem francês, vestido com o habitual terno cinza, escorregou para trás de uma mesa redonda de um apinhado café ao ar livre, e sentou-se na cadeira junto a Jake Kurtski.

— Vejo que você gosta de sempre ser o primeiro a chegar para um encontro — observou o francês, como uma espécie de saudação.

— Isso mesmo — confirmou Kurtski. — Não gosto de surpresas, como a de pessoas erradas estarem à minha espera... Bem, o que está pretendendo desta vez?

O calor tornava o rosto carnudo de Kurtski mais vermelho do que o normal, e o seu peito suava excessivamente sob a camisa esporte. A cerveja na mesa diante dele já estava quente. Decididamente, ele estava de mau humor, mais do que na maioria das vezes. Voltara a Roma, na noite anterior, para o encontro com o francês, mas não gostava da cidade e estava ansioso para retornar à sua casinha de praia, em Portugal, no litoral do Algarve, onde ficava da primavera ao outono. O sexo por lá era bom, para quem tivesse dólares suficientes, o que era o caso dele, mesmo se tratando de um homem envelhecido. As donzelas do Algarve tinham uma boa intuição para negócios.

— Bem, Sr. Kurtski — começou o francês, com um tom de voz baixo —, os meus dirigentes pensaram bastante sobre o assunto e querem que prossiga com o plano que nós dois discutimos na última vez em que nos encontramos. E o seu preço é aceitável. Um milhão de dólares americanos, certo?

— Certo. Um milhão. Metade agora, e metade depois que a missão for completada. Se ela falhar, cada de um de nós ficará sem meio milhão. Eu não receberei o segundo pagamento, e vocês não terão que fazê-lo. É claro que ficarei com a primeira metade, não importa o que aconteça. Aliás, não iniciarei o projeto sem um adiantamento.

— Sim, nós entendemos isso, e estou preparado para fazer o primeiro pagamento, hoje mesmo, se acertarmos todos os detalhes — disse o francês. — Nós achamos que o acidente deve ocorrer, como eu disse antes, a bordo do avião... Acreditamos que tem maior probabilidade de ser bem-sucedido.

— Creio que tem razão — concordou. — Obviamente, não vão querer tentar de novo dar um tiro nele. Essa *pórra* é muito arriscada. E o exemplo do turco nos mostrou como é fácil ser apanhado. Ainda bem que ele não sabia quem estava lhe pagando...

O francês concordou com a cabeça.

— De quanto tempo vai precisar para preparar o que deve ser feito? — procurou saber.

— Não é uma coisa fácil — respondeu Kurtski. — E imagino que devo precisar de dois a três meses antes de uma viagem, para deixar tudo pronto. Você faz alguma idéia de quando e onde ele irá a seguir?

O francês consultou um caderninho de anotações que tirou do bolso do paletó.

— Vejamos — examinou. — Aqui está. Ele vai à França, mês que vem, mas seria cedo demais para você... Em setembro, ao Norte da África, e, em outubro, aos Estados Unidos. O que acha?

— Prefiro a viagem aos Estados Unidos, porque a Alitalia deve pôr à disposição um avião maior, com mais gente, para uma viagem mais longa, e é mais fácil levar explosivos e escondê-los a bordo de um 747 ou 707, do que num DC-9 ou num 727, que deve ser usado na viagem ao Norte da África. E também me daria tempo suficiente para colocar tudo em ação. Poderemos explodi-lo sobre o Atlântico...

— Ótimo — determinou o francês. — Está combinado. Nós confiamos em você. Poderei lhe dar o dinheiro esta noite, se me disser onde quer que o entregue.

Kurtski forneceu o endereço de um pequeno hotel perto da praça de São Pedro, e observou o francês se levantar da cadeira e sumir no meio da multidão de turistas concentrada diante da primorosamente bela Igreja de Santa Maria di Trastevere.

Capítulo Treze

Talvez o monsenhor Sainte-Ange estivesse certo — ou não — sobre a "conexão muçulmana" no atentado a Gregório XVII; de qualquer modo, Tim Savage precisava seguir essa pista, pelo simples fato de que Agca Circlic era muçulmano, e nada poderia ser deixado de fora. E o passo lógico seguinte era saber mais sobre o jovem turco.

Enquanto meditava, em uma quente tarde de verão, sobre como melhor proceder e a quem poderia recorrer, dentre os seus contatos islâmicos na Turquia, para ajudá-lo, Tim ouviu uma batida na porta do quarto da Villa Malta. Abrindo-a, recebeu do porteiro da residência um volumoso pacote embrulhado com papel verde. Em seu interior, estava uma pasta de arquivo, do tipo usado pela CIA, marcada simplesmente AGCA CIRCLIC. Preso a ela, um bilhete em letra de fôrma dizia: "Do seu velho amigo", para quem "nada vejo, nada ouço, nada falo" é uma doutrina flexível, mesmo se infringir as regras da Agência.

Animado, Tim deu uma olhadela no interior da pasta e percebeu que devia ter recebido tudo o que a CIA e a divisão de Roma tinham sobre Circlic e os Lobos Cinzentos. E o arquivo lhe forneceu alguns fatos horripilantes. Tudo levava a crer que Circlic era um bandido e um valentão nato, filho de camponeses de uma aldeia indigente da Anatólia. Psicológica e emocionalmente instável, foi para Istambul antes de completar vinte anos. Lá, ficou famoso como contrabandista audacioso, agindo no mercado negro de bebidas e armas, pequeno traficante de drogas e ajudante dos chefões do crime organizado da Turquia. Essas qualidades atraíram a atenção dos líderes dos Lobos Cinzentos. Circlic era o homem apropriado para eles.

Os Lobos eram esquadrões que se haviam especializado, há cerca de vinte anos, em assassinatos, seqüestros e ataques a bomba para "clientes" que lhes pagassem bem, ou por motivos próprios nem sempre muito claros. Esses "clientes", Tim leu, incluíam o serviço secreto turco e a Organização Antiguerrilha do Departamento de Guerra Especial do Exército, preocupados principalmente em liquidar dissidentes políticos e os separatistas curdos. A organização antiguerrilha, que ocasionalmente fornecia armas aos Lobos Cinzentos, era largamente financiada pelo Pentágono, já que a Turquia era uma aliada dos Estados Unidos na OTAN. E, certamente, também estava vinculada à CIA. Os Lobos eram, pura e simplesmente, esquadrões da morte. Tim Savage estremeceu; vestígios da Fênix, pensou.

Logo após entrar para os Lobos Cinzentos, Circlic foi elevado a uma posição-chave abaixo do seu chefe, Abdullah Catli, um assassino condenado e traficante de heroína, que também estava na folha de pagamento da polícia secreta turca. Não estava claro, entretanto, por ordem de quem e por que Circlic tinha assassinado o editor do jornal turco *Millyet*. Tim acreditava que não devia ter sido por iniciativa própria, pois simplesmente não fazia sentido — da mesma forma como levavam a crer as investigações que ele fizera com relação ao papa. Mas foi Catli quem ajudou Circlic a fugir da prisão — um detalhe significativo, aparentemente descoberto pela CIA, que Tim não encontrara nos relatórios feitos por investigadores italianos — e lhe forneceu documentos de identidade falsos e dinheiro, para que viajasse pela Europa, antes do ataque a Gregório XVII. E, quatro anos depois, em Roma, Catli declarou, no julgamento de um grupo de turcos e búlgaros acusados de conspirar contra o papa, que dera a Circlic a pistola para ele disparar no pontífice. A imprensa mundial deixou escapar essa história.

Tim agora estava praticamente convencido de que Circlic atirou em Gregório XVII por ordem dos Lobos e que foi pago por eles. Mas nada havia no arquivo da CIA que sugerisse *por que* desejavam a morte do papa, e, àquela altura, Tim já admitia que os Lobos agiram a mando de um "cliente". Além da incitação do fanatismo religioso contra o chefe de uma outra religião, eles claramente não tinham interesse em matar o pontífice católico romano. Eram, principalmente e antes de mais nada, profissionais. O fato de o próprio Circlic, em conversa com a polícia italiana, naquela mesma tarde, ter descrito o ataque como "um ato desesperado de fazer história", era sem sentido. Tim duvidava muito de que o turco tivesse a mínima noção do motivo que o levara àquela façanha; alguém lhe deve ter dito que se tratava de um "ato desesperado" e que iria "fazer história", e ele simplesmente repetiu aquilo — acreditando em cada palavra. E, além disso, Tim não tinha certeza se a carta de Circlic ameaçando matar Gregório XVII fora realmente escrita por ele. Ela pode ter sido parte de uma tentativa de desinformação cuidadosamente preparada, um assunto com o qual Tim estava familiarizado por causa dos anos passados na CIA.

Fosse o que fosse o que Sainte-Ange tenha querido dizer com "conexão muçulmana", Tim teria de seguir esse fio de meada — com sorte, talvez o levasse para fora do labirinto, como o fio de Ariadne da mitologia. Por enquanto, o fio levava aos Lobos e seus amigos.

Tim Savage estava em um vôo sem escalas da Alitalia, que ia do Fiumicino de Roma ao Aeroporto de Istambul, e aparentava para o mundo um homem de negócios conservador, em seu bem cortado terno cinza Brioni. No avião, preferia não chamar atenção para si, embora se sentisse muito elegante com a camisa azul de seda e a gravata azul-escuro com padrões decorativos. A irmã Ângela, que conseguiu a verba para as despesas dele, não pestanejou diante da elevada conta da Brioni.

— Os seus votos de pobreza não excluem a elegância, quando está à procura de uma verdade maior — concedeu graciosamente. — Você tem que dar uma boa impressão.

— Obrigado — agradeceu Tim, no mesmo tom. — Mas tentarei me lembrar dos meus outros votos.

Ângela enrubesceu e evitou os olhos dele. Era a terceira vez que Tim a visitava em sua pequena sala, na segunda *loggia* do Palácio Apostólico, desde que ficara a serviço do papa, para transmitir os seus relatórios sem novidades ao monsenhor Sainte-Ange, pedir material que não queria mencionar nem mesmo pelo telefone com linha de segurança e apanhar o dinheiro das despesas. Cada uma das vezes, ele sentiu-se agradavelmente à vontade na presença dela, ao suspeitar que a freira francesa não lhe era totalmente indiferente — como homem. Mas, naquela última ocasião, praguejou contra si mesmo, por causa da observação insolente a respeito da castidade. Estou flertando com ela na casa do papa, disse a si mesmo. Estou pecando. Isso precisa parar.

E eram com Ângela, muito mais do que com Circlic, os devaneios de Tim enquanto o jato atravessava a península, o Adriático, uma parte da Albânia e da Grécia e o Mar Egeu, antes de pousar suavemente em Istambul. Sim, *eram* pensamentos impuros. Suspirou e desembarcou em solo turco.

Na recepção do hotel Conrad Istambul, sobre a ribanceira do Bósforo, Tim foi saudado alegremente como "Sr. Savage" e aquinhoado com um quarto com uma vista maravilhosa do estreito, logo a leste. A Ásia assomava além do braço de mar. Ângela fizera a reserva do hotel através de uma agência de viagens de Roma especializada em providenciar viagens sigilosas do Vaticano. Paul Martinius cuidara para que Tim recebesse um novo passaporte americano com a foto mostrando-o de paletó, camisa e gravata; em seu passaporte normal, aparecia com o colarinho clerical. Detalhes eram essenciais no tipo de missão de Tim.

Na busca da verdade por trás da mais recente quase tragédia da Igreja Católica, ele mergulhou em Istambul na história religiosa e nas tragédias de um distante passado. Lembrou da máxima de Maquiavel, que "nunca se deve levar a sério simples verdades"; verdades complexas eram as que importavam. Quando Istambul ainda era conhecida por Constantinopla — e "Nova Roma" —, depois do imperador Constantino, que, no século quatro, fundou a cidade escarranchada sobre o Bósforo e abraçou o Cristianismo, o Cisma de 1054 dividiu as igrejas cristãs latina e grega. A dissidência resultou da contenda dos cristãos do Império Romano do Oriente — Bizâncio — que se recusavam a permanecer em comunhão com o papa e Roma. Essa separação nunca chegou ao fim, com Roma e Constantinopla permanecendo com suas amargas desavenças através dos longos séculos. Aliás, Constantinopla foi atacada no alvorecer do século treze pelos exércitos do papa romano, na execução da Quarta Cruzada. E no século doze, a misteriosa seita herética Bogomil havia sido gerada bem ao norte do Império Bizantino, em Filipópolis e Bulgária, espalhando-se em direção oeste, para a Lombardia e, depois, o Sul da França. Isso levou à infernal Cruzada Albigense, ordenada pelo papa de Roma, que resultou na morte de centenas de milhares de crentes, massacrados ou queimados na fogueira.

Que ironia, refletiu Tim, estar buscando em Istambul — a nova Constantinopla — respostas para o mistério de uma terrível tragédia que poderia ter acontecido em Roma, apenas cinco anos antes. Mesmo hoje em dia, o destino dos papas da Igreja romana não podia ser desassociado do da bizantina. Não havia, obviamente, qualquer ligação entre os fatos ocorridos com mais de nove séculos de distância, mas ele tinha fé no incessante poder da História.

Por exemplo, imaginou: um fanático grego ortodoxo totalmente louco impregnado de lembranças do cisma e da derradeira decadência do Império Bizantino — ocorrida quatro séculos depois, para dar espaço ao Império Otomano islâmico, enquanto Roma florescia —, pode ter tramado uma vingança contra a Quarta Cruzada, tentando matar Gregório XVII. Homens possuídos por fervor religioso e lembranças imorredouras são capazes de atos selvagens. Para tal, um fanático desses pode ter contratado um assassino profissional como Circlic, não obstante sua identidade muçulmana. E, um ano depois da tentativa de assassinato em Roma, um padre espanhol pertencente a um grupo religioso de ultradireita, munido de uma baioneta, avançou em direção a Gregório XVII, no santuário de Fátima, em Portugal. Isso o fez lembrar, mais uma vez, que não devia subestimar ódios religiosos na forma de psicoses assassinas.

Ele, é claro, afastou como ridícula a idéia de que lidava com um ato de vingança de Bizâncio; era por demais bizantino, e pensara nisso, a princípio, como um exemplo hipotético do poder da história religiosa. Além do mais, as duas igrejas já haviam iniciado uma tentativa de avanço em direção à reconciliação, quando o papa Paulo VI voou até Istambul, quase vinte anos atrás, para abraçar o patriarca ortodoxo grego Atenágoras I, na encantadora igrejinha de São Jorge, próxima à baía do Chifre de Ouro.

No entanto, *alguém* tinha contratado Circlic, pois Tim já estava firmemente convencido de que o turco não agira por conta própria. O principal caminho que seguia, baseado no arquivo da CIA, ia na direção dos Lobos Cinzentos, e as perguntas fundamentais eram: quem havia planejado os disparos em Roma e por quê? E ele sabia que a trama não tivera inspiração turca. A esmagadora maioria dos turcos era de muçulmanos seculares que haviam recebido Gregório XVII com respeito e cortesia. Na Turquia, não havia vestígios de um sentimento anticatólico; ao contrário, por exemplo, do Paquistão fundamentalista, onde, segundo Tim havia lido recentemente, um paquistanês cristão fora sentenciado à morte por blasfemar contra o Islã.

Aliás, havia uma pequena comunidade jesuíta em Istambul, funcionando como um centro de estudos de pesquisas religiosas, e ele estava ansioso para visitá-la. Acreditava que os colegas jesuítas lhe podiam dar orientações úteis, e preferia não procurar os seus contatos muçulmanos na Turquia, para evitar curiosidade ou suspeita desnecessárias. A comunidade de Istambul fora avisada pelo superior geral de Roma que o padre Savage, um especialista em islamismo do Vaticano, iria à cidade para uma pesquisa, e os jesuítas deviam lhe prestar uma ajuda discreta. Tratava-se de uma solicitação perfeitamente rotineira.

Na manhã seguinte à sua chegada, pegou um táxi para atravessar a terrivelmente engarrafada ponte Yeni Galata sobre a Chifre de Ouro, até a sede dos jesuítas, uma casinha perto do Kapali Çarsi, o fervilhante bazar coberto com quatro mil lojas. Nessa ocasião, retomou a descontraída aparência de jesuíta, usando calça e camisa esportes, uma vestimenta ideal para o calor de Istambul e que, nas ruas, lhe dava um ar de turista estrangeiro.

Um jovem padre jesuíta polonês recebeu Tim, conduziu-o a uma sala de espera modestamente mobiliada, ofereceu-lhe um refrigerante gelado, e perguntou em que podia ser útil ao padre Savage. Ele falava inglês com um leve sotaque; havia estudado teologia em Cambridge.

— Estamos examinando as organizações terroristas do mundo muçulmano — explicou Tim — por causa do aumento do terrorismo em toda esta região, e no que isso pode afetar nossa igreja. As recentes explosões que destruíram as duas igrejas maronitas, no Líbano, e forçaram o cancelamento da viagem do Santo Padre para lá, são exemplos que nos preocupam...

— Infelizmente, estamos nos tornando uma espécie de agência de investigações e de cumprimento da lei, além de todos os nossos outros deveres — acrescentou, com um sorriso de cumplicidade —, e achei que vocês poderiam me ajudar um pouco, pelo menos no que se refere à Turquia. Creio que faz parte da tradição jesuíta...

— Sim, eu entendo — interrompeu o padre polonês. — Nós partilhamos de suas preocupações, e há algum tempo venho pensando nesse assunto. Mas não sei se encontrará muita coisa em Istambul. Porque os turcos têm permanecido seculares, desde a época do presidente Atatürk, décadas atrás, não temos aqui organizações radicais político-religiosas do tipo *Jiddah*, *Hezbollah* ou *Hamas*. Pelo menos, até agora. Mas, nunca se sabe. Os turcos são dados a uma incrível violência política e étnica, como deve saber: os massacres de armênios e curdos, os mais recentes golpes militares, o enforcamento do primeiro-ministro Adnan Menderes, a invasão de Chipre, e assim por diante... Portanto, qualquer dia desses, ela poderá se transformar em violência religiosa... O sujeito que tentou matar o Santo Padre é muçulmano, não?

— Sim, acredito que seja muçulmano, mas sei muito pouco a respeito dele — mentiu. — Não é um assunto com o qual tenha me ocupado muito...

Lamentou ter de mentir para o seu anfitrião, e rapidamente mudou a direção da conversa.

— E as organizações terroristas turcas de direita, elas *não* têm uma orientação religiosa? São algo que devemos levar em conta? Ouvi dizer que essas organizações existem...

— Tem toda razão — concordou o jovem jesuíta. — Elas existem, com certeza, são parte ativa do conjunto da política turca, e desconfio que têm vínculos com a polícia secreta turca. Mas, basicamente, agem por conta própria. No momento, não são um problema para nós, mas, por via das dúvidas, tento não perdê-los de vista. Nunca se sabe quando o terrorismo político acha conveniente se voltar contra uma religião... a deles ou a nossa. De qualquer modo, aqui na Turquia, política e religião sempre se superpõem... Por exemplo, temos uma coisa chamada Lobos Cinzentos. Eu soube que o turco que atirou no papa havia trabalhado para eles certa época. Já ouviu falar nos Lobos Cinzentos?

— Não, não mesmo — voltou a mentir. — O que eles são exatamente?

— Uma turma muito estranha — explicou o jesuíta. — Mata opositores políticos do governo, detesta esquerdistas, massacra curdos nas montanhas, faz tráfico de drogas e de armas e ganha muito dinheiro. Ninguém tem certeza de quem na verdade comanda os Lobos Cinzentos hoje em dia. Talvez seja alguma espécie de comitê. Mas tenho sorte de manter alguns contatos com eles. Trata-se de um dos meus projetos de pesquisa sigilosos. Pelo que me consta, deve haver fundamentalistas muçulmanos sérios entre eles.

— Interessante — comentou Tim, tentando ocultar a empolgação e aparentar naturalidade. — Acha que consigo me encontrar com eles? De certo modo, também se ajusta à minha pesquisa...

Durante um instante o padre meditou sobre o pedido, acendendo lentamente seu cachimbo de urze. Pensativo, arrastou o cachimbo pelo lábio inferior e o pousou na mesa.

— Creio que se pode dar um jeito — falou para Tim, também num tom natural. — Verei o que consigo, dentro de um dia ou pouco mais. Preciso localizar alguns desses sujeitos. Onde posso me comunicar com você? Quanto tempo vai ficar em Istambul?

Voltaram a se encontrar, três dias depois, na residência jesuíta, com o sol se pondo no Ocidente, sobre a muralha do século cinco construída pelo imperador Teodósio II para proteger Constantinopla dos invasores. O polonês explicou que precisou dizer, a um conhecido seu, que Tim era um empresário americano, "com um pé na ilegalidade". Ele sabia muito bem que não devia indagar de que modo o padre polonês viera a se relacionar com os Lobos Cinzentos turcos e por que o instruíra a se fazer passar por um empresário "ilegal". Mas os jesuítas costumavam confiar no critério uns dos outros, e Tim ficou contente por ter investido verba da Santa Sé na compra do terno Brioni. O seu guia usava um leve blusão de malha sobre a camisa esporte.

O padre guiou o pequeno carro japonês da comunidade jesuíta, ziguezagueando pelo emaranhado das ruas do centro de Istambul, quase sempre consultando o espelho retrovisor. Seguiu calado, apenas dando baforadas no cachimbo, durante a distância relativamente curta, na direção leste, por entre o trânsito da noitinha. O carro passou pela mesquita do Sultão Ahmet, a magnífica Mesquita Azul imperial do século dezessete, e pela Basílica de Santa Sofia, que Constantino, o Grande, erigiu no século quatro, e, então, o jesuíta deu uma leve guinada para a direita. Tim pôde ver, à sua esquerda, a imensidão emparedada dos prédios e pátios do palácio Topkapi elevando-se acima do Bósforo e do Mar de Mármara. Outrora, lembrou, o conjunto incluía o *seraglio*, o harém das esposas e concubinas dos sultões otomanos. Há apenas poucos meses, ele fora à ópera de Roma assistir a uma apresentação de *O rapto do serralho*, de Mozart, e se descobriu pensando na irmã Ângela. Sorriu contente, ao recordar aquela ocasião. A Santa Sofia, sob o poder bizantino, e a mesquita do Sultão Ahmet, sob o poder turco, testemunharam e abrigaram um número espantoso de amores e tramas, traições e carnificinas. Novamente, pensou, estava cercado por histórias e tradições milenares de grandes conspirações e grandes romances.

Logo pararam diante de uma casa de três andares em ruínas, na Rua Mehmete Aga, e o polonês conduziu-o para o interior. Vários meninos chutavam uma bola de futebol na calçada e não mostraram interesse quando os dois estranhos passaram por eles. Uma porta se abriu no patamar do segundo andar, e os dois padres foram convidados a entrar com um gesto de mão de um turco de estatura baixa, barba grisalha curta, vestido com uma camisa xadrez do tipo lenhador. O calor era sufocante no apartamento obscurecido.

— Este é Mohammed — apresentou-o para Tim o jovem jesuíta. Dirigindo-se a Mohammed, falou: — Este é o Sr. Savage, o meu amigo dos Estados Unidos.

Mohammed, um homem de meia-idade com olhar desconfiado e cheiro penetrante de alho e cebola, bateu palmas. Uma cortina foi aberta, na extremidade do aposento, e surgiu uma jovem carregando uma bandeja de cobre com três xicrinhas de um fumegante café turco. Mohammed fez um gesto para os jesuítas se servirem, e, em seguida, encarou Tim com um olhar hostil.

— Há algo que eu possa fazer por você? — inquiriu asperamente em turco. O polonês traduziu.

— Bem — disse Tim —, estou à procura de oportunidades de negócios especiais na Turquia, e o padre, que conheci da última vez em que estive em Istambul, achou que o senhor poderia me dar alguma orientação.

— Que tipo de oportunidades? — quis saber, desconfiado, o homem baixinho.

— Bem, eu lido com armas e coisas do gênero — declarou, com um sorriso cativante. Negociar com armas era um disfarce conveniente, porque as "negociações" com um comprador em potencial poderiam se estender o suficiente, para ele ganhar tempo e confiança dos Lobos, e, talvez, obter as informações de que precisava. Além do mais, a experiência que tivera no Vietnã o tornara um convincente conhecedor de armamentos.

O turco o estudou, coçando a barba, e lançou-lhe outro olhar duro.

— Você não é da CIA, é? — perguntou. — Não precisamos de *provocateurs*...

— Não, nada disso — exclamou Tim, convincente, parecendo ofendido. — Está achando que eu sou o quê? Um idiota? Um amador? Eu faço negócios, e, se não estiver interessado, irei procurar outros. Vocês não são os únicos na cidade que estão nessa jogada. E não gosto de ser insultado...

Começou a se levantar, mas o turco baixinho gesticulou para que permanecesse sentado.

— Não pretendi insultá-lo — justificou-se Mohammed. — Apenas estou sendo cuidadoso. Já tivemos péssimas experiências com americanos. Mas confio no padre aqui presente. Nós o checamos, muito tempo atrás, quando veio para a Turquia. Foi por isso que, quando ele me pediu, eu concordei em me encontrar com você. Bem, o que está pretendendo?

— Como já disse, lido com armas. — Tim voltou ao assunto. — No momento, alguns amigos e eu gostaríamos de nos livrar de um material que ficou para trás, depois da última guerra no Oriente Médio... e algumas coisas do Vietnã que ainda se encontram disponíveis. Sabe como é, rifles M-16, lançadores de granadas, e até armas de grande porte, se eu encontrar o freguês certo... e o preço que estou pedindo. A entrega é imediata... Eu soube que o seu pessoal pode estar interessado. Ou ter clientes que estejam...

— É possível — concedeu Mohammed. — É possível. É claro que vou precisar discutir isso com os meus colegas. Quanto tempo vai ficar em Istambul?

— O tempo que for necessário.

O turco passou a falar em inglês.

— Entraremos em contato — falou, levantando-se. — Se decidirmos voltar a falar com você, farei contato através do padre.

Ao sair, Tim teve um rápido vislumbre de jovens atléticos, com armas automáticas empunhadas, atrás da cortina de onde havia saído a bandeja com o café.

Uma semana se passou até o telefone do quarto do hotel de Tim tocar e o jesuíta polonês convidá-lo para "jantar" na comunidade atrás do bazar. Tim deduziu que Mohammed havia consultado os amigos Lobos, como também tinha certeza de que estava sendo constantemente vigiado. Tratava-se de algo elementar no mundo da espionagem e do terrorismo. Os movimentos e o comportamento de Tim, conseqüentemente, foram planejados para convencer a quem pudesse interessar que ele era um confiável empresário americano desonesto que estava realmente querendo fechar negócios de venda de armas em Istambul — um dos maiores bazares de armamentos do mundo.

Por causa de uma dispensa especial de seus superiores jesuítas, ele não precisava celebrar missa todas as manhãs em seu quarto de hotel. Não podia correr o risco de viajar com a parafernália litúrgica, ou ser surpreendido por uma arrumadeira do hotel — o seu disfarce tinha de ser perfeito. Estava certo de que o seu quarto já fora revistado. Durante o dia, pegava táxis no centro, entrava e saía dos modernos prédios comerciais ao longo do Istiklal Boulevard, e subia e descia elevadores, a fim de impressionar os homens que supostamente o deviam estar seguindo durante as suas atividades comerciais. Também fazia visitas a filiais de bancos estrangeiros, para longas conversas com os vice-presidentes, sobre assuntos financeiros tirados de sua imaginação.

À noite, sentava-se no bar do hotel, sozinho ou acompanhado de uma das jovens sempre presentes por lá, bebericando um uísque com gelo e jogando conversa fora. Nessas ocasiões, jamais tentava infringir o voto de castidade, mas os Lobos não saberiam disso, se o observassem seguir na direção do elevador do hotel acompanhado de uma jovem, que ele dispensava em seguida, em um dos andares, com um *bakshish* — um suborno. Tim achava isso cômico — para um jesuíta.

Também usava o tempo ocioso para bancar o turista, admirando a beleza extravagante dos grandes monumentos, mesquitas e museus de Istambul. Como orientalista, estava adorando a estada na cidade; era como uma valiosa bonificação. Bendito seja Sainte-Ange, pensou agradecido, ao caminhar pela terceira vez sob a cúpula da Santa Sofia. Ao longo do Bósforo, um guia de turismo, achando que ele era um americano rico, apontou para o apertado estreito através do qual, certa vez, um embaixador americano na Turquia nadou da Europa à Ásia, para a afirmação de um obscuro machismo diplomático.

Na comunidade jesuíta, na noite do "jantar", o polonês lhe disse:

— Eles estão à nossa espera. Creio que checaram você e ficaram satisfeitos. Eu o levarei de carro até lá.

Foi uma longa viagem, partindo do bazar coberto, cruzando a ponte da Chifre de Ouro, o centro de Istambul e atravessando a ponte suspensa para o lado asiático do Bósforo, até o distrito de Üsküdar, ao sul. Em meio às mesquitas de Üsküdar, o jesuíta localizou uma enorme casa caiada na estreita Rua Aziz Mahmut. A porta da frente se abriu, antes que tivessem tempo de tocar a campainha, e Mohammed adiantou-se para cumprimentar os visitantes. No segundo andar, três homens vestidos com ternos pretos ordinários, sem gravatas, os esperavam. As apresentações foram feitas. Um homem magro, de óculos, com ar de intelectual, talvez com pouco mais de trinta anos, foi direto ao assunto, assim que os dois jesuítas se sentaram nas cadeiras de encosto duro. Não havia mais qualquer mobília no enorme aposento.

— O que você tem para vender? — interrogou, impaciente, em inglês. — Quais são as quantidades e os preços?

— No momento — disse Tim, tendo memorizado sua apresentação — posso oferecer um lote de cem M-16, com peças de reposição e um razoável sortimento de munição. Também tenho dez metralhadoras pesadas calibre .50, uma dúzia de lançadores de granadas... Isso, para entrega imediata. Estão em Izmir, perto daquela base da OTAN, porém muito mais pode ser trazido para o país, sem muita demora.

— Talvez nos interesse — falou o homem de óculos. — Talvez nos interesse tudo o que você tem em Izmir. Podemos receber a entrega lá mesmo. E poderemos estar interessados em mais, se o preço for aceitável.

Durante alguns minutos, ele e o líder dos Lobos discutiram o preço, ambos escrevendo os números. Tim estava com um bloco de papel do hotel Conrad Istambul, e o turco escrevia num caderninho com capa de couro. A negociação do valor seguiu sem problemas, apesar de o americano, propositadamente, retardá-la com comentários desnecessários sobre a qualidade e a confiabilidade das armas feitas nos Estados Unidos que estava oferecendo. Tratava-se de um momento crucial de sua missão.

Ele precisava de uma melhor e mais fácil relação de confiança mútua com aquele homem. E estava disposto a arriscar tudo na reação do turco à pergunta que, ao final, iria fazer.

— Bem, creio que estamos de acordo — afirmou Tim, finalmente. — Poderão receber o material, daqui a uma semana, em Izmir, contra o pagamento em dinheiro. Mas, se não se importar, há uma pergunta que eu gostaria de fazer. Ou melhor, pedir o seu conselho sobre algo muito especial...

— Pois não...

— Falando hipoteticamente, onde ou a quem eu poderia me dirigir, se quisesse que uma pessoa fosse liquidada em outro país? Sabe como é, de uma maneira discreta.

Os homens trocaram rápidos olhares.

— Por que pergunta a nós, Sr. Savage? — indagou o líder, mansamente. — Por que deveríamos saber coisas como essa? Não somos uma agência de empregos de assassinos.

— Não, claro que não — rebateu, com prudência, contendo a comoção da voz. — Mas somos todos profissionais no que fazemos, e certamente não há nenhum mal em se fazer perguntas profissionais, há?

O turco encarou-o com uma fria curiosidade.

— Não, não há, mas pode haver, ao se *responder* a questões como essa — acentuou. — De qualquer modo, por que nos faz essa pergunta? Por que a faz na Turquia, e não em outro lugar?

Tim fez uma oração rápida e silenciosa. Era agora ou nunca.

— Serei franco com você — concedeu. — Hoje em dia, nos Estados Unidos, é impossível encontrar alguém com esse tipo de conhecimento, por causa daquela loucura da CIA, no passado, em tentar matar líderes estrangeiros, como Castro em Cuba, e assim por diante. É perigoso demais. Na Europa, tudo o que existe atualmente são pessoas desonestas em quem não se pode confiar; os profissionais ou amadores idiotas das antigas organizações, como as Brigadas Vermelhas da Itália, não sabem o que estão fazendo. Os palestinos são malucos. Certo?

Tim respirou fundo.

— Portanto, por que pergunto na Turquia? — continuou. — Pergunto na Turquia porque me recordo... sabe, eu também leio jornais... que foi um turco que tentou matar o papa, em Roma, há cinco anos. Era um bom atirador; acertou o velho, mas não teve sorte. O papa sobreviveu e o atirador mofa na prisão. Pobre coitado... Pois bem, é por isso que pergunto se, por acaso, conhecem outro igual a esse sei-lá-como-se-chama... E pergunto a *vocês* porque estamos fazendo negócios juntos, e creio que posso confiar em vocês, pelo menos o bastante para poder perguntar. Além disso, são bastante conhecidos pelos contatos que têm e pela eficiência. É claro que tenho amigos que pagariam muito bem por uma orientação dessas. E, como devem saber, estou me arriscando só em fazer essa pergunta. Mas confio em vocês...

Seguiu-se um longo silêncio. O homem de óculos olhou em direção à janela. Já estava muito escuro lá fora. Não havia iluminação de rua na Mehmet Aga. Mas se podia ouvir o vento noturno que vinha do Bósforo e zunia pelas redondezas.

— Sente-se — falou para ele. — Vamos conversar um pouco.

Tim sentiu uma onda de alívio invadir o seu corpo. Os nervos estavam firmes. Ele não tinha dado mancada — ainda.

— Preciso lhe explicar uma coisa — esclareceu o líder. — Sim, é uma verdade óbvia que foi um turco que atirou no papa. E você deve saber, simplesmente por ler jornais, como afirmou, que Agca Circlic... este é o nome dele, caso tenha esquecido... pertenceu à nossa organização. Isso deixa claro, para mim, por que pergunta como contratar um assassino. Mas lamento decepcioná-lo, Sr. Savage. Os Lobos Cinzentos, ou como quer que nos chamem, não estão no negócio de assassinato por dinheiro. Nós somos uma organização política, uma organização revolucionária... é por isso que estamos negociando com você, para conseguir as armas de que precisamos... e, se matamos, é por motivos políticos. Não por dólares...

Fez uma breve pausa, para que as suas palavras ficassem bem marcadas.

— Pois bem, Sr. Savage — prosseguiu —, está mesmo interessado em saber por que Agca Circlic, que talvez pudesse ser ou não um dos nossos na ocasião, foi a Roma para matar o papa, um projeto no qual não tínhamos nenhum interesse?

Tim confirmou com a cabeça.

— Sim, suponho que sim.

— Então, eu vou lhe dizer, a fim de proteger o bom nome de nossa organização — disse o líder, fitando Tim firmemente através de suas grossas lentes. — Fornecemos Circlic para o serviço porque os nossos irmãos, os nossos confrades muçulmanos... não esqueça que *nós* somos muçulmanos... nos pediram alguém como ele, como um favor fraternal, em nome de nossa religião. E Circlic era, como sabiam, um bom atirador. Já havia provado isso no passado. E também era burro o suficiente para se encarregar da operação.

Tim ouvia, tenso, enquanto o turco continuava falando.

— Nunca entenderá a nossa cultura, mas deixe-me tentar lhe dizer que somos homens honrados e, quando matamos, é por uma questão de honra e dever. Somos inspirados por Alá e seu Profeta para sermos puros e defendermos a nossa religião e a nossa nação... Sim, quando Atatürk foi presidente, na época da Primeira Guerra Mundial, transformou a Turquia em um estado secular. Ele traiu o Islã. Pelo que nós fazemos, somos chamados de criminosos e terroristas, mas o nosso objetivo principal é sermos fiéis a Alá e ao Alcorão. Foi por isso que concordamos em honrar o pedido de nossos confrades franceses. A propósito, tenho diploma em teologia e...

— *Franceses?* — atalhou Tim, sem entender.

— Sim, franceses — confirmou o turco. — Muçulmanos franceses. O povo que veio da Argélia e assim por diante. Sofrem muito, na França, e costumamos manter contato com eles. Às vezes, damos uma ajuda. Nós os ajudamos com Circlic.

— Mas, por que querer matar um papa católico romano em Roma? — quis saber, já totalmente desorientado. — Não entendo...

— Falando francamente — disse o Lobo Cinzento —, eu não sei, e não me interessa. Não tenho necessidade de saber. Não é da nossa conta. Não temos problemas com o papa. Tudo o que fizemos foi o que os nossos confrades desejavam. Não faço idéia se eles têm algum problema com o papa.

— Espere aí — cortou Tim. — Por que esse homem escreveu uma carta para um jornal turco dizendo que queria matar o papa? Por que toda essa história envolvendo os soviéticos, a KGB e os búlgaros?

O turco sorriu pela primeira vez desde que haviam sido apresentados. Parecia contente consigo mesmo.

— Ora, isso foi o que vocês, americanos, chamam de "desinformação" — revelou. — Fez parte de todo o planejamento junto a Paris, que levou quase um ano sendo feito. Tiramos Circlic da prisão, onde estava por ter assassinado o tal editor de um jornal... uma sugestão nossa, por nossos próprios motivos... e ele foi preparado e treinado para fazer o serviço em Roma. Posteriormente, lhe foi entregue uma arma. E fui eu quem escreveu a carta falando do plano para assassinar o papa, e a assinei com o nome de Circlic. Depois, inventamos a história dos soviéticos com os búlgaros, para que, Alá nos livre, os nossos confrades não fossem acusados de nada. O papa, claro, é tão anticomunista que a fraude pareceu bastante plausível. E a imprensa engoliu! De certa maneira, funcionou. Mas nada pode ser provado... é por isso que não me importo em lhe contar o nosso lado da história. Sabe, era para Circlic ser morto... como o Oswald de vocês, em Dallas... mas o nosso outro homem ferrou tudo e acabou fugindo para salvar a própria pele. Mas, que diabos!... Como você dever ter lido, Circlic nada disse de realmente útil para a polícia. Isso porque ele não sabia o motivo de ter feito aquilo. Simplesmente recebeu as nossas ordens... e o nosso dinheiro. E, agora, Sr. Savage, sabe tanto quanto eu. Ou quase...

— Entendo — concluiu Tim. — Vocês estavam apenas fazendo algo de irmão para irmão. Não se tratava de um negócio.

— Exatamente. E é por isso por que eu não posso lhe dar nenhum conselho... e, certamente, não procuraria um novo Circlic para você. Por favor, entenda que não fazemos isso por dinheiro. Vocês, americanos, não são nossos confrades e, portanto, nós não lhe devemos coisa alguma. Apenas os dólares pelas armas, quando as entregar em Izmir...

A caminho do aeroporto, Tim passou na casa dos jesuítas para se despedir do padre polonês e agradecer a ajuda.

— Ainda resta um assunto pendente — observou ele. — E as "armas" que eles acham que vão comprar de mim em Izmir? Vão se sentir enganados, traídos, tentarão matar você ou o quê?

— Ora, não se preocupe — tranqüilizou o polonês, com um sorriso afável. — Nós nos damos bem porque eles têm os motivos deles e eu tenho os meus. A troca de informações, como sabe, é uma mercadoria muito valiosa em Istambul. Eu irei até lá e explicarei que, no último momento, o Exército turco recebeu uma dica da CIA ou de alguém, e apreendeu seu carregamento... Não haverá problema. Não perderam nenhum dinheiro, o que é mais importante para eles. Nesse tipo de negócio, a vida é cheia de contratempos como esse. E duvido muito que eles venham a perder o sono por terem lhe contado a respeito dos "confrades franceses". Os Lobos não fazem idéia de quem você é e por que estaria interessado nesse assunto. Não tem nenhum significado para eles. Portanto, esqueça, padre Savage, e desfrute o seu vôo de volta para Roma. Fico contente em ter podido ajudá-lo...

Capítulo Quatorze

UMA PISTA É UMA PISTA é uma pista, ponderava Tim durante o vôo para Roma, mas ela é inútil, a não ser que se saiba o que significa. Gertrude Stein sabia, pelo menos, que uma rosa *era* uma rosa. Ele *não* sabia quem eram os "confrades franceses" dos Lobos Cinzentos e por que os terroristas turcos lhes forneceram um assassino. Contudo, achava a pista francesa crucial.

Mas, se quisesse ir atrás dos "confrades franceses" e seguir adiante com a investigação, o destino seguinte teria de ser a França, concluiu muito antes de o seu avião aterrissar em Fiumicino. Ao fazer as anotações sobre Istambul, no grosso diário, em seu quarto escaldante de Villa Malta, percebeu que, embora tivesse havido, literalmente, uma "conexão muçulmana" na conspiração de assassinato, o atentado não tinha sido um empreendimento muçulmano, apesar de o atirador ser muçulmano e pertencer a uma organização muçulmana. Aparentemente, os muçulmanos foram os intermediários e não os autores intelectuais do atentado contra Gregório XVII.

Nesse sentido, a conversa em Istambul fora extremamente útil para ele, eliminando, para seu contentamento, a idéia de que os fanáticos do Islã estiveram por trás da trama. Tendo concluído isso, imaginou em seguida o que, exatamente, o monsenhor Sainte-Ange quisera dizer com "conexão muçulmana". Estaria expressando o óbvio, porque Circlic era muçulmano, ou sabia de algo mais e não queria dizer? Inevitavelmente, surgiu a pergunta em sua cabeça: havia alguma ligação entre os misteriosos "confrades franceses" e o "alerta" dado de Paris por de Marenches? E devia contar ao monsenhor a respeito dos "confrades franceses" antes de descobrir quem eram? De que modo a violenta história de tensões entre a França e a Santa Sé se encaixava nesse enorme e tenebroso quadro?

Necessitado de uma distração momentânea das análises e reanálises das teorias, Tim serviu-se de um cálice de vinho tinto e pegou a *Panorama*, a revista semanal noticiosa italiana. Mas, ao abrir a publicação, não conseguiu conter o riso, ao ver que, por acaso, a reportagem principal era sobre o próximo julgamento dos suspeitos do seqüestro e morte de Aldo Moro, o muito polêmico mas também bastante popular primeiro-ministro italiano, e de seus cinco guarda-costas. Apesar de as autoridades terem concluído que o ato fora perpetrado por terroristas das Brigadas Vermelhas, permanecia em mistério quem havia ordenado o assassinato e por quê. Devido à sua obsessão por conspirações, que vinha desde a época dos Bórgias e até antes, os italianos estavam convencidos de que Moro fora vítima de uma trama articulada nas altas esferas do poder nacional. A revista afirmava que Moro fora assassinado porque "homens poderosos tinham motivos para não mantê-lo vivo". Havia acusações de acobertamento, e um veterano das Brigadas Vermelhas declarou à *Panorama*: "Não sei de quem foram as mãos que estiveram por trás da cena; o que eu sei é que fizemos parte de uma jogada muito maior."

A história de Aldo Moro não servia de nenhum incentivo para Tim. Trava-se de outro assassinato político não esclarecido, outro mistério. Moro era um democrata-cristão, íntimo da Santa Sé, mas quem eram os "homens poderosos" que "tinham motivos para não manter vivo" o pontífice francês? E quais eram as chances de ele, um obscuro jesuíta, descobrir o que motivara o ataque na praça de São Pedro? Sentiu um quê de impotência e depressão, mas também de crescentes frustração e curiosidade.

Dois dias após o retorno, Tim ligou para o escritório da irmã Ângela no Palácio Apostólico, e apresentou um relatório oral sobre a viagem a Istambul. Ângela fez uma anotação taquigráfica das palavras dele, a fim de transmiti-las a Sainte-Ange, que, provavelmente, informaria a Gregório XVII. O monsenhor havia insistido para que não houvesse relatórios por escrito; não deveria haver um rastro de papel de nenhuma espécie, dissera ele.

— Diga a ele — instruiu a Ângela, após ter decidido revelar a Sainte-Ange *quase* tudo o que descobrira na Turquia — que, agora, temos um enigma dentro de um mistério. Ao que tudo indica, foram os Lobos Cinzentos, o tal grupo terrorista turco, que forneceram o atirador, como cortesia... se é que podemos usar esse termo... para uns muçulmanos franceses, por razões que nem mesmo eles sabem e, é claro, nunca perguntaram. Eu me encontrei com o grupo, em Istambul, e é assim que as coisas funcionam. Parece com o regulamento que limita a "necessidade de conhecimento" das comunidades de informação. Agora, terei que ir atrás desses "confrades franceses" muçulmanos, e não sei bem por onde começar. Por que não pergunta ao monsenhor se ele tem alguma idéia? Provavelmente, tem algum contato com a Inteligência francesa...

— Verei se ele poderá me receber esta tarde — sugeriu Ângela. — O seu trabalho é uma prioridade máxima para ele. Darei um retorno assim que for possível... se eu tiver algo de útil a lhe transmitir... A propósito, gostou de Istambul? Estive lá, certa vez, há muito tempo, antes de fazer os meus votos...

— Ah, eu adorei — respondeu com entusiasmo. — É uma cidade extraordinária... a arquitetura, o colorido, o Bósforo, a Chifre de Ouro... Gostaria de ter tido mais tempo para olhar tudo. Mas vi o *seraglio*, à distância. Isso me fez pensar em você. Não sei por quê.

— Como assim? — quis saber ela, as faces subitamente corando.

— Bem, trata-se de um tipo estranho de associação de idéias — explicou, por sua vez ficando constrangido com a conversa. — Não consigo explicar direito.

Em seus pensamentos, Ângela parecia especialmente atraente naquele dia, e ele sentiu-se como um adolescente. Pensamentos impuros novamente. Por que a Igreja católica faz tanta questão do celibato? Afinal de contas, nos primeiros séculos do Cristianismo, os padres eram livres para se casar, e ainda o são em muitos credos católicos que têm comunhão com Roma.

Pouco antes de os sinos da São Pedro repicarem o Ângelus, monsenhor Sainte-Ange bateu levemente na porta do escritório do papa, antes de entrar. Gregório XVII, escrevendo em sua escrivaninha comprida e estreita, levantou o olhar com um sorriso fatigado. O *Scherzo* nº 3 em dó sustenido de Chopin, o seu favorito, tocava baixinho ao fundo.

— Esperava terminar o esboço deste discurso para Paris antes do jantar, mas creio que fui otimista demais — observou. — Precisa ser um texto perfeito, e não pode ser feito às pressas. Portanto, vamos fazer uma pausa para jantar, e depois eu continuo. Algo interessante?

— Bem — disse o secretário —, o americano voltou de Istambul com algumas notícias surpreendentes, que, com certeza, ele mesmo não entende completamente.

— Tais como?

— Relatou a mim, através da irmã Ângela, que os Lobos Cinzentos, os terroristas turcos, forneceram Circlic a pedido do que ele chamou de os "confrades franceses", referindo-se, creio eu, aos muçulmanos franceses — revelou o secretário ao papa. — Ele não faz idéia de quem sejam os "confrades franceses", mas, é claro, está resolvido a descobrir. Afinal de contas foi essa a missão que lhe demos. Portanto, agora se prepara para ir a Paris. E sabe Deus com o que poderá se deparar. Isso me deixa um pouco intranqüilo. Sempre soubemos que, de alguma forma, os muçulmanos estiveram envolvidos com essa coisa, mas não os muçulmanos *franceses*... Talvez tenham usado um turco para nos confundir.

Gregório XVII concordou com a cabeça, pensativo, brincando com a colher da sopa.

— Você acredita que foi isso o que de Marenches tentou nos dizer, com o seu alerta? Estaria ele se referindo a muçulmanos franceses? — indagou.

— Talvez, talvez — respondeu o monsenhor. — E talvez devêssemos ter dado ouvidos a ele, reforçado a segurança, ir a público ou coisa parecida, em vez de termos ficado preocupados com as relações políticas com o Islã e até mesmo com a França. Poderia ter custado sua vida, Santidade... A culpa foi minha. Eu devia ter pensado com mais clareza.

— A culpa foi de nós dois — retrucou Gregório XVII. — Mas agora só posso rezar para que nada disso se manifeste antes de irmos a Paris. As coisas com a França já são tão complicadas. Clóvis, o Dia de São Bartolomeu e o arcebispo maluco. Só me faltava agora um problema muçulmano!... Deus do céu, espero que o americano seja discreto...

A viagem do papa à França estava marcada para o mês seguinte — a terceira desde que fora eleito — e ele se encontrava, como sempre, preparado para que, por lá, ocorressem coisas desagradáveis de todos os lados. Todas as vezes, era repreendido e criticado por prestar solene homenagem ao Rei Clóvis I dos francos sálios, que aceitara o batismo, em 496, tornando a França uma nação cristã. A crítica vinha principalmente das massas de franceses ateus, cuja reação contra a Igreja católica e seus vínculos com Roma vinha desde a Revolução de 1789 — ainda um assunto de furioso debate por parte de intelectuais obstinados, quase dois séculos depois — e que continuavam temerosos de qualquer ameaça à separação entre Estado e Igreja. Católicos liberais eram contra a identificação formal de Clóvis e da França com a Santa Sé sob Gregório XVII, porque se opunham ao que consideravam atitudes e políticas conservadoras de Roma, o que era uma violação à modernização da instituição pregada pelo Concílio Vaticano II.

Ainda do lado católico, o papa enfrentava uma virtual rebelião por parte de padres e crentes de extrema-direita que consideravam que a Igreja católica, com o Concílio, tinha ido longe demais "em direção à esquerda", principalmente por sancionar a missa em vernáculo em vez de latim, e que Gregório XVII era culpado por ter aprovado essa "traição". Encabeçando esse crescente e expressivo movimento — a Fraternidade de São Pio V — estava o idoso padre do Oeste da África a quem o papa chamara de "arcebispo maluco", que já desafiara a Santa Sé ordenando quatro padres por contra própria — sendo, por isso, suspenso por Roma — e, que, naquela ocasião, estava provocando um castigo na forma de excomunhão.

A Fraternidade Pio V era o renascimento, três séculos mais tarde, da Sociedade Secreta de Pio V, uma poderosa organização de paranóia e terror teológico. Pio V foi o papa do século dezesseis que impôs a missa em latim, decretada pelo Concílio de Trento, de 1545, que decidiu pela "uniformidade da liturgia". O espírito dele foi revivido por Pio X, cujo reinado, entre 1903 e 1914, conduziu a Igreja católica à mais recente "era da intransigência", nas palavras de um famoso historiador. Esse papa escreveu que "a Igreja católica... abrange duas categorias de pessoas, os pastores e os rebanhos. A hierarquia somente movimenta e controla. O dever da multidão é consentir por si mesma em ser governada, e cumprir, com espírito submisso, as ordens dos que estão no controle". A memória de Pio V e Pio X ainda continua muito viva na França, com o arcebispo fanático que lidera a Fraternidade. O papa Paulo VI já condenara a atitude do arcebispo, em 1976, e Gregório XVII havia resolvido excomungá-lo — excluindo-o da comunhão com os fiéis enquanto não se arrependesse —, mas Sainte-Ange convenceu-o com o argumento de que esse ato deveria ser adiado para depois da volta da viagem à França, a fim de evitar protestos públicos por lá e uma divisão ainda maior da Igreja católica francesa.

Mas havia, também, ressentimentos contra o papa e sua futura visita entre os protestantes franceses, que não tinham perdoado a Igreja católica e Roma pela matança de dez mil ou mais huguenotes no reinado da rainha católica Catarina de Médicis, durante o Dia de São Bartolomeu, em agosto de 1572. O massacre foi levado a efeito para impedir o acesso ao trono do huguenote Henrique de Navarra como Henrique IV da França, o que resultou nas Guerras de Religião da pós-Reforma francesa. Os protestantes continuavam lembrando o dia em que o papa Gregório XIII, um italiano, em agradecimento, celebrou o massacre com uma majestosa missa de ação de graças; isso foi no ano em que ascendeu ao pontificado.

Os muçulmanos franceses, e especialmente os novos imigrantes do Norte da África, eram basicamente indiferentes a Gregório XVII e sua planejada visita. Isso nada tinha a ver com a vida deles, além de não terem nenhuma animosidade, no terreno religioso, contra o papa romano. As grandes Cruzadas tinham sido esquecidas. No mínimo, os líderes muçulmanos eram gratos à Igreja católica por ter vindo a público em defesa da religião e da cultura deles na França, e firmemente se oposto às deportações de imigrantes pelos governos de Paris, que atendiam às pressões de partidos políticos da direita jingoísta e dos "integristas" católicos. Na Igreja de Saint-Bernard de la Chapelle, por exemplo, 210 muçulmanos, incluindo mulheres e crianças, ficaram refugiados, para evitar sua deportação, até a polícia antidistúrbios violar esse santuário parisiense e os arrastar para fora.

A última coisa que Gregório XVII desejava, portanto, a essa altura, era ver os muçulmanos se levantarem contra ele e a Igreja católica da França, talvez por não lembrarem mais a posição que tomou a seu favor, durante a época passada em Marselha. Era por isso que estava preocupado com o que Tim Savage havia descoberto em Istambul e lhe fora transmitido por Sainte-Ange. Se, de algum modo, viesse a público o suposto papel dos "confrades franceses" na tentativa de assassinato, isso poderia ter conseqüências imprevisíveis e arruinar suas esperanças de um diálogo sério com o Islã.

Roma e o Islã, seguramente, eram francos rivais na conquista das almas de dez milhões de africanos sem nenhum compromisso com a religiosidade — animistas ou pagãos, além de pessoas que, de alguma forma, misturavam tradições religiosas ancestrais, tanto com o cristianismo, quanto com o islamismo. Para Gregório XVII, a África representava, como ele mesmo dizia, a "última fronteira" no mundo para a Igreja católica conquistar. Esperava desviar os muçulmanos africanos de sua fé para a dele; a Nigéria, onde estivera duas vezes, era um dos casos, como o Sudão, com populações divididas entre o islamismo e o catolicismo. O papa também rezava para atrair os "pagãos" onde nenhuma das duas religiões estabelecidas prevalecia. Ele fora ao extremo de aceitar a "aculturação", uma mistura de ritos tradicionais e cristianismo, e permitir cantos e danças tribais no interior da Basílica de São Pedro, durante um recente sínodo de bispos africanos. Islamismo e catolicismo se esforçavam em não chamar a atenção para a sua rivalidade e evitavam confrontos públicos. Daí a preocupação do pontífice de que as descobertas de Tim, se reveladas e mal-interpretadas, pudessem acabar com esse excelente equilíbrio. A mesma preocupação guiara sua decisão a respeito do alerta feito por de Marenches.

A comunidade religiosa mais pró-papa da França, depois dos católicos leais à Santa Sé, era a de judeus — o menor de todos esses grupos — por causa da política pró-judaica de Roma desde o Concílio Vaticano e, provavelmente, porque o cardeal arcebispo de Paris era um judeu convertido e amigo particular de Gregório XVII. As lembranças do caso Dreyfus, um século antes, e do comportamento dos padres "integristas" em relação aos judeus, durante a guerra, encontravam-se, porém, logo abaixo da superfície, e o papa estava ciente do potencial explosivo que envolvia as comunidades de judeus e anti-semitas. Ele ansiava pelo longo encontro privado que teria com o cardeal em Paris, mas, após ouvir Sainte-Ange, ficou preocupado com a possibilidade de que, se o envolvimento dos "confrades franceses" muçulmanos na tentativa de assassinato viesse a público, isso também pudesse vir a afetar o relacionamento com os judeus.

— Meu Deus — suspirou Gregório XVII. — Por que nada pode ser simples, uma vez que seja, em minha própria terra natal?

— Amém! — exclamou Sainte-Ange, um pouquinho piedoso demais.

Entrando em um restaurante de que gostava particularmente, logo abaixo do Angelicum, onde outrora Gregório XVII estudara para o seu doutorado, Tim Savage foi conduzido pelo proprietário, um grande amigo, através do salão principal de refeições, até um pequeno jardim, onde encontrou Paul Martinius, que o esperava para almoçar em uma das quatro mesas em torno de uma fonte refrescante. Ali havia bastante privacidade, com a cálida sombra do início da tarde e a proteção de antigas muralhas romanas do outro lado da rua.

— Sente-se e prove o meu vinho Gavi di Gavi, o favorito do papa — ofereceu o chefe da divisão da CIA, puxando a garrafa de um balde com gelo. — É danado de bom, o melhor vinho branco deste país. Me fale de Istambul.

Tim fez as duas coisas, saboreou o Gavi e fez um relato minucioso sobre seus contatos com os Lobos Cinzentos e a afirmação de que forneceram Circlic para honrar uma solicitação feita pelos "confrades franceses".

— O que você depreende disso? — perguntou, em seguida. — Acredita nessas coisas e no que significam?

— Acredito. Mas, a esta altura, não estou muito certo do que posso depreender — esquivou-se o funcionário da CIA. — Você se recorda do que lhe contei sobre de Marenches? Estou começando a me indagar: que tipo de estranho triângulo formam... ou formaram... esses muçulmanos, o lamentavelmente falecido de Marenches e o secretário do papa? Tenho um estranho pressentimento de que está faltando alguma coisa aí. Suponho que, agora, deve ir à França... Porra! Gostaria que você tivesse permanecido na Agência! Está desperdiçando os seus talentos aqui...

— Claro que vou à França — confirmou Tim. — Assim que eu me organizar.

— Já pensou em fazer um contato... de leve... com a Interpol? Como sabe, fica em Lyon, e o secretário-geral é um velho amigo meu. É um francês muito viajado. Diga a ele que eu o mandei. Seu nome é Raymont Quindelle.

— Claro, mas sabe que não posso revelar a ele o que procuro realmente.

— Tudo bem — aprovou Martinius. — Apenas comente o seu interesse nas organizações islâmicas em geral, por causa do desejo do Santo Padre em melhorar as relações com o islamismo etc., e o velho Quindelle talvez o surpreenda. Atualmente, os terroristas muçulmanos formam uma grande parte do dossiê dele, e vai adorar a oportunidade de bater um papo com um grande estudioso como você. Ele já deve ter ouvido falar em você. Ora, já deve até saber que acabou de voltar de Istambul!

O chefe da divisão deu uma risada, serviu mais Gavi di Gavi e acenou pedindo o *menu* para um garçom que rondava por ali.

— Lembre-se que é um mundo pequeno, este em que nós, os espiões, vivemos.

— Talvez você tenha mordido mais do que consegue mastigar — disse a Tim o padre Blás, o superior geral dos jesuítas. — Ou, usando outra metáfora, pode ser que tenha mexido em casa de marimbondo.

Os dois estavam sozinhos, comendo na sala de jantar particular do superior, na residência jesuíta da Borgo Santo Spirito. Tim solicitara um encontro no gabinete dele, mas o espanhol o convidara para jantar.

— Ficaremos mais à vontade — alegou. A conversa era em inglês, já que o padre Blás havia feito o doutorado em sociologia nos Estados Unidos e sentia-se à vontade com coloquialismos e americanismos.

Sainte-Ange insistira para que a investigação fosse conduzida em sigilo absoluto, mas Tim logo percebeu que não conseguiria agir em um vácuo total. Principalmente depois de Istambul, sentia a necessidade do conselho e da orientação de alguns homens em quem confiava implicitamente; Paul Martinius e o padre Blás se classificavam claramente como conselheiros.

Após fornecer ao superior geral um relatório completo de sua ação em Istambul, sem deixar de expressar gratidão ao jesuíta polonês que o colocou em contato com os Lobos Cinzentos, revelou as suas incertezas em relação ao significado dos "confrades franceses". Também mencionou que soubera do alerta de de Marenches durante a festa de aniversário do idoso padre jesuíta, no início do ano.

— Sim — afirmou o padre Blás, girando nas mãos o seu cálice de conhaque. Tratava-se de um homem alto e magro, olhar melancólico, e, para Tim, lembrava estranhamente Dom Quixote. — Há muito tempo tomamos conhecimento do alerta. E saiba que a informação nos foi dada por nossos irmãos jesuítas de Paris, bem antes da entrevista do *Figaro*. De Marenches tinha muitos amigos jesuítas, e ouso dizer que os nossos irmãos na França continuam cultivando a amizade com a organização a que ele pertencia. Freqüentemente, nos interessamos pelas mesmas coisas, mas devo confessar que nunca fomos capazes de determinar o que de Marenches incluiu exatamente em seu alerta, se forneceu nomes, identidades, *modi operandi*, e assim por diante... Quanto a isso, somente o papa e Sainte-Ange devem saber o que continha o alerta. A propósito, você precisa se hospedar na Residência Jesuíta em Paris, para que sua visita pareça algo rotineiro. Avisarei para que fiquem à sua espera.

— Obrigado, padre — disse Tim —, mas o senhor acha que eles também têm contato com a comunidade muçulmana na França, em especial com os líderes religiosos? Eu tenho o meu próprio acesso aos estudiosos islâmicos franceses, mas não me importaria de ter um outro caminho.

— Imagino que sim — admitiu o espanhol. — De qualquer modo, desconfio que terá muita dificuldade em identificar, entre a multidão de muçulmanos da França, os "confrades franceses" que contrataram o assassino. Sejam quem forem, devem se manter bem ocultos. Sou levado a crer que são uma espécie de terroristas dedicados e que sabem muito bem como disfarçar o seu rastro... Quando morei no Líbano, tive a chance de me familiarizar com as táticas operacionais de grupos como o *Hezbollah*... e eles precisam ser levados a sério. Esses grupos costumam ter muito pouco em comum uns com os outros, mas partilham as experiências táticas. O mais importante é que todos são planejadores meticulosos.

— Vamos voltar um instante a de Marenches — sugeriu Tim. — Os jesuítas de Paris, que lhe informaram sobre o alerta, mencionaram algo a respeito de muçulmanos ou "confrades franceses"?

— Não, realmente — replicou o padre Blás. — Pode ter havido alguma alusão de passagem a uma vaga possibilidade de de Marenches ter imaginado algum envolvimento muçulmano, mas foi tudo. Lamento, meu rapaz.

— Mais uma pergunta, padre: ao que lhe consta, o Santo Padre levou o alerta em consideração? Ele tomou alguma providência?

— Acredito que não — falou lentamente o superior geral. — Ele deve ter tido motivos para optar por confiar na proteção e na misericórdia de Deus. E, quanto a *isso*, ele estava certo, no final das contas!

O espanhol levantou-se da mesa, para mostrar que o jantar chegara ao fim.

— O que você tem, Tim, é uma bomba — alertou. — Tome cuidado com ela. *Vaya con Díos*!

Para além dos terminais de passageiros e dos hangares das companhias aéreas no Aeroporto de Fiumicino, próximo a Roma, o Serviço de Bordo da Alitalia ocupa um indistinto prédio de três andares pintado de branco, com plataformas para carregamento dos caminhões que levam os alimentos para os aviões. No final de uma tarde de sábado do início de julho, Jake Kurtski estacionou seu pequeno carro alugado junto a uma entrada lateral, recostou-se confortavelmente no assento, acendeu um charuto, e, calmamente, ficou à espera de um homem que ele não via há mais de trinta anos.

Pouco depois, a porta da entrada lateral do prédio se abriu, um homem saiu sob o sol que se punha, olhou em volta e caminhou lentamente em direção ao carro alugado. Ele era baixo, troncudo e devia ter uns cinqüenta anos. Vestia um macacão de motorista. Aproximou-se furtivamente do veículo estacionado, esquadrinhando a figura atrás do volante.

— Santo Deus — exclamou em polonês. — É mesmo você Jacek Kurtski?

— É *Jake* — corrigiu. — Entre. Precisamos conversar.

— Há trinta e cinco anos eu salvei o seu traseiro e a sua vida no campo Magdeburg — começou. — Está lembrado? Da vida no campo de refugiados? Ótimo. Pois, agora, vai me pagar essa dívida, meu caro Grochowski. Você vai fazer o que eu lhe mandar e quando eu lhe mandar fazer.

— Como me encontrou aqui? — perguntou Grochowski, aturdido. — Após todos esses anos?

— Isso é da minha conta — rebateu Kurtski. — O que é da sua conta é cumprir as minhas ordens e ficar de bico calado... se quiser continuar vivo. Em pouco tempo, voltará a ter notícias minhas. Agora, dê o fora do carro!

LIVRO QUATRO

A Descoberta

Capítulo Quinze

PARA TIM SAVAGE, Paris aparentava uma cidade abandonada por habitantes que fugiram em pânico da peste negra, quando ele chegou, na primeira semana de agosto, em um dia tão quente que até mesmo os pombos se protegiam sob os beirais da Notre-Dame. Os parisienses tinham sumido, por um mês, espalhados pelo litoral do Atlântico e do Mediterrâneo, pelas montanhas e área rural, desde os vales do Loire e do Dordogne até o Lago Annecy e a região do Languedoc. A única presença humana, ao que parecia, era a de turistas estrangeiros, e Tim se convenceu, pelo alarido e pela aparência, de que a maioria era americana.

Passando a vista no *Le Monde*, durante o curto vôo de Fiumicino a Orly, Tim deparou-se com uma pequena matéria, na primeira página, sobre a violenta ocupação de uma igreja paroquial em Chamblac, uma cidadezinha da Normandia, por seguidores da Fraternidade Pio V, descrita pelo repórter como uma organização "integrista", e cujos militantes, evidentemente, não tinham saído de férias. Ele sabia que "integrismo" vinha do latim *integratio*, significando uma renovação ou restauração, e o termo era associado aos grupos extremamente conservadores da Igreja católica que se opunham às reformas do Concílio Vaticano II e a outros passos em direção à modernização. Tratava-se apenas de mais uma discórdia interna da Igreja francesa, um assunto que não lhe interessava particularmente.

Mas duas matérias seguintes do *Le Monde* chamaram imediatamente a sua atenção. A primeira noticiava outro massacre de aldeões, na Argélia, por uma organização terrorista islâmica; era um assunto que ele vinha acompanhando de perto no cargo que ocupava. A Argélia, muito mais do que o Egito ou o Sudão, tornara-se o país a ser observado por todos os estudiosos do Islã e planejadores de políticas para a África e o Oriente Médio. A outra matéria narrava o mais recente episódio de violência envolvendo "árabes jovens" e imigrantes turcos e a polícia antidistúrbios, em um subúrbio industrial parisiense que era o lar de milhares de famílias muçulmanas formadas, em sua maioria, de refugiados desempregados de além-mar. Fazia parte do "cinturão muçulmano", como chamava a reportagem, onde até mesmo os *gendarmes* franceses mais durões hesitavam entrar após escurecer. Seria lá que ele acabaria tendo que ir, em sua busca pelos "confrades franceses"?, supôs intranqüilo.

Depois de sua volta de Istambul, Ângela lhe enviara um exemplar de *O mistério de Marie Roger*, de Edgar Allan Poe, o famoso conto policial que tinha como atração Auguste Dupin, o herói detetive. "Se não for útil, pelo menos achará divertido", escreveu ela em um bilhete que seguiu junto.

Tim, que àquela altura acolhia com entusiasmo qualquer coisa que pudesse ser útil, sorrira prazeroso, ao ler a advertência de Dupin de que "não se trata de um erro menor, em investigações... limitar a pesquisa ao imediato, com total desprezo pelos acontecimentos colaterais ou circundantes. Eu desviaria a pesquisa do terreno já trilhado e infrutífero do acontecimento em si, para as circunstâncias contemporâneas que o cercam". E ele recordou, de uma aula de lógica jurídica na Georgetown, que "ausência de evidência *não* é evidência de ausência".

Quando o avião começou a se aproximar de Paris, lembrou subitamente das palavras de Dupin, sofrendo o impacto de sua relevância imediata para a própria investigação que fazia. Isso mesmo, *circunstâncias contemporâneas*, pensou; mas onde estavam elas — ou quais *seriam* elas? Dupin parecia querer lhe dizer para enxergar horizontes mais amplos. Mais uma vez, ficou intrigado com a irmã Ângela; freiras não eram leitoras habituais — ou fãs — de Poe, nem admiradoras do grande Auguste Dupin. Não restava dúvida de que ela era uma mulher notável, com uma mente incomum, conhecimento literário e um sereno senso de humor. Dupin, é claro, adaptava-se perfeitamente à missão dele. E havia outros aspectos da *persona* de Ângela que ele achava por demais atraente, permanecendo cada vez mais em sua mente, sem a exclusão dos pensamentos impuros. Deleitava-se com esses pensamentos. Mais de uma vez sonhou com o seu lindo rosto, e, como eram apenas sonhos, com o seu belo corpo. E ele mal a conhecia.

Apesar do conselho de Dupin, não havia *circunstâncias contemporâneas* envolvendo a tentativa de assassinato contra Gregório XVII que Tim pudesse perceber. Tudo bem, admitiu, havia a suposta conexão muçulmana e a descoberta que fizera dos "confrades franceses", mas, até então, isso não lhe dissera nada sobre as cruciais *circunstâncias*. Como também não havia *circunstâncias* claras envolvendo outros importantes atos de terrorismo e de violência contemporâneos, a maioria insolúvel — mesmo em se tratando dos assassinatos americanos ocorridos em décadas passadas.

Em agosto de 1980, menos de um ano antes do ataque ao papa, por exemplo, oitenta e seis pessoas morreram na explosão de uma bomba na estação ferroviária de Bolonha, quando um trem proveniente de Roma fizera sua parada. Uma organização identificada como "fascista" assumiu a autoria do atentado, mas nunca se soube por que os "fascistas" fizeram aquilo. Não houve *circunstâncias contemporâneas*, além do fato inteiramente irrelevante de que Bolonha tinha um prefeito comunista e que fascistas odeiam comunistas. Alguns anos depois, o comandante da Guarda Suíça do Vaticano e sua mulher foram baleados e mortos por um cabo da própria Guarda, que, em seguida, se matou. O fato atingiu o mais próximo do que se podia imaginar os limites internos do Vaticano, mas, igualmente, não houve sinais de conspiração nem de quaisquer *circunstâncias* envolvendo a tragédia. Provavelmente, isso nada teve a ver com Gregório XVII, mas, por via das dúvidas, Tim achou que devia pesquisar o crime da Guarda Suíça, para o caso de encontrar alguma pista; tudo que descobriu foram insinuações de que o comandante e o cabo talvez tivessem um relacionamento homossexual.

Mesmo quando pessoas "matam em nome de Deus" ou dizem que assim o fazem, os padrões — tão distintos quanto as motivações pessoais — não podem ser rastreados ou estabelecidos de um modo mais amplo. São Estanislau, o bispo de Cracóvia, Polônia, foi morto no século dezesseis por ordem do rei a quem havia censurado. No século doze, Thomas Becket foi assassinado em seu altar, por ordem do rei Henrique II da Inglaterra — aos olhos do soberano, tratava-se de um padre "desordeiro" e "intrometido". Em El Salvador, oito séculos depois, o arcebispo Oscar Romero foi assassinado em seu altar pelos líderes militares de direita, para quem ele era um padre politicamente "desordeiro". Seria também Gregório XVII um padre "intrometido" e politicamente "desordeiro", para algum soberano ou maluco, e que precisava ser "morto em nome de Deus"?

O quarto designado para Tim, na Residência Jesuíta, situada à Rua Saint-Jacques, na margem esquerda, não muito distante da Sorbonne, era espaçoso, agradável e confortável. Ele havia dito ao irmão jesuíta, que lhe mostrara o quarto, que não sabia ao certo quanto tempo passaria em Paris — talvez umas poucas semanas, adiantou —, e este lhe dera um sorriso, assegurando que ele seria acolhido com prazer até mesmo por alguns anos.

— Se ficar aqui até meados de setembro — lembrou o irmão —, pegará a visita do Santo Padre. Tenho certeza de que deve vê-lo bastante em Roma, mas talvez seja interessante observá-lo em sua terra natal. Os parisienses já terão voltado das férias, e esperamos uma enorme afluência de fiéis. Você fala tão bem o francês que não perderá nenhuma palavra, nenhuma nuance da visita.

— Sim, será bastante interessante — concordou Tim, falando sério. — Será que os "confrades franceses", sejam lá quem forem, tentarão matar Gregório XVII em Paris, após o fracasso de Roma? Na ocasião, havia tanta agitação muçulmana na França, como salientara o *Le Monde* daquela manhã, que não se podia ter certeza de coisa alguma, principalmente se isso atingia a religião.

De fato, o papa parecia enfrentar novos perigos até mesmo no Vaticano. Por conseguinte, próximo à partida para Paris, a irmã Ângela havia contado a Tim, por ordem de Sainte-Ange, que, vários dias antes, fora descoberta uma bomba na colunata de Bernini, na praça de São Pedro, bem abaixo do apartamento do papa. E que, naquela mesma semana, o diretor-geral da CIA havia voado de Washington para informar ao cardeal-secretário de Estado, durante uma discretíssima visita, que a rede da Agência estava captando sinais, se bem que imprecisos, de que terroristas não-identificados estavam planejando matar o papa. Ao contrário de cinco anos atrás, Tim percebeu, a CIA estava seriamente atenta a possíveis novas conspirações. Ficou imaginando se a Agência estava ciente de algum alerta, proveniente de qualquer lugar que fosse, semelhante ao que dera de Marenches na última vez, o tal que não foi levado em conta pela Santa Sé.

A mensagem de Sainte-Ange que Ângela entregara a Tim incluía uma referência à informação prestada pelo diretor-geral da CIA. Mas Tim percebeu que não havia sugestão de que o atentado contra o papa seria feito necessariamente durante a próxima visita à França. Mesmo assim, concluiu, poderia acontecer lá, principalmente tendo em vista o que ele descobrira em Istambul a respeito dos "confrades franceses".

Sua descoberta, é claro, coincidia com a bomba encontrada na colunata de Bernini e com os sinais captados pela CIA. Afinal de contas tinha ido a Istambul em uma ocasião que ele mesmo escolhera, e havia se encontrado com os Lobos Cinzentos — portanto, foi uma questão de sorte, se é que se pode dizer isso. Mas, em seguida, houve a fantástica coincidência da recente descoberta dos "confrades franceses", que forçaram Tim a prosseguir, sem demora, as suas investigações na França, e a visita de Gregório XVII à sua terra natal, dali a três semanas.

Era tudo vago, indefinido e confuso. Mas Tim Savage, no primeiro dia em Paris, teve a estranha e repentina sensação de que os seus esforços para descobrir a verdade sobre a tentativa de assassinato estavam se transformando em uma corrida de vida ou morte contra uma nova conspiração dirigida ao papa. Sua diligência, percebia, não era mais um exercício de investigação histórica, como havia pensado de início, quando Sainte-Ange lhe dissera que o papa queria saber a "verdade". Havia uma repentina urgência em seus esforços, percebeu assustado, e sabia que estava de volta à ativa. Como no Vietnã. Tim, então, resolveu permanecer na França para a visita do papa, mesmo sem o incentivo de seus anfitriões jesuítas da Rua Saint-Jacques, e, se tudo saísse bem, ficaria o tempo que fosse necessário, para seguir as pistas de Istambul e de todas as novas informações, até conseguir algum progresso concreto. Isso não poderia esperar muito tempo, e havia bastante trabalho preliminar a ser feito na França.

O gabinete privativo do ministro do Interior, de frente para o presidencial Palácio do Eliseu, na deserta Rua Faubourg Saint-Honoré, estava repleto de altos funcionários do serviço de segurança, para a reunião das oito da manhã. Os turistas ainda não se encontravam nas ruas, para verem os possantes automóveis pretos no interior do pátio e estacionados ao longo da calçada lá fora.

O ministro, um político enfadonho e meticuloso, havia concluído que chegara a hora de passar em revista todos os aspectos imagináveis de segurança para a visita que Gregório XVII faria em setembro. Planejar medidas de segurança para uma ocasião como aquela era um procedimento padrão de imposição da lei que, no passado, não exigia o envolvimento pessoal do ministro. Dessa vez, entretanto, havia um forte nervosismo nos altos escalões do governo francês em relação à segurança do papa, e o presidente incumbira pessoalmente o ministro do Interior — aliás o funcionário mais graduado da polícia francesa — da responsabilidade pela visita.

O aumento da agitação muçulmana no país era, obviamente, um dos motivos, e todos os presentes à reunião matinal se recordavam que Agca Circlic era muçulmano. O bom senso convencional policial, assim como o dos historiadores convencionais, dizia que a história tende a se repetir quase que literalmente. Mas alguns dos funcionários reunidos no floreado gabinete privativo sabiam e se lembravam de alguns outros fatos significativos sobre a trama de assassinato de 1981, que, segundo eles, deviam ser levados em conta naquela reunião. O ministro, logicamente, fora informado da descoberta da bomba letal na colunata de Bernini — o fato não havia sido divulgado para o público — e, como uma questão de troca de informações, pelo menos em algumas situações, ele soubera que o diretor-geral da CIA tinha estado recentemente no Vaticano.

— Com o que devo me preocupar? — indagou o ministro aos seus assessores. Ele era um gaullista da velha guarda com um impressionante passado militar: Indochina, Argélia e o comando da força de ataque de pára-quedistas da Legião Estrangeira, e um político bastante eficiente e habilidoso, que já salvara o presidente de um grande número de ocasiões potencialmente constrangedoras. Na ocasião, todos os homens reunidos no gabinete do ministro sabiam que evitar um terrível constrangimento para o seu presidente e para a República Francesa era, para ele, uma prioridade maior do que exatamente a sina de Gregório XVII. O ministro era católico não-praticante de uma antiga e nobre família que se dizia descendente direta de Carlos Magno. Tim se deparara com essa jóia de informação ao ler sobre os líderes franceses, como um preparativo para a sua expedição a Paris.

— Temos conhecimento de qualquer ameaça, trama ou boato de trama *verdadeira* contra o papa, durante a sua visita à França, além do lixo normal de sempre? — prosseguiu o ministro. — Sabemos de algo inusitado de parte da comunidade muçulmana, além de seu normal comportamento anti-social?

— Não, não sabemos — foi a resposta do coronel Georges de Sainte-Ange, o chefe com bigode ruivo da SDECE, a polícia secreta francesa, e primo em primeiro grau do secretário do papa. Ele substituíra Alexandre de Marenches, que, três anos antes, morrera de um suposto ataque cardíaco. — Mas há uma história em nossos arquivos que talvez queira ouvir. É bastante relevante, creio.

— Prossiga — ordenou o ministro. — Vamos ouvi-la.

— De acordo com os nossos arquivos — explanou o coronel, consultando uma pasta no colo —, o *monsieur* de Marenches, meu antecessor, teve informações seguras de que havia em curso uma conspiração para matar Gregório XVII. Ele levou o caso a sério e enviou a Roma um de seus ajudantes para alertar a Santa Sé. Aliás, de Marenches entregou pessoalmente esse alerta ao secretário do papa, que, como deve saber, é meu primo. Na época, eu era chefe da seção da SDECE que cuidava de assuntos soviéticos, e esse meu único interesse, em nossa agência altamente compartimentada, só foi despertado após o acontecimento, quando houve a possibilidade de um envolvimento soviético na tentativa de assassinato. Eu não tive conhecimento prévio do alerta feito ao Vaticano.

— O quanto esse alerta foi exato? — insistiu o ministro. — De Marenches apontou alguém?

— Não sei dizer, porque partes desse arquivo em particular sumiram misteriosamente — revelou o coronel. — Somente ontem tomei conhecimento dele, após o senhor ter convocado esta reunião, e requisitei o arquivo para me colocar a par do assunto. Foi quando descobri que de Marenches tinha ido a Roma alertar o meu primo. Mas há anotações no arquivo referindo-se ao fato de que muçulmanos de algum lugar estiveram envolvidos na suposta conspiração mencionada por de Marenches. Infelizmente, não podemos perguntar a ele.

— O SDECE descobriu a trama de fato na França ou em outro lugar?

— Sim, acredito que foi descoberta na França — informou o coronel.

— Podemos concluir, então, que foi um conspiração de muçulmanos da França?

— Não necessariamente, *monsieur le ministre*. Nós operamos mundialmente, e o pessoal de de Marenches pode ter farejado isso fora daqui. Como sabe, vigiamos as organizações muçulmanas por toda parte, e talvez tenha acontecido dessa maneira. Simplesmente não sei. Mas a França pode ter sido uma conveniente rota de trânsito para o assassino, e nada mais do que isso.

Como Carlos, o Chacal, que vivia atravessando o país para lá e para cá. De qualquer modo, trata-se de uma história importante, apesar de superficial, e devemos nos concentrar nela, já que se aproxima a data da chegada do papa. Acredite, o meu pessoal tem trabalhado vinte e quatro horas por dia nesse assunto, desde que a visita foi anunciada, no início da primavera. E temos mantido contatos constantes com o pessoal da segurança e da Inteligência do Vaticano.

— Bem, eu me preocupo com os muçulmanos, com papa ou sem papa — declarou o ministro. — Eu os conheci muito bem, durante a guerra da Argélia. E acabei de ler um relatório informando que há de doze a quatorze milhões de imigrantes muçulmanos na Europa, a maioria vivendo em Paris, Bruxelas, Frankfurt e Berlim. Atualmente, há um total de cinco milhões na França... isso é dez por cento da nossa população! Os guetos muçulmanos continuam crescendo. Estamos sentados sobre uma bomba-relógio, senhores. Gregório XVII virá e irá embora... e rezo para que volte a salvo para casa... mas a ameaça muçulmana continuará pairando sobre nós. Por isso, ao pensar na segurança do papa, façamos isso em termos mais amplos do islamismo. Ninguém mais em nosso país oferece perigo ao Santo Padre... A propósito, de Marenches tinha um histórico de doença cardíaca? Eu fiquei muito surpreso, na época, quando ele morreu...

Capítulo Dezesseis

Tim Savage pegou o metrô na estação de Saint-Michel, no Sena, para ir a um prédio de apartamentos na Rua Ménilmontant, onde era esperado pelo professor Ahmed Al-Kutas, um antropólogo egípcio de Alexandria que, havia muitos anos, o visitara em Roma como parte de um projeto de pesquisa universitária. Ambos com a mesma idade, Tim e Al-Kutas gostaram um do outro e mantiveram contato através de uma correspondência ocasional, depois que o egípcio voltou para Paris, onde lecionava na famosa École des Sciences Politiques, a Sciences-Po, como os franceses a chamavam. Al-Kutas convidou-o para um chá, quando o jesuíta lhe telefonou para dizer que estava na cidade e queria bater um papo.

Falando em francês, trocaram gentilezas e observações sobre as respectivas saúdes e famílias. Al-Kutas procurou saber qual o trabalho atual de Tim, após lhe contar que estava terminando um livro sobre estruturas sociais na Arábia Saudita e o papel que o Islã desempenha nelas.

— Basicamente, é o mesmo tipo de trabalho que eu fazia quando nos conhecemos — disse Tim —, mas agora é um pouquinho mais político... os meus patrões estão fascinados com a política do Islã... e esta é uma viagem para pesquisa de campo.

No sentido literal, contava a verdade para Al-Kutas, desviando-se levemente da natureza específica de sua missão. Ele não esperava que o egípcio lhe fornecesse pistas para a investigação ou que revelasse a identidade dos "confrades franceses" — não havia motivos imagináveis para que soubesse algo a respeito —, mas confiava que Al-Kutas partilhasse o seu conhecimento sobre a índole e a política dos guetos muçulmanos parisienses. *Esse* era o campo profissional do antropólogo. Como os melhores homens de Inteligência, mas de jeito nenhum como os seus ex-colegas da CIA, Tim acreditava que podia absorver o máximo possível sobre o ambiente no qual estava operando, antes de dar qualquer passo sério. Ajudaria muito, pensava ele, entender melhor as *circunstâncias contemporâneas*, fossem elas quais fossem naquele caso.

— O que o Vaticano deseja avaliar — falou para Al-Kutas — é o grau religioso e, portanto, o poder político desenvolvido em grandes comunidades muçulmanas, como a de Paris. Obviamente, trata-se de um novo e significativo fenômeno, e o meu pessoal não tem muita certeza do que isso pode significar a longo prazo. Por um lado, há a preocupação, certa ou errada, com o fundamentalismo e o terrorismo. Por outro lado, como sabe, Gregório XVII é muito cuidadoso na manutenção de um diálogo construtivo com o Islã e não deseja cometer nenhum erro, principalmente agora que está para visitar novamente a França. E, como também sabe, a Santa Sé, juntamente com a maioria da Igreja católica francesa, tem sido muito sincera na defesa dos direitos humanos dos imigrantes muçulmanos daqui. Ela tem protestado, por exemplo, contra as deportações de refugiados muçulmanos do Norte da África pelo governo francês. Portanto, de certo modo, sou uma espécie de sentinela avançada da viagem papal.

Era um leve exagero, mas Al-Kutas aceitou de cara. Serviu mais um pouco do chá excessivamente doce, o que lembrou a Tim do Cairo, e apanhou uma pasta na mesa junto à sua poltrona.

— Sim, eu entendo — concordou ele, pensativo e cofiando a curta barba preta. — Faz sentido e é uma boa abordagem. Por isso, tentarei ser útil. O que tenho aqui são estatísticas sobre as famílias muçulmanas na região de Paris. Fiquei interessado no contraste que há entre esses dados e os que se referem às famílias tradicionais e conservadoras que estudo na Arábia Saudita. O que eles me dizem? Bem, em primeiro lugar e mais importante, os guetos vão explodir mais cedo ou mais tarde, e eu acho que será mais cedo. Sabe, o desemprego aqui está por volta de doze por cento da força de trabalho, o que é um drama para a França, mas entre os muçulmanos é de cinqüenta por cento, o que é uma verdadeira tragédia. E a esmagadora maioria de adolescentes e jovens está quase inteiramente sem trabalho. Eles não têm educação decente, assistência social digna desse nome, serviços de saúde... e nenhum futuro. O que existe em abundância, porém, são drogas, álcool... sim, os nossos jovens muçulmanos *bebem*... e o aumento da criminalidade. O que se tem aqui, portanto, é a receita do desastre absoluto. Isso responde à sua pergunta?

— Claro — ele concordou —, mas de que modo tudo isso se traduz em atitudes políticas e religiosas?

— De muitos modos, ainda se trata de um processo em evolução, e, a esta altura, não podemos tirar conclusões — explicou. — E há uma porção de contradições. Politicamente, por exemplo, aqueles que têm cidadania francesa, os que nasceram aqui ou são naturalizados, votam na esquerda, não ideologicamente, mas em protesto contra o que entendem como uma repressão por parte dos direitistas no governo e a brutalidade da polícia deles. Religiosamente, entretanto, não estão apenas descobrindo que são devotos muçulmanos... o que, provavelmente, não eram, digamos, na Argélia... mas também seguem os imames mais conservadores que pregam o tipo de fundamentalismo, que eu, como muçulmano, não posso aceitar. É incrivelmente rígido e destrutivo. No entanto, preciso aceitar a realidade. Você ouve todo esse fundamentalismo retumbando, nos serviços das sextas-feiras, nas mesquitas de Paris e seus arredores, mas também vê que os fundamentalistas estão criando serviços sociais, clínicas e escolas. Isso lhes dá uma imensa extensão de poder sobre o seu povo. Sabe, é como o Hamas em Gaza. Serviços sociais, cuidados para as crianças, ajuda em dinheiro, um novo senso de finalmente pertencer a algum tipo de sociedade racional... o que resulta em enclaves praticamente autogovernáveis, onde os franceses temem pisar, um poderoso fundamentalismo islâmico e um enorme potencial de violência dirigida para o mundo exterior.

— Bem... devemos nos preocupar com alguma ameaça ao papa, por parte dos militantes islâmicos, quando ele chegar à França no mês que vem? Afinal de contas o sujeito que atirou nele, em Roma, era muçulmano. O que você acha?

— Não, duvido muito — afirmou o egípcio. — Com certeza, nada do tipo espontâneo. Creio que o papa é a última coisa que passa pela cabeça deles. Desconfio que a maioria nem sabe quem é Gregório XVII. Vão assisti-lo na televisão, ou não, e isso será tudo. Não vejo realmente motivo de violência política organizada contra ele. Os muçulmanos não o têm como inimigo.

— Alegro-me em ouvir isto — falou Tim. — Transmitirei esta informação para a sede. E, se não se importar, eu o citarei como uma das minhas fontes. Você tem uma excelente reputação em Roma, e o pessoal ficará contente em saber que temos a sua orientação, Ahmed. Enquanto isso, ficarei um pouco em Paris, para conversar com os franceses e gente de nossa Igreja, para consubstanciar o que você me contou.

— Tudo bem, e, é claro, estarei à sua disposição a qualquer momento. Mas, sabe, também deveria ouvir essas coisas de algum líder muçulmano, de um mulá ou dois. Gostaria de fazer isso?

Al-Kutas sorriu afetuosamente e deu a Tim um abraço de despedida.

— Posso conseguir isso facilmente — acrescentou.

O convite de Al-Kutas foi uma dádiva divina para Tim. Não lhe ocorrera pedir ao antropólogo que o apresentasse a líderes muçulmanos, pois achava que seria uma imposição imprópria e talvez parecesse suspeito. A conversa dos dois, porém, seguiu na direção certa, e Al-Kutas tornou tudo muito simples e espontâneo. A apresentação de Tim faria toda a diferença do mundo em relação ao modo pelo qual seria recebido. Sua sorte se mantinha.

Dias depois, Al-Kutas ligou para ele, na Residência Jesuíta, sugerindo uma reunião informal com um "amigo", na sexta-feira seguinte, após o serviço na mesquita. Eles se encontraram no apartamento do egípcio, na Ménilmontant, depois fizeram a longa viagem de *métro* na direção norte, pela linha amarela, até a estação Stalingrado, no décimo nono *arrondissement*. Era parte dos subúrbios industriais do "cinturão muçulmano", entre os matadouros de La Villette e as fábricas da Rua de Flandre, e Tim sentiu-se magicamente transportado de volta ao Oriente Médio.

Podia perceber os minaretes em meio à névoa de ar poluído da tarde, o sol escondido em algum lugar acima do sujo cobertor que sufocava a cidade. As placas das lojas eram na corrediça escrita árabe. A maioria das mulheres nas ruas estava de *purdah* ou, pelo menos, usava lenços apertados em volta da cabeça, o que as tornava irreconhecíveis mesmo à curta distância. Os homens com grossos bigodes à Saddam Hussein papeavam ociosamente nas esquinas. Crianças descalças jogavam futebol no calçamento e em terrenos baldios atulhados de lixo não recolhido. O odor da comida, das pessoas e o indefinível mas forte cheiro de bairro pobre eram os mesmos das favelas do Cairo que ele conhecera. O que há de melhor e de pior em civilizações e culturas, pensou Tim, pode ser facilmente transplantado.

Com Al-Kutas indicando o caminho, desceram a Rua Tânger até um enorme armazém adaptado, sem nada na fachada que o identificasse. O egípcio explicou a que se destinava a mesquita Addawa — em árabe, Addawa significa "O Chamado" —, apesar de ela ser comumente conhecida como a mesquita de Stalingrado, por causa da estação suburbana do metrô das proximidades. Tratava-se, segundo ele, da maior mesquita da França, mas Tim percebeu que era sombria e deprimente, comparada com a elegante mesquita de Paris, na margem esquerda do Sena. Os muçulmanos pobres achavam-na "institucionalizada demais" e muito distante de seu indigente *banlieue* situado ao norte. Al-Kutas bateu três vezes na maciça porta metálica nos fundos da mesquita, a qual logo foi aberta por um menino magro que levantou interrogativamente as sobrancelhas.

— O seu pai está nos esperando — anunciou em árabe com sotaque egípcio. — Eu sou o professor de Paris, e este é meu amigo. Por favor, nos leve até seu pai.

A mesquita propriamente dita era um enorme salão no andar térreo, que na ocasião se encontrava vazio, com os tapetes de oração enrolados e encostados às paredes. Uma frágil escadinha levava às salas do andar superior. Um senhor de meia-idade, com uma farta barba grisalha e olhos infinitamente fatigados, saiu de uma sala para recebê-los. Vestia uma túnica de imame, o líder de orações, por cima de um traje passeio.

— *Salaam Aleikum* — exclamou educadamente, curvando-se de leve diante dos visitantes. — Entrem, por favor.

O escritório do imame era pequeno e atravancado, e a sua escrivaninha estava repleta de pilhas de documentos, panfletos e livros. Um rádio de ondas curtas, um enorme móvel antiquado de madeira marrom-escuro, estava pousado sobre uma mesa em um canto do aposento. Al-Kutas fez as apresentações, e o imame convidou os visitantes a se sentarem em cadeiras comuns, instalando-se ele atrás da escrivaninha.

— Em que posso ajudá-lo? — perguntou a Tim, em francês, com um tom de voz suave e agradável. Ele nascera na França e tinha doutorado em teologia, segundo Al-Kutas contara ao jesuíta.

— Eu soube, por intermédio do professor, que você está preocupado com a segurança do papa, durante a visita que ele fará à França, mês que vem — prosseguiu o imame. — Mas, antes, quero dar as boas-vindas a um estudioso do Islã, que sei que você é. Eu gostaria que mais estudiosos cristãos, particularmente os religiosos como você, partilhassem desse seu interesse pelo islamismo.

— Obrigado — retribuiu Tim. — Sinto-me honrado, como jesuíta e estudioso do Islã, em estar sob o mesmo teto que o senhor. Agradeço a sua hospitalidade. E, sim, realmente há uma preocupação com a segurança do Santo Padre. Foi por isso que tomei a liberdade de perguntar ao meu amigo, o professor Al-Kutas, de que modo as comunidades muçulmanas da França poderiam reagir a essa visita, e ele sugeriu que o senhor poderia me dar a melhor resposta.

O imame sorriu, recostando-se em sua cadeira giratória.

— Suponho que a sua pergunta tem a ver com o fato de que foi um muçulmano quem tentou matar o papa, e teme que isso possa ocorrer outra vez, aqui, porque há muitos de nós neste país — afirmou de modo cortês.

— Em parte, tem — disse Tim. — Mas, ao mesmo tempo, eu estava pensando se seria uma boa idéia o Santo Padre se encontrar com alguns dos seus anciãos, durante a estada dele em Paris. Os senhores formam uma importante comunidade religiosa e, estou certo de que sabe disso, o papa está muito disposto a um diálogo positivo com o Islã. Ele gosta de conversar com representantes de todas as comunidades religiosas dos países que visita. Na França, por exemplo, vai se encontrar com líderes das comunidades judaica e protestante, como tem feito no passado. Foi um lapso, confesso, o fato de o Santo Padre não ter se encontrado com a comunidade muçulmana, nas visitas anteriores à França, e creio que isso pode se remediado desta vez. Afinal de contas ele trabalhou com os muçulmanos quando era um jovem padre. Qual é a sua opinião?

Propor ao imame a possibilidade de encontro entre Gregório XVII e os muçulmanos franceses foi uma inspiração repentina de Tim. Estava usando, em seu limite, o disfarce de sentinela avançada do papa, para levar adiante as suas investigações, embora não estivesse autorizado a representá-lo no que dizia respeito a isso. Mas a importância da missão certamente justificava um pouco de improvisação, algo que lhe fora incutido na CIA como um método de abordagem em missões secretas.

Tim, é claro, não fazia idéia se o papa desejaria tal encontro. Mas era bastante plausível, principalmente em vista de seus contatos constantes com os muçulmanos durante o período passado nas docas de Marselha. E era do conhecimento público que, por ordem dele, a Igreja católica da França vinha protestando veementemente contra as deportações de muçulmanos de volta para o Norte da África. Ele esperava que a súbita inspiração ajudasse a criar um melhor relacionamento com o imame, em sua busca pelos tais "confrades franceses". O seu anfitrião, ele mesmo, era um "confrade francês" muçulmano, no sentido amplo, e poderia se sentir lisonjeado com o fato de um "enviado" do Vaticano procurá-lo, um obscuro imame vivendo em um subúrbio de Paris, para saber sua opinião. E o imame pareceu contente, ao ouvir o que Tim dizia, correndo pelos dedos as suas contas de oração.

— Posso lhe assegurar que os muçulmanos da França não representam perigo para o papa — afirmou solene. — Quanto a um encontro com ele, creio que é uma boa idéia, mas preciso consultar os demais.

O imame fez uma pausa, hesitou, sorriu meio constrangido, e prosseguiu:

— Por falar em papa e no muçulmano que tentou matá-lo, creio que lhe devemos uma explicação, agora que veio a nós em paz e como amigo.

— Uma explicação?

— Sim. E um pedido de desculpas. Este encontro, padre, é a primeira oportunidade que surgiu para fazermos isso. Em nossa religião, como sabe, a verdade vem em primeiro lugar... e a contrição. Foi desejo de Alá que você viesse hoje aqui.

Tim ficou tenso. O entusiasmo e a antecipação dominaram a sua mente, como no Delta do Mekong, com o helicóptero descarregando o seu grupo para uma missão.

— Sabe — falou mansamente o imame —, nós somos os responsáveis, de certa maneira, pela tentativa de assassinato.

— Como assim?

— Fomos nós, o conselho dos muçulmanos anciãos da França... e eu sou um deles... quem apelou aos nossos confrades muçulmanos da Turquia para que nos indicassem uma pessoa que faria vingança por um ato de crime e de pecado religioso...

— Que crime? Que pecado? — bradou Tim.

— A vergonhosa verdade é que eu não sei — confessou o

imame. — Isso não nos foi dito. Nós simplesmente honramos, como um conselho de anciãos, o compromisso que temos com os nossos confrades.

— Não estou entendendo. Que compromisso? Que confrades?

— Bem, nós recebemos um pedido dos confrades de Toulouse, no Sul, para usarmos os nossos contatos no exterior a fim de ajudar a localizar tal pessoa. Os confrades de Toulouse não têm esse tipo de contatos. Disseram que era uma questão de fé. Em casos assim, não fazemos perguntas. Deve-se ajudar o melhor que se pode. Pela fé. E nós estávamos em condições de ajudar.

— Meu Deus! — suspirou Tim. — E daí?

— Daí que nos comunicamos com os contatos na Turquia, e eles responderam afirmativamente — retrucou o imame. — Foi o nosso último contato com eles. E somente quando soubemos do ataque ao papa, e que o homem que atirou era um terrorista turco... e muçulmano... foi que entendemos o horror que havia sido perpetrado e que *nós* o tornamos possível. Não sabíamos disso e jamais teria ocorrido tal coisa a qualquer um de nós...

— Mas isso é monstruoso! — gritou Tim, quase perdendo o controle. — Como puderam?

— Sim. Concordo. Foi monstruoso. Pecamos contra Alá e o Profeta, como também contra a sua igreja. Devíamos ter desconfiado. Eu gostaria que houvesse um meio de expiação, de reparação.

Tim pensou por um instante.

— Sim — observou, circunspecto. — Creio que há um meio, se desejarem aceitá-lo. Não posso absolvê-los, apesar de eu ser padre. Sei que Deus os perdoa, Ele que é o Deus de todos nós, mas cabe ao senhor fazer essa reparação.

— Como? — quis saber o imame. Ele estava em prantos.

— Coloque-me em contato com os seus confrades do Sul — sugeriu Tim. — Agora, preciso saber toda a verdade sobre o que aconteceu... e por quê.

Na manhã seguinte ao encontro com o imame, o irmão *concierge* da Residência Jesuíta bateu na porta do quarto de Tim. Ele ficara até tarde da noite trabalhando com suas anotações, e ainda estava meio adormecido quando o *concierge* gritou:

— Padre, telefonema para você, lá embaixo! Pode descer para atender?

Após vestir uma calça *jeans* e enfiar uma camisa esporte, ele desceu correndo a escada até o balcão de recepção, no térreo, e pegou o telefone.

— *Oui, ici le père Savage* — falou no receptor.

— Puxa, não precisa parecer um nativo parisiense — disse-lhe uma voz feminina sorridente, em inglês. — É Ângela. Estou em Paris.

Por um instante Tim ficou sem fala, a surpresa total e uma onda de alegria gerando nele um quê de incoerência.

— Irmã Ângela?... Está em Paris?... De verdade? Como?... — gaguejou.

— Ora, eu cheguei ontem à noite, para a nossa reunião anual, no Convento das Irmãs Agostinianas — respondeu, com naturalidade. — E o monsenhor pediu que eu lhe telefonasse, para saber como está passando...

Tim voltou a ficar em silêncio, imaginando furiosamente de que modo reagir, o que dizer. Sentia-se completamente desorientado.

— Alô? Alô, está aí, padre Savage? — procurou saber Ângela, preocupada. — Continua na linha?

— Ah, sim... estou... Que maravilhoso você estar em Paris. Quanto tempo vai ficar?

— Cerca de uma semana, creio — informou cordialmente. — Faremos nossa reunião no convento, e pretendo visitar os meus parentes que vivem próximo a Paris. Se não estiver muito ocupado com o seu trabalho, talvez a gente possa se encontrar para um café.

— Não, não — berrou Tim. — Claro que não estou muito ocupado. Aliás, não estou nem um pouco ocupado. Seria ótimo vê-la! Podemos nos encontrar em algum lugar? Onde é mais conveniente para você?

— Bem, estamos bem perto um do outro — disse Ângela. — O convento fica perto do Boulevard Saint-Germain, talvez seis ou oito quarteirões da sua residência. Sejamos um pouco aventureiros, no sentido literário. Que tal no Deux Magots? Por volta do meio-dia? Sabe onde é?

Tim desligou vagarosamente, totalmente aturdido. Um encontro com Ângela, em Paris, sem ser por causa de assuntos da Santa Sé, era a última coisa no mundo que ele poderia esperar. Emitiu um grito de vitória, como quando o time de alguém faz um gol — após um passe de profundidade, no último minuto —, e subiu de volta a escada, correndo e rindo tão alto que as portas de outros quartos de jesuítas se abriam, à sua passagem.

— *Ah, les américains...*

Em seu quarto, no Convento das Irmãs Agostinianas da Notre-Dame de Paris, Ângela fez uma breve prece, muito contente consigo mesma, antes de se vestir. O monsenhor Sainte-Ange *tinha* sugerido que ela ligasse para Tim, ao chegar a Paris, como cortesia e para saber se tinha tudo de que precisava no desempenho de sua missão para o Santo Padre. Mas não sugeriu que os dois se encontrassem para tomar um café. Isso fora uma idéia repentina de Ângela, ao ouvir a voz dele pelo telefone. Sorriu confiante para a imagem da Virgem, na parede do quarto: Ela era cheia de amor e entenderia.

Ao meio-dia em ponto Tim estava diante do Café de Deux Magots, no *boulevard*, olhando de um lado para o outro da calçada, à procura de uma freira no meio dos turistas, naquele dia quente e abafado. Como sempre acontecia no verão, parecia não haver parisienses na rua. Minutos se passaram, e ele ficava cada vez mais tenso, por causa da impaciência e da antecipação. E se ela tivesse mudado de idéia e resolvido não ir? Isso, claro, faria sentido. Por que iam se encontrar, afinal de contas?

— Desculpe tê-lo feito esperar, padre Savage — a voz suave e melódica atrás dele fez com que desse um salto, como se um revólver tivesse disparado à queima-roupa em seus ouvidos. Virando-se, viu uma mulher pequenina, cabelos castanhos lisos e um rosto adorável olhando-o com um sorriso divertido. O rosto era ainda mais encantador do que ele se recordava das poucas vezes em que se encontraram no Vaticano.

— Mesmo de costas, eu o reconheci — afirmou Ângela —, apesar das roupas civis.

Tim, que usava calça esporte e uma camisa de mangas curtas azul-escuro, viu que Ângela usava uma roupa de sair, simples mas muito elegante: um vestido verde-claro logo abaixo dos joelhos, um discreto colar de prata e brincos minúsculos. Tinha passado batom levemente nos lábios. Era a primeira vez, percebeu, que a via sem o hábito de religiosa. Ângela lhe parecia, ao mesmo tempo, uma pessoa completamente diferente e a mesma pessoa.

— Ah, irmã, bom dia... isto é, boa tarde. Não, não me deixou esperando. Eu tinha acabado de chegar — disse, estendendo a mão para um cumprimento formal, pois não sabia o que mais fazer fora isso. — Vamos sentar numa das mesas da calçada?

Sentaram-se. Nunca em sua vida ele se sentira tão sem jeito e sem saber o que falar.

— Fez uma boa viagem? — perguntou, constrangido por não ter pensado em outra coisa para dizer. — Como vai o Santo Padre? E como está o monsenhor?

— Fiz uma viagem excelente de Roma, e o avião chegou na hora — respondeu ela, meio descontraída. — E os dois estão muito bem. O monsenhor mandou lembranças.

Pediram *citrons pressés* ao garçom entediado, conversaram sobre Paris, com Tim lhe contando sobre as vezes anteriores que estivera na cidade.

— Devo perguntar como está indo o seu trabalho? Algum progresso? — indagou ela.

— Bem, creio que se abriu um novo caminho nessa coisa dos muçulmanos... Lembra dos "confrades franceses" da minha visita a Istambul? Mas ainda acho muito cedo para contar. Estou mais ou menos animado. Terei que ir ao Sul da França, talvez no final desta semana.

— Há algo que você queira que eu transmita ao monsenhor? — sondou Ângela.

Tim meditou rapidamente a respeito e resolveu confiar em seus instintos.

— Não, creio que seria prematuro — retrucou. — Aliás, gostaria que nem mencionasse o que acabei de lhe dizer sobre um possível novo caminho. Está bem?

— Tudo bem — ela concordou, as sobrancelhas se elevando levemente. — A propósito, conhece a história deste palácio, o Deux Magots?

Tim sacudiu a cabeça.

— Já passei várias vezes por aqui, e isso é tudo — disse.

— É muito famoso na literatura francesa e na história da Igreja católica — explicou ela. — E até mesmo tem um pequenino papel na minha história.

— Como assim?

— Por volta da metade do século dezessete, Blaise Pascal, o grande matemático e filósofo religioso, costumava vir ao Deux Magots... era uma antiga estalagem de Paris... para escrever. Pode ter escrito, bem aqui onde estamos sentados, o seu famoso *Pensées*.

— Mas, de que modo este café é parte da sua história?

Ângela deu uma risada. Tim adorava o som dela. Cascateava como a água descendo uma cachoeira.

— É muito simples — contou. — Pascal era um jansenista, seguidor do bispo Cornélio Jansen, que, no início do século dezessete, lançou um movimento de renascimento religioso baseado na doutrina de Santo Agostinho. O jansenismo proclamava, do mesmo modo que Agostinho, que a vivência religiosa espiritual, e não a razão, devia guiar a vida no Cristianismo. O *Pensées* refletia esse ponto de vista. Pois bem, por eu pertencer à ordem das Irmãs Agostinianas, Pascal, o defensor de Santo Agostinho, é o nosso herói. Na época em que entrei para o convento, todas nós... estudantes, noviças e irmãs... tínhamos que rezar para Pascal, quando passávamos pelo Deux Magots.

— Isso é muito interessante — comentou Tim. — Eu não sabia sobre o Deux Magots e Pascal, mas sei a respeito dos jansenistas. Por exemplo, eles travaram um conflito violento com os jesuítas.

— Ora, não farei o mesmo contra você — sorriu Ângela, os olhos verdes cintilando. — De qualquer modo, o papa Inocêncio X, posteriormente, declarou Jansen herético. O que me faz lembrar que Pascal havia denunciado o padre Sainte-Ange, um capuchinho, por ser heterodoxo, se não um inequívoco herético. Li isso na escola...

— O padre tem algum parentesco com o monsenhor Sainte-Ange?

— Não faço idéia. Talvez seja o tatatataravô do monsenhor

ou algo assim — sugeriu Ângela. — Eu tinha me esquecido tudo a respeito de Pascal e Sainte-Ange, o capuchinho, até ir trabalhar para *este* Sainte-Ange. Mas nunca perguntei a ele sobre seus antepassados.

— Que coincidência — comentou Tim. — Um Sainte-Ange que foi um herético? Imagine só! Mas ainda bem que o velho Pascal manteve a fé, mesmo tendo combatido os jesuítas. E por ter imortalizado o Deux Magots para nós. Ele deve ter sido uma figura e tanto.

— E foi mesmo — confirmou Ângela. — E sabe o que mais Pascal fez no Deux Magots?

— Não, não sei.

— Foi aqui que escreveu o seu *Discours sur les passions de l'amour*... Era um teólogo romântico...

De repente, Tim lembrou que Santo Agostinho de Cartago, que dava nome à ordem religiosa de Ângela, viveu com uma concubina durante quatorze anos, até a sua conversão, aos trinta e três anos de idade. E, mesmo como o grande bispo de Hipona, ele continuou obcecado por sexo... ou assim afirmam os historiadores da Igreja católica.

Capítulo Dezessete

"O QUE É A VERDADE?", perguntou Pôncio Pilatos, o governador da Judéia, a Jesus Cristo, antes de sancionar a Sua crucificação.

O que *é* a verdade?, perguntou-se Tim Savage pela milionésima vez, ao refletir sobre as causas e as circunstâncias da tentativa de assassinato contra o chefe da Igreja de Jesus Cristo. E a pergunta imediata e mais urgente em sua mente — enquanto o TGV, o superexpresso *Train à Grande Vitesse*, o transportava para o sudoeste, de Paris a Toulouse — era quem seriam exatamente os "confrades franceses" e por que patrocinaram e orquestraram o ataque a Gregório XVII.

Mas, pela primeira vez, desde que aceitara fazer a investigação, sentia que avançava, de modo promissor, na trilha certa — apesar de ainda não ter uma idéia clara de qual era ela. A direção continuava levando aos muçulmanos, mas estava se desviando da idéia original, se bem que vaga, de Sainte-Ange de uma "conexão muçulmana".

Sem dúvida alguma, ele estava progredindo. O encontro em Istambul com os Lobos Cinzentos fora um grande avanço, já que havia tomado conhecimento dos misteriosos "confrades franceses". Isso o tinha levado a Paris, onde, por uma sorte espantosa, fora apresentado, pelo seu amigo egípcio, ao imame da mesquita de Stalingrado. Da mesma maneira espantosa, o imame, aflito e arrependido por causa de seu papel no Conselho de Anciãos em, inadvertidamente, concordar com a conspiração, consentira em colocá-lo em contato com os "confrades franceses" do Sul.

Cumprindo a palavra, o imame forneceu-lhe nomes, endereços e números de telefones em Toulouse e em outras cidades da imensa região que se espalhava pelo sopé dos Pireneus. Disse também a Tim que estaria sendo aguardado pelas pessoas cujos nomes forneceu.

— Evidentemente, garanti a eles que você será totalmente discreto e protegerá suas identidades das autoridades e de quem quer que seja — acrescentou o imame.

— Claro — Tim concordou. — Na minha religião, como na sua, respeitamos a confiança. Além do mais, o senhor também deve querer saber a verdade.

Tim e o imame haviam discorrido sobre o Islã e suas mutações e nuances em relação aos disparos dados por Agca Circlic na praça de São Pedro. O imame, que se revelou um grande erudito islâmico além de um líder de orações de mesquita, observou que, na sua opinião, era mais provável que a trama tivesse sua origem nos grupos ou seitas de fundamentalistas muçulmanos do Sul da França, em vez dos religiosos moderados que eram a maioria por lá.

— Não sei lhe dizer por que líderes fundamentalistas se envolveriam em uma trama como essa — disse a Tim. — Mas, no Sul, temos alguns *mojtaheds*, que, como sabe, são teólogos decanos xiitas que seguem a doutrina do aitolá Khomeini sobre de que modo as leis sagradas islâmicas devem ser aplicadas à vida moderna. A maioria veio da Argélia, onde o fundamentalismo é muito forte, e suponho que não podemos descartar alguma aberração que pode ter gerado a idéia de matar o seu papa... Talvez um dos meus amigos em Toulouse possa orientá-lo melhor do que eu. As suas impecáveis credenciais como estudioso do islamismo, que mencionei para eles, podem ajudar a entender o que aconteceu.

— Teria sido isso motivado pelo fato de que a Igreja católica francesa se encontra dividida em relação à questão muçulmana, como um todo, e porque muitos bispos e padres concordam com a deportação de imigrantes muçulmanos de volta para o Norte da África feita pelo governo? — sugeriu Tim. — Os *mojtaheds*, ou outros líderes islâmicos, quiseram se vingar em Gregório XVII?

— Não, de jeito nenhum — rebateu o imame. — Isso simplesmente não faz sentido. O papa tem nos apoiado bastante. Mas, por outro lado, os fundamentalistas são um mistério, mesmo para um homem como eu. Sabe, de certa forma, eles me lembram os fundamentalistas da Igreja Católica Romana da França. São como imagens refletidas em um espelho. Pelo que me consta, eles têm muito em comum.

Tim talvez estivesse progredindo na rota muçulmana, como passou a chamá-la internamente, mas o alerta de de Marenches à Santa Sé continuava a perturbá-lo. Tudo que sabia sobre o falecido espião francês era o que o velho jesuíta lhe contara em Roma, a entrevista para *Le Figaro*, a observação feita por Ângela sobre a morte "misteriosa" do principal ajudante de de Marenches e o comentário casual feito por Paul Martinius de que Tim devia tomar conhecimento das atividades desenvolvidas no passado pelo chefe do SDECE. Tudo que havia lido e ouvido a respeito de de Marenches era extraordinariamente intrigante, mas nada parecia se ajustar às diferentes variações da rota muçulmana que ele procurava conciliar.

Apesar de não querer desperdiçar com questões papais um minuto sequer da noite passada na companhia de Ângela, ele tocou no assunto de Marenches, quando ambos consultavam o *menu* do pequeno bistrô da Rua Odéon, na margem esquerda, nas proximidades de sua vizinhança. Ao deixarem o Deux Magots, Tim e Ângela concordaram, com a maior naturalidade, em jantar juntos na véspera da partida para Toulouse. Ele fez a sugestão, e ela respondeu "Claro, por que não?", como se fossem amigos de longa data que, inesperadamente, haviam se encontrado longe de casa.

E, juntando-se a ele, a uma mesa de canto do bistrô, Ângela surgiu como uma bela visão. Tim sonhara com ela todas as noites que se seguiram ao Deux Magots. Sabia que estava enamorado como jamais estivera, e, naquele momento, ela surgiu diante dele como em um devaneio. Usava saia comprida, blusa branca de mangas curtas e um cardigã sobre os ombros, um toque de modéstia. Um leve odor de *eau de cologne* seguia o seu rastro. No dedo anular da mão esquerda, usava uma aliança: era uma esposa de Jesus Cristo. Uma pontada de ciúme perfurou Tim.

O garçom se aproximou para servir o vinho. Tim levantou o seu copo, saudou-a e falou:

— Lamento ter que tocar nesse assunto, mas eu estou muito intrigado com a tal história do alerta dado por de Marenches, e lembro que você me falou algo sobre a estranha morte de um dos auxiliares dele. Isso pode ser extremamente importante, e gostaria de saber se lembra de mais alguma coisa.

— Bem... — disse Ângela — não realmente, não muita coisa. Quando me requisitou a entrevista que de Marenches deu ao *Figaro*, perguntei ao monsenhor se havia mais alguma coisa que eu deveria lhe transmitir. Ele respondeu que não, não havia nada particularmente relevante para lhe contar. Mas me pareceu meio irritado, quando falei em de Marenches e, por isso, mudei de assunto.

— E como você soube a respeito do tal coronel Bernard Nut, que foi assassinado ou coisa assim em Nice? — indagou Tim.

— Para lhe dizer a verdade — explicou ela —, eu também fiquei curiosa, e fiz uma coisa nada recomendável. Quando o monsenhor foi almoçar com o Santo Padre, no andar de cima, vi uma pasta intitulada "de Marenches" sobre a escrivaninha dele. Dei uma olhadinha em seu interior e vi alguns recortes de jornais sobre ele, a entrevista, e sobre a sua morte. Mas também encontrei uma folha de papel na qual o monsenhor havia escrito o nome do coronel e a anotação de que ele morreu "misteriosamente" após o alerta de de Marenches ter sido entregue à Santa Sé por um dos seus ajudantes. De Marenches não cita na entrevista, como sabe, que mandou um dos seus mais importantes auxiliares fazer a entrega do alerta, e só pode ter sido o coronel Nut. É tudo o que eu sei a respeito...

— Entendo — ponderou Tim. — Isso é muito interessante. E me alegro por você ter mencionado, mas ainda não sei o que depreender disso. Por exemplo, quem matou o coronel e por quê? E por que Sainte-Ange ficou irritado quando lhe perguntou sobre de Marenches... Ora, não vamos estragar o nosso jantar com essa complicação toda.

A noite para os dois passou num piscar de olhos. Como estavam interessados em saber a respeito das respectivas vidas, suas histórias fluíram fáceis e mansamente. Ângela contou a Tim sobre a infância dela, a escola do convento, a decisão de fazer os votos e abandonar a vida secular — mais do que, percebeu, enquanto falava, jamais havia contado a alguém, exceto talvez à sua mãe, muito tempo atrás. Tim contou sobre a sua juventude, a universidade, a CIA, o Egito, o Vietnã e a Fênix, a revolta contra as matanças no Delta, a demissão da Agência e o processo que o levara ao sacerdócio e a se tornar um jesuíta. Para ele, era como conversar com um velho amigo, ambos colocando em dia os seus assuntos após uma longa separação.

Ao se despedirem, ele ressaltou:

— É claro que manteremos contato... e não apenas por causa do meu trabalho.

— Sim — respondeu ela. — Nós *sempre* estaremos em contato.

Tim informou aos seus anfitriões jesuítas em Paris que planejava passar férias no Sul, para mergulhar na beleza e no romance das antigas terras abaixo da cadeia dos Pireneus, e visitar castelos medievais que datavam da época da selvagem cruzada papal contra os cátaros "heréticos". Providências foram tomadas para que Tim ficasse na Residência Jesuíta de Toulouse, um prédio próximo à Igreja de São Estanislau, que também abrigava uma escola e uma excelente biblioteca histórica. Preferia isso a um hotel, na esperança de que os jesuítas locais, de alguma forma, pudessem ajudá-lo naquele canto da França. E estava curioso a respeito da Igreja católica contemporânea do Sul, por causa de sua história violenta e atormentada.

Nos jornais que leu no trem, durante a viagem para Toulouse, também aprendeu mais sobre o confronto cada vez mais intenso entre a Igreja católica francesa oficial e os rebeldes católicos conservadores, os "integristas". Dezenas de milhares desses "integristas", o equivalente católico aos fundamentalistas muçulmanos, lutavam com unhas e dentes contra a modernização da Igreja católica do Concílio Vaticano II, as decisões sobre as liberdades religiosas e a política do ecumenismo cristão para a legitimação da missa em vernáculo, em vez do latim tradicional. Seus líderes eram padres, que como o arcebispo Jules Leduc, que há décadas andava às turras com a Santa Sé, recebera uma suspensão, mas continuava se livrando da excomunhão, e intelectuais católicos como o professor Jean Guitton, que escrevera no livro *O gênio espiritual de Santa Teresa* que todos os problemas da Igreja católica, desde o Concílio, foram causados pela "extinção dos aspectos misteriosos e místicos da reza litúrgica".

Os "integristas", Tim leu, não apenas tinham ocupado durante vários dias, em protesto, a igreja da cidade de Chamblac, como também milhares deles marcharam cento e trinta quilômetros, desde a grande catedral de Chartres até Paris, para, em desafio, celebrar uma missa diante da Igreja de Sacré-Coeur de Montmartre. Carregavam cartazes clamando por "Uma prece de vitória, uma fortaleza de Cristandade", em tributo à vitoriosa batalha naval de Lepanto contra os turcos, em 1751, "Abaixo o estado muçulmano!" e "Abaixo a iniciativa hipócrita de subversão da Igreja católica!". Os franceses, certamente, eram adeptos de longas mensagens em seus cartazes. Mas Tim também descobriu que o bispo de Evreux, um herói dos "católicos liberais", fora privado de sua diocese por defender o controle da natalidade por meios artificiais, medidas contra a Aids, tolerância em relação aos muçulmanos e a aceitação da homossexualidade. No lugar de sua diocese, foi-lhe oferecido o cargo de capelão de uma prisão.

Para os "integristas", o verdadeiro destino da França estava no regime pró-nazista de Vichy da época da guerra, como haviam dito a Tim alguns amigos seus de Paris, e tinham no escritor direitista Louis-Fernand Céline, na verdade um autor de enorme talento da era pré-guerra, seu herói ideológico. Isso era o reino de Joana d'Arc e o espírito da Idade Média. Contudo, isso fazia parte do ambiente da Igreja católica que havia produzido Gregório XVII.

Da estação ferroviária de Toulouse Tim foi de táxi até o centro da cidade, onde ficava a Residência Jesuíta. Lá, mergulhou na

História. Toulouse, chamada de Tolosa pelos romanos, só foi fundada no século dois a.C., e, ironicamente, desde o início, teve uma péssima reputação. Após o seu templo ser pilhado em 106 a.C., o famoso provérbio latino *habet aurum Tolosanum* foi cunhado como uma alusão ao ouro conseguido desonestamente. No século cinco d.C., a cidade escarranchada no Rio Garona tornou-se a capital do grande reino teutônico dos visigodos, o qual se espalhava do Reno ao Atlântico e do vale do Loire ao rochedo de Gibraltar. Entretanto, em pouco tempo Toulouse foi dominada por Clóvis, o primeiro rei cristão dos francos, e, mesmo assim, prosperou e foi feita capital da Aquitânia do Sul. Em seguida, Carlos Magno a conquistou e indicou o filho Luís como rei da Aquitânia. Em meados do século nove, Raymond I emergiu como conde de Toulouse, criando a dinastia aristocrática da qual os sucessivos chefes foram os senhores mais poderosos do Sul da França, e sob cujo reinado ocorreram os maiores horrores da Europa contemporânea.

Fiel à sua convicção profissional de que precisava conhecer e entender plenamente a história dos povos e dos lugares onde realizava sua missão, Tim Savage leu vários livros, na Residência Jesuíta, sobre Toulouse, seus imperadores, reis e condes, descobrindo, no processo, que a região foi o berço dos *troubadours* românticos da Idade Média e de suas canções de amor, paixão e coragem. Lendo as canções em francês — não conseguia entender muito bem os textos originais na língua d'Oc, origem do Langue*doc* — Tim se descobriu desejando que Ângela ali estivesse para partilhar com ele os romances dos *troubadours*. Ela vivia em seu pensamento, muito mais depois dos encontros em Paris do que os outros em Roma. E a palavra *Oc* significa "sim".

A região do Languedoc, como Tim descobriu, era igualmente

uma lenda, datando da ocupação romana, e uma realidade do presente, um fato bastante relevante para ele. Uma vasta faixa da França, ela se estende de Montpellier, no Mediterrâneo, até a fronteira da Provença, atravessa Béziers e Narbonne até Carcassonne e as terras além de Toulouse. Atinge os vales do alto Loire, ao Norte. Os contrafortes dos Pireneus, de Perpignan a Foix, fazem parte da província do Languedoc, que, de certo modo, sempre foi um país em si mesmo. Pertencendo oficialmente à França desde meados do século nove, e uma de suas mais antigas províncias, foi praticamente independente da França até o século dezessete, governada pelas grandes dinastias de aristocratas — que se assemelhavam a reis —, como os condes de Toulouse, Foix e Carcassonne.

Através dos séculos, a orgulhosa e notavelmente bela província travou as suas batalhas políticas e religiosas internas, bem como contra a França e a Inglaterra, sobreviveu a uma criminosa cruzada religiosa papal em suas cidades e castelos, às suas próprias cruzadas na Terra Santa, a uma curta união com a Catalunha, à conquista moura e à derrota dos mouros — a Reconquista — e à subseqüente preponderância francesa real e republicana. O Languedoc nutriu sua própria cultura através da língua d'Oc, da música e da poesia —, e a tradição de ser a mais antiga região vinícola da França, com alguns dos vinhos mais notáveis que se conhece.

Do mesmo modo que a França permanece rica em regionalismos e nacionalismos declarados, o Languedoc, com o seu jeito dissimulado, talvez seja o mais irredutível nesse aspecto: homens e mulheres da França e franceses de qualquer outra parte são simplesmente chamados de "gente do norte", de um modo um tanto quanto depreciativo. Contudo, não é inospitaleiro com as sempre crescentes populações de imigrantes muçulmanos, uma significativa realidade política contemporânea. É também uma terra de profundo mistério e misticismo religiosos.

Embora a preocupação imediata de Tim fosse localizar e entrar em contato com os líderes muçulmanos no Sul, baseado quase que completamente nas informações que lhe foram dadas pelo imame de Paris, ele percebeu que não seria tão simples baixar em uma mesquita, escritório ou residência muçulmanos e bancar o policial, e fazer perguntas, não sem sentido, sobre os "confrades franceses", a trama para assassinar o papa e assim por diante. Como um homem de informações, ele sabia que essa abordagem levaria a suspeitas, ressentimentos, silêncio e, finalmente, ao fracasso total. Primeiro, teria de aprender mais sobre o ambiente muçulmano daquela parte da França, para se fazer aceito de algum modo — não seriam suficientes apenas as apresentações do imame — e ver de que maneira os muçulmanos de lá se encaixavam no quadro mais amplo da vida religiosa do Sul. Seu instinto lhe disse novamente que nada existe no vácuo, inclusive os muçulmanos do Languedoc e da adjacente província do Roussillon, e que era necessário fazer o dever de casa antes de se enfiar ativamente no trabalho de detetive. Além de ser fissurado por História, Tim acreditava que História e Religião eram vitais em sua investigação.

Aliás, Toulouse tinha ricas raízes religiosas. Saint-Sernin, ou São Saturnino para alguns eruditos, o primeiro pregador do Evangelho em Toulouse, foi martirizado no século três d.C. O seu corpo foi arrastado pelas ruas, por um touro, até a morte. Tim já estava tão condicionado pelo assunto que a simples menção de um martírio atraía imediatamente sua atenção. Isso também se aplicava aos grandes massacres no século treze, durante as cruzadas albigenses papais contra os cátaros. Passeando por Toulouse, deparou-se com a Igreja de Saint-Sernin, do século onze, a maior basílica românica do mundo, e a Catedral de Santo Estêvão, que data do mesmo século. Achou interessante o fato de Saint-Sernin ter sido canonizado pelo papa Urbano II, um francês, em 1096. Ele começou a perceber que, de várias maneiras, os papas romanos influíram no destino de Toulouse — ou foram influenciados por ela. Já que a sua missão lidava diretamente com um papa, Gregório XVII, todo esse passado era relevante para o seu empreendimento.

Poucos dias após à sua chegada a Toulouse, foi convidado para jantar na Residência, pelo bastante idoso mas notavelmente lúcido bibliotecário jesuíta. Quando Tim entrou no refeitório, o bibliotecário, usando uma boina preta, já estava à sua espera, sentado a uma mesinha.

— Eu soube, padre Savage, que é especialista em Islã — falou, com os olhos azul-claro sob sobrancelhas grisalhas concentrados nele. — Nós temos muitos muçulmanos aqui, e nos damos muito bem com eles, mas duvido que tenham muita coisa para lhe ensinar sobre islamismo. O que o trouxe aqui? Está *mesmo* de férias?

O velho era muito perspicaz e instintivo, pensou Tim, o que poderia ser tanto útil quanto desastroso. Ele poderia ser, por exemplo, um grande fofoqueiro, como o são a maioria dos padres idosos. Estava feliz por pertencer a essa comunidade de homens desconfiados, perspicazes, instruídos e fofoqueiros.

— Bem, eu *estou* de férias — afirmou. — Mas não há nenhum regulamento, creio eu, contra aprender coisas novas, mesmo durante as férias, não é mesmo? E, sim, padre, eu tenho especialização no Islã e pretendo manter contato com a comunidade muçulmana daqui. Como sabe, o Santo Padre está muito interessado no diálogo inter-religioso, e já que existe uma enorme concentração de muçulmanos aqui, devemos ajudar a iniciar tal diálogo.

— O Santo Padre está absolutamente certo — concordou o bibliotecário. — E, na minha opinião, os anciãos muçulmanos daqui estariam abertos ao diálogo. O seu problema, porém, pode estar muito mais nos clérigos da Igreja francesa daqui. Os muçulmanos não têm muita utilidade para os que são conhecidos por "integristas". Eles são pavorosamente de direita... pressionam o governo para deportar os muçulmanos... e não os vejo se sentarem com mulás muçulmanos para um debate sobre religiões monoteístas. O sul é uma fortaleza "integrista", do mesmo modo que é uma fortaleza para a direita, a Frente Nacional e grupos dessa espécie.

Tomaram um forte vinho tinto do Languedoc, e quando o *cassoulet* foi servido, Tim revelou:

— É muito interessante o que está dizendo sobre os "integristas" e seus amigos. Gostaria de saber mais a respeito deles. Pode me colocar a par?

— Claro — pôs-se de acordo o velho jesuíta. — Será um prazer. Não suporto esses patifes. Mas também vou lhe contar algumas coisas, que talvez não saiba, sobre muçulmanos e cristãos neste fim de mundo...

Na sala da frente de uma antiga abadia localizada logo abaixo da colina em cujo topo fica a cidade de Fanjeaux, outrora o lar de São Domingos, um jovem vestido de terno cinza ajoelhou-se para beijar o anel do velho arcebispo, em sinal de cumprimento e homenagem.

— Excelência — disse, após ser convidado para se sentar em uma cadeira defronte ao arcebispo. — Acabo de voltar de Roma. Voei diretamente para Toulouse, depois aluguei um carro no aeroporto e vim dirigindo até a abadia.

— Tem certeza de que não foi seguido? — indagou o arcebispo, com a voz de *basso profundo*. — Não podemos arriscar.

— Tenho certeza, excelência — contrapôs o visitante. — Sou muito bom em localizar perseguidores e despistá-los. Sabe como é, anos de prática...

— Então, muito bem. O que tem para me dizer?

— Tive outra conversa muito satisfatória com o meu amigo de Roma — revelou o jovem. — Ele está muito interessado no assunto e acredita que é bastante exeqüível. Eu lhe ofereci o dinheiro que o senhor me autorizou, e a quantia o satisfez. Creio que já deve estar agindo.

— E quando vai ser? — inquiriu rispidamente o arcebispo. — Não posso esperar eternamente.

— Imagino que deve ser no início do outono, na viagem aos Estados Unidos. Acredito que isto é bastante promissor.

Capítulo Dezoito

Tim Savage não tardou a perceber que a sua idéia de um diálogo cristão-muçulmano no Sul da França — ou, pelo menos, sua tentativa de usá-lo como disfarce para as suas investigações — não era muito original. Na melhor das hipóteses, ele estava atrasado quase nove séculos.

No dia seguinte ao jantar, o padre-bibliotecário deixou no quarto dele um livro, em francês, de autoria do professor Charles-Emmanuel Dufourcq, da Universidade de Nanterre, intitulado *Islamismo e cristianismo no sul (séculos XII e XIV)*, dedicado à história dos diálogos, na guerra e na paz, entre cristãos e muçulmanos, que remontava a meados do século doze. Esses diálogos, Tim leu com crescente interesse, foram iniciados por ordens mendicantes católicas romanas para estabelecer contatos com os mouros muçulmanos que haviam se alojado como conquistadores na Espanha e no Sul da França, nos últimos séculos do primeiro milênio, tendo como centro principal a cidade de Narbonne dos francos. Eles vieram, pela primeira vez, em 719, e Al Samh Malik al-Khawlani, um chefe mouro, morreu na batalha por Toulouse, em 721. Mas os mendicantes, posteriormente, colocaram em prática o diálogo com os judeus e os mouros que habitavam a região, e, em ambos os casos, os contatos tinham por finalidade o aprendizado das línguas uns dos outros — latim, hebraico e árabe — em escolas conhecidas como "Studia Linguarum".

Desse modo, Tim descobriu que cristãos e muçulmanos do Sul da França tiveram intensos contatos e vínculos muitos séculos antes do surgimento das ondas de imigrantes de muçulmanos do Norte da África na segunda metade do século vinte. Tratava-se de um aspecto da história islâmica totalmente desconhecido para ele, mas, na ocasião, enquanto lia com atenção o grosso volume, se bem que obscuro, de erudição do professor Dufourcq, ia percebendo que, naquela parte da Europa, as antigas tradições religiosas nunca morreram — e que, de um modo insuspeito, talvez guardassem a chave do mistério dos "confrades franceses". E tratava-se de uma história e tanto.

O Alcorão, por exemplo, já em 1143, havia sido traduzido do árabe para o latim por Robert de Ketton, um erudito empregado por Pedro, o Venerável, o Abade de Cluny, com o título de "Dialogus". E o que mais abalou Tim foi a ênfase dada pelo tradutor à violência condenada pelo Alcorão, além das Guerras Santas, dos *jihads*, e das batalhas contra os cruzados cristãos. Os muçulmanos também consideravam judeus e cristãos como "o povo do livro" — o Antigo e o Novo Testamentos — e, portanto, mereciam proteção muçulmana. De acordo com as *suras* do Alcorão, os muçulmanos também veneravam Cristo, embora se recusassem a acreditar que os judeus O haviam morto e que a ressurreição tivesse ocorrido. E, sob o domínio mouro no Sul da França, os cristãos eram livres para adorar o seu Deus. Tim ficou imaginando se os muçulmanos da atualidade estavam cientes desse passado de tolerância entre combatentes contumazes. Mas sentiu que uma nova percepção talvez estivesse surgindo diante dele.

No passado remoto, muçulmanos foram os nobres poderosos que governavam a maioria cristã do Languedoc e Roussillon. Os muçulmanos atuais de lá são uma minoria inferior, em geral desempregada e destituída e raramente violenta. Era entre eles que Tim esperava localizar os "confrades franceses". Achava muito improvável que os imigrantes do Norte da África lembrassem, muito menos soubessem, das cruzadas cristãs contra os "infiéis" do Oriente Médio ou acerca dos escravos muçulmanos no Languedoc após a Reconquista. Ou que o principal opressor deles tivesse sido Guilherme do Nariz Curvo. Devia haver motivos mais recentes envolvidos na conspiração contra Gregório XVII.

Em primeiro de setembro, um dia claro e ensolarado com uma brisa agradável soprando dos Pireneus, Tim saiu às ruas de Toulouse para seguir as pistas que recebera de Al-Kutas em Paris e do padre-bibliotecário jesuíta da Residência. Juntas, chegavam a uma dúzia de nomes de pessoas, várias associações comunitárias, centros religiosos, uma mesquita e alguns poucos estabelecimentos comerciais. Os muçulmanos de Toulouse, uns residindo legalmente e outros ilegalmente, uns nascidos na França e outros no Norte da África, deviam ser mais de cem mil, um segmento da população da cidade bastante significativo e notavelmente bem organizado. Depois de Paris e Marselha, era a maior concentração de muçulmanos na França, e o número deles crescia continuamente por causa das constantes chegadas através do Mediterrâneo, e da alta taxa de natalidade. A maioria era de argelinos que haviam fugido — e continuavam fugindo — da profunda miséria causada pelo colapso da economia nacional e da violência e da matança crescentes por parte da polícia e do Exército, por um lado, e, por outro, dos fundamentalistas islâmicos. Seus filhos e netos nascidos no Languedoc formavam as novas e cada vez mais radicalizadas — política e religiosamente — gerações de muçulmanos. Os jovens eram bilíngües, em árabe e francês, e se reuniam nas mesquitas de Toulouse, sempre comparecendo aos serviços das sextas-feiras.

— Você não pode esquecer que há uma forte tendência ao fundamentalismo entre os muçulmanos daqui — disse-lhe o padre bibliotecário, quando estavam sentados a uma mesa entre pilhas de livros. — Trata-se de um fenômeno que antecede a revolução do aiatolá Khomeini no Irã e o crescimento da militância islâmica na Argélia, mas foi fortemente influenciado por ambos. Isso também se alimenta da pobreza e do desespero, o que há muito aqui. Nós, os jesuítas... ou, pelo menos, eu... vemos com preocupação o crescimento desse fundamentalismo, pois acredito que incentiva outros religiosos ortodoxos, e existe uma forte tradição tradicionalista cristã no Languedoc, bastante especial, com raízes no primeiro milênio. E, inevitavelmente, leva à polarização da política no Sul, com um perigoso desvio para a direita em reação a "esses árabes arruaceiros". Por causa do seu interesse no Islã, você também deve prestar atenção a isso.

— Sim, claro que prestarei — afirmou Tim. — Aliás, é a minha principal prioridade.

A presença muçulmana em Toulouse e sua natureza se tornaram bastante evidentes para ele, ao caminhar pela próspera área do centro e penetrar nos bairros muçulmanos, que existiam penosa e raivosamente como feudos isolados e segregados. Atravessando a ampla Place du Capitol, da Prefeitura, com colunas de mármore ao luxuoso Grand Hôtel de l'Opéra, onde os turistas ricos se hospedavam, ele teve um vislumbre da infra-estrutura social da cidade. Não era em nada complicada: os muçulmanos dominavam tudo o que era subalterno ou temporário na atividade do sustento. No centro da bela Place du Capitol, o pavimento estava sendo consertado por uma turma de norte-africanos vestidos com macacões laranja. Ao longo das ruas de Metz e d'Alsace-Lorraine, as principais vias de comércio com butiques caras, turmas de imigrantes varriam as calçadas com enormes vassouras. Mais sorte tinham o porteiro do Grand Hôtel, esplêndido em sua vestimenta medieval, e pelo menos mais dois garçons do café ao ar livre sob as arcadas da Place du Capitol: o trabalho deles era mais leve e mais limpo e, sem dúvida, mais bem pago, por causa das gorjetas dos turistas. Deviam pertencer a famílias muçulmanas da Toulouse de antigamente. Homens e mulheres norte-africanos cuidavam de frágeis barracas dispostas em fileira diante da Prefeitura, vendendo roupas e calçados baratos, velhos livros desgastados e frutas e legumes. O padre bibliotecário dissera a Tim que os melhores empregos aos quais os imigrantes podiam aspirar eram os de operários não-especializados no Aérospatiale, o imenso complexo aeronáutico onde o Concorde e o Airbus eram fabricados por um consórcio europeu. E, na base dessa infra-estrutura social, havia, pura e simplesmente, o desespero do desemprego, a amargura, a violência e o crime.

Os bairros muçulmanos se estendiam através de um aparente labirinto de ruas estreitas do outro lado do rio Garona, que divide Toulouse ao meio, mundos distantes do elegante centro. Usando calça esporte e blusão de malha, para não atrair atenção especial, Tim caminhava por esses bairros, dia após dia, para captar seu jeito, índole, impressões e sons. As ruas eram basicamente cadeias de casinhas com a pintura descascando, poucos prédios de apartamentos malconservados e uma infinidade de lojas minúsculas com placas na corrediça escrita árabe. Em um dos bairros, contou cinco pequenas mesquitas.

Mulheres com lenços de cabeça cor creme entravam e saíam apressadas de casas e lojas. Havia poucos homens nas ruas, mas jovens com bigodes começando a nascer e uma aparência insolente no olhar se encontravam reunidos nas esquinas, fumando, conversando, xingando e esperando que alguma coisa — qualquer coisa — acontecesse. Quando Tim passou por um grupo de quatro ou cinco jovens de fisionomia ameaçadora, o mais velho retirou um comprido canivete do bolso da jaqueta e, apontando para ele, gritou às gargalhadas em árabe: "Vá embora, filho de uma porca! Da próxima vez, nós vamos estripar você!"

Tim parou, sorriu afetuosamente, e respondeu no mais perfeito árabe clássico: "E que Alá também abençoe vocês." Deixou atrás de si um silêncio aturdido.

Como há dezessete anos, em sua missão secreta no Cairo, Tim começou a fazer discretas visitas a casas e escritórios nos bairros muçulmanos de Toulouse. Novamente, sua fluência em árabe — apesar de a língua falada pelos imigrantes norte-africanos diferir consideravelmente da do setor de lingüística da Universidade de Georgetown e do Cairo — fazia um mundo de diferença na maneira como era recebido, após tocar a campainha ou bater na porta. A primeira impressão é crucial. Ao contrário do Cairo, entretanto, em Toulouse ele não escondia sua identidade. No Egito, precisava ocultar que era da CIA, usando o disfarce de um assessor econômico americano. Em Toulouse, decidira que a honestidade era a melhor política, e vestia a roupa preta de jesuíta. Padres eram uma visão comum no Languedoc, e ninguém, nem franceses nem muçulmanos, parecia prestar alguma atenção especial a ele — após suas primeiras investidas vestindo calça esporte e blusão de malha. O Islã, afinal de contas, lembrou, era a última fronteira a ser conquistada pela Igreja Católica Apostólica Romana.

Teve uma sensação de alívio, ao se dedicar, finalmente, ao trabalho de campo e lidar com seres humanos, em vez de bibliotecários e eruditos. Como é de costume, nos trabalhos sérios de Inteligência, o volume de pesquisas — pode chamar de investigação — era o resultado de horas aparentemente intermináveis de um tédio mortificante em bibliotecas, arquivos e fichários e de exaustivas e cuidadosas entrevistas e conversas. Era como construir um intrincado criptograma ou solucionar um problema de palavras cruzadas, lenta e dolorosamente, até a última peça, ou palavra, se encaixar no lugar. A empolgação e o romance — a "ação" que existe, como imaginam as pessoas que estão por fora, ao lerem livros de espionagem — eram uma pequena parcela do esforço como um todo. Cada vez mais o cérebro substitui os músculos, e a Agência atualmente adora acadêmicos com múltiplos doutorados. Tim, é claro, acreditava no aspecto acadêmico da inteligência — era isso o que fazia diariamente, no Vaticano, como um estudioso do Islã —, mas se sentia revigorado por estar mais uma vez de volta às ruas.

A primeira visita potencialmente promissora foi à estranhamente denominada Associação Norte-africana Beneficente de Saint-Sernin — a placa na loja era escrita em árabe —, por causa de sua proximidade da Basílica de Saint-Sernin; essa comunidade muçulmana em particular ficava na região central de Toulouse. Ao entrar no escritório atulhado e depressivo, pediu para falar com o secretário-tesoureiro da associação, cujo nome lhe fora fornecido em Paris por Al-Kutas. Ele já tinha ido a três endereços residenciais e enfrentado uma maldisfarçada hostilidade. Sabia que suas conversas em Toulouse seriam tremendamente difíceis — a um determinado momento, teria que perguntar diretamente por que os "confrades franceses", claramente um grupo muçulmano do Sul da França, resolveram contratar Agca Circlic para matar Gregório XVII cinco anos atrás. Conseqüentemente, havia se preparado o melhor possível para as entrevistas, até o ponto de forçar a si mesmo a pensar em árabe, a fim de formular e verbalizar os seus pensamentos, o que não era uma tarefa mental fácil após ter ficado dezessete anos distante da língua. No

Vietnã, a violência da Fênix e o extermínio e o incêndio de povoados eram o método de extrair informações. No Sul da França, persuasão, habilidade, sutileza e empatia seriam os seus instrumentos — em francês e em árabe.

O jovem que atendia a uma mesa da sala sumiu pela abertura de uma passagem estreita, para chamar o secretário-tesoureiro, e Tim ficou olhando em volta enquanto esperava. As paredes eram cobertas de cartazes mostrando mulheres e crianças pobres, com pedidos de doações, em árabe, e um pôster, escrito em francês, exclamando S.O.S. RACISME!, o nome de uma organização militante de todas as minorias imagináveis existentes na França e também de muitos franceses que combatiam efetivamente o penetrante e bem assentado racismo de uma sociedade que durante muito tempo controlou um império colonial. Liberdade, Igualdade e Fraternidade não se aplicavam às minorias e aos imigrantes no solo da França metropolitana — como não se aplicaram aos nativos da Indochina antes de as tropas francesas serem esmagadas e expulsas depois da batalha de Dien Bien Phu, em 1954. Tim aprendera a prezar isso durante a sua estada, na subseqüente guerra *americana* no Vietnã, e então todas as imagens da ação letal que ajudara a desencadear no Delta do Mekong surgiram de volta, ao divisar o pôster do S.O.S. RACISME no pequeno escritório de Toulouse.

Um robusto homem de meia-idade, vestindo camisa social cor-de-rosa, sem gravata, e um apertado paletó marrom surgiu lá de trás, fitando-o com um olhar desconfiado. Tinha uma profunda cicatriz atravessando a bochecha esquerda, o que dava uma aparência levemente sinistra ao seu rosto azeitonado.

— *Bon jour, mon pére* — saudou em francês, e, em seguida, usou o inglês para perguntar: — É inglês ou americano? Eu sou o secretário-tesoureiro desta Associação. Em que posso ajudá-lo?

— Sou americano — informou — e vim vê-lo por sugestão de um amigo de Paris.

— Ah, sim, o jesuíta americano que me disseram para esperar — lembrou o homem com um tom monótono, sem entusiasmo. — Bem, em que posso ajudá-lo?

Tim decidiu arriscar, falando em árabe e sendo franco. Supunha que, como resultado de suas conversas em Paris, os líderes e anciãos da comunidade muçulmana do Sul que lhe foram indicados tinham algo a dizer de seu interesse.

— O imame da mesquita de Stalingrado, com quem, dia desses, tive o prazer de conversar — explicou —, me deu a impressão de que eu poderia descobrir em Toulouse coisas importantes sobre Agca Circlic, o turco, e o ataque ao papa. O imame acredita que eu preciso saber a verdade.

O secretário-tesoureiro acendeu um Gauloise, enchendo o aposento com a fumaça acre do cigarro. Meditou silenciosamente sobre as palavras de Tim, e em seguida encarou-o com rispidez.

— Eu não sei o que você precisa saber ou não — falou lentamente em seu árabe gutural do Maghreb. — Não cabe a mim lhe dizer. E este não é o lugar para se falar disso.

— O que, então, devo fazer?

O argelino levantou as sobrancelhas e estendeu as mãos para os lados, em sinal de impotência.

— Talvez fosse melhor voltar aqui, amanhã, depois do jantar — sugeriu. — Pode ser que, nessa ocasião, encontre outras pessoas, se elas vierem. Mas é possível que resolvam não vir. Não lhe prometo nada... Você decide.

Tim curvou levemente a cabeça, em sinal de agradecimento, prestes a se retirar, mas o homem lhe fez um gesto para que ficasse.

— Por que fala tão bem o árabe? — quis saber. — Nunca

ouvi falar de jesuítas americanos que falassem árabe. Estou curioso...

Tim se animou. A pergunta era uma excelente oportunidade para quebrar o gelo, estabelecer uma confiança mútua e preparar o encontro que poderia acontecer na noite seguinte — se tivesse sorte e desse uma boa impressão naquele instante.

— Bem — esclareceu, com um sorriso cativante —, há muitos anos tive a sorte de estudar a história do Islã, bem como o árabe, em uma grande universidade jesuíta de Washington. Aliás, fiz doutorado em história e cultura islâmica. Tenho muito orgulho disso. Como sabe, os jesuítas crêem profundamente em aprendizado e educação, principalmente em relação a outras culturas e sociedades. Nós somos professores e freqüentemente missionários. No século dezesseis, por exemplo, os primeiros jesuítas que chegaram à China aprenderam a língua e deram fama mundial a Confúcio, ao latinizar o seu nome em chinês, Kong Fu-tze, que significa o Muito Venerável Mestre Kong, ou Kong-tze. Creio que os jesuítas se impressionaram ao perceber que o confucionismo poderia ser uma religião monoteísta como o cristianismo... e o islamismo. Também morei algum tempo no Cairo...

— Meu nome é Fawzi — disse-lhe o robusto argelino — e acontece que também sou um imame... O que disse sobre os jesuítas é muito interessante. Espero que possa repetir isso, amanhã, para proveito dos meus amigos. *Salaam Aleikum*...

— *Aleikum Salaam* — retribuiu Tim, circunspecto, à saudação. — Que a paz esteja com você.

— Nós cinco formamos o conselho de anciãos de Toulouse — o mais velho informou a Tim, quando este era encaminhado para o interior da sala por um jovem musculoso vestido com um conjunto de moletom. — Trata-se de um conselho das associações beneficentes, e eu sou o atual presidente. Também sou o imame de uma mesquita não muito distante daqui. Meu nome é Faisal... e fomos informados de que deseja saber a respeito dos acontecimentos de 1981 em Roma. Mas nós queremos saber por quê.

Faisal discorria em um árabe elegante. Era um homem idoso e frágil, com uma curta barba grisalha cuidadosamente aparada, que se sentou atrás de uma comprida mesa de uma grande sala nos fundos do escritório da loja da Associação Beneficente. Dois homens, um deles Fawzi, sentaram-se, ladeando-o.

Faisal falava com um tom agradável e metódico. Não havia hostilidade em sua atitude, e a curiosidade em torno da missão do jesuíta parecia genuína. Tim já decidira ser o mais honesto possível com o conselho — suprimiria alguns detalhes operacionais, e estava contente por não ter mencionado a Fawzi, no dia anterior, a sua ligação com a CIA no Cairo — simplesmente porque era a única estratégia racional naquela conjuntura.

— Somos ambos homens de Deus — disse ao imame — e falarei a verdade de Deus. Trabalho no Vaticano, como estudioso do Islã, e o nosso Santo Padre me instruiu para que descobrisse tudo o que pudesse sobre o atentado contra ele, pois os investigadores italianos e internacionais não conseguiram respostas adequadas. Fui escolhido para a missão porque o agressor é turco e, falando francamente, a Santa Sé desconfia de que há algo nesse caso a que chamam de "conexão muçulmana". E eu sou especialista em Islã.

— Mas por que o seu papa insiste em fazer uma investigação agora? — indagou Faisal. — Afinal de contas Deus o salvou... e o turco está na prisão.

— Honestamente, eu não sei — foi a resposta de Tim. — O motivo e a ocasião não me foram explicados. Talvez porque a Santa Sé receie que o papa continue correndo perigo, e, se não descobrir o motivo dos disparos, não terá condições de frustrar novas conspirações. Realmente, eu não sei, exceto que se trata de uma prioridade máxima para o Palácio Apostólico.

— Entendo — disse Faisal. — Mas não consegui compreender o que foi que o trouxe a Toulouse. Pode nos esclarecer?

— Certamente — Tim concordou. — De certo modo, o meu caminho foi trilhado por causa de um pouco de sorte... e ajuda. Por terem os italianos determinado que Circlic, o turco atirador, pertencera outrora aos Lobos Cinzentos, uma organização terrorista da Turquia, voei para Istambul, na esperança de entrar em contato com o grupo, para confirmar se isso era correto... e perguntar por que haviam recrutado Circlic para o serviço, já que ele era mentalmente instável.

— Você se arriscou muito — observou Faisal. — Poderia ter sido morto. Nós sabemos algo a respeito deles. E você é muito criativo em sua atividade. Se eu não soubesse que é padre, poderia achar, pela maneira como opera, que é um agente profissional de Inteligência. Mas, por favor, continue.

— Obrigado — disse Tim. — Para encurtar a história, encontrei amigos em Istambul que me colocaram em contato com a cúpula dos Lobos. Assim que conquistamos uma confiança mútua, perguntei a eles se sabiam algo a respeito de Circlic e por que o tinham contratado para matar o papa. Deixei bem claro que toda essa coisa era um mistério, pois não conseguia entender por que muçulmanos turcos, mesmo os fundamentalistas, teriam algo contra Gregório XVII para querer matá-lo.

Faisal inclinou-se para frente, enlevado.

— E aí?

— Bem, devo confessar que fiquei surpreso com o fato de os Lobos não terem negado que contrataram Circlic para o assassinato. Mas me disseram que não tiveram nada a ver com isso e que forneceram o turco a pedido de seus "confrades franceses". Contaram que tinha sido um pedido de irmãos muçulmanos e que, simplesmente, não poderiam se negar a atender, que se tratava de uma questão de solidariedade entre os muçulmanos do mundo, e, conseqüentemente, não fizeram perguntas. Não faziam idéia de quem eram exatamente os "confrades franceses", mas que tinham sido contatados por emissários secretos de muçulmanos fundamentalistas turcos. Ah, sim, o dinheiro para pagar Circlic e suas despesas também foi fornecido pelos "confrades franceses"...

Os homens atrás da mesa ofegaram.

— "Confrades franceses" — repetiu Faisal, quase inaudível.

— O meu passo seguinte, logicamente, foi Paris, onde tenho amigos muçulmanos, para tentar saber quem eram os tais "confrades franceses" — Tim continuou. — Em Paris, um amigo egípcio me apresentou ao imame da mesquita de Stalingrado, que me incentivou a vir ao Sul da França, a Toulouse, para seguir as minhas pistas. Os senhores sabem o resto. O imame lhes disse que me esperassem, e aqui estou eu.

O silêncio baixou sobre a sala, quando Tim parou de falar. Faisal e seus companheiros se entreolharam, mudos e confusos. Finalmente, o imame se dirigiu a Tim.

— Isto é terrível — afirmou. — Eu não sei o que lhe dizer. Tudo o que descobriu em Istambul e em Paris, infelizmente, é verdade. Nós, este conselho, somos os "confrades franceses" de quem lhe falaram. É verdade que entramos em contato com irmãos na Turquia para solicitar a contratação de um homem que estivesse disposto, por dinheiro, a executar o assassinato de uma personalidade mundial. Mas não sabíamos que o papa seria o alvo.

Foi a vez de Tim ficar confuso. Olhou de uma ponta da mesa para a outra, para os rostos dos cinco membros do conselho, tentando compreender o que acabara de ouvir.

— Não entendo — declarou, com a voz elevando-se, indignada e perplexa. — Que possível interesse os muçulmanos franceses de Toulouse teriam na morte do papa católico romano? Meu Deus, as guerras das Cruzadas acabaram há seis séculos! O que estavam pensando? E o que querem dizer com isso de que não sabiam que o papa era a vítima escolhida? Não faz sentido!

— Não, não faz — concordou Faisal. — Exceto que, na ocasião, não nos demos conta disso. Pedimos um assassino ao pessoal de Istambul, que Alá nos perdoe, mas não fomos informados que seria para matar o seu papa...

— Informados por quem?

— Por pessoas daqui, de Toulouse, que vieram a nós, pedir para ajudá-las a conseguir um assassino. Elas nos convenceram de que a morte dessa personalidade mundial, como a chamaram, levaria de volta as nossas religiões às glórias do passado, às glórias de Alá e às glórias do seu Deus cristão. Não fizemos perguntas; concordamos em ajudar, e até mesmo transferimos a verba da operação para Istambul.

— Mas, pelo amor de Deus — gritou Tim —, *quem* são essas pessoas?

Faisal olhou à esquerda, e depois à direita, para os colegas do conselho. Suspirou e levantou os olhos para o teto e o céu acima dele.

— Católicos romanos tradicionalistas. Padres e bispos. São chamados de "integristas" — confessou, com a voz rouca. — Ou, então, de fundamentalistas. Nós somos muçulmanos fundamentalistas. E o fundamentalismo deles e o nosso fazem parte de antigas tradições que continuam fortes, que nos unem. Precisamos nos manter unidos, para preservar os valores essenciais de nossas grandes religiões. Foi esse o motivo pelo qual concordamos em contratar um assassino, a pedido deles. Mas juro, padre Savage, que não nos disseram que era o papa que desejavam matar. Após fazermos o contato com Istambul e Agca ter sido contratado, nós saímos de cena. Nada nos foi dito. Esses "integristas" entraram em contato direto com os Lobos e, presumo eu, com o próprio turco, para lhes dar as instruções exatas. Pode imaginar, padre, o nosso terrível choque quando soubemos que o turco que havíamos providenciado tentou matar o papa... É claro que também tivemos culpa... e é por isso que estou lhe contando a verdade esta noite... Mas, originalmente, foram os católicos os pecadores contra o chefe da igreja deles...

No dia seguinte à volta da irmã Ângela de Paris, o monsenhor Sainte-Ange a convocou ao seu gabinete na segunda *loggia* do Palácio Apostólico em Roma.

— Que tal a visita à sua terra natal, minha jovem? — indagou ele.

— Ah, foi ótima, monsenhor, muito boa mesmo. Visitei parentes, cuidei de pequenas incumbências, comprei alguns livros e orei na capela de nosso convento.

— E telefonou para o padre Savage, como sugeri?

— Sim, monsenhor. Não apenas telefonei, como também nos encontramos para um *citron pressé* em Saint-Germain. Ele me pareceu estar em boa forma.

Ela preferiu deixar de mencionar que se encontraram no Deux Magots, que não era exatamente um local apropriado, mesmo para uma reunião platônica entre membros de sexos opostos que também eram membros de antigas ordens religiosas. E omitiu o jantar no bistrô.

— O padre falou sobre a investigação? — perguntou Sainte-Ange. — Tinha algo interessante a dizer?

— Não muito. Contou que esteve com um velho amigo dos tempos do Cairo e visitou uma mesquita no subúrbio muçulmano. No momento, está em Toulouse, seguindo uma pista que acha ter descoberto.

— Por que Toulouse? Que pista? — interpelou o monsenhor. Subitamente, sua voz ficou tensa, alerta.

— Não faço idéia — Ângela disse-lhe a verdade. — Ele não falou.

Mais tarde, naquele mesmo dia, no gabinete papal, Sainte-Ange informou ao papa que Tim Savage viajara para Toulouse após conversar com alguns muçulmanos que conhecia em Paris.

— Gostaria de saber mais sobre essa história de Toulouse — acrescentou.

— Sim — concordou o papa. — Eu também. Isso está começando a ficar muito delicado. E Languedoc, creia-me, é uma caixinha de surpresas.

LIVRO CINCO

A Verdade

Capítulo Dezenove

Era de fato uma caixinha de surpresas horripilantes, disse para si mesmo Tim Savage, que teve um pensamento semelhante. Uma caixinha de surpresas fundamentalista, com muçulmanos e católicos da linha-dura teológica em uma aliança mortal.

Foi, também, de puro horror a descoberta, que acabara de fazer, de que católicos dissidentes ou rebeldes, ainda por cima sacerdotes de Deus, tinham planejado assassinar o papa, o chefe da Igreja universal, em nome de "glórias do passado" religioso. E isso significava que, tendo fracassado uma vez, os fanáticos católicos, sem dúvida, tentariam novamente. Em algum momento e em algum lugar. Ele não tinha por que duvidar da veracidade do relato de Faisal. Sucedia logicamente àquilo que descobrira em Istambul e em Paris, e o imame de Toulouse não tinha motivos para inventar uma história como aquela. Era uma questão de bom senso. Passo a passo, raciocinou, tudo começava a se encaixar. Mas apenas *começava* a se encaixar.

E, de um modo prático e imediato, percebeu, sua obrigação era frustrar novas conspirações, se já existissem realmente, ou evitar que fossem tramadas. Tratava-se da clássica responsabilidade de um agente de Inteligência operando clandestinamente — obter informações secretas até então inatingíveis e agir baseado nelas.

A informação conseguida, por mais ameaçadora e sinistra, não indicava como e onde deveria agir. Não lhe foram fornecidos nomes, identidades, nem detalhes sobre os fanáticos católicos. Naquele encontro, Tim não podia ter pressionado mais ainda. Na verdade, não podia pedir aos muçulmanos que traíssem os colegas fundamentalistas. A história cristã-muçulmana no Sul da França era muito antiga, com cerca de mil anos, e laços tradicionais não podem ser rompidos tão facilmente. O imame, preso a um dilema moral, forneceu-lhe os fatos relativos ao envolvimento do seu conselho — e transmitiu o seu aflito pesar —, mas não foi além disso. Faisal e os companheiros talvez se sentissem, eles mesmos, traídos pelo grupo católico por não terem sido informados que o alvo pretendido da trama era Gregório XVII. Ainda assim, existia lealdade entre os fundamentalistas de credos diferentes — Tim sabia que isso não se limitava ao Sul da França —, porque partilhavam a visão de uma decadência de ordem moral em um mundo de rápidas mudanças, que acentuava o materialismo, desprezava a tradição e abandonava os antigos valores. O fundamentalismo de judeus e hindus, aliás, era tão forte na nova era quanto o daqueles que professavam os credos cristão e muçulmano. No Irã, por exemplo, após a revolução de Khomeini, os xiitas muçulmanos fundamentalistas mataram os moderados. Aliás, extremistas de um tipo ou de outro existem desde o princípio das religiões — porque o mundo sempre esteve mudando.

Diante das circunstâncias, sua investigação estava muito longe de se completar, e o perigo ainda ameaçava o papa. Setembro terminava, e Gregório XVII tinha vindo e ido em segurança, sem que se registrasse qualquer incidente durante a visita à França. O que não surpreendeu a Tim. Matar o papa na França seria perigoso demais, facilmente rastreável. Seria, portanto, tentado em outro lugar, de forma anônima, seguindo em linhas gerais o ataque perpetrado por Agca Circlic. O que aconteceu na praça de São Pedro teve um planejamento perfeito, e só fracassou porque a bala errou por milímetros o coração do papa — ou, como acreditava Gregório XVII, Deus o tinha salvo. Mas Tim precisava se preocupar com a *próxima vez*, principalmente depois do que descobrira em Toulouse, e as únicas perguntas eram: quando e onde?

Recuperando-se, em seu quarto da Residência Jesuíta, do choque da descoberta feita em Toulouse, decidiu que seria prematuro transmitir de imediato a nova informação ao monsenhor Sainte-Ange. O seu instinto o alertava contra isso. Além do mais, suas instruções foram para descobrir a verdade, toda a verdade, e tudo o que ele tinha, àquela altura, era uma verdade bastante incompleta. Teria, também, muito o que descobrir sobre os "integristas", fossem lá quem fossem, a história do seu movimento — ou movimentos — seu ambiente e antecedentes. Teria de identificá-los, localizá-los, talvez até enfrentá-los para obter provas de sua culpabilidade. Tratava-se de um meticuloso procedimento padrão seu absorver tudo o que fosse possível antes de seguir mais adiante, exatamente como aprendera na CIA.

Emocionalmente exausto, ficou imaginando se revelaria as novas informações à irmã Ângela, se ela estivesse ali, e o que esta pensaria a respeito, como católica, freira e pessoa inteligente. Sorriu, mesmo ao mergulhar em um sono inquieto.

Depois que Tim e os colegas de conselho deixaram a sala, Faisal mergulhou profundamente em pensamentos. O imame, então na sétima década de sua vida, nunca se considerara um santo, ao contrário de muitos ulemás cultos e mulás pretensiosos que conhecia. Acreditava, porém, que sempre fora um homem honesto em suas atividades seculares e em sua devoção a Alá. Naquela noite, entretanto, havia se deparado com um teste aterrador, um dilema moral e uma incerteza que ele precisava superar e, se necessário, agir de forma coerente. Quando a noite cedeu ao raiar do dia, rezou para Alá, pedindo orientação, e leu no Alcorão as suras apropriadas, à procura de inspiração e respostas. O cavanhaque branco tremia e havia lágrimas em seus olhos.

Faisal ficara profundamente chocado ao saber, pelo padre jesuíta, que ele e seus colegas muçulmanos do conselho de Toulouse tinham sido usados — de modo muito desonesto, achava — pelos crentes católicos, ajudando-os a conseguir, através de seus contatos em Istambul, uma mão justiceira, um assassino, para corrigir um erro religioso. Nunca lhe ocorrera que a vítima seria o papa, o chefe supremo de outra grande religião monoteísta.

O imame e seus colegas haviam hesitado por longos dias antes de decidir se honrariam aquela solicitação. Tinham ficado muito perturbados com a idéia de fornecer assassinos, ainda que por elevados motivos religiosos, apesar de a religião justificar o assassinato em casos muito especiais, como é relatado igualmente no Alcorão e no Antigo Testamento. No final das contas, concordaram em fazer aquilo em nome da solidariedade entre aqueles que desejavam preservar a pureza de suas respectivas crenças. Cristãos e muçulmanos, em suma, eram filhos de Abraão, e apesar de querelas, guerras e cruzadas, ainda tinham muito em comum. Entretanto, Faisal ficara bastante intranqüilo, mesmo após terem sido feitos os contatos e os entendimentos com Istambul.

Naquela noite, contudo, ele compreendeu que podia ter contribuído para uma tragédia de proporções históricas. Era culpado de um sacrilégio criminoso, de acordo com os seus apegados preceitos morais, tanto diante da lei religiosa quanto da secular. Os muçulmanos, que, juntamente com os judeus e os cristãos, reconheciam Moisés como profeta, também respeitavam a advertência dos Mandamentos que dizia *Não Matarás*. Faisal percebeu o quanto estivera terrivelmente errado. Não obstante, já havia acontecido — e não podia ser desfeito, não importava o quanto ele se castigasse. E se odiou por não ter ligado o ataque do turco a Gregório XVII com o pedido de um pistoleiro feito pelos católicos. Onde estivera sua cabeça? Estaria ficando senil?

Mas o tormento de Faisal estava indo além do terrível ato. Teria ele tido o direito de confessar ao jesuíta americano que o conselho de Toulouse desempenhara um papel crucial ao ajudar a recrutar um criminoso em nome dos católicos vingadores? Teria sido uma violação de confiança, uma traição — mesmo após Faisal ter sabido pelo jesuíta a terrível verdade? Teria ele tido o direito de julgar e contrapor um ato imoral a outro ato imoral? Suspirou e voltou a rezar.

Já estava claro lá fora quando concluiu que não conseguiria viver com aquela transgressão de confiança de sua parte, a despeito do pecado dos outros. Uma pessoa não podia ter duas caras, assim estava decretado no Alcorão e na Bíblia. Isso só lhe deixava uma alternativa, envergonhado e arrasado como se encontrava em relação a tudo aquilo — e a si mesmo.

Faisal suspendeu a túnica e deixou a loja com o passo forte. Era de manhã bem cedo, mas a rua do bairro de imigrantes já fervilhava com homens e mulheres seguindo apressados para o emprego e com aqueles — a maioria — que não tinham trabalho, mas que, fielmente, se reuniam nas esquinas esperando não sabiam o quê. O dia deles seria daquele jeito, como fora ontem e como será amanhã. Vinda de uma mesquita próxima, ele ouviu a voz gravada do muezim na prece matutina.

No grande cruzamento, um quarteirão adiante, embarcou no ônibus metropolitano, já abarrotado, para viajar até o outro lado de Toulouse, atravessando o Garona. Saltou do ônibus em uma tranqüila e antiquada rua de operários com casas idênticas e habitantes idênticos. Caminhou três quarteirões até a Igreja de Santo Adalberto, uma pequenina estrutura coberta pela pátina do tempo. A porta estava destrancada, e Faisal entrou. O odor de incenso da missa das seis pairava no ar, mas a igreja estava vazia. Ele seguiu em direção à sacristia.

— Bom dia, padre — falou ao sacerdote alto de batina preta que se encontrava no centro do cômodo, lendo a primeira página do jornal matutino. Era o mesmo padre, um velho conhecido, que procurara Faisal havia quase seis anos, para comprar um criminoso.

— Há algo que preciso lhe contar — continuou. — Um padre jesuíta chamado Timothy Savage, americano, nos procurou ontem à noite para perguntar o que sabíamos sobre o assassino que tentou matar o seu papa. Os senhores não nos disseram, na ocasião, que era o papa que queriam matar. Portanto, era minha obrigação, como homem de Deus, contar a ele que agimos a seu pedido. Agora é minha obrigação, acredito, lhes informar o que dissemos ao jesuíta.

Faisal curvou-se em cortesia e deixou a igreja. O padre alto não havia reagido às palavras dele. Ficara em silêncio, o rosto petrificado. Quando voltou a ficar sozinho, alcançou o telefone sobre sua escrivaninha e discou um número de fora da cidade.

— Preciso vê-lo com a maior urgência, Excelência — sussurrou e desligou. Estava pálido de raiva.

No seu quarto, naquela manhã, Tim passou longas horas fazendo anotações e analisando as informações dadas pelos muçulmanos. O que mais importava eram os motivos dos fanáticos católicos. A tentativa de assassinato foi uma aberração praticada por poucos? Era o trabalho de um pequeno grupo dissidente dentro da Igreja católica? Tratava-se de um novo cisma ou heresia? Teria sido o lance inicial de um novo tipo de guerra religiosa católica? Suas raízes recuariam à idade das trevas e aos tempos medievais, aos primeiros séculos do Cristianismo?

Uma coisa era os "integristas" invadirem e ocuparem igrejas na França, como vinham fazendo com uma freqüência cada vez maior, desfilarem com cartazes e bandeiras e desafiarem a Santa Sé, ao sagrarem os seus próprios bispos e se recusarem a permanecer em comunhão com Roma. Mas tentarem matar o papa era outra completamente diferente, e tinha proporções demoníacas. E, dessa vez, não era apenas o fato de incitarem multidões desenfreadas, como no passado, para a tomada do poder papal — tratava-se de algo teológico e ideológico, uma faxina religiosa.

Cismas e heresias, é claro, datavam da época da infância da Igreja católica, e Tim decidiu que seria útil refrescar a memória sobre esse aspecto da história cristã. Talvez ajudasse a criar um contexto para os "integristas" atuais. Achou curioso o fato de tantas heresias cristãs terem ocorrido na França.

E quanto mais Tim estudava a história das heresias, mais se convencia de que a trama contra Gregório XVII tinha sido a expressão derradeira de um desafio herético moderno à Santa Sé. Os heréticos, naturalmente, consideravam-se os únicos verdadeiros defensores da fé e amaldiçoavam o papado de Roma por macular o legado dos Pais da Igreja católica. O Vaticano, vez por outra, via os desafiadores teológicos como heréticos, no sentido amplo do termo, o sentido histórico, e, como tais, sujeitos à excomunhão, praticamente uma expulsão da Igreja, com os seus sacerdotes proibidos de administrar os sagrados sacramentos.

As heresias eram uma parte tão importante da história da Igreja católica que um formidável estudo, *Heresias na alta Idade Média*, que Tim costumava consultar sobre o assunto, constava de um volume com 865 páginas em tipos miúdos. Alguns dos teólogos mais importantes, descobriu, estiveram envolvidos em batalhas contra os heréticos, inclusive o famoso São Bernard de Clairvaux, no século doze; ele até mesmo foi a Toulouse combater a influência de Henry de Les Mans, um pregador descrito por historiadores da Igreja católica como "excêntrico, mas extremamente popular", quando este incentivou uma revolta anticlerical entre os fiéis.

Heréticos contemporâneos como Henry de Les Mans e outros se arregimentaram contra o clero romano, por causa de seu hedonismo, insistindo no caráter espiritual da verdadeira Igreja católica, com a exclusão de seus atributos materiais. Em geral, os heréticos dessa época se consideravam "puros" e, como Tim observou, eram cristãos essencialmente conservadores, horrorizados com o comportamento do clero organizado e do papado, preparados para matar e morrer por suas crenças, em um desafio aberto a Roma. Naqueles dias, a Igreja católica costumava se dedicar à simonia, que era a compra e a venda de benefícios eclesiásticos, como altos postos; o nome vem de Simon Magus, um feiticeiro samaritano. Também existiam um lucrativo tráfico de indulgências e a corrupção disseminada. Havia algo de heróico nesses heréticos primitivos, ponderou Tim, e eles foram, na verdade, os precursores dos atuais fundamentalistas católicos. Mesmo assim, isso não lhes dava o direito de executar ações radicais como matar o papa. A Igreja católica atual não era corrupta e estava se modernizando.

As heresias cristãs datam do maniqueísmo persa, que durou do século três ao seis, e aparentemente gerou o agnosticismo e, depois, os cátaros. Eram doutrinas e seitas "dualísticas" proclamando que duas forças criadoras e irreconciliáveis — o bem e o mal — agiam no universo. Mani, o pai da doutrina maniqueísta, acreditava em dois domínios do ser, Luz e Trevas, cada qual com seu próprio senhor, lutando um contra o outro, e os seus descendentes agnósticos e cátaros aceitavam sua rejeição da idéia de que Deus era o Criador de tudo. A pergunta sem resposta que faziam era: "Se Deus é bom, de onde vem o mal?"

O dualismo, em suas várias formas, segundo Tim leu, era talvez a mais poderosa e a mais duradoura das grandes heresias — e ainda sobrevivia, de algum modo, no Sul da França de hoje, como uma tradição cátara. Mas a França também produziu heresiarcas em Châlons-sur-Marne, Aquitânia, Arras e Orléans, no século onze; a heresia de Orléans foi a primeira "heresia popular" — um movimento de massa —, um século antes do advento do catarismo no Sul. No século doze, os heréticos waldenses — batizados assim por causa de Waldes, um rico mercador que passou por uma experiência religiosa e se notabilizou na cidade de Lyon — tornaram-se conhecidos como "os pobres de Lyon". Mas houve, também, os messalianos na Armênia e os priscilianos na Espanha, no século quatro, os paulicianos na Ásia Menor, no século sete, e os bogomilos, os ancestrais dos cátaros, na Bulgária e na Macedônia, no século dez. Joana d'Arc foi queimada como herética, em Orléans, aos dezenove anos, no século quinze.

Era uma história extraordinária que Tim absorvia em grandes goles, cada vez mais certo de sua relevância para a investigação que fazia. Ele, porém, precisava descobrir meios de relacionar as heresias católicas do passado com o "integrismo" dos católicos franceses, para entender o que levara à tentativa de matar o papa. O fato de a França e a Santa Sé viverem perpetuamente em guerra desde a revolução de 1789 — e de, até hoje, tanto grupos de católicos liberais quanto de dissidentes linha-dura desafiarem Roma — sugeria que a conspiração tinha origem francesa. Mas ele precisava de provas.

— Se ainda está interessado em integrismo — disse-lhe o padre-bibliotecário jesuíta, após a missa do Ângelus na capela da Residência de Toulouse —, venha à minha sala, amanhã de tarde, para conversarmos. Até mesmo farei um café para você.

Ambos jesuítas e eruditos, Tim e o padre-bibliotecário logo descobriram outra coisa em comum: o Vietnã. O bibliotecário tinha sido pára-quedista de carreira da Legião Estrangeira francesa, um *para*, como as tropas de elite eram respeitosamente conhecidas, e servido como capitão com o general de Lattre de Tassigny, quando Dien Bien Phu caiu nas mãos dos comunistas do Viet Minh, em 1954. Ele levara uma juventude turbulenta, na melhor tradição da Legião Estrangeira, mas o horror da guerra da Indochina o transformou, e os jesuítas que conheceu em Saigon, após a derrota, o ajudaram a guiá-lo através da revelação religiosa. Os pais dele, como soube o tempo todo, tinham sido colaboradores do regime de Vichy e dos nazistas, durante a ocupação alemã, e a herança dessa culpa foi outro motivo que o levou a procurar a expiação. Do mesmo modo que Tim, a vocação do bibliotecário para o sacerdócio fora tardia, e, de forma semelhante, precipitada pela vivência na Indochina. Quase vinte anos mais velho, o bibliotecário nomeou-se mentor de Tim em Toulouse e foi mais além: parecia adivinhar a investigação que este fazia, apesar de ela nunca ter sido mencionada por completo.

Uma bizarra geringonça de madeira sobre a mesa do bibliotecário lembrava a Tim uma máquina pré-histórica de *espresso*, o que realmente era; continha um globo de vidro no interior, para ferver a água, e preparava um excelente café.

— Trouxe isso do Vietnã — contou, orgulhoso, servindo-o nas xícaras para Tim e para si.

— Mas vamos falar sobre "integristas", a quem algumas

pessoas chamam de "integralistas", porque aceitam, sem questionar, as mais rígidas e antiquadas doutrinas da Igreja católica — disse o bibliotecário. — Eles são muito importantes e bastante perigosos, na minha opinião, dado o acesso que têm a poderosos indivíduos e organizações políticas e econômicas da Igreja. Agem abertamente e também secretamente. Sua instituição mais visível e de grande militância religiosa é a Fraternidade de São Pio V, que deve ter entre meio milhão e um milhão de adeptos, principalmente na França... claro que foi uma idéia francesa... mas também na Suíça, Alemanha, Áustria e até nos Estados Unidos. Trata-se de um cisma completo, com seus próprios padres e bispos, em um desafio total e formal a Roma. De certo modo, já se tornou uma Igreja à parte, cheia de ódio pelo papa e pela Santa Sé. Politicamente, é aliada a partidos reacionários, como a Frente Nacional aqui da França, e outros de extrema-direita, até neonazistas, por toda a Europa. A Fraternidade, claro, é anti-semita e antiimigrantes. Durante a guerra, muitos padres, que atualmente são membros da Fraternidade, colaboraram com a polícia de Vichy e a Gestapo na captura de judeus para serem enviados a Auschwitz e outros campos da morte. Acredite, eu estou bastante familiarizado com esse assunto; os meus pais, lamento dizer, foram *collaborateurs*.

— Mas como padres podem se comportar dessa maneira? — questionou Tim. — Isto é, eles traem a doutrina cristã agindo assim...

— Muito fácil — rebateu o bibliotecário, com amargura. — Ser padre não torna um homem um cristão de verdade, nem mesmo uma pessoa decente. Na França, isso costuma ser apenas uma profissão. E, depois da guerra, o comportamento deles foi pior ainda, fornecendo refúgio para criminosos como

Paul Touvier, um alto oficial da milícia de Vichy, que viveu em casas paroquiais com sacerdotes e era sustentado com dinheiro dos Chevaliers de Notre Dame, outra organização religiosa fascista. Depois vieram René Bousquet, que foi secretário-geral da polícia do governo de Vichy, e Maurice Papon, o encarregado em Bordeaux. Eles foram responsáveis pela morte de milhares de judeus. Durante anos, também estiveram sob a proteção de nosso clero católico. Brossard era pago pelos Chevaliers de Sainte Marie, sejam lá quem fossem. Sim, a nossa Igreja é rica em criminosos. E, é claro, todos eles odeiam Gregório XVII.

— Mas devo acrescentar — prosseguiu — que, recentemente, um grupo de bispos franceses divulgou uma declaração de que o silêncio da liderança da Igreja católica francesa diante da perseguição dos judeus, na época da guerra, foi uma "omissão". Trata-se de uma boa medida. Contudo, até mesmo Gregório XVII tem se recusado a prever se a Igreja Católica romana como um todo apresentaria uma desculpa formal por esse silêncio. A Santa Sé continua determinada a proteger os grandes silêncios de Pio XII. E aqui na França, a Fraternidade e outros "integristas" simplesmente adoram que isso continue assim. Eles têm bastante poder.

— Fale mais sobre a Fraternidade São Pio V — pediu Tim ao bibliotecário. — Quem a dirige, se é que existe alguém em particular?

— Ah, sim — disse o velho jesuíta. — Ela é dirigida, com mão de ferro, pelo seu fundador, o arcebispo Jules Leduc. Não ouviu falar nele?

— Apenas vagamente. Quem é exatamente?

— Leduc é um arcebispo licenciado que passou muitos anos no Oeste da África e, após se afastar formalmente, resolveu inventar a própria Igreja, que, como eu disse, é um cisma. Aliás, creio que se trata de uma heresia moderna. Ele representa a alma do integrismo. Os modelos de Leduc são Pio V... que deu início à implementação dos decretos camisa-de-força do Concílio de Trento, realizado em meados do século dezesseis, e, por causa disso, mereceu a santidade... e Pio X, que reinou até o início da Primeira Guerra Mundial, em 1914. Você vai adorar o motivo pelo qual Leduc batizou a sua Fraternidade com o nome de Pio V e por que venera Pio X, que foi um paranóico reacionário e achava que todos os intelectuais eram heréticos. Devo acrescentar que Pio X foi canonizado depois da guerra, em 1954, por ninguém menos do que o papa Pio XII. Quando Pio X foi papa, o futuro Pio XII era seu assistente diplomático. Sim, o arcebispo Leduc é uma figura e tanto. Você devia conhecê-lo, qualquer dia desses... Aliás, é nosso vizinho no Languedoc. Mas isso é outra história... E creio que deve dar uma boa olhada na saga dos cátaros. Talvez ache muito interessante... e útil.

— É difícil encontrar o arcebispo? — perguntou Tim. — Ele recebe estranhos?

— Não, não creio que terá problemas em localizá-lo — informou o bibliotecário. — Ele vive perto de Carcassonne, sem se esconder de ninguém... Mas há outra coisa que precisa saber sobre a Fraternidade Pio V. Lembra do padre espanhol demente que avançou contra o papa com uma baioneta, quando ele rezava diante da imagem de Nossa Senhora de Fátima, no primeiro aniversário dos disparos na praça de São Pedro?

— Lembro. Claro que lembro. O que tem o padre espanhol?

— Ele era membro da Fraternidade Pio V — revelou. — E quando o papa esteve na França, no início deste mês, houve um outro estranho incidente que foi ocultado da imprensa a pedido da Santa Sé e das autoridades francesas: uma tosca bomba caseira foi encontrada em uma igreja perto de Paris, onde Gregório XVII ia concelebrar uma missa... e a bomba continha uma inscrição, em latim e francês, que dizia "Em nome do papa, BUM!".

No domingo seguinte, Tim Savage assistia à televisão, durante um café da manhã tardio, no refeitório da Residência de Toulouse. Sem muito interesse, via e ouvia políticos do Languedoc, esquerdistas e direitistas, proporem as suas plataformas para as próximas eleições parlamentares, quando, de repente, sua atenção foi atraída para as imagens de uma enorme massa popular avançando por uma *autoroute*, portando bandeiras e cruzes. O som era de cantos e preces religiosos emitidos por milhares e milhares de gargantas, elevando-se aos céus. Já atento ao noticiário, descobriu que se tratava da etapa final de uma marcha de 112 quilômetros, com duração de três dias, alternadamente debaixo de um sol escaldante e de chuvas torrenciais, feita por membros e seguidores da Fraternidade Pio V, que seguiu da antiga Catedral de Chartres até a Sacré-Coeur de Montmartre em Paris. Primeiro, os caminhantes participaram, na Catedral de Chartres, de uma missa tradicional, em latim, de acordo com o ritual do papa Pio V, e, depois, de uma outra, idêntica, na Igreja de Montmartre. Uma enorme cruz carregada pelos crentes era dedicada, em letras grandes, a Santa Bernadete, a favorita dos tradicionalistas. Tim ficou surpreso ao saber que a missa em Chartres fora celebrada pelo cardeal Angelo Felici, outrora um núncio papal na França e atual presidente da Comissão Pontifical Ecclesia Dei, que se encarrega dos católicos tradicionais. Realmente, o arcebispo Leduc e sua Fraternidade tinham bastantes seguidores na França — e uma presença estratégica em Roma. Foi o cardeal Felici quem anunciou ao mundo, da sacada da Basílica de São Pedro, a eleição de Gregório XVII. Mas Leduc, ele próprio, não se encontrava entre a multidão.

Tim já ouvira falar no nome do arcebispo Leduc e algo a respeito de seu polêmico movimento, mas o jesuíta não era teólogo e todo esse assunto estava totalmente fora de sua área de conhecimento e interesse. Nunca lhe havia ocorrido, no contexto de sua investigação, pesquisar sobre Leduc e a Fraternidade. De um modo geral, pelo menos de acordo com o monsenhor Sainte-Ange, existiu uma "conexão muçulmana" na conspiração para o assassinato, e esse foi em parte o motivo para Tim ser recrutado. Pelo que lhe constava, o alerta de de Marenches, de acordo com o que havia avaliado, não apontava na direção dos "integristas" franceses. Era extraordinário, refletiu, as paixões que as tradições religiosas despertavam dentro e em torno da Igreja católica, inclusive a questão de o ritual da missa ser celebrado em latim ou em vernáculo, quatro séculos depois do Concílio de Trento — e perto do final do século vinte — transformando-se em cisma e heresia.

Por mais fascinantes que pudessem parecer as lutas fundamentalistas, elas deixaram de ser abstratas e teóricas para Tim Savage, no momento em que Faisal, o imame de Toulouse, admitiu a participação muçulmana, inocente ou não, na trama contra Gregório XVII, e o padre-bibliotecário jesuíta lhe deu uma noção sobre o integrismo e suas ramificações na França. Ele, portanto, teria que se tornar um especialista no arcebispo Leduc, na Fraternidade e todas as suas ligações. O instinto lhe dizia que havia muito pouco tempo para essa especialização — até ele poder estar equipado para agir a fim de evitar novas tragédias.

Novamente, o bibliotecário da Residência Jesuíta forneceu-lhe as informações básicas, dessa vez por escrito. Havia a biografia do arcebispo Leduc, algumas hagiografias com acusações furiosas, uma curta autobiografia, as torrentes de injúrias do próprio Leduc contra o Concílio Vaticano e diversas polêmicas razoavelmente equilibradas sobre o "Caso Leduc".

A fotografia de um padre com aparência jovial, sorridente e olhos azuis, obviamente tirada havia décadas, decorava a capa de uma das biografias. O rosto, de certa forma, pareceu-lhe familiar, ao examinar a foto, mas Tim não conseguiu determinar de onde o conhecia, e não fez nenhum esforço para procurar na memória. Comparada com as histórias das vidas de bispos, a carreira de Leduc tinha sido bem interessante, concluiu, enquanto mergulhava no seu mais recente projeto de pesquisa, uma tarefa que lhe exigiu alguns dias de leitura, anotações e análises.

Jules Leduc nascera em 1905, em Ajácio, na Córsega — a ilha que foi o berço de Napoleão — no ano em que o Parlamento francês aprovou a lei de separação entre Igreja e Estado e a expulsão das ordens religiosas. Esse foi o último fato marcante da luta entre duas grandes entidades, que vinha desde a revolução de 1789, um acontecimento que a Igreja católica francesa, até os dias de hoje, não esqueceu nem perdoou. Por acaso, uma coincidência espantosamente irônica, a lei da separação e o seu nascimento no mesmo ano, viria a se tornar uma obsessão para o arcebispo. Isso foi visto por ele como um enorme crime e uma alta traição.

Um dentre oito filhos — cinco dos quais fizeram votos religiosos —, Leduc foi ordenado sacerdote com a idade de vinte e quatro anos. Por ser visto pela Igreja católica como um homem muito promissor, foi enviado a Roma para fazer doutorados em teologia e filosofia, na Universidade Gregoriana dos jesuítas, outra ironia para o padre que odiava do fundo do coração os "liberais" da Igreja católica. Aos quarenta e cinco anos foi designado bispo de uma diocese no Sul da França — no

Languedoc — e, aos cinqüenta, arcebispo de Casablanca. Eram os anos 50 e o Marrocos ainda fazia parte da França metropolitana, como a Argélia e a Tunísia. Ele acreditava que o Norte da África deveria permanecer francês para sempre, não apenas por causa de seu patriotismo, mas, principalmente, pelo temor de que, caso contrário, essa vasta região seria absorvida pelo islamismo. O Islã era a causa de um dos ódios mais profundos de Leduc.

Foi necessário o Concílio Vaticano II, do qual participou em meados dos anos 60, para ele desatar todas as fúrias de que estava possuído. Com uma torrente de artigos, conferências e livros — entre os quais, *Eu acuso o Concílio* e *Eles O descoroaram*, referindo-se a Jesus Cristo —, declarou que o Concílio era uma conspiração criminosa contra a Igreja católica e os papas anteriores. Referia-se sombriamente ao Concílio e às suas modernizações, dizendo que beiravam o "satanismo" e que eram "a Aids da Igreja católica", o segundo epíteto proferido alguns anos depois, quando o vírus da Aids foi isolado e identificado.

Leduc desdenhava e condenava tudo em relação à nova Igreja católica pós-concilar: a declaração sobre a liberdade religiosa, que ele descrevia como um "vício fundamental" e a "morte do reino social de Nosso Senhor Jesus Cristo"; a política do ecumenismo com o objetivo de reunir as Igrejas cristãs depois do Grande Cisma de 1054, porque, o arcebispo achava, o catolicismo era a única "religião verdadeira"; a aprovação da nova missa em latim pelo papa Paulo VI, substituindo a antiga missa tridentina, e, horror dos horrores, a legitimação da missa em vernáculo. Do mesmo modo, combatia a nova liturgia, na qual o padre, durante a missa, ficava de frente para os fiéis, e não voltado para o altar, afirmando que isso o deixava chocado por ser uma afronta a Jesus Cristo.

Dado o seu ódio ao Concílio e à Santa Sé "liberal", renunciou ao arcebispado em 1968, provavelmente antes de ser dispensado por sua rebeldia descontrolada. Dois anos depois, fundou a Fraternidade Pio V, e nos quatro seguintes ordenou os seus primeiros padres, um ato ilegal aos olhos da Igreja católica, o que levou Paulo VI a suspendê-lo de seus privilégios espirituais. Na ocasião, porém, a "igreja paralela" de Leduc progredia com uma espantosa rapidez. O arcebispo, por sua vez, tinha uma personalidade altamente agradável e era um orador convincente, particularmente aos ouvidos dos católicos conservadores. Jovens padres saíam aos montes do seminário que ele criara na antiga e adorável cidade de Mirepoix, no Languedoc, para disseminar sua doutrina. O "integrismo" era forte na França.

Leduc, como Tim veio a descobrir, tinha a si mesmo em alta conta. Desenhou seu próprio brasão, no qual um chapéu preto de abas largas de bispo repousa no topo de uma cruz que se afina como a ponta de uma espada. O lema era em latim: "Cremos na caridade." O arcebispo geralmente dizia, com a maior seriedade: "Não posso evitar se eu estou sempre certo!"

— Sabe, Tim... — dissera-lhe o padre-bibliotecário —, Leduc é, na verdade, um papista contra o papa, e acredita literalmente que é *plus catolique que le pape*. Você pode pensar que ele é louco, mas não o subestime.

Leduc, aliás, tinha seguidores não apenas na França, mas em meia dúzia de países com maioria católica. Na Espanha, por exemplo, Tim leu que um jovem padre catalão ligado à Fraternidade havia se tornado um astro da mídia com "Mouros *versus* Cristãos", um programa de televisão transmitido em rede nacional.

Na esperança de abrandar a rebelião de Leduc, Gregório XVII o recebeu no dia 18 de novembro de 1978, uma semana após sua eleição, mas os dois franceses turrões não chegaram a um acordo. As negociações em nada conclusivas entre seus representantes se arrastaram durante quase três anos, e acabaram sendo interrompidas porque Leduc se recusava a arredar pé das posições extremas. Ele também descrevia o Concílio Vaticano como uma "heresia" e a "autodestruição" da Igreja católica. E comparava Gregório XVII a Pilatos, tornando muito difícil a manutenção e o prosseguimento das conversações.

Estudando o dossiê Leduc, Tim achou curioso que, ao sagrar os seus próprios bispos, o arcebispo infringia a Lei Canônica promulgada por Pio V, a qual determina que "todos os bispos" devem ser nomeados pela Santa Sé. Mas era obviamente tarde demais para sutilezas teológicas e legais e tecnicalidades. Leduc vivia na ofensiva, em uma *blitzkrieg*. E, logo em seguida à morte do papa João Paulo I, em 1978, após o seu reinado de um mês, a *Civilità Cristiana*, uma publicação romana pró-Leduc, acusou os "liberais" da Igreja católica de terem planejado matá-lo porque "temiam" que ele recuaria nas reformas determinadas pelo Concílio Vaticano. Sim, Tim lembrou a si mesmo, a melhor defesa é o ataque. Isso teria feito parte de um cuidadoso e paciente planejamento antecipado?

Tim também percebeu que o malogro das negociações entre a Santa Sé e os representantes de Leduc tinha ocorrido em fevereiro de 1981. O ataque contra Gregório XVII aconteceu exatamente três meses depois, no dia 13 de maio.

Capítulo Vinte

Jake Kurtski estava estirado na estreita cama de seu quarto de hotel em Roma, que mais parecia uma cela, mascando furiosamente um charuto apagado e praguejando contra si mesmo, em polonês e em inglês. Ele acabara de se encontrar com o jovem francês, seu contato na conspiração — ainda não sabia como se chamava —, que lhe transmitira novas e surpreendentes instruções, as quais consistiam de uma ordem para ele se tornar um reles pistoleiro de aluguel.

Isso o enfureceu mais do que qualquer outra coisa, em muitos anos, pelo menos, com certeza, desde o Vietnã. Na sua cabeça havia um mundo de diferença entre assassinatos políticos estratégicos — como fora, por exemplo, o caso da Fênix no Vietnã — ou orientar o terrorismo internacional estratégico e participar de golpes de Estados em paisezinhos de merda da África ou da Ásia — e o puro e simples assassinato individual. "Pelo amor de Deus", reclamou Kurtski com o francês, pois ele fora "um oficial da Inteligência militar do Exército e funcionário de categoria superior da CIA, e não a *pórra* de um pistoleiro". Afinal de contas tinha uma sólida reputação, exigia um alto preço pelo seu serviço e sua assessoria, e era tratado com cortesia profissional pela maioria dos serviços de Inteligência mais importantes do mundo. As pessoas entendiam e respeitavam umas às outras naquele seu universo sujo.

Após o fim da Guerra do Vietnã, em 1975, com Kurtski entre os últimos a serem evacuados de helicóptero do telhado da Embaixada americana em Saigon, ele concluiu que não tinha mais futuro útil na CIA. O clima e a cultura do serviço de Inteligência dos EUA haviam mudado, após o desastre do Vietnã, com o bom nome da Agência difamado por causa de todas as atividades clandestinas, tanto as boas quanto as más, que ela havia desempenhado. O melhor que ele poderia esperar, àquela altura, era ser designado como encarregado do treinamento dos novatos na Fazenda ou algo igualmente degradante. Sabia que não iriam confiar nele como chefe de divisão em qualquer parte, já que na CIA, internamente, a sua imagem-padrão era definida pelo apelido que lhe deram na Fênix: "K.K.", ou "Killer Kurtski" (Kurtski Matador). Também não era talhado para ser um diplomata da Agência.

Demitiu-se, portanto, recebeu o último pagamento e passou a se dedicar a novas atividades no bastante movimentado setor privado, como ele chamava, da arte da informação e serviços afins. Passou vários anos como empregado de uma oficialmente reconhecida, registrada e respeitada — se bem que, às vezes, de reputação duvidosa — firma internacional concessionária de armamentos em Alexandria, Virgínia, que ficava um pouco mais além do Aeroporto Internacional de Washington.

A empresa, um negócio de um bilhão de dólares, era especializada em vendas, legais e ilegais, de armas para todo o mundo, algumas destas últimas com o silencioso beneplácito do governo americano. Como não era de se surpreender, ao se dedicar ao lado ilegal da firma, ele ganhou mais dinheiro do que jamais ganhara em sua vida. Vivia confortavelmente em um caro apartamento de um condomínio de luxo na ribeira do Potomac, em Washington, e dedicava-se a sexo e porres ilimitados quando estava na cidade. Viajava de primeira classe ao redor do mundo, hospedava-se em hotéis cinco estrelas, sua compleição e linguagem corporal de camponês incompatíveis com os ternos de mil dólares ou mais de Armani ou da Savile Row, a escolha das roupas igualmente incongruente. Mas, na agitada vida das multidões que cruzam os oceanos em jatos, hospedam-se nos melhores hotéis e comem nos restaurantes elegantes, Kurtski não se sobressaía mais do que qualquer outro homem de negócios vestido de maneira imprópria e gastando à vontade à custa da empresa, o que, para ele, era perfeito. Além das reuniões de negócios, não se encontrava com mais ninguém; de um modo geral, não gostava das pessoas, que, por sua vez, não gostavam dele — sempre fora um solitário auto-suficiente.

Depois de algum tempo, ficou entediado com venda, entrega, compra e transferência de caças de segunda mão, blindados, morteiros, lança-granadas, rifles de ataque M-16 e M-17 e sabe-se lá o que mais. Para ele, tornara-se por demais rotineiro. Por causa de seu talento como vendedor, contudo, passou a se relacionar com a fraternidade dos mercenários internacionais, que, em sua maioria, eram franceses, belgas, ingleses e sul-africanos, e, facilmente, deixou-se convencer a colaborar com a sua perícia — foi aí que a reputação obtida na Fênix se revelou valiosa — para os vários empreendimentos violentos deles. A especialidade empresarial da turma era derrubar regimes, indo da Guiné-Bissau a Lesoto, passando pelas Seychelles, e seguindo por uma variedade de Emirados Árabes no Golfo Pérsico, até Brunei — embora neste último tenham fracassado e o sultão multibilionário se mantido no poder.

Geralmente o principal estrategista militar por trás dos golpes, Kurtski continuou a prosperar. Também diversificava, mais por causa do seu distorcido senso de estética do que simplesmente por dinheiro, participando da rede global de prostituição, facilitando a remoção de lindas adolescentes pobres do Sudeste da Ásia e, às vezes, do Norte da África, para luxuosos bordéis da Europa. Não se furtava a degustar esse fruto, mas nunca tocava em drogas. Era sensato o bastante para não se envolver com o tráfico internacional de entorpecentes; lembrava da tolice da CIA em transportar narcóticos do "Triângulo Dourado", na Indochina.

No início dos anos 80, desistiu da vida de mercenário e aceitou com entusiasmo uma fantástica oferta financeira de antigos colegas da CIA — na ocasião, chefões da Agência — para ajudar a supervisionar a campanha dos contras em oposição aos sandinistas da Nicarágua. Era perfeito, pensou ele. Não apenas devia isso ao seu país adotivo, os Estados Unidos, como também poderia se vingar do Vietnã combatendo os malditos comunistas. Kurtski dedicou mais ou menos um ano à causa dos contras, agindo como chefe do Estado-maior das forças de campanha. De vez em quando, baixava de helicóptero em um posto avançado de comando dos contras, para assumir os interrogatórios dos prisioneiros sandinistas capturados. Adorava cada um daqueles momentos, pois lhe traziam de volta lembranças do Vietnã e da juventude. Não raramente culminava um interrogatório com um ritualístico tiro à queima-roupa na cabeça do prisioneiro, um antigo hábito. Isso, é claro, não era assassinato; tratava-se de um prolongamento da política por outros meios.

Logo, porém, a guerra dos contras deu o que tinha que dar, e ele passou a procurar um objetivo bem maior, algo que o sustentasse no luxo durante o resto da vida, sem ter de trabalhar — só trepar e beber até não poder mais. Afinal de contas já passava dos sessenta anos e não havia muito tempo a perder.

Por caprichos da sorte, o telefone tocou, certa noite, no seu apartamento em Washington, onde descansava por uma semana das selvas de Honduras e da Nicarágua. Ao atender, ouviu a voz de um passado recente. Era Bob Dennard, o patriarca francês dos grandes mercenários, que o convidava a passar um fim de semana em Paris — com todas as despesas pagas —, para conhecer um "novo amigo". Kurtski achava-se preparado para uma mudança em sua vida; estava se lixando para os contras e ficou curioso com o telefonema. Dennard era um sujeito confiável que jamais agia sem um propósito definido.

Em Paris, no apartamento, localizado na margem esquerda, de uma mulher que Dennard conhecia muito bem, foi apresentado a um jovem francês vestido com um terno cinzento, que lhe disse, em seu inglês com sotaque:

— Sr. Kurtski, sabemos tudo a seu respeito e gostaríamos de lhe oferecer um serviço interessante e muito bem pago.

Ele o avaliou rapidamente, concluiu que o francês era frio e prático, e disse que gostaria de saber mais a respeito do "serviço".

— Mas — acrescentou — como você disse mesmo que se chamava?

— Não disse, pois você não precisa saber — explicou o homem. — Eu poderia mentir e dizer que me chamo Duclos, Lelong ou de Gaulle, mas, para quê? Se decidirmos colaborar, serei eu que entrarei em contato com você, e não o contrário. Portanto, o meu nome não importa.

Ele deu de ombros e falou friamente:

— Como queira... Bem, o que pretende?

O francês forneceu as linhas gerais do plano, e Kurtski concluiu, sinceramente estarrecido, que o desejo de seus superiores era que ele providenciasse o assassinato de Gregório XVII.

— Suponho que não se trata de uma brincadeira — considerou ele. — Mas preciso saber um pouco mais a respeito. Como visualizam isso, quanto pretendem me pagar e coisas assim... Ah, e é claro, eu gostaria de pensar no assunto. Foi meio repentino, não acha?

— Tudo bem — concordou o francês. — Hoje, eu só queria conhecê-lo. Você foi altamente recomendado por *monsieur* Dennard e outros amigos meus. Sim, pense no assunto. E eu preciso relatar aos meus superiores a impressão que tive de você. Sugiro que a gente se encontre em Roma, daqui a exatamente um mês, e começaremos a partir daí, se concordarmos em seguir adiante... Eu lhe telefonarei alguns dias antes, para que possa chegar facilmente no dia marcado.

Kurtski e o francês se encontraram duas vezes em Roma, para discutir a execução do plano. No último encontro, concordaram que a melhor oportunidade para matar o papa seria quando este viajasse para os Estados Unidos, no outono. Até lá, ele passaria a morar em Roma para cuidar dos preparativos. Escolheu como moradia temporária um quartinho no Hotel Columbus, um enorme prédio cinza na Via della Conciliazione, a um quarteirão da praça de São Pedro, onde romeiros viajando em pacotes turísticos se sucediam durante todo o ano, o que dava aos hóspedes o máximo de anonimato. Por um lado, escolheu o Columbus por causa do ambiente, e, por outro, porque gostava de caminhar todas as manhãs para ver a Basílica de São Pedro e o Palácio Apostólico, apenas virando a cabeça para a esquerda. Isso lhe dava uma estranha sensação de identidade com a Santa Sé e o papa para cujo assassinato fora contratado. De vez em quando, ficava imaginando o que o papa estaria fazendo naquele instante.

Certa manhã, quando o seu serviço preparatório para explodir o avião do papa seguia sem problemas, recebeu no quarto um telefonema do jovem francês. Ele parecia seriamente preocupado e havia um tom de urgência em sua voz. Disse-lhe que precisava vê-lo imediatamente e propôs que se encontrassem no café da calçada defronte ao Columbus.

— Os nossos planos mudaram drasticamente — informou o francês assim que se sentaram à pequena mesa redonda, sem cumprimentos nem as amenidades costumeiras.

— Há uma nova prioridade — prosseguiu, quase sem fôlego, fora de sua frieza normal. — Fomos infiltrados. E creio que sabemos a identidade do infiltrador. Ele precisa ser morto antes de prosseguirmos com o nosso plano em relação ao papa. Se ele não for liquidado o mais depressa possível, todo o nosso projeto será revelado e irá por água abaixo. E os meus superiores acreditam que você, Sr. Kurtski, é o homem certo para executar o assassinato. Ninguém mais pode fazer isso por nós. Como ninguém o conhece e sabe a respeito de nosso acordo, ninguém poderá ligá-lo a nós. Além do mais, você não é francês. É perfeito para o serviço.

— Ei, um momento aí — explodiu Kurtski, perdendo a paciência. — Está achando que eu sou o quê? Não sou um pistoleiro profissional. Não é isso o que eu faço. Esqueça a *pórra* dessa idéia. Nem pensar que eu vou matar alguém a mando de vocês, está entendendo?

— Não tem escolha, Kurtski — alegou o francês. — Terá que interromper todo o planejamento do assassinato do papa até se livrar do infiltrador. Simplesmente isso. E se não houver um plano para matar o papa, não será feito o resto do pagamento a você. Mas, por outro lado, receberá um extra pela morte desse homem...

— Não importa — berrou. — Não vou fazer isso, tá legal?

— Não, não está legal — ciciou o francês. — Se você se recusar, nós o denunciaremos às autoridades, da França e da Itália, como o principal conspirador contra o papa. Sabe, eu gravei as nossas conversas, e podemos editar a fita, selecionar os trechos. E você não faz a mínima idéia de quem somos nós! Não poderá acusar ninguém, porque não há ninguém para acusar.

Kurtski ficou vermelho, o coração batendo depressa, a respiração perigosamente pesada.

— Seu filho da puta — rugiu furioso de volta, derrotado e impotente pela primeira vez em sua vida adulta. — Quem é o homem que querem matar?

— É um conterrâneo seu. Um padre jesuíta chamado Timothy Savage. No momento, está na França. No Sul. Vamos voltar a nos encontrar amanhã... depois eu direi onde... e lhe darei todos os detalhes...

De volta ao quarto no Columbus, Kurtski jogou-se na cama, ofegando furiosamente, temendo um ataque do coração. Sentiu a pressão normalmente alta ir lá para cima, a barriga intumescida bombear como um fole. Pegou no cinzeiro ao lado da cama um charuto apagado e passou a mastigá-lo com força, para acalmar os nervos.

— Essa não, essa não — repetia para si mesmo. — Com tanta gente no mundo, tinha que ser a *pórra* do Savage.

Em Toulouse, Tim Savage refletia sobre o seu próximo passo. Já tendo lido e ouvido tanto, em termos gerais, sobre a "heresia" dos cátaros e a criminosa cruzada papal de quase sete séculos atrás para erradicá-la, decidiu que precisava conhecer muito mais a respeito deles. Precisava entender, por exemplo, se a heresia de Leduc fora, de alguma forma, inspirada pelos cátaros, ou se o arcebispo, habilmente, havia se apropriado dela para os seus próprios fins e, em conseqüência, de um modo distorcido, a lenda cátara permanecera fortemente viva e muito admirada no Languedoc. Afinal cada líder cátaro sempre era conhecido como "o Perfeito" — *cátaro* é a palavra grega para *perfeito*. E Tim também achava bastante relevante determinar se a onda de protestantismo por lá, em conseqüência da Reforma — outra jóia histórica que ele desenterrou —, havia formado alguma espécie de ponte de antipapismo de protesto entre os cátaros e os "integristas" modernos. Para todos os efeitos, Roma nunca foi muito popular no Languedoc.

Para concentrar o seu dever de casa nos cátaros e voltando ao tédio da pesquisa acadêmica, ele havia escolhido — por recomendação do amigo padre-bibliotecário de Toulouse — a livraria extraordinária de Le Somail, na margem sul do Canal do Midi. O canal é uma via aquática do século dezessete, cavada com trabalho manual, que liga o Atlântico ao Mediterrâneo ao longo dos Pireneus, um dos mais espetaculares feitos da engenharia na Europa, patrocinado por Luís XIV. A livraria, segundo foi informado, não era apenas o maior repositório de literatura cátara e poesia trovadoresca do Languedoc, mas possivelmente do mundo, e talvez a principal morada da sabedoria viva da vivência cátara.

Para chegar a Le Somail, Tim dirigiu o seu carro alugado de Toulouse a Carcassonne, a antiga cidade murada, pela Autostrade des Deux-Mers, a Estrada dos Dois Mares, que seguia paralelamente ao grande canal. Por causa disso, descobriu a inabalável devoção dos motoristas franceses em colar o seu carro na traseira de outros, a velocidades que excediam os cento e vinte por hora. Da *autostrade* Tim pegou a direção sudoeste, seguindo por estradas secundárias até a livraria do lugarejo. Para essa expedição, foi como "civil", vestindo roupa esporte, chamada pelos franceses de *très cool*, a frase deles para o casual chique, que também significa calçados elegantes, mas sem meias.

Le Somail é tão pequena que os seus dois prédios principais são a livraria com a aparência de um estábulo e um pequeno hotel-restaurante do outro lado do canal. Passando a livraria, Tim só viu o Museu do Chapéu, uma misteriosa instituição que permaneceu fechada o tempo todo de sua estada na aldeia, e algumas poucas casas modestas. Ele se registrou no hotel, sendo o único hóspede por lá, e subiu a escada para o primeiro andar onde ficava o seu minúsculo quarto. Da janela viu a lenta passagem de uma enorme barcaça descendo o canal em direção ao Mediterrâneo. Outrora uma embarcação para transporte de trigo e vinho, que subia e descia por suas águas, e fazia parte de uma frota da qual dependia muito o comércio entre os dois litorais franceses, a barcaça agora só levava turistas, uma meia dúzia deles sentados nas cadeiras do convés superior, tomando aperitivos. Acenaram para Tim. Plátanos altos margeando todo o canal em ambos os lados, ele podia ver, se refletiam nas águas tranqüilas.

Depois, à tarde, atravessou a ponte de pedras sobre o canal para visitar a livraria. *Monsieur* Raymond, o proprietário, estava atrás de uma pequena escrivaninha, logo na entrada, examinando recibos de cartões de crédito. Sua forma colossal — chamá-lo de obeso seria pouco — combinava perfeitamente com a imensidão da livraria com fileiras de vitrines, estantes e pilhas de livros, tanto no térreo quanto na galeria do andar de cima.

Monsieur Raymond cumprimentou Tim educadamente, em francês, sem se desconcentrar de sua papelada. Em seguida, olhou para cima, sorriu e passou a falar em um inglês fluente.

— Ah — percebeu. — Você deve ser inglês. Ou, talvez, americano... Em que posso ajudá-lo?

— Sou americano — disse Tim, também munido de um sorriso. — Estou interessado na história cátara. Uns amigos de Toulouse me informaram que a sua livraria é um valioso tesouro a respeito do assunto. E aqui estou eu.

As sobrancelhas do livreiro se ergueram, num espanto total. Com um enorme esforço, levantou-se da cadeira de braços atrás da escrivaninha.

— História cátara? — perguntou, incrédulo. — Meu Deus, você é o primeiro americano, aliás, o primeiro estrangeiro a se interessar pelos cátaros. É inacreditável! Mas, por favor, me diga por que se importaria com uma obscura heresia com mais de sete séculos?

— Bem, sou professor de história da religião da Universidade Gregoriana, em Washington, onde moro, e estou passando alguns meses na França para ver o que consigo aprender, mesmo superficialmente, sobre heresias medievais. Acredito que são relevantes para as grandes sublevações religiosas de nossos tempos. Também soube, *monsieur*, que, pessoalmente, possui um enorme conhecimento sobre os cátaros. Se dispuser de tempo, gostaria de lhe fazer algumas perguntas.

Ele esteve para dizer que era um jesuíta especializado em islamismo, mas algo no fundo da mente o alertou para que ocultasse sua verdadeira identidade. Talvez *monsieur* Raymond fosse anticlerical, uma tendência ainda muito forte na França.

— Ora, será um prazer conversar com você, senhor — exclamou Raymond. — Venha jantar esta noite. É muito raro nós termos convidados...

— Quero lhe avisar que não sou imparcial quando se trata da história cátara — anunciou o livreiro René Raymond a Tim, enquanto servia vinho a ambos, antes da refeição. — Sabe, sou descendente direto do visconde Raimond Roger Trencavel, um líder cátaro que foi jogado num buraco e deixado lá para morrer, depois que os barões do papa conquistaram Carcassonne, em 1209. Naquela época, o Raymond, o meu nome, era pronunciado com "i", *Raimond*. O visconde era sobrinho do governador de Toulouse, o conde Raimond VI. Portanto, faço parte não apenas da família real do Languedoc, mas também da história cátara.

— É uma honra e tanto estar com você — disse Tim. — E tive sorte por tê-lo encontrado. Andei lendo, é claro, sobre os cátaros, sua doutrina do dualismo, sua rejeição das doutrinas ortodoxas da Igreja Romana, e assim por diante. Mas devo confessar que fiquei completamente confuso com tudo que li... E, pelo que ouvi você dizer há pouco, que não pode ser parcial em relação à história cátara, tive a nítida impressão de que está falando do passado como se fosse o presente, ou seja, que ele continua muito vivo. Estou errado?

— Não, não está errado, meu amigo — replicou Raymond, deslocando o corpanzil no sofá onde se sentava, na sala de estar da casa atrás da livraria. Tim estava instalado em uma ampla poltrona, defronte ao anfitrião. A sala também era inundada por livros.

— Você é bastante perspicaz e está totalmente certo ao observar que o catarismo... vamos chamá-lo assim... está bem vivo em uma grande variedade de aspectos — prosseguiu. — As pessoas do Languedoc e além estão muito cientes de que o catarismo e a história cátara continuam sendo uma realidade, e não apenas uma heresia do início do milênio que foi extirpada e basicamente esquecida. Quando digo que não sou imparcial em relação ao catarismo, refiro-me ao fato de que acredito firmemente que os cátaros estavam certos na sua interpretação da religião cristã, que eles continuam certos hoje em dia, e que toda essa questão não foi resolvida pelas Cruzadas, nem pelos massacres e queimas na fogueira de incontáveis milhares de famílias cátaras, nos séculos treze e quatorze. Aliás, eu me vejo como um militante cátaro. Não sou um *perfeito*, mas sou um *crente*.

— Isso é extraordinário — exclamou Tim, sem muita certeza do que mais poderia dizer. Ele sabia que os cátaros tinham sido a mais extremada de todas as seitas a se oporem à Igreja Romana, considerados pela Igreja católica os seus maiores inimigos, mas não estava preparado para encontrar um impetuoso porta-voz moderno do catarismo, pregando a doutrina como se a batalha ainda estivesse sendo ativamente travada. E, talvez, estivesse. Tim sentiu-se em meio a uma névoa que confundia as realidades atuais com um passado imaginado e lembrando de muitos séculos atrás. E Raymond intensificava tal impressão, ao prosseguir falando da imutável relevância do catarismo.

— Jamais esqueceremos Roma e os papas pela enormidade do crime que cometeram contra nós, os cátaros, com a Cruzada do papa Inocêncio III, a Inquisição, e as seguidas matanças — asseverou. — Esse foi o primeiro ato de genocídio, o primeiro holocausto, como chamaríamos atualmente, da história. Foi uma faxina religiosa. E Roma, mesmo com os papas supostamente progressistas, como Leão XIII, João XXIII, e até mesmo o atual Gregório XVII, não admitiram o erro ou se desculparam, o que faz parte do espírito cristão, e nem nos estenderam a mão da reconciliação. Portanto, Roma continua sendo a inimiga.

— O que não entendi muito bem — afirmou Tim — foi o motivo pelo qual a Igreja católica atacou os cátaros com tanta fúria. Eles não eram os mais bondosos, gentis e corretos de todos os cristãos? Roma não deveria ter aplaudido as rigorosas devoção e moralidade deles? Se entendi direito, não estavam desafiando Roma por causa de poder ou liderança.

— Não, claro que não — concordou Raymond. — Os cátaros não queriam tomar o poder no Sul da França mais do que na Lombardia, na Bulgária ou na Bósnia, onde, como sabe, os bogomilos supostamente iniciaram o que hoje é conhecida como a nossa "heresia" cátara. Você mencionou a devoção, e até eu mesmo devo admitir que a devoção produz igualmente santos e heréticos... e foi isso que, provavelmente, aconteceu com os cátaros, se insistirmos no fato de que eram realmente heréticos.

Seguiram para a mesa da sala ao lado, onde uma criada os esperava com uma enorme panela de *cassoulet*, e Tim pegou de volta o fio da meada da conversa que estavam tendo antes do jantar.

— Eu entendo que a "heresia" não se tratava de tomada do poder pelos cátaros, no sentido normal da palavra — disse. — Mas, ao mesmo tempo, eles pareciam estar se tornando rivais espirituais da Igreja Romana, e acredito que, se tivessem sido bem-sucedidos, privariam os papas, como Inocêncio III, de sua influência e, portanto, do poder político e secular. Você concordaria com o que vejo como um processo de dinâmica política?

Raymond soltou uma gargalhada de satisfação, dando um tapinha no ombro de Tim com a mão esquerda, enquanto, com a direita, servia Clos Centeilles, um excelente vinho de Minerve, norte do Languedoc.

— Este vinho vem das videiras de Pouzols-Minervois — comunicou. — Não quero estragar o seu jantar, mas Minerve, a antiquíssima cidade-fortaleza em um penhasco não muito longe daqui, do outro lado do canal, foi o local de uma das mais selvagens chacinas dos cátaros, feita pelos exércitos do papa e do rei da França, nosso outro inimigo jurado. Pelo menos 140 cátaros, homens e mulheres, foram queimados na fogueira, quando Minerve foi capturada em 1210; foi um dos primeiros massacres da Cruzada. Seja como for, vamos brindar com o vinho Minervois à memória dos mártires de Minerve.

Beberam o vinho, e Raymond voltou à história cátara.

— Sim, é correta a sua interpretação das dinâmicas religiosa e política — admitiu. — E deve ter em mente que os cátaros tinham idéias próprias e diferentes sobre a religião e a Igreja católica. Eles se consideravam a verdadeira Igreja de Deus, o que, naturalmente, exasperava Roma. Acreditavam que, como o de Cristo, o destino deles era a perseguição e o martírio, e estavam convencidos de que, sob a doutrina do dualismo, a estrutura organizada da Igreja católica representava o demônio.

E porque, naqueles dias, a mensagem deles era amplamente aceita nesta parte do mundo, os cátaros, se percebiam isso ou não, estavam estimulando as represálias de Roma, que, é claro, não entendia o processo político. Quando atacados, como o foram durante a tal Cruzada de Albi, que durou vinte anos e começou no início do século treze, eles reagiam como leões montanheses. Mas, mesmo admitindo-se que Inocêncio III tenha recorrido à força para proteger sua estrutura de poder, não há desculpa para a onda desumana de destruição de pessoas, não importa se eram anticristãs, feita por comandantes como Simon de Monfort e suas tropas. Hitler poderia ter aprendido com eles...

— A Igreja estabelecida em Roma crê na continuidade — prosseguiu Raymond —, e nós também. Isso significa, como lhe disse anteriormente, que os cátaros vão considerá-la eternamente seu maior inimigo... até que se arrependa. A Cruzada de Albi... é chamada assim porque o movimento nasceu no Languedoc, no século doze, ao redor da cidade de Albi... nunca será esquecida nem perdoada. E saiba, professor, que até o momento, mesmo agora enquanto conversamos, há multidões, aqui no Sul da França, que sentem isso com muita força. Trata-se de uma força espiritual muito poderosa.

— Ainda assim — insistiu Tim —, como combinar esse espírito de vingança, se entendi direito o que disse, com a bondade e a amabilidade dos cátaros, com o comportamento piedoso dos "Perfeitos" como líderes, com a vida casta que preconizavam e com todos os seus outros atributos?

— Nós o combinamos do mesmo modo como os "Perfeitos" e seus seguidores achavam natural reagir à morte, matando tantos inimigos quanto possível, para defender a sua fé. É por isso que eles se dispuseram a morrer e matar, com o mesmo entusiasmo, em defesa de Béziers, Minerve, Montségur e todas as outras cidades e fortalezas... Sabe como é, olho por olho, e assim por diante... E temos lembranças muito duradouras...

— Tenho mais uma pergunta, antes de voltar para o meu hotel — anunciou Tim com extrema cautela, articulando uma idéia que passara a se formar em sua mente enquanto ouvia Raymond.

— Por favor, pergunte — incentivou-o o livreiro. — Nossas histórias e nossas vidas são livros abertos.

— De que modo, na sua opinião, as pessoas que se vêem como cátaros ou, então, os católicos franceses, que odeiam Roma por outros motivos, considerariam uma vingança derradeira... o assassinato do papa?

Raymond retesou-se, os olhos se apertaram, e levantou-se da mesa.

— Essa é uma pergunta para a qual não tenho resposta e não gostaria de levar em consideração — falou lentamente. — Foi um prazer recebê-lo em minha casa...

— Minha próxima parada será no seminário de Mirepoix — revelou Tim, sobretudo para ter a última palavra. — Farei a mesma pergunta por lá...

Capítulo Vinte e Um

Se existisse uma aliança entre os cátaros e a Fraternidade Pio V, partilhando o ódio que tinham por Roma, seria algo potencialmente explosivo, pensava Tim, enquanto dirigia de Le Somail em direção a Carcassonne, através das estradas desertas de Languedoc.

Acreditando-se no que Raymond disse, os cátaros nunca perdoaram o papado pelos massacres da cruzada do século treze e os contínuos assassinatos que persistiram durante o século seguinte. Será que a reação brusca e ressentida de Raymond à pergunta sobre o provável sentimento cátaro a favor de conspirações para matar o papa significava que Tim atingira um nervo e tocado na realidade? Ou simplesmente o livreiro se sentiu insultado, como um "militante cátaro", por causa da insinuação?

Ao mesmo tempo, não havia dúvidas sobre o ódio da Fraternidade em relação à instituição papal, por causa da modernização da Igreja católica pelo Concílio Vaticano II, um ódio que abrangia Gregório XVII, por ele ter seguido adiante com as reformas. Por outro lado, a Roma atual não podia tolerar a rebeldia da Fraternidade mais do que Inocêncio III tolerou a heresia cátara.

Era impressionante, pensou Tim, como as diferenças na interpretação da fé e da liturgia no seio da mesma religião podiam originar paixões homicidas que, em geral, duravam séculos. Isso era uma verdade no cristianismo, como o era em relação a outros casos, com o Islã colocando os sunitas contra os xiitas e os sufistas. Mortíferos ódios religiosos internos costumavam ser mais intensos do que aqueles *entre* religiões rivais; não há nada pior do que discórdias dentro de uma família, porque, se não foram detidas no início, acabam se tornando rixas sangrentas.

Havia, contudo, o perigo de se tirar conclusões exageradas sobre quaisquer alianças. Os cátaros não eram uma organização clandestina estruturada — eles tinham um erudito Centro de Estudos Cátaros, em uma movimentada rua comercial do centro de Carcassonne, e mantinham uma culta publicação trimestral sobre estudos cátaros na pequena cidade de Fanjeaux, onde, certa vez, São Domingos pregou *contra* os cátaros. O *Pays Cathare*, o país cátaro, era realmente uma atração turística do Languedoc, com folhetos mostrando, em cores, as ruínas de Montségur, Béziers, Minerve, Montaillou e outros povoamentos e fortalezas onde "homens bons" e "mulheres boas", como os heréticos chamavam a si mesmos, foram queimados, decapitados, defenestrados e massacrados pelos cruzados dos papas. Tratava-se de folclore medieval, e nada disso parecia remotamente sinistro em um contexto moderno.

Esse fato, naturalmente, afastava quaisquer alianças formais, concluiu Tim ao chegar aos arredores de Carcassonne e seus subúrbios industriais. Mas, decidiu, a idéia básica não devia ser descartada totalmente. O cunho do catolicismo de direita, se não francamente reacionário, era espantosamente forte no Sul da França — e também nos políticos de direita — e era bastante plausível que aqueles ainda fiéis aos ideais e tradições cátaros dessem um apoio atuante à Fraternidade e às suas lutas contra Roma. Provavelmente eram a favor das antigas regras e ritos da Igreja que o Vaticano II havia enterrado. A Fraternidade, claro, era uma instituição religiosa pública, embora nem tudo o que fizesse nesse seu empenho fosse público ou divulgado. Por conseguinte, o envolvimento individual por parte de cátaros só lhe acrescentaria força e reputação. Cátaros e catarismo eram muito populares e respeitados no *Pays Cathare*. Além disso, o arcebispo Leduc ansiava por aumentar o número de seus adeptos, e a Fraternidade os arrebanhava de modo bem discreto. Custava muito dinheiro dirigir as atividades de sua extensa organização.

O que mais intrigava Tim era se pessoas de crença cátara, se é que se podia defini-las assim atualmente, estariam sendo manipuladas pela Fraternidade de São Pio V para propósitos específicos. Por causa da história cátara e ainda achando que a sua região era um gigantesco campo de batalha, elas podiam ser um terreno fértil para qualquer sentimento antipapal que levasse à ação decisiva. Por que, por exemplo, o livreiro Raymond reagiu de forma tão furiosa à pergunta de Tim sobre os cátaros e o papa? Seria ele simpático à Fraternidade porque o ódio que tinha de Roma, por causa da Cruzada contra os cátaros, combinava perfeitamente com a ira contemporânea de Leduc?

A ação estava bem presente na mente dos quatro homens que se encontravam reunidos, à tardinha do final daquela semana, na elegante biblioteca do térreo de uma enorme mansão do século dezoito, parte de uma propriedade rural conhecida como "Les Homs", embaixo da colina sobre a qual ficava a cidade de Fanjeaux e distante quarenta quilômetros de uma vereda arenosa que saía da auto-estrada e seguia para sudoeste de Carcassonne a Mirepoix. Tratava-se de uma propriedade murada que se erguia solitária em meio a uma campina, com ciprestes a ocultá-la. Torres de pedras nos quatro cantos arredondados do telhado da estrutura de quatro andares propiciavam proteção aos seus habitantes. O portão de ferro que limitava o pátio estava trancado a cadeado, e havia postigos de ferro preto em todas as janelas da mansão. Dois carros estavam estacionados no pátio. Na ampla varanda que levava à entrada principal, três homens atléticos vestidos com ternos escuros mantinham-se de pé e com armas empunhadas.

Na biblioteca, com as paredes cobertas de preciosos tapetes gobelinos acima das estantes, os quatro homens, sentados à volta de uma bela mesa de carvalho encerado, conversavam animadamente em voz baixa. Três deles tinham ido com urgência a "Les Homs", convocados pelo bispo Charles Laval, que fora informado acerca de Tim Savage e o imame. O bispo de aparência jovem, que residia na mansão, era um dos auxiliares de Leduc. Rotundo e de olhar severo, Laval trabalhara para ele, em Casablanca, como secretário particular, e foi o primeiro a ser consagrado por Leduc, após a fundação da Fraternidade, um desmedido ato de desafio a Roma, que Gregório XVII preferiu tolerar daquela vez. O secretário particular de Laval, um tímido padre de meia-idade abençoado com uma mente de infinita inventividade, sentava-se ao seu lado. O jovem francês de terno cinza, que agia como chefe de segurança da Fraternidade e contato para operações no estrangeiro, estava do outro lado da mesa. E, junto a ele, a cadeira era ocupada por Jake Kurtski, chegado de Roma naquela manhã, via Toulouse, com o chefe de segurança, que, finalmente, admitira ser Jean-Pierre o seu primeiro nome. Kurtski não escondia a contrariedade, olhando para o teto decorado com afrescos mostrando um agrupamento de anjos voadores em tom pastel, e mascando o costumeiro charuto apagado.

De um lado, por não entender uma só palavra da conversa em francês entre os três membros da Fraternidade de São Pio V, Jean-Pierre se dirigia a ele, em inglês, somente quando necessário — para fazer rápidas perguntas e transmitir instruções —, e, de outro, Kurtski estava furioso por ser tratado de um jeito inferior, como se fosse um criado.

— Temos alguma idéia de onde esse jesuíta americano pode estar, neste momento, e que o que pode estar fazendo? — perguntou o bispo Laval ao chefe de segurança, aparentando muita impaciência.

— Bem, excelência — respondeu Jean-Pierre —, não temos certeza. Sabemos, é claro, que esteve em Toulouse, semana passada, quando se encontrou com os muçulmanos e o senhor recebeu o telefonema do prelado da Santo Adalberto lhe contando a respeito. Assim que me informou, telefonei para o imame, na esperança de o jesuíta ter dado alguma indicação em relação aos seus planos, mas ele não deu... Também me ocorreu perguntar na Residência Jesuíta em Toulouse, mas não sabiam aonde tinha ido. Ele não voltou para lá. Mas, esta manhã, tivemos alguma sorte, excelência...

— O que aconteceu? — indagou o bispo, inclinando-se para a frente.

— Nosso velho amigo Raymond, o livreiro de Le Somail, ligou para o meu escritório, informando que um professor americano de religião tinha ido vê-lo ontem — relatou Jean-Pierre. — Não estava vestido como jesuíta, nem lhe disse que era um. Mas só pode ser ele... Raymond ficou muito desconfiado quando, ao final da visita, o americano perguntou o que os cátaros achavam do assassinato do papa. E ele achou que devia nos alertar imediatamente... O americano passou a noite no hotel da localidade, mas, é claro, já foi embora... Ah, sim, ele disse a Raymond que planejava visitar o nosso seminário de Mirepoix. É tudo o que sabemos até agora, excelência.

— É, faz sentido, mas, infelizmente... — o bispo fez uma pausa e ficou pensando durante um momento. — Desconfio que o telefonema de Raymond confirma o fato de que o jesuíta está investigando o assunto Gregório XVII. A pergunta sobre os cátaros, obviamente, não foi acidental. Não consigo imaginar como e por que ele localizou o imame em Toulouse. Mas, agora, o fato é que o segredo não é mais segredo... e podemos estar enfrentando uma terrível crise... Já mencionei ao arcebispo o telefonema dado pelo padre de Toulouse, e ele ficou muito perturbado...

Jean-Pierre e o secretário concordaram com a cabeça, e o bispo Laval seguiu em frente, analisando a situação.

— Mas precisamos ser racionais — disse ele. — Primeiro, o mais importante... Para início de conversa, precisamos admitir que o jesuíta já comunicou, ou está para comunicar em breve às pessoas para quem está trabalhando, o que descobriu sobre o atentado de 1981. Não creio que faça isso por conta própria. Pode ser que o esteja fazendo a pedido de Roma, mas os jesuítas não andam se dando muito bem com o papa. De qualquer modo, nada sabemos sobre ele. Aliás, a nossa prioridade deve ser descobrir exatamente quem ele é. Temos amigos em Roma que poderão ajudar...

— Certamente — concordou o chefe de segurança, fazendo uma anotação.

— Se Roma já tiver sido informada sobre 1981 — continuou o bispo —, as conseqüências podem ser devastadoras. É possível, claro, que Gregório XVII mantenha silêncio a respeito de tudo. Não estou convencido de que o papa tenha muito a ganhar, a esta altura, tornando isso público. Afinal de contas é um francês racional. Entretanto, não podemos arriscar.

— É uma excelente questão — comentou o secretário particular. — As nossas perdas serão mínimas, se a Santa Sé mantiver a boca fechada, e estou inclinado a achar que vai manter. O papa não precisa de novos escândalos e problemas na Igreja. Receio, contudo, que tenhamos que suspender o nosso planejamento da nova ação... pelo menos até a situação ficar esclarecida. E conseguir uma proteção para nós mesmos...

Pigarreou e fez um sinal de que tinha algo mais a dizer.

— A coisa toda se tornou incrivelmente complicada — prosseguiu. — Não poderemos evitar o perigo de que, haja o que houver, os fatos por trás das tentativas de assassinato, de algum modo, venham à superfície... e, então, poderá surgir uma revolta dentro da própria Fraternidade. Obviamente, somente poucos de nós sabemos da verdade e o que pensa o arcebispo. Uma quantidade imensa de nossos irmãos e irmãs, que ainda não atingiram o *nosso* nível para poderem analisar e interpretar as ordens do arcebispo, talvez fiquem estarrecidos e chocados com os nossos atos. Poderemos perder adeptos em larga escala. O que quer que façamos, precisamos nos manter vigilantes, alertas e extremamente cuidadosos. Portanto, nada de novos esforços para atingirmos os nossos objetivos.

— Claro — confirmou o bispo, com severidade. — Todos os preparativos devem ser suspensos. Nesse meio tempo, não podemos permitir que o jesuíta fique andando por aí. Mesmo não tendo revelado nada do que sabe, continua sendo um enorme perigo para nós. No mínimo, não poderemos prosseguir com nenhum dos nossos planos enquanto ele estiver vivo. A morte dele é uma necessidade fundamental. Ao sentenciá-lo, sinto que estamos agindo como se fôssemos um tribunal eclesiástico dos velhos tempos. Portanto, ele deve ser localizado, e a sentença, executada. Mas, em nome de Deus, encontrem-no depressa.

Jean-Pierre voltou-se para Kurtski, falando em inglês.

— A ordem que lhe dei em Roma foi confirmada. Você precisa localizar esse tal de padre Timothy Savage e executá-lo imediatamente. É claro que o ajudaremos a encontrá-lo. Ele não deve estar muito longe daqui. Aliás, fazemos uma idéia de onde pode estar.

— Foda-se — revidou Kurtski, sem se alterar. — Essa *pórra*

será mesmo feita de qualquer maneira. Eu a farei, mas quero uma garantia de que serei pago...

O bispo Laval levantou-se para indicar o fim da reunião. Levando Jean-Pierre para um canto, cochichou para ele:

— Por que não coordena isso com os seus amigos do SDECE em Paris? Talvez devesse falar com o seu amigo Sainte-Ange, e lhe contar o que está ocorrendo. Lembra como eles foram bastante úteis para nós em relação a de Marenches?

Uma das coisas que o bibliotecário jesuíta havia dito de passagem, Tim lembrou, era que a Fraternidade Pio V tinha um seminário para os seus padres, na cidade de Mirepoix, não muito distante de Carcassonne. Funcionava abertamente como qualquer outro seminário católico. O mais interessante é que Mirepoix fora o local de um sínodo dos "bons cristãos" — os cátaros — em 1206. O primeiro fato lhe pareceu da maior relevância, ao resolver aonde ir a seguir. Uma visita ao seminário da Fraternidade, decidiu, seria o passo seguinte mais lógico na atual conjuntura. Ele desconhecia a existência de qualquer outra instituição pública da Fraternidade e, portanto, não tinha escolha, apesar do risco. O segundo fato, que um sínodo dos cátaros fora realizado em Mirepoix há mais de 780 anos, com a presença de 600 cavaleiros heréticos, era totalmente irrelevante, exceto no sentido simbólico da interação e da superposição na história religiosa atual do Sul da França. Entretanto, raciocinou, isso serviu como uma boa explicação ao livreiro Raymond para o seu anunciado plano de visitar Mirepoix.

Em Carcassonne, apanhou uma porção de panfletos no Centro de Estudos Cátaros. No dia seguinte, partiu no carro alugado para Mirepoix. Cerca da metade do caminho, passou por Fanjeaux, que dominava a paisagem do alto de sua íngreme colina, outro monumento ao passado religioso que se recusava a ir embora. Uma placa na estrada identificava Fanjeaux com São Domingos.

Mirepoix, como observou, ao deixar a auto-estrada e entrar na cidade, no meio da tarde, era uma jóia medieval incrustada, distante da gasta rota do turismo moderno, nos levemente ondulados contrafortes dos Pireneus. As cinco ou seis mil pessoas que moravam em Mirepoix e os agricultores da zona rural das redondezas não se importavam muito com essa privacidade causada pelo isolamento, embora recebessem muito bem os turistas ocasionais que se dirigiam a Carcassonne ou ao Principado de Andorra, pelos desfiladeiros das altas montanhas em direção ao Sul.

As pessoas de Mirepoix eram prósperas e satisfeitas com suas vidas, e nas tardes quentes, uma ou duas vezes por semana, se reuniam para se dedicar a antigas danças, ao som da música divertida de acordeões, violões, trombetas e violinos, no chão de concreto do mercado municipal ao ar livre, próximo à praça principal retangular de Mirepoix, que, para a ocasião, ficava livre de suas barracas. Eles se divertiam muito, os casais de agricultores de meia-idade, e os jovens e os velhos habitantes da cidade. E, é claro, todo mundo conhecia todo mundo. Após se registrar no pequeno hotel atrás da praça, Tim foi se sentar em um café de calçada para observar o pessoal se divertir com aquela arte desaparecida, mesmo na França rural.

Fundada há mais ou menos um milênio, Mirepoix tinha uma rica história, com as intermináveis rivalidades de poder e, como em toda parte do Languedoc, rixas e guerras religiosas. Em um determinado momento, toda a região foi governada igualmente pelos reis da França e da Inglaterra. Já em 1143, quando os registros começaram a ser rabiscados na caligrafia dos monges, Mirepoix havia declarado sua fidelidade a Raimon Roger, o conde de Foix, que reinou sobre o seu feudo independente. Deve ter sido um antepassado do *monsieur* Raymond, o livreiro, pensou Tim, ao examinar os folhetos turísticos cheios de superficialismo histórico. O conde e Mirepoix eram inflexivelmente anticlericais, combatendo os bispos da estabelecida Igreja Católica Romana pelo controle da área dos Pireneus. Isso foi quase um século *antes* das guerras cátaras, mas solidificou as condições sob as quais os descendentes do conde acolheriam em Mirepoix, posteriormente, os homens e as mulheres a quem a Santa Sé já considerara heréticos. Essa fora uma sólida região cátara, a começar pela aristocracia.

Tendo decidido fazer uma visita ao seminário, Tim não estava muito certo de que, se tudo corresse bem, poderia conseguir, através do padre superior, um encontro com o bispo Leduc. Todos os sinais, acreditava, apontavam na direção do bispo, e, mais cedo ou mais tarde, teria de se encontrar com ele. Caso contrário, teria que informar ao monsenhor Sainte-Ange que a sua investigação fora paralisada. Na verdade, não estava certo se tinha de fato a autoridade para colocar em ação o que poderia muito bem se tornar um confronto com o arcebispo. Isso não seria apropriado, em termos protocolares, a um obscuro jesuíta; ele, é claro, pretendia aparecer no seminário com a roupa clerical. Meditaria sobre o dilema em relação a Leduc, e então veria como as coisas se desenvolveriam no seminário. O seu instinto o alertava contra entrar em contato com Sainte-Ange. Mas adoraria ouvir a voz da irmã Ângela, como também o conselho dela. Desde Paris, passara a pensar nela quase o tempo todo — durante as longas viagens de carro ou, à noite, ao tentar dormir.

Na manhã seguinte, foi ao seminário da Fraternidade, sem se anunciar antes. Após se informar na recepção do hotel, guiou o carro na direção sudoeste durante cerca de cinco quilômetros até a entrada, sem nenhuma placa, de uma enorme propriedade, um portão escancarado para uma área limitada por cercas vivas. Virando à esquerda, após passar pelo portão, para um longo acesso de carros sombreado por árvores, viu adiante uma mansão de três pavimentos em estilo provençal, reluzindo a sua brancura sob o sol da manhã, e prédios mais baixos em volta dela. Achou que a propriedade tinha algo de *campus* de faculdade americana. Ao se aproximar do prédio principal, notou padres de batina e homens mais jovens com vestimentas clericais menos formais, indo e vindo, descontraídos, pelos gramados bem cuidados margeados por espetaculares canteiros de flores. Tim lembrou de seu seminário jesuíta na Pensilvânia. O *campus* de Mirepoix era agradavelmente tranqüilo, bem longe das tensões e do mundo exterior.

Estacionou o carro encostado à parede oeste da mansão, no meio de uma dúzia ou mais de reluzentes Citroëns e Renaults, e foi andando em direção à porta principal. A recepção era espaçosa e arejada, e um jovem padre pálido estava sentado à mesa da frente. Da parede branca atrás da mesa, uma enorme foto colorida de um severo bispo, todo paramentado e usando a mitra, reinava sobre o aposento. Só podia ser o arcebispo Leduc, e novamente Tim teve a impressão de que aquele rosto lhe parecia vagamente familiar e, mais uma vez, não conseguiu determinar de onde o conhecia. Talvez apenas o lembrasse de fotos de jornais que acompanhavam as reportagens sobre as atividades da Fraternidade São Pio V. Um pequeno quadro da Virgem de Lourdes, uma tentativa amadora de pintura, pendia ao lado direito da foto de Leduc, junto a um Cristo crucificado esculpido no que parecia marfim. O arcebispo devia tê-lo trazido da África. Ao lado do Cristo, Pio V fitava à distância em um outro quadro amadorístico — e não era tão grande quanto o de Leduc. Não se via Gregório XVII em lugar algum.

— Bom dia, padre — surpreendeu-o o padre-recepcionista, ao cumprimentá-lo em um inglês com sotaque americano. — Bem-vindo ao nosso seminário. Em que podemos ajudá-lo?

— Bem, eu estava pretendendo dar uma olhada por aí, se não for muito inconveniente — informou, sem demonstrar a surpresa. Permanecer impassível diante de qualquer situação imaginável, não importasse o quanto repentina e inesperada, foi uma das muitas coisas úteis que a CIA lhe ensinara. — Mas por que me cumprimentou em inglês? Não me pareço com um outro jesuíta qualquer?

— Creio que não — respondeu o padre, com um sorriso resignado. — Você tem a aparência de um jesuíta *americano*, padre... Percebi de imediato. Sabe, eu sou da Califórnia, de Sausalito, e nós, os padres americanos, percebemos uns aos outros instantaneamente, mesmo no Languedoc. Isso mesmo... E, é claro, ficaremos encantados em lhe mostrar o seminário. É relativamente novo, mas temos muito orgulho dele. Aliás, o padre Loïc, o nosso equivalente ao superior geral, terá o prazer de levá-lo pessoalmente para dar uma volta pela propriedade, padre Savage...

Dessa vez, Tim precisou se controlar muito mais para dissimular o quanto ficara surpreso. Teve a sufocante sensação de que o seu lance cuidadosamente planejado fora descoberto. Estava decidido a não perguntar como o padre e, por conseguinte, o seminário sabia o seu nome — e que ele iria ali naquela manhã. Talvez tivesse sido descoberto, mas precisava prosseguir no jogo. Não podia deixar que a missão fosse destruída diante do primeiro obstáculo.

— É muita generosidade do padre. Ele deve ser muito ocupado, e não gostaria de incomodá-lo...

— Não se preocupe, padre — contemporizou o californiano. — Ele está à sua espera, no gabinete... e com um excelente café! Por favor, me siga.

O padre Loïc era um homem enorme e robusto, na casa dos cinqüenta anos, e transpirava entusiasmo e vivacidade. De pé no vão da porta de seu gabinete, abriu os braços para envolver Tim, não lhe dando chance de evitar o rápido gesto. O padre recendia a alho, um fenômeno que não era incomum no Sul da França.

— É uma honra e um prazer recebê-lo, padre Savage — exclamou em inglês, libertando Tim de seu abraço apertado. — Já ouvimos falar muito em você.

— E eu já ouvi falar muito na Fraternidade e no seminário — retrucou, imaginando *o que* o padre sabia a respeito dele; certamente não era sobre o seu conhecimento de islamismo. — Por isso, resolvi aproveitar minha viagem de férias por esta parte da França para dar uma passada no seminário, mesmo sem ser convidado. Achei que não seria inconveniente dar uma rápida olhada...

Naquela situação, tinha consciência de que precisava ser extremamente cauteloso — e criativo. Participava de um jogo perigoso — e talvez mortal — sobre o qual tinha muito pouco controle. Sabia que estava em uma enrascada, só não entendia como aquilo acontecera. Onde havia escorregado, se denunciado? Fora traído e, se tivesse sido o caso, por quem? A Fraternidade estava na pista dele, enquanto pensava que era ele quem estava na pista *dela*? Pela primeira vez, desde o Vietnã, temeu pela própria vida.

As jogadas no tabuleiro de xadrez, subitamente, estavam se virando contra ele, e a Fraternidade poderia lhe dar o xeque-mate a qualquer momento. Enfiou na cabeça que os seus adversários poderiam simplesmente liquidá-lo em um “acidente” de carro nas estradas das montanhas, ou algo parecido. Se realmente tentaram matar o papa, com certeza não hesitariam em se livrar de um jesuíta desconhecido.

Dentre os recursos de sobrevivência, física e psicológica, para o caso de serem capturados, a CIA ensinava aos seus funcionários — quase que essencialmente — a exercitar ao máximo o autocontrole, a fim de permanecerem calmos, independente de quaisquer provocações, e serem capazes de planejar contragolpes e rotas de fuga. Era isso o que Tim esperava fazer como reação aos movimentos seguintes da Fraternidade. Fora isso, o seu destino estava nas mãos de Deus, uma situação irônica, levando-se em conta que se tratava de um confronto entre padres professando a mesma fé. Em todo caso, não poderia mais levar despreocupadamente uma vida dupla; traficante de armas ou professor de religião, num dia, e padre jesuíta no outro. Dali em diante, teria de ser, em tempo integral e sem disfarces, um membro da Companhia de Jesus.

— Sei que estudou e ensinou na Universidade Gregoriana — admitiu o padre Loïc. — Um centro jesuíta muito famoso... Mas eu também tive alguma experiência com o sistema de educação americano. No final dos anos 60, uma bolsa de estudos me propiciou um semestre na escola de teologia da Harvard, e, meu Deus, como gostei daquilo, e como adorei Cambridge. O rio Charles... Precisamos bater um papo sobre isso, no jantar... Sim, é claro que é nosso convidado, e quero que passe pelo menos uma noite conosco, para saber como vivemos e trabalhamos na França provincial. Não é tão inspirador quanto o seu seminário jesuíta em Warnersville, mas esperamos que goste.

— É muita gentileza de vocês serem tão hospitaleiros com alguém que apareceu repentinamente — afirmou, sabendo o quanto soava afetado. Eram como dois atores lendo suas falas em um *script*.

— Vamos dar uma olhada no seminário? — sugeriu Loïc, levantando-se. Os dois estiveram sentados a uma mesa baixa no canto do gabinete, tomando o café servido pelo padre. Era *mesmo* excelente, admitiu Tim para si mesmo. Seria a última xícara de café antes de o prisioneiro ser executado no corredor da morte?

O padre conduziu-o pelas salas de aula arejadas dos três prédios acadêmicos do *campus*, cada aposento decorado com retratos do papa Pio V e do arcebispo Leduc, que parecia velar pelo progresso dos seminaristas. Apresentou-o aos professores dos cursos de filosofia, teologia, história da Igreja Católica com ênfase no Concílio de Trento do século dezesseis, vidas dos grande santos, padres e doutores da Igreja católica, história das vidas de Pio V e Pio X, liturgia, ética, sociologia, e de estudos avançados de latim, grego e hebraico. Um currículo bem impressionante. Tim teve de admitir. Devia haver entre sessenta e setenta alunos freqüentando o seminário, muito mais do que em qualquer outro que ele conhecia, e um número incomum de homens de meia-idade. O que, perguntou-se, inspirava tantas vocações tardias? Ao que parecia, a maioria dos estudantes era de franceses, mas, como destacou o padre, havia alunos suíços, belgas, alemães, austríacos e até mesmo alguns americanos entre eles.

— Nosso ensino, como sabe, tem um apelo muito amplo neste mundo selvagem — comentou. — Vê-se aqui a nossa Igreja renascer.

Tim e o anfitrião almoçaram, de forma abundante, ao estilo do Languedoc, em um refeitório que se assemelhava a uma cafeteria de faculdade americana, limitando a conversa a comentários sobre a educação religiosa nos seminários da França e Estados Unidos. O jesuíta decidira não mergulhar em águas profundas, permanecendo apático. Loïc também pareceu se contentar com amabilidades e amenidades. Tim passou a tarde tirando uma sesta em seu quarto do chalé de hóspedes do seminário, mantendo-se fiel a uma outra orientação da CIA: quando em uma situação difícil, descanse o máximo que puder, para ficar relaxado, em guarda e preparado para tudo.

À noitinha, logo depois das preces do Ângelus, o padre apareceu e levou Tim até sua casa, para jantar. Era um lar confortável, com mobília provençal, estantes de livros em todos os cômodos do primeiro andar, um pequeno altar em um canto da sala de estar, que ostentava enormes quadros de Pio V e Pio X — nenhum de Gregório XVII — e uma fotografia colorida autografada do arcebispo Leduc em um lugar de honra na parede.

Depois que oraram, Loïc abriu uma garrafa de Fitou tinto e fez um sinal para a freira do outro lado da sala, mandando que servisse a comida. Assim que Tim provou a primeira colherada da sopa de peixe, o anfitrião dirigiu-se a ele sem nenhum vestígio da bonomia que demonstrara durante todo o dia.

— Nosso amigo, o livreiro *monsieur* Raymond, nos falou de seu interesse em heresias medievais — denunciou. — Ele também nos disse que se apresentou como professor, ocultando a sua identidade eclesiástica sem um motivo válido, o que, por sinal, é pecado. Você se importaria de explicar esse comportamento?

— O que ocorre — explanou Tim, com toda a cautela — é que, como estudioso, me interesso muito por heresias. E, já que parecem saber tanto sobre mim, devem estar cientes do meu trabalho erudito no Vaticano. Além do mais, me foi incutido, desde o meu primeiro dia na França, que muitos de vocês continuam sendo tão anticlericais que se torna mais fácil fazer uma pesquisa religiosa sem um padre se identificar como tal. Isso não lhe ocorreu, padre?

— Bem — retrucou, parecendo mais conciliador —, a questão é que precisamos dar toda proteção ao nosso trabalho sagrado, e talvez a gente extrapole diante de situações inesperadas. E você *foi* algo inesperado, ao aparecer na livraria do canal. Ah, sim, também sabemos de suas reuniões com os muçulmanos em Toulouse...

Tim tomou a sopa em silêncio. *Como* eles souberam? Não havia milagres no serviço de Inteligência, mesmo quando se lidava com a religião de Deus. Mas havia fingimentos, agentes duplos e traições em todos os níveis imagináveis. A arte da informação deve ter sido inventada pela Igreja católica, no alvorecer do Cristianismo, para poder sobreviver como instituição. Seria por isso que tantos profissionais importantes da CIA eram católicos? Loïc fizera a jogada seguinte, na óbvia tentativa de amedrontá-lo, revelando, um tanto presunçoso, que seu disfarce fora desfeito e que a Fraternidade estava a par dos contatos dele com os muçulmanos. Mas não havia ficado claro o quanto sabiam sobre a essência de sua missão, e Tim precisava continuar sendo paciente, à espera do fim do jogo.

Um frango assado foi trazido à mesa, e o padre retornou à sua linha de pensamento, dessa vez encarando o americano com um leve sorriso.

— Está bem — afirmou. — Entendo que, como estudioso, você se interesse por heresias. Afinal fazem parte da história da Igreja católica. Mas, baseado no que conhece a nosso respeito, acredita que a Fraternidade seja uma heresia? Sabe, algo me diz que está mais interessado em nós, como supostos heréticos, do que nos cátaros...

— Não posso responder isso — revidou. — Não sou teólogo, e está longe de minha competência fazer julgamentos de tal importância. Tudo o que sei, em linhas gerais, é o que a Santa Sé tem se expressado publicamente sobre esse assunto.

— Gostaria de saber mais a nosso respeito? — sugeriu Loïc.

— Sim, claro que gostaria. Aqui, no seminário?

— Não. Há uma maneira melhor. O arcebispo teria prazer em lhe falar sobre a Fraternidade, para que se informe melhor a respeito dela. Fui informado de que, no início da tarde de amanhã, ele estará livre para recebê-lo em sua casa.

Seja como for, durante o jantar, não conversaram sobre Harvard, Cambridge, escolas de teologia e seminários.

Na mansão de "Les Homs", logo após ter recebido um telefonema do padre Loïc, Jean-Pierre bateu na porta do quarto de Jake Kurtski no quarto andar, poucos minutos depois da meia-noite, acordando-o de um sono profundo. Ele entornara meia garrafa de vodca Absolut antes de desfalecer.

— Kurtski — avisou. — Prepare-se para cair na estrada de manhã bem cedo. O seu trabalho o espera... Eu lhe darei mais detalhes antes de partir. Esteja lá embaixo às sete da manhã.

Em seguida, Jean-Pierre fez uma ligação para Paris, para George Sainte-Ange, o chefe do serviço secreto francês.

— Lamento incomodá-lo tão tarde em casa — desculpou-se —, mas achei que gostaria de saber que encontramos o nosso homem. Amanhã será o grande dia. Estamos contando com vocês...

Capítulo Vinte e Dois

Tinha sido tremendamente fácil demais, preocupava-se Tim, ao se deitar na cama do quarto do chalé de hóspedes e repassar os alarmantes acontecimentos daquele dia. Embora tivesse dúvidas e reservas, quando chegou ao seminário, sobre solicitar um encontro com o arcebispo, isso lhe tinha sido oferecido de bandeja. Literalmente era bom demais para ser verdade. Ele percebia que não fora convidado a se encontrar com o arcebispo, mas mandado, não, *ordenado* a comparecer diante do velho, sem perda de tempo. Por quê?

Era, de fato, um prisioneiro no seminário da Fraternidade, prestes a ser oferecido em sacrifício ao arcebispo. Claramente, eles o consideravam um inimigo, e a dúvida era se a Fraternidade São Pio V esperava cooptá-lo, levando-o para o seu lado, convencendo-o da validade de sua crença, ou, de algum modo, neutralizá-lo. Como era um realista, estava inclinado a achar que a última hipótese era a mais provável.

Agitando-se e virando-se na cama, tentava imaginar o quanto a Fraternidade, ou os seus dirigentes, sabiam sobre a sua missão. Sim, de algum modo souberam de seu encontro com o conselho muçulmano em Toulouse, mas não tinha certeza do quanto sabiam e do que fora dito a eles. Do mesmo modo, também lhe pareceu que não sabiam do seu encontro com o imame da mesquita Stalingrado, em Paris, e muito menos da viagem que fizera a Istambul. Por intermédio de *monsieur* Raymond, souberam que perguntara como os cátaros reagiriam à idéia de matar Gregório XVII, mas nada disso sugeria necessariamente que tivesse descoberto a conspiração e suas origens.

Era como jogar cabra-cega e xadrez ao mesmo tempo, com cada jogador sem saber o que o outro sabia. Levando tudo isso em consideração, concluiu que esse fato lhe dava uma relativa vantagem — por enquanto. Foi por isso, deduziu, que Leduc ficou subitamente ansioso para se encontrar com ele, descobrir a sua missão, do mesmo modo que Tim estava ansioso para fazer algumas perguntas ao arcebispo. Provavelmente, Leduc decidiria depois o que deveria ser feito com ele. Sentiu a sua essência profissional ganhar corpo, abençoou mentalmente os mentores da CIA e preparou-se para o combate.

Pela manhã, Loïc juntou-se a Tim no refeitório, para o café da manhã.

— Acredito que tenha dormido bem — comentou, cativante — e que as suas preces matinais... posso adivinhar quais foram... serão atendidas. Terá um dia muito interessante pela frente.

— Sim, padre, eu sei disso — retribuiu, com igual jovialidade. — Aguardo ansioso o meu encontro com o arcebispo.

— É, vai achar isso fascinante. E não terá que ir muito longe. A residência do arcebispo fica na abadia cisterciense de Villelongue, em um pequeno vale abaixo do antigo castelo de Saissac, na encosta da *Montagne Noire*, a Montanha Negra. Fica defronte a Fanjeaux, a linda cidadezinha no topo de uma colina pela qual você deve ter passado a caminho de Mirepoix. Está a menos de uma hora de distância daqui... Na entrada para Fanjeaux, há um café, em uma pequena praça, logo na saída da autoestrada, e alguém da abadia vai encontrá-lo lá, para lhe mostrar o caminho da residência do arcebispo.

O padre deu-lhe um caloroso abraço de despedida e ficou observando Tim entrar no Peugeot verde alugado, afastar-se a caminho da entrada do *campus* do seminário e pegar a estrada. Assim que virou à direita, na direção de Mirepoix, um Citroën preto deixou o acostamento e foi atrás dele, a uma certa distância, na mesma direção. Era dirigido por um jovem de paletó escuro, e o seu acompanhante vestia-se de modo semelhante. O carro deles tinha a antena alta de um rádio transmissor-receptor.

No pátio, em "Les Homs", Jean-Pierre levou Jake Kurtski até um Citroën preto munido de uma antena de rádio. A Fraternidade tinha desconto na compra de carros Citroën.

— Entre — ordenou o francês. — Vou levá-lo para o trabalho.

— E aqui está a sua ferramenta — acrescentou, entregando-lhe uma pesada pistola automática 9mm com silenciador — e mais dois pentes de balas, por via das dúvidas.

Kurtski enfiou a arma na cintura da calça, o paletó esporte quadriculado ajudando a escondê-la. Estava com uma terrível dor de cabeça, por causa da vodca da noite anterior, mas a mão nunca tremia quando segurava uma arma, mesmo com a pior das ressacas.

Viajando no carro de Jean-Pierre, ao atravessar a curta distância entre "Les Homs" e Fanjeaux, Kurtski fechou os olhos e deixou a mente vaguear pelo passado e presente, antecipando avidamente o encontro com Tim Savage. Era estranho e extraordinário, matutou, o fato de a batalha final da Fênix do Vietnã ser travada — até a morte — entre dois veteranos anti-revolucionários da CIA na bela mansidão dos contrafortes dos Pireneus, literalmente um mundo distante do último embate que tiveram no Delta do Mekong.

Embora detestasse o papel atual de pistoleiro, estava contente por Savage ser o alvo pretendido; era uma espécie de justiça, se bem que ele nunca pensasse em termos poéticos ou divinos. Na verdade, tratava-se de um antigo ajuste de contas, após a covarde insubordinação de Savage naquele povoado. Sempre o considerara um medroso, um poltrão, um molenga, que, além do mais, devia ser veado. Deve ter sido por isso que se tornou padre — para sentir o gostinho de ser comido por aquela garotada. É isso aí. Se tivesse que matar alguém, que esse alguém fosse Savage — seria um prazer.

O sol do final de setembro já estava alto no céu do Languedoc quando Tim chegou a Fanjeaux, no cume de sua íngreme colina. A cidade estava ali há uma eternidade, pelo menos desde a época dos romanos, quando servia de centro de comércio e comunicação com a região. Lá os romanos erigiram um templo dedicado a Júpiter, chamando-o de Fanum Jovis, como a sua principal divindade; em pouco tempo, Fanum Jovis virou Fanjeaux. Posteriormente, tornou-se um importante centro cátaro e, no início do século treze, o local favorito de São Domingos para a sua pregação contra o catarismo. Do alto dos seus 335 metros, Fanjeaux, uma antiga cidade-fortaleza, dominava a área rural até onde a vista alcançava.

Tim saiu da auto-estrada, antes que ela começasse a descida em direção à planície central do Languedoc, e estacionou diante do café que ficava na praça, na entrada da cidade. Entrou, olhou em volta, à procura de quem deveria encontrá-lo ali, mas o local estava vazio, a não ser pelo proprietário, que usava um boné de beisebol, instalado atrás do balcão de zinco. Ficou tenso, como acontecia no Delta do Mekong, quando a ação estava para começar. Mas havia algo errado. Nesse momento, o Citroën do seminário havia parado no acostamento da estrada, logo abaixo da praça.

— Pronto — informou o motorista pelo fone do rádio —, ele chegou ao café. Agora está entrando...

— Ótimo — surgiu a resposta. — Fiquem aí, por enquanto, e mantenham os olhos abertos. Informem imediatamente qualquer coisa que acharem fora do comum.

— Positivo — disse o motorista, que era viciado em filmes e seriados policiais americanos. — E os outros estão chegando...

Um idêntico Citroën preto, vindo da planície a noroeste, havia subido a inclinação da auto-estrada, virado à direita, entrado na praça e parado diante do café, ao lado do carro verde alugado de Tim. A coordenação fora perfeitamente sincronizada até os segundos.

— Muito bem — falou Jean-Pierre. — Esse é o local. É ali que ele está. Agora, vá lá e resolva...

Kurtski saiu grunhindo, retirou da cintura a pistola alongada por causa do silenciador e empurrou a porta do café. Tim estava de costas, e o polonês levantou a mão direita com a pistola, para desferir um único tiro certeiro na cabeça dele. Mas Tim, com todos os sentidos aguçados, ouviu a porta se abrir e os passos macios, virou o corpo e se agachou. A bala sibilou por cima de seu ombro esquerdo, sem causar danos, e ele se lançou sobre o agressor, derrubando-o. A pistola caiu de sua mão para o chão.

Tim olhou para baixo, em direção ao homem prostrado. Demorou um instante de total incredulidade para reconhecê-lo. O que, diabos, ele estava fazendo ali, naquela cidade do Languedoc, tentando matá-lo? Por que interferia em sua missão? A mando de quem estava agindo? Claro que Kurtski odiara o seu atrevimento no Vietnã, mas isso não devia ter nada a ver com aquele ataque, ali na França, tantos anos depois; ou teria? Todas essas perguntas percorreram sua mente, ao lembrar que Paul Martinius, o amigo da CIA de Roma, mencionara de passagem que Jake Kurtski estava na cidade por algum motivo desconhecido. Não exploraram esse assunto, e Tim o tirara do pensamento. Mas, naquele momento, precisava lutar pela vida, e os motivos de Kurtski não importavam. O que importava era sua sobrevivência.

Kurtski tinha uns quinze anos a mais que Tim, estava fora de forma, e isso fazia toda a diferença. Quando tentou se levantar e, ao mesmo tempo, alcançar a pistola, recebeu um chute no meio da cara. Seus movimentos eram por demais lentos e descoordenados para conseguir se livrar do violento golpe de caratê. O rosto, então, esvaiu-se em sangue, e os dentes postiços da frente se quebraram e encheram sua boca; estava sufocando com os pedaços da prótese estraçalhada e tentava cuspi-los, emitindo terríveis sons guturais. Mas conseguiu se pôr de pé e foi se arrastando em direção à porta. Tim, que apanhara a pistola, mirou na direção dele, o dedo quase pressionando o gatilho.

— Filho da puta! — gritou. — Não posso atirar em um sacana, sem olhar nos olhos dele... Mas dê a porra do fora daqui, antes que eu mude de idéia e mate você...

Tim ouviu o nervoso proprietário telefonar para a *gendarmerie*, de seu escritório por trás do balcão de zinco, enquanto observava o inimigo cambalear para o lado de fora. Não, não podia matar o desarmado e subitamente indefeso Kurtski, mesmo se não fosse padre. Fora tudo isso que o Vietnã significara para ele, com a sua recusa em matar gente indefesa. Não, não podia fazer aquilo, apesar de Kurtski ter tentado assassiná-lo. Mas também percebeu, em questão de segundos, que ele agira como um pistoleiro — um carrasco? — a mando do arcebispo da Fraternidade. Não havia outra explicação, e teria de analisar isso melhor, mais tarde. O incidente no café, no entanto, ainda não havia terminado.

De pé ao lado da porta do motorista do Citroën preto, Jean-Pierre se encontrava em um estado de tensa antecipação — ouvira o tiro da pistola, como também o ruído de um corpo caindo ao chão, e os terríveis grunhidos do pistoleiro. Então, viu Kurtski, o sangue cobrindo-lhe o rosto como uma tinta vermelha, saindo do café aos tropeções, arfando e berrando:

— Preciso de outra arma... me dê outra arma... eu perdi a minha...

Perplexo, Jean-Pierre rapidamente recuperou o autocontrole — era um agente veterano do serviço secreto, apesar da idade — e sacou uma potente Luger automática do coldre sob o paletó escuro. Jogou-a para ele e gritou:

— Você agora está por conta própria! E mantenha o bico calado, se quiser viver!

Saltando para trás do volante do Citroën, Jean-Pierre enfiou a ré e saiu de traseira da praça, os pneus cantando violentamente. Dobrou à esquerda e pegou a descida da auto-estrada em direção a Carcassonne; "Les Homs" ficava no caminho, mas não tinha a intenção de parar lá. Comunicou-se pelo rádio com o outro Citroën, aos berros:

— Dêem o fora! Vão para o lugar de sempre, em Carcassonne, mas não atraiam a atenção!

Em seguida, comunicou ao bispo, em "Les Homs", que tinha havido "uma crise e tudo estava fora de controle!".

Tim Savage saiu do café naquele exato momento, ainda com a pistola na mão. Kurtski, mais parecendo um espectro e meio desequilibrado, estava diante dele, agitando loucamente a Luger que o chefe da segurança jogara para ele.

— Muito bem, vamos ver quem é homem de verdade, seu *pórra* de padre veado — bradou por entre a prótese despedaçada, pronunciando as palavras indistintamente e de um modo nauseante.

Ambos estavam enrascados. Após Jean-Pierre tê-lo abandonado à própria sorte, Kurtski não tinha como escapar dali sem um carro. O Peugeot verde de Tim estava estacionado diante do café, mas ele sabia que, se tentasse correr para o interior do carro, não poderia manter o outro sob a mira de sua pistola. Desse modo, o polonês poderia abatê-lo com um único tiro; estavam perto demais um do outro.

Se quisesse sobreviver, não haveria como evitar o combate — caso contrário, seria executado lá mesmo e naquele instante por Kurtski. Também sabia que os dois não podiam simplesmente ficar ali parados diante do café, com as armas apontadas um para o outro; a qualquer momento, a polícia chegaria a Fanjeaux. Tim passou a contornar lentamente a extremidade interna da praça, a pistola apontada, colocou-se à esquerda de Kurtski e recuou em direção ao portal da cidade. Isso lhe dava a vantagem de um maior espaço aberto entre os dois, deixando-o entre ele e a porta do café, certamente já trancada. Ocorrera a Tim — e, obviamente, ao oponente — que ninguém atiraria primeiro, enquanto um estivesse encarando o outro, já que nenhum dos dois poderia prever o resultado. Se um tiro errasse o alvo, a reação instantânea do adversário acertaria, com quase toda a certeza, quem tivesse atirado primeiro. Além disso, se ambos fossem presos pelos *gendarmes*, ali na praça, não conseguiriam explicar, com alguma credibilidade ou mesmo de forma plausível, a presença deles, armados, naquele local. Para Tim — e a Igreja de Roma —, as conseqüências seriam devastadoras.

A idéia, portanto, era atrair Kurtski, que começara a segui-lo, em direção às ruas e caminhos estreitos de Fanjeaux, onde, com a sua maior agilidade, conseguiria, mais cedo ou mais tarde, encurralá-lo. E Kurtski, se não quisesse sair correndo e fugir, não tinha outra escolha, a não ser entrar na cidade. Tim admitia, contudo, que o homem era como um animal ferido, determinado a lutar até o fim. E agradeceu à CIA pelo treinamento que tivera em guerra de guerrilha urbana.

Ele seguia recuando devagar pelas ruazinhas desertas, mantendo a pistola apontada para o oponente, que também avançava lentamente, o sangue pingando nas pedras arredondadas do pavimento, um metro e meio separando-os. Tim estava com sorte, porque, na pouco habitada Fanjeaux, que abrigava pouco mais de mil pessoas, as ruas viviam quase sempre desertas, exceto por um ou outro carro ou pedestre. Tinha a cidade toda para si, enquanto tentava enrolar o outro.

Continuando a andar de costas, com uma ocasional olhadela sobre os ombros, ele penetrava cada vez mais na cidade, passando por antigas igrejas e casas particulares que datavam dos primeiros séculos do milênio, até que, de repente, se viu diante daquela que fora a casa de São Domingos durante a época de sua pregação contra os cátaros. Uma placa no muro indicava o local como o domicílio de Domingos, e Tim a percebeu com o canto do olho esquerdo. Será que o espírito de São Domingos conseguiria salvá-lo dos novos hereges?

Passando a casa de Domingos, com a pistola ainda apontada para Kurtski — que avançava na mesma velocidade, sumindo e reaparecendo nas esquinas de Fanjeaux —, ele deu uma guinada de costas para a direita, indo para noroeste, na direção dos limites externos da cidade-fortaleza. Logo, atingiu uma enorme esplanada coberta com cascalho, conhecida como Le Seignadou, que se eleva a uma grande altura quase verticalmente em relação ao vale abaixo. Dali, tinha-se uma clara visão dos Pireneus ao Sul, da Montanha Negra ao Norte, e, no horizonte, Carcassonne, situada no extremo da grande planície do Languedoc. Dizia a lenda que Le Seignadou era o local em que São Domingos costumava pregar e onde, certa noite, teve a visão de uma enorme bola de fogo cair do céu, três vezes seguidas, sobre a aldeia fortificada de Prouilhe logo abaixo. Seria um presságio?

Tim recuou até a mureta na extremidade da esplanada, pronto para disparar, assim que Kurtski dobrasse a esquina da ruazinha que levava à casa de São Domingos e ficasse à vista. Mas ele surgiu mais depressa do que o esperado, viu o jesuíta perto da mureta e atirou três vezes. Com o sol brilhante batendo nos olhos, errou as duas primeiras vezes, mas a terceira bala raspou o ombro de Tim, no momento em que este se jogava no chão. O outro correu em sua direção, a pistola chamejando, mas errou de novo. Então, passou a ser um alvo fácil, e Tim, um exímio atirador treinado pela CIA, disparou de sua posição no solo, atingindo-o certeiramente no coração. Kurtski ficou parado durante uma fração de segundo, a enorme surpresa estampada no rosto, e caiu para a frente, morto.

Benzendo-se, Tim aproximou-se devagar do lugar onde ele caíra, um filete encarnado molhando o cascalho, mas não conseguiu olhar para o rosto ensangüentado junto ao chão. De pé diante do corpo, estremeceu com os soluços contidos da tensão que se esvaía, fez o sinal-da-cruz, e em silêncio pronunciou as palavras de absolvição. Uma revoada de melros elevou-se sobre a esplanada, assustada com os tiros, piando histericamente.

Fitando o cadáver, falou para si mesmo, com amargura: "Meu Deus, eu me tornei o assassino do homem que, outrora, exigia que eu matasse e me tornasse um assassino... Deus, perdoa-me porque pequei..." O seu pensamento seguinte foi que monsenhor Sainte-Ange fizera a escolha certa, ao recrutá-lo: um assassino para ir atrás de assassinos!

Tim Savage arrastou-se para longe da esplanada deserta, deixando o corpo de Kurtski para trás, e voltou às ruas estreitas de Fanjeaux. Passou novamente diante da casa de São Domingos, na direção da igreja que viu mais à frente. Tratava-se da Igreja de Notre-Dame de l'Assomption, erigida sobre os vestígios do Fanum

Jovis, o templo de Júpiter. A igreja era escura e fria; pertencia a uma outra época.

Tim precisava da paz da igreja para rezar e organizar os pensamentos. Sentou-se no primeiro banco, em frente ao altar. O que faria a seguir? Diante das circunstâncias, manteria o encontro com o arcebispo Leduc? Não restava dúvida de que alguém o queria mesmo morto — obviamente, por causa de sua busca pela verdade, já que não podia haver outro motivo — e, por uma estranha e sinistra coincidência, contratara Kurtski para fazer o serviço. Será que isso o impediria de prosseguir em sua missão ou talvez até mesmo completá-la? Deveria abandoná-la para salvar a própria vida, pois certamente os seus inimigos invisíveis tentariam novamente? Sentia estar tão perto de concluir sua investigação, que precisava dar o passo final. E, inevitavelmente, esse passo seria o encontro com o arcebispo. Já havia descoberto o suficiente para estar totalmente convencido de que Leduc, e apenas Leduc, lhe poderia dar a resposta final. Mas como chegar à abadia?

— Está sangrando, padre! O senhor está ferido? — perguntou uma voz feminina atrás dele. Tim virou-se e viu uma mulher idosa e de aparência maternal, véu sobre a cabeça, olhando-o preocupada. Foi então que sentiu a ardência no ombro onde a terceira bala de Kurtski o atingira de raspão. Tocando-o, sentiu nos dedos a umidade do próprio sangue.

— Ora, não é nada, senhora — falou com tranqüilidade. — Nada sério...

— Pois bem, padre, não *queira* que se torne sério — revidou ela, com severidade. — Não temos hospitais nem clínicas por aqui; portanto, vamos até a minha casa, para eu fazer um curativo.

A casa ficava do outro lado da rua, e a mulher, depois que ele tirou o paletó e a camisa, limpou com destreza o arranhão provocado pela bala e colocou nele um curativo. Alimentou-o com uma sopa consistente e pão, sem perguntar, em nenhum momento, como o padre havia se ferido. Mas, após a refeição, era ele quem tinha uma pergunta a fazer.

— Como se chega àquela abadia cisterciense de Villelongue, perto de Saissac? — indagou.

Capítulo Vinte e Três

Tim deixara o Peugeot verde alugado diante do café, na entrada de Fanjeaux, mas a pracinha já fervilhava com *gendarmes* de Mirepoix. Ele pôde vê-los, as luzes azuis de suas viaturas piscando furiosamente, na ocasião em que atravessara o portal arqueado da cidade, de onde se avistava a praça.

Não ficaria bem para um jesuíta americano, vestido com a roupa clerical e armado com uma Luger, ser detido e interrogado pela polícia francesa, principalmente depois que o corpo de Kurtski, a pistola ainda na mão rígida, fosse encontrado na beira da esplanada. Obviamente, ele não podia se arriscar a isso, já que se tornara, na verdade, um fugitivo da justiça francesa — um criminoso —, e sabia que não seria necessário o gênio investigativo de um Poirot para ligá-lo a Kurtski. Explicações seriam impossíveis, e mesmo a verdade completa não pareceria crível às autoridades francesas.

Portanto, resolveu mentir. A senhora que cuidara dele não estava a par da confusão na praça nem do duelo a bala na esplanada. Apesar do ferimento no ombro de Tim, ela lhe forneceu as informações de como chegar à abadia.

— Mas — alegou ele — o problema é que não tenho carro.

— E como foi que chegou aqui? — quis saber a mulher.

— Tomei um ônibus em Carcassonne e saltei em Fanjeaux, na esperança de pegar carona com alguém que estivesse se dirigindo à abadia — mentiu, aparentando um inocente padre-turista americano. — Li muito sobre a abadia cisterciense, e sei que é muito bonita.

— Ah, sim, é linda, e não deve deixar de vê-la — concordou a mulher, olhando de lado para o marido. Tratava-se de um corpulento languedociano, agricultor aposentado, sentado em sua poltrona junto à janela, relaxado e confortavelmente metido em um macacão azul, dando baforadas em um cachimbo. Ele notou os olhares da mulher.

— Se não tem carro, padre, terei prazer em conduzi-lo até a abadia — sugeriu ele, levantando-se. — Estou mesmo indo naquela direção...

O Renault azul-claro *Deux-Chevaux* do homem, mais um calhambeque do que um carro, levou exatos vinte minutos para descer até a praça — que continuava apinhada de policiais, os quais não lhes deram atenção — e rodou mais cinco ou seis quilômetros em direção ao Norte, pela auto-estrada, até a saída de acesso à abadia. O prédio, esplendidamente conservado, estava assentado em meio a um arvoredo, cercado por sebes de teixos, na extremidade de um vale extenso e sombreado.

Tim julgava a abadia cisterciense a escolha perfeita para a área residencial do arcebispo. Ela tinha sido construída em 1150 pelos monges "cinzentos" ou "brancos", como os cistercienses eram sucessivamente chamados, para servir como mosteiro de uma das mais antigas ordens religiosas da Europa, fundada por São Roberto em 1098. O nome vem do latim *cisterna*, que significa cova ou caverna, e, por conseguinte, a filosofia e a teologia deles evocava a volta à simplicidade, à vida rigorosa e ao auto-sacrifício do monacato primitivo. Durante algum tempo, até meados do século quatorze, os cistercienses foram a ordem mais poderosa da Europa Ocidental. Não admirava, imaginou Tim, que o arcebispo Leduc se sentisse em casa na *cisterna*, o símbolo do extremo conservadorismo.

Após agradecer ao velho agricultor pela carona, Tim caminhou até o portão do jardim da abadia. Foi recebido por dois jovens atléticos, vestidos com ternos pretos, armas salientes por baixo dos paletós, fones de ouvido e fios desaparecendo por baixo dos colarinhos das camisas. Pareciam clones dos guardas do seminário da Fraternidade.

— Padre Savage, eu presumo? — perguntou circunspecto, em inglês, o que parecia ser um pouco mais velho dos dois. Ele devia ter aprendido a frase ao ler sobre Stanley e Livingstone, concluiu Tim. A recepção formal e deferente na abadia pareceu-lhe levemente divertida, após o tiroteio com Kurtski.

— Sim, sou eu — confirmou. — Tenho um encontro com o arcebispo Leduc, e espero não estar muito atrasado. Fui retido, contra a minha vontade, a caminho daqui.

— Claro — disse-lhe o guarda, indicando, com um gesto largo e convidativo do braço a entrada da abadia. — Sua Excelência está esperando-o.

Conduziu-o ao interior, passando por mais dois jovens guardas carrancudos dispostos no espaçoso vestíbulo. Tim notou câmeras de vigilância no alto da parede, dirigidas para a entrada. O guarda abriu uma pesada porta de carvalho à direita, e segurou-a para ele entrar.

— Adiante, por favor — falou.

O arcebispo Leduc estava de pé no centro de uma biblioteca elegantemente equipada: estantes nas paredes, uma extensa lareira encimada por um console de mármore, entre as janelas que davam para o jardim, e uma escrivaninha Luís XV com engastes de bronze dourado, colocada em um canto sob um retrato de Pio V. A alta estatura curvada e a fisionomia macilenta do arcebispo lhe davam um aspecto de completa exaustão, mas, ao se aproximar, Tim vislumbrou os seus duros olhos azuis, imperdoáveis e frios como gelo, debaixo de espessas sobrancelhas negras. Percebeu, num lampejo, por que as fotos de Leduc lhe pareciam familiares.

— Boa tarde, Excelência — cumprimentou, em francês. Fez uma pausa e escolheu com cuidado as palavras. — É um honra voltar a vê-lo...

O arcebispo estendeu a mão direita, como se fosse para ter o seu anel beijado, um velho hábito, mas a recolheu imediatamente. Fez um leve gesto com a cabeça para Tim.

— Sim, é claro, já nos encontramos antes, e que bom que lembrou — replicou, com um tom de voz grave e rouco. — E lamento pelo seu problema desta manhã.

Tim não sabia dizer se o velho estava sendo sarcástico ou apenas educado de um modo antiquado.

— Eu também me lembro muito bem de você — continuou o arcebispo. — É o estudioso de islamismo altamente respeitado, e estivemos juntos, no seu escritório de Roma, no dia em que o Santo Padre foi baleado, mais ou menos há uns cinco anos, não é mesmo?

— Sim, Excelência — confirmou. — Esteve no meu escritório, e conversamos durante muito tempo, naquela tarde, sobre o fundamentalismo islâmico. Lembro-me de que a sua vivência com os muçulmanos, durante os anos que passou em Casablanca, o deixara muito preocupado com os crescentes movimentos subversivos e o terrorismo islâmicos na África e no Oriente Médio, naquela época. Também recordo que, na ocasião, fiquei intrigado por que um homem com o seu conhecimento e especialização em islamismo estava perdendo tantas horas comigo.

Leduc encarou-o, olhando firmemente dentro de seus olhos, mantendo-se assim por um longo tempo.

— Na ocasião, me pareceu uma boa idéia — disse, solícito. — Mas, devo acrescentar, foi uma estranha coincidência estarmos lá, no seu escritório, discutindo fundamentalismo e terrorismo islâmicos, no mesmo momento em que aquele turco... um muçulmano... quase conseguiu assassinar o Santo Padre. Creio que foi a tal "conexão muçulmana" da qual as pessoas falaram, após os disparos... Foi um milagre o papa ter sobrevivido ao atentado.

— Se me permite repetir as suas palavras, Excelência, quando ouvimos no rádio que ele sobreviveria: foi a "Vontade de Deus" — comentou Tim. — Ainda o ouço dizer isso... E também acho uma espantosa coincidência nos encontrarmos hoje aqui.

Leduc fitou-o por mais um demorado instante. Em seguida, gesticulou na direção de um canto da biblioteca onde se encontrava sua escrivaninha e grandes poltronas estofadas de couro vermelho.

— Sente-se, padre Savage — convidou. — Soube que sua nova atividade é o estudo das heresias francesas do passado e do presente. E que tem perguntas a fazer sobre a nossa Fraternidade. Terei prazer em ajudar no que for possível..

— O padre do seminário em Mirepoix ficou com a impressão de que considera o nosso pessoal da Fraternidade como heréticos, e a nossa crença, uma heresia — declarou Leduc. — E fiquei curioso em saber como chegou a essa conclusão. Ela foi o resultado dos profundos estudos que realizou nas últimas semana ou meses, ou simplesmente aceitou o ponto de vista oficial dos seus chefões na Santa Sé?

Tim agitou-se constrangido na poltrona. Tranqüilamente, com o seu sarcasmo, Leduc o deixara na defensiva, após apenas alguns minutos de conversa sobre os "profundos estudos" realizados em um período tão curto. Além disso, ficara ainda mais perturbado com fato de o arcebispo conhecer tanto a respeito de suas atividades... e de ter sabido tão rapidamente sobre o *contretemps* com Kurtski.

Como sabia que ele andara tentando descobrir o tipo de envolvimento da Fraternidade de São Pio V? Como soube a respeito de suas investigações? Como o padre de Mirepoix descobriu sua identidade, e por que todos aqueles seus gestos de amigável hospitalidade, que incluíram o convite para um encontro com Leduc? Teria o arcebispo tomado conhecimento de sua missão por intermédio de monsenhor Sainte-Ange? Saberia ele de seus encontros com os imames de Paris e Toulouse — e sobre Istambul? De que modo Kurtski se encaixava naquele quadro? Por que alguém queria matá-lo? Era tudo tão minucioso, tão bem orquestrado!

— Bem — respondeu com honestidade —, não posso dizer que tenha realmente chegado a uma conclusão de que a Fraternidade é uma heresia, porque não cabe a mim fazer isso. Foi o que eu disse para o padre Loïc. Trata-se de um assunto da Congregação para a Doutrina da Fé, em Roma. Mas o motivo pelo qual tento estudar as heresias da Igreja católica francesa, como os cátaros e os novos movimentos como a Fraternidade, é porque estou basicamente interessado em fundamentalismos... inclusive o islâmico, sobre o qual conversamos em meu escritório, cinco anos atrás. Pode-se dizer que faço um estudo comparativo dos fundamentalismos.

— Estudo comparativo dos fundamentalismos? — repetiu Leduc, com um tom de incredulidade. — Trata-se de uma nova disciplina, baseada na doutrina daqueles tolos liberais do Concílio Vaticano II, ou é uma invenção dos jesuítas, que, na minha opinião, *são* uns tolos liberais como sempre o foram? Devo acrescentar que não me surpreende o fato de o marquês de Sade ter sido aluno dos jesuítas, em Paris, durante quatro anos, algo que me foi dito um dia desses pelos estudiosos de vocês! E também Fidel Castro, em Cuba!

— Não se trata de uma disciplina, mas da realidade — revidou Tim, que acabara de inventar o "estudo comparativo dos fundamentalismos". E continuou: — No mundo atual, o fundamentalismo é um fenômeno consistente, seja ele islâmico, cristão ou judeu. Às vezes, imagino se isso poderá se constituir na característica religiosa do próximo século e milênio que se aproximam. Portanto, creio que seja apropriado para mim, como estudioso do islamismo, pesquisar o fundamentalismo cristão contemporâneo. Afinal nossas três crenças monoteístas descendem de Abraão, e existem as paralelas... E, como sabe, em meu país temos importantes seitas fundamentalistas, principalmente entre os protestantes... como batistas, pentecostais e assim por diante... e alguns movimentos fundamentalistas que se misturam à política, como a nossa recente direita cristã... Desse modo, a experiência francesa é bastante relevante para o meu trabalho. E os meus superiores o aprovam.

— Receio que esteja confundindo doutrinas, crenças e heresias na Igreja católica, padre Savage — comentou o arcebispo. — Mas os seus superiores também fazem isso, inclusive o papa Gregório XVII, ao afirmar que eu levei a Fraternidade a um cisma... logo quem, que, como francês, devia estar mais bem-informado... Deseja que eu lhe explique o que somos e o que defendemos?

— Sim, por favor, Excelência — pediu. — Tenho certeza de que não encontrarei uma fonte melhor.

— Para início de conversa, esqueça o fundamentalismo — sugeriu. — Pelo que nos consta, é um puro disparate. Mas deve ter ouvido o termo "integrismo" aplicado a nós, e ele é o mais exato. Temos orgulho de ser "integristas". E "integrismo" vem do adjetivo latino *integer*, que significa "intocado, inteiro". Para a Fraternidade, isso significa a intocabilidade da doutrina eterna da Igreja Católica, a doutrina do Concílio de Trento definida para sempre, no século dezesseis, e lindamente reafirmada por São Pio X, em 1903... não faz muito tempo assim... assegurando que os seus principais objetivos eram "restaurar todas as coisas em Cristo, a fim de que Cristo possa ser tudo e estar em todos" e "para ensinar e defender a verdade e a lei cristãs". É exatamente isso que a Fraternidade faz. Foi por causa disso que fundei a Fraternidade... para defender a verdadeira Igreja Católica dos imbecis do Concílio Vaticano II. E eu estava certo.

— Mas o que significa "restaurar" — Tim perguntou, com todo o respeito e ansioso para manter o arcebispo falando sobre suas crenças e a Fraternidade. Seria absurdo argumentar com ele. E, com sorte, o velho talvez revelasse, por causa de sua extraordinária vaidade, o que Tim Savage buscava descobrir. Ele sabia que essa era sua única e última chance para aparar todas as pontas soltas da conspiração.

Leduc informou, categoricamente, que havia muito a "restaurar" na Igreja Católica depois do "vandalismo" do Concílio Vaticano II, como definiu, a voz de baixo elevando-se às alturas, e seguiu expondo, nos mínimos detalhes, com longas citações em latim, as doutrinas de Trento, de Pio V e Pio X. Ele parecia desfrutar imensamente a aula que lhe dava, sem ligar para o passar das horas e da escuridão que baixava sobre o jardim lá fora. Contudo, não estava ajudando a causa de Tim com grandes revelações.

Quando o arcebispo, finalmente, parou, os lábios estreitos apertados em um leve sorriso triunfante, o jesuíta tentou, nervosamente, outra abordagem, para salvar o dia.

— O senhor é um professor notável — declarou ao arcebispo. — Mas há outra coisa que gostaria de lhe pedir, Excelência. Poderia me resumir os pontos-chave de sua rejeição ao Concílio Vaticano?

— Está tudo no meu livro... o título é *Eles O descoroaram: Do liberalismo à apostasia — A tragédia do concílio*... e precisa lê-lo, se desejar levar a sério os seus estudos — propôs Leduc, com um quê de petulância. — Principalmente o capítulo "A barbárie do Vaticano II". Barbárie, é claro, significa depredação por bárbaros. A palavra remonta ao Concílio de Éfeso, em 449 d.C... Mas lhe farei um sumário. Preste atenção!

— Sim, Excelência — Tim conformou-se, humilde.

— Em primeiro lugar, há a questão do Decreto sobre a Liberdade Religiosa — anunciou. — Foi uma incitação para equiparar o erro com a verdade e uma agressão ao reino social de Cristo. A Igreja católica precisa salvaguardar a unidade religiosa em torno da verdadeira religião e proteger as almas dos católicos contra o escândalo e a disseminação do erro religioso, além de limitar e proibir, se necessário, a liberdade dos falsos cultos. Está claro?

— Sim, Excelência — Tim confirmou. — Muito claro. Por favor, prossiga.

— E esse maluco em Roma, o tal de Gregório XVII, continua agindo em prol do ecumenismo, da unidade das Igrejas cristãs — proferiu desgostoso. — É *ele* quem está desafiando a Igreja católica, não eu! Ele está destruindo a Igreja católica! Ele está infringindo o segundo Mandamento: "Não terás outros deuses além de Mim..." E quem é o Deus *Dele*, o deus que colocou acima do Senhor e acima de Cristo? Você verá: esse papa ainda vai pagar caro por isso... Me parte o coração! E, como sabe, eu sempre estou certo!

Tim prendeu a respiração. O que o arcebispo enfurecido estava lhe dizendo?

— Pagar caro por isso? — questionou, tentando controlar a voz, mantendo-a normal. — Quer dizer... literalmente? Com a vida?

— Existem muitos modos de redenção dos pecados — deu de ombros Leduc. — É sempre a vontade de Deus.

— Entendo — conciliou Tim. — E os outros pontos?

— *Vocem iucunditatis annuntiate!* — cantou o arcebispo em latim, com a voz cheia e penetrante, e inflexão francesa. — Sabe o que é isso, padre Savage?

— Sei, *Proclamar com voz jubilosa*! — respondeu sorrindo, a despeito de si mesmo. O senso teatral e dramático do velho prelado continuava intacto. — Trata-se do início da Solene Missa Pontifical na liturgia tridentina. A frase é do profeta Isaías... Eu a ouvi pela primeira vez quando era um padre novato em Roma. Só havia uma igreja onde se podia ouvir uma missa tridentina, e eu estava curioso. Além disso, adoro canto gregoriano...

— Exatamente! — gritou Leduc, triunfante. — É a missa! É liturgia! O Concílio e os papas conciliares, de Paulo VI a Gregório XVII, traíram a Igreja católica e a religião quando abandonaram a grande e verdadeira missa tridentina, recitada e cantada em latim... com o canto gregoriano... e proclamaram que, dali por diante, a missa seria celebrada em vernáculo, na língua do lugar. Digo "traíram" porque foi exatamente o que eles fizeram: destruíram a unidade do catolicismo, que a missa em latim propiciava, e a trocaram por uma Babel de línguas, sem se certificar de que as preces fossem traduzidas de modo adequado. Você *não traduz* uma missa! Você a celebra, em latim, uma língua universal, com a voz jubilosa, como os Pais da Igreja católica faziam... Já imaginou a Liturgia da Palavra em vernáculo? É uma paródia! A traição da missa tridentina simboliza a subversão da Igreja católica pelo Concílio Vaticano... Atualmente, a

Roma eterna está reduzida ao silêncio, paralisada por uma outra Roma, a liberal, que a está ocupando...

Leduc fez uma pausa para recuperar o fôlego, sem ter salientado que era favorável ao latim, uma língua morta, porque ela evitava qualquer risco de uma evolução litúrgica.

— E a liturgia! — recomeçou. — A liturgia e o padre! O que eles nos oferecem é a missa de Lutero! O senso de mistério da liturgia tem sido estraçalhado. No passado, o padre se voltava para o altar, Cristo e a Virgem Maria... e os fiéis não conseguiam observar os seus gestos rituais porque viam apenas as suas costas. Isso fazia parte do mistério, a representação da morte sacrifical de Cristo na cruz, e as preces dos padres eram sussurradas respeitosamente, e não gritadas. Agora, ele encara a congregação, e a fé fervorosa desapareceu. É um teatro, às vezes até com guitarras, e não uma missa solene... E o Concílio autorizou a utilização do pão comum, em vez da hóstia consagrada, como o Corpo de Cristo na Santa Comunhão... É a pura e simples blasfêmia que precisa ser detida...

— Como, Excelência? — quis saber Tim.

— Eu estou pessoalmente preparado para liderar uma Cruzada para reconstituir o cristianismo, do modo como era desejado pela Igreja católica — revelou, fazendo o sinal-da-cruz. Tim não se benzeu.

— E não esqueça que temos meio milhão de membros e seguidores — acrescentou, ameaçador.

A noite tinha caído, e como o arcebispo Leduc parecia bastante ansioso por continuar a conversa, convidou-o para jantar. Foi uma repetição da noite anterior, com o padre no seminário. Ocorreu a Tim que, provavelmente, ambos os prelados tinham uma profunda necessidade de explicar exaustivamente o seu credo e as suas ações a estranhos dispostos a entendê-los e a ouvi-los. Talvez tivessem muito poucas oportunidades reservadas como aquela e ouvintes tão ávidos quanto ele. Mas ele viu uma abertura, quando Leduc se disse disposto a liderar uma Cruzada para salvar o cristianismo.

— Vossa Excelência mencionou uma Cruzada — lembrou, após se sentarem à mesa da sala de jantar retangular de pé-direito alto, decorada com tapeçaria flamenga —, e isso me fez pensar nas Cruzadas albigenses, aqui no Languedoc, no século treze. Devido aos meus estudos de heresias, estou muito interessado em saber como julga a heresia cátara e tudo o que se relacionou ao assunto.

Leduc ficou visivelmente satisfeito com a solicitação. Até mesmo os seus gélidos olhos azuis se tornaram mais calorosos.

— Ora... — disse ele — fico muito contente por ter me perguntado isso. Sabe, os cátaros são a nossa inspiração em todos os sentidos. Eles levavam uma vida santa. Nós somos muito parecidos, partilhamos os mesmos objetivos... talvez você os chame de heresias... e partilhamos o mesmo inimigo. Os cátaros também eram dissidentes. Chamavam Roma de Igreja dos Lobos, e a Roma atual é isso mesmo. O papa Inocêncio III estava determinado a erradicá-los a ferro e fogo, com a *sua* Cruzada, no início dos anos 1200... até mesmo autorizou o poder secular a queimar hereges condenados... e Gregório XVII está determinado a fazer o mesmo, comigo e com a Fraternidade, através de uma guerra mais sutil e sofisticada.

— Como provavelmente deve saber — continuou o arcebispo —, o papa decidiu me excomungar porque eu propus sagrar os nossos próprios bispos... bispos da Fraternidade Pio V... do mesmo modo como, por conta própria, eu já havia ordenado um certo número de padres. Os cátaros, que, por sua vez, em sua maioria, eram religiosos da elite e da aristocracia, também tinham os seus próprios bispos. Assumiram a postura de que eram uma

Igreja à parte, o que, obviamente, *não* é o que pretende a Fraternidade; nós estamos *reformando* a Igreja católica, e isso, na minha opinião, é muito diferente. Os cátaros lutaram e morreram... e mataram para se defender... durante vinte, trinta ou mais anos. Talvez a única diferença entre nós esteja no fato de eles terem lutado para resistir à Cruzada albigense, enquanto nós é que estamos lançando uma Cruzada contra o adversário comum. Mas foi a Divina Providência que, quase oito séculos depois, nos abençoou com o exemplo cátaro, o exemplo dos puros e perfeitos...

— É claro — acrescentou Leduc — que não partilhamos a teologia cátara; não aceitamos sua noção maniqueísta, do dualismo entre o Senhor e Satã, com poderes iguais, lutando pelo controle do mundo. E não cremos que mesmo os católicos seculares mais perfeitos... como os "Perfeitos" deles... se abstenham de sexo, até para fins de procriação, nem que seja pecado consumir carne de animais que tenham atividade sexual. Sim, comemos carne, tomamos leite e saboreamos queijo, ao contrário dos "homens bons" e das "mulheres boas" cátaros. Cada seita tem o direito às suas práticas, desde que isso não arruíne os preceitos básicos da Igreja católica e da religião. De nossa parte, agimos... como em uma Cruzada... quando a fé é traída, como acontece atualmente.

— Em sua Cruzada, Vossa Excelência aprova assassinato e morte? — perguntou, olhando fixamente nos olhos severos do arcebispo, pensando igualmente em sua experiência com Kurtski, naquela manhã, e na de Gregório XVII com o turco Circlic, cinco anos antes.

— Isso depende — respondeu. — Sabe, uma Cruzada é uma guerra, e em nossa religião há uma coisa chamada "guerra justa", *ius bellum*, santificada por Santo Agostinho e Santo Tomás de Aquino... E há, também, a antiga tradição do *sic semper tyrannis*... "Seja sempre este (o destino) dos tiranos!"

— Mas, por outro lado, há também, na nossa religião, o Sexto Mandamento, "Não matarás" — arriscou Tim. — Como conciliar todos esses conceitos?

— Acredito que seja uma questão de critério de honestidade absoluta... uma honestidade absoluta diante dos olhos do Senhor... que, afinal de contas, deve ser creditada a todos os católicos — justificou Leduc. — Não se trata de uma questão de semântica teológica. Os papas também mataram a torto e a direito, até mesmo na ausência total de um critério moral.

— Pois bem, Vossa Excelência aprovaria, por exemplo, o assassinato do núncio papal pelos cátaros, fato que Inocêncio III usou para justificar a Cruzada de Albi? — forçou Tim, o arcebispo visivelmente adorando a escaramuça intelectual com ele.

— Provavelmente não, mas por uma questão de bom senso — justificou Leduc. — Os cátaros não ganharam nada, ao assassinar o núncio papal. Não esqueça que os cátaros formavam a elite da nobreza. Tudo o que isso conseguiu foi abrir o caminho para o papa exigir que o rei francês, Filipe Augusto, liderasse no ano seguinte, com as suas tropas, a Cruzada contra os cátaros no Languedoc. Tenho certeza de que conhece a história. Minha resposta à sua pergunta não é a de que os fins justificam os meios... essa é outra escola de sólida filosofia... mas a de que um julgamento correto das circunstâncias, beneficiando mais a Igreja católica e a maioria das pessoas, deve ser feito por aqueles, como nós, que somos os encarregados. Entende o que eu quero dizer?

— Por que motivo Vossa Excelência acredita que a Fraternidade desfruta semelhante apoio no Languedoc e por todo o Sul? — indagou.

— Trata-se da tradição cátara — declarou o arcebispo. — Continua tão viva por aqui que as pessoas vêem em nosso trabalho a preservação do espírito cátaro. Elas aceitam nossos critérios e decisões morais, e sei que podemos contar com esse apoio em qualquer instância. O peso da história pende para o nosso lado.

— Mas outros católicos, pelo menos os católicos franceses, prosseguiriam nessa sua Cruzada, mesmo se ela fosse ao extremo... como assassinatos em nome da fé?

— Você parece obcecado com assassinatos — observou Leduc, com amabilidade.

Os dois estavam de volta à biblioteca, para o conhaque e o café, após o arcebispo ter convidado o jesuíta a passar a noite na abadia, em vista da hora. Ele, é claro, não tinha para onde ir — nem meios.

— Ficará seguro, aqui comigo — garantiu o arcebispo, com o que Tim poderia jurar ter sido um cintilar levemente malicioso em seus olhos. — Soube que teve um *contretemps* esta manhã, mas não devemos nos alongar nesse assunto.

— Está bem — concordou, admirado e intranqüilo por Leduc já saber disso. — Mas, por que alguém me quer morto? E utilizando um pistoleiro que, por acaso, eu conhecia do meu passado? Não sou obcecado por assassinatos, Excelência, mas me preocupo quando eles chegam perto de mim, pessoal e institucionalmente.

Meu Deus, pensou Tim, sou uma pequena porção no meio de uma conspiração. E tremeu.

Leduc sentiu prazerosamente o aroma do conhaque e virou-se para ele.

— Sim, admito que não foi uma boa idéia o que lhe aconteceu esta manhã — confessou. — Alguém perdeu o senso de perspectiva. Além do mais, eu não o conhecia como creio que o conheço agora.

— Então, Vossa Excelência deve saber que eu matei o homem que me atacou... em legítima defesa e sem fazer nenhum julgamento moral — disse-lhe Tim. — De fato, fui forçado a me tornar um criminoso, algo contra o qual sempre resisti, e, por esse motivo, não posso esquecer o que ocorreu hoje.

— Sim, estou ciente disso — reconheceu o arcebispo. — A mensagem me foi transmitida por rádio pelo nosso pessoal em Fanjeaux. E também devo confessar que aceitei a recomendação do bispo Laval... ele é o meu bom braço direito... para matá-lo, porque, como dizem nos romances policiais, você sabia demais. Como já admiti, foi uma decisão moral errônea e uma burrice estratégica, mas assumo a total responsabilidade.

— Eu sabia demais *o quê*? — inquiriu o jesuíta, tentando parecer perplexo. Naquele momento, sentiu o cheiro de sangue.

— Ora vamos, padre Savage! Sabe do que estou falando...

— Sei? E do que se trata?

— É um fato que, por motivos que continuo desconhecendo, você tem se empenhado em ligar a Fraternidade, ou mesmo a mim pessoalmente, à tentativa de assassinato do papa Gregório XVII. Não faço idéia se é algo que faz por conta própria, e, se é o caso, por que o faz; ou, se é por ordem de Roma, acho muito estranho terem dado a missão a um padre jesuíta especialista em islamismo. Fui informado de que teve um encontro com um imame em Toulouse, e que ele lhe falou de uma suposta busca por um assassino, por parte dos fundamentalistas da Igreja Católica Romana, a fim de que matasse o papa em nome deles, só que não entendo por que seria necessário um erudito em islamismo para fazer tal investigação. Trata-se de um trabalho da polícia, nada mais, nada menos. Qualquer um poderia ter ido falar com o imame, não acha, padre Savage?

— É verdade — Tim concordou, escolhendo as palavras

com extremo cuidado. Ao ouvir Leduc, parecia-lhe bastante provável que o arcebispo ignorasse sua aventura em Istambul e as conversas e os contatos em Paris. Isso era estimulante. Ele parecia estar a par apenas de um aspecto de sua investigação, o que dava a Tim uma vantagem, pelo menos temporária, naquele confronto.

— Também é verdade que realmente se encontrou com o tal imame em Toulouse? — indagou o arcebispo, com um tom inquisitório.

— Sim, Excelência, é verdade — confirmou. Àquela altura, não fazia sentido negar.

— O que ele lhe disse?

— Que, de fato, o conselho muçulmano deles tinha sido procurado por católicos fundamentalistas de Toulouse, com os quais tinham um tipo de contato, para contratarem um assassino muçulmano que mataria o papa. O que lhe informaram, Vossa Excelência, foi exatamente o que aconteceu.

— E como foi que fez a ligação entre esses "fundamentalistas católicos" com a Fraternidade? — quis saber Leduc. — E as perguntas que fez ao livreiro de Le Somail, onde escondeu o fato de ser padre? O que o fez ir até o seminário de Mirepoix?

— Bem, é uma longa história, mas quando o imame se referiu a fundamentalistas católicos, sugerindo que se tratava de uma organização e não apenas de um bando avulso de fanáticos, foi uma simples dedução de que se referia à sua Fraternidade... apesar de eu nada saber a respeito dela. Eu podia estar enganado, mas tinha que ir em frente. Qualquer outra coisa não fazia sentido.

— Você até parece um investigador profissional, um agente da CIA ou coisa semelhante — observou Leduc. — Mas acreditou no imame?

Tim deduziu, pelo comentário feito de passagem pelo arcebispo, que a Fraternidade Pio V não sabia de sua experiência com a CIA, o que não era de todo surpreendente. Haviam checado o seu passado em Roma, mas seria bastante improvável que isso levasse até a Agência, onde, como tantos operadores, ele trabalhara secretamente.

— Para ser honesto com o senhor — rebateu —, não tive motivos para *não* acreditar no imame. Não imagino um motivo para que inventasse isso. Ele nada tinha a ver com essa coisa.

— Então, padre Savage, se crê realmente que somos os católicos em questão, devo supor que também acredita que a Fraternidade Pio V... e eu... estivemos por trás da tentativa de assassinato de Gregório XVII. Essa é a minha lógica dedutiva cartesiana francesa. Estou certo?

A conversa havia progredido para um nível perigoso, e Tim sentia que cada palavra tinha um peso. E a sua vida ainda podia estar correndo perigo. Àquela altura, se convencera de que o arcebispo não estava a par de todas as suas atividades nem do que as tinha originado, muito menos de suas experiências passadas. Mas, do mesmo modo, lhe faltava o conhecimento exato sobre o quanto realmente Leduc e a Fraternidade haviam realizado — e de que modo. Em algum lugar da abadia, o relógio bateu meia-noite.

— Excelência — alegou mansamente —, não posso tirar conclusões baseado no que me disse o imame na França, com quem eu nunca estive antes e cujos motivos talvez sejam vagos. Não tenho certeza... até este momento... em que acreditar.

O arcebispo levantou-se da poltrona e, durante alguns minutos, ficou caminhando pela biblioteca, as mãos presas às costas. Tim percebeu que estava murmurando uma oração. Uma orientação divina também viria a calhar para ele.

— Serei honesto com você... até certo ponto — afirmou

Leduc, deixando-se cair novamente na poltrona de couro. — Mas nós dois temos que ser realistas diante desta situação. Não nego que procuramos a ajuda de nossos confrades muçulmanos para conseguir um assassino. Por outro lado, não vou confirmar isso para você. É livre para interpretar, como quiser, as declarações que dei anteriormente sobre a minha Cruzada, guerras justas e o direito moral de matar em nome da fé. Apesar disso, padre, não creio que eu esteja pronto para lhe pedir absolvição.

Tim anuiu, em silêncio.

— Com relação à tentativa de hoje de matar *você* — prosseguiu —, já lhe disse que não foi uma boa idéia. Quando o bispo Laval e o nosso chefe de segurança souberam do seu encontro com o imame... não interessa como foi que souberam... e também da visita que fez ao livreiro, eles concluíram que você já sabia demais e representava um perigo considerável para os nossos planos futuros. Suspeitaram que tinha outras fontes e contatos. A seguir, o livreiro lhes informou que você planejava visitar o seminário. Portanto, estávamos prontos, quando chegou a Mirepoix. A recomendação deles, como lhe disse, era matá-lo. O nosso pessoal alegou que ninguém jamais saberia exatamente o que acontecera em Fanjeaux, e o crime seria logo esquecido, ainda que chegasse a ser noticiado. Como sabe, pelo que consta ao mundo, você não é nada...

— Obrigado pelo elogio, Excelência — comentou, na débil tentativa de humor irônico. — Mas tem razão; ninguém daria por minha falta, se eu sumisse neste fim de mundo de uma aldeia da França.

Mas, de imediato, corrigiu-se — mentalmente. Ângela não apenas sentiria sua falta, em termos pessoais, como também faria uma idéia do que poderia ter acontecido e, conseqüentemente, agiria através dos canais do Vaticano. E a sua família, em Washington, sabia tudo sobre desaparecidos em ação, por causa da morte do pai dele na Segunda Guerra Mundial e o risco que Tim correu trabalhando para a CIA no Vietnã e em outros lugares.

— Fiquei contente por ter fracassado o ataque contra você — afirmou o arcebispo com sinceridade. — Através do nosso encontro, coisa que, sinceramente, eu não desejava, percebi que o seu conhecimento a respeito desse assunto desagradável está restrito ao que o imame lhe contou. Ele não pode provar nada, e você também não... se era a sua intenção transmitir essa informação aos seus superiores, sejam lá quem forem. Imagino que seja Roma, mas não me importa. E não creio que esteja fazendo tudo isso para se divertir intelectualmente... Em outras palavras, você não oferece o perigo que o meu pessoal temia, e o seu assassinato seria um ato desnecessário e moralmente indefensável. Eu não o teria aprovado. Essa foi, creio eu, a única vez em que errei... Portanto, tudo que posso lhe oferecer é *mea culpa, mea maxima culpa*... é da missa tridentina, como sabe.

— Fico aliviado, Excelência, em saber que seria um desperdício me matarem — declarou do modo mais profissional possível. — Mas, o que faremos agora, se é que faremos? Volto a cuidar do meu rebanho no escritório de estudos islâmicos em Roma? Sofrerei um acidente em algum lugar? Devo esquecer tudo ou o quê?

— Eu lhe disse que precisamos ser realistas — rebateu Leduc. — E isso significa que nós dois devemos esquecer tudo a respeito desse assunto e seguir com as nossas vidas. Pessoalmente, nada tenho contra você, padre Savage, e duvido muito que possa afetar a mim ou à Fraternidade, não importa o que diga a eles em Roma. Sem provas, haveria, no máximo, mais um boato, mais uma acusação contra o tal arcebispo demente do Sul da França e mais especulações inconclusas sobre a tentativa de assassinato... Agora, vá dormir. Um segurança lhe mostrará o seu quarto.

Tim não disse nada, apenas curvou a cabeça ao deixar a biblioteca.

Pela manhã, ele acordou em uma ampla cama de casal de um enorme quarto com o teto abobadado. Olhando pela janela, viu um pastor atrás de seu rebanho de ovelhas. A câmera de vigilância, em um canto logo abaixo do teto, observou-o se levantar, e cinco minutos depois um jovem segurança de terno preto lhe trouxe uma bandeja com café e *croissants*.

Lá embaixo, no acesso para carros, o Peugeot verde alugado, lavado e polido, brilhava ao sol da manhã. Os jovens talentosos de Leduc certamente haviam feito uma ligação direta no carro, que ficara diante do café, na praça em Fanjeaux, e o tinham trazido para a abadia. Isso é que era eficiência, admirou-se, ao tirar as chaves do bolso e abrir o veículo. De um certo modo esquisito, era estimulante lidar com profissionais de primeira linha. Ele só gostaria de saber como e onde os homens de Leduc entraram em contato com Kurtski para ser o seu matador; tratava-se de mera curiosidade profissional.

Ao mesmo tempo em que Tim deixava o pátio da abadia, o arcebispo Leduc, de seu suntuoso quarto, deu dois telefonemas pela sua linha de segurança. O primeiro, para Jean-Pierre, no "Les Homs", a poucos quilômetros dali.

— O americano acabou de deixar o local — informou. — Não vamos perdê-lo de vista. Quero um relatório diário de seus movimentos... e com mais freqüência, se necessário.

O segundo telefonema foi para um número residencial de um apartamento em Paris, também dotado de uma linha de segurança. O homem com quem queria falar atendeu ao primeiro toque.

— Quero lhe dizer — vociferou Leduc, enfurecido — que não está fazendo o seu serviço de modo adequado. Ontem, quase houve um desastre aqui com o jesuíta americano... Sim, está bem vivo e é muito mais esperto do que pensávamos. Ele conseguiu matar o seu assassino. É melhor você e o seu pessoal agirem com mais eficiência, antes que tenhamos uma verdadeira catástrofe. Vocês conseguiram explodir o coitado do *Rainbow Warrior* do Greenpeace, no Pacífico, mas não são capazes de apanhar um jesuíta americano que anda passeando livre pela França. Deus do céu, quase chego a desejar que de Marenches ainda estivesse vivo. Pelo menos ele entendia do *métier*...

Capítulo Vinte e Quatro

Na manhã seguinte à sua volta a Roma, vindo da França — nada mais havia a fazer por lá, após o encontro na abadia cisterciense —, Tim Savage leu em *L'Osservatore Romano* que o arcebispo Jules Leduc, ex-dirigente da arquidiocese de Casablanca e fundador da Fraternidade Pio V, tinha sido excomungado pelo papa Gregório XVII por ter sagrado quatro bispos por conta própria. Um extenso editorial na terceira página do jornal do Vaticano, geralmente dedicada a questões teológicas e filosóficas, explicava que Leduc fora penalizado por esse ato "irregular" porque, pela lei canônica, somente o pontífice pode nomear bispos. O artigo destacava que, dez anos antes, o arcebispo havia sido suspenso do exercício das ordens sacras por ter ordenado quatorze padres da Fraternidade sem a permissão da Santa Sé, e permaneceu "recalcitrante" desde então. Também enfatizava, prestativo, que "heresia" e "cisma" estavam entre os outros motivos para excomunhões.

Tim imaginou que Leduc deve ter sagrado os bispos no dia seguinte à maratona de conversas que tiveram na abadia. A cerimônia privada e sem divulgação fora realizada no seminário de Mirepoix. Ao ler o *L'Osservatore*, ele disse a si mesmo que o arcebispo havia desencadeado a mais recente etapa de sua Cruzada contra Roma. A sua tarefa mais imediata seria preparar o relatório sobre a missão para o monsenhor Sainte-Ange; teria de ser um trabalho cuidadoso e criativo, pois ele vivenciava sentimentos estranhamente confusos em relação ao poderoso secretário particular de Gregório XVII. Mais uma vez, tratava-se de puro instinto.

Seu primeiro telefonema em Roma foi para a irmã Ângela, para avisar que estava de volta e lhe pedir uma audiência com o monsenhor.

— Voltei! — anunciou ao telefone, parecendo mais dramático do que pretendia. — Como vai você e como andam as coisas por aí?

— Olá! Seja bem-vindo! — retrucou Ângela, contente. — Sentimos sua falta por aqui. Pelo menos, eu senti.

— Também senti saudades suas e pensei bastante em você, principalmente nos nossos bate-papos em Paris. Espero vê-la muito em breve... talvez ainda esta semana, se eu terminar o meu relatório e o monsenhor puder me receber logo depois.

— Como você se saiu? Descobriu o que estava procurando?

— Provavelmente nem tudo, mas muita coisa... o bastante para fazer a diferença.

No dia seguinte, Ângela ligou para Tim, em Villa Malta.

— O monsenhor não quer nada no papel — avisou. — Ele deseja uma explanação oral, e pode recebê-lo amanhã, às dez da manhã. Até lá.

Era curioso, pensou ele. Nada no papel? Sainte-Ange estaria preocupado com o rastro que algo escrito poderia deixar? Seria como um relato ultra-secreto militar ou da CIA, uma apresentação para uma platéia de uma pessoa, mas Tim acreditava que conseguiria se sair bem. A segunda pergunta em sua mente foi de que maneira a provocação de Leduc, com a sagração dos bispos, e a rápida reação do Vaticano afetariam de modo mais amplo o estado de coisas. Leduc e Gregório XVII agora estavam oficial e abertamente em guerra. Será que o papa se dava conta do adversário letalmente perigoso que tinha no velho arcebispo? E Sainte-Ange fazia idéia disso?

Chovia naquela manhã de sábado de outubro quando ele atravessou a praça de São Pedro a caminho do encontro com o monsenhor Sainte-Ange no Palácio Apostólico. A praça estava deserta, exceto por meia dúzia de entediados *carabinieri* acotovelados debaixo da colunata de Bernini, junto aos largos degraus que levavam à Porta de Bronze. O suboficial da Guarda Suíça de serviço na porta, junto a um sentinela mais jovem, informou-se sobre qual era o assunto de Tim, e saudou-o com uma rápida continência.

Alcançou a segunda *loggia* do Palácio, pelo elevador, após atravessar o amplo pátio interno central, o Cortile São Dâmaso, o caminho mais usado pelos visitantes oficiais que entram e saem da Residência Papal. O papa, para descer da terceira *loggia*, os seus domínios, utiliza um pequeno elevador privativo, do qual apenas ele e o monsenhor têm a chave; este o leva a um outro pátio, onde a sua limusine ou o Papamóvel o esperam para transportá-lo para fora do Vaticano através do Portão de Sant'Anna. Na segunda *loggia*, Tim foi recebido por um recepcionista de fraque branco, que o conduziu à ante-sala do gabinete de Sainte-Ange, próxima à galeria que se constituía na parte externa do palácio.

O monsenhor, entretanto, não se encontrava na minúscula sala quadrada, quando Tim chegou. O recepcionista indicou-lhe uma cadeira ao lado de uma mesinha no centro, e pediu que esperasse um minuto. Sainte-Ange materializou-se em uma porta lateral quinze minutos depois, desabou pesadamente sobre a outra cadeira, e explicou-lhe ofegante que fora retido por causa de um assunto urgente com o Santo Padre. Tim deu-lhe um sorriso educado.

— Bem, padre Savage, conte-me, por favor, o mais detalhadamente possível, sobre as suas viagens, investigações e realizações — pediu o monsenhor em seu inglês com sotaque. — Não deixe nada de fora. Mas, antes de mais nada: você nos trouxe a verdade tão ardentemente desejada pelo Santo Padre?

O monsenhor cultivava o dom de parecer condescendente com qualquer um abaixo do posto de papa. Não lhe importava nem um pouco o fato de, por causa disso, ser hostilizado por cardeais e arcebispos, conselheiros de congregações e presidentes de concílios e comissões pontifícias da Cúria. Dessa vez, dirigia-se a Tim de seu modo habitual, apesar de, no primeiro encontro que tiveram, ter se esforçado para parecer calorosamente amigável.

— Não posso afirmar, monsenhor, que tenho a verdade total e completa; certamente, não do modo documentado — informou Tim, tendo ensaiado várias vezes sua apresentação, após o telefonema de Ângela do dia anterior.

— Em resumo, a minha conclusão profissional é a de que a conspiração para assassinar o Santo Padre, no dia 13 de maio de 1981, foi concebida e ordenada pelo arcebispo Jules Leduc e os seus principais ajudantes da Fraternidade Pio V do Sul da França. Eu me encontrei com o arcebispo, e ele não negou... nem confirmou oficialmente... esse fato. Ele está conduzindo, em suas próprias palavras, uma Cruzada contra a Santa Sé e o seu chefe atual, e acredita que se trata de uma guerra justa... *ius bellum*... na qual o assassinato é admissível.

— Para executar a trama e ocultar a sua autoria — prosseguiu — o arcebispo e seus ajudantes recorreram aos fundamentalistas islâmicos de Toulouse, com quem a Fraternidade Pio V mantém estreito contato... como colegas fundamentalistas... para que eles procurassem e contratassem um assassino. Os muçulmanos, pelo que entendi, concordaram em fazer isso em solidariedade ao fundamentalismo religioso. Na ocasão, não foram informados, pela Fraternidade, de que Sua Santidade seria o alvo. Os muçulmanos de Toulouse, agindo através de seus canais europeus, entraram em contato com uma organização terrorista da Turquia, solicitando a seleção e a contratação de um pistoleiro de primeira linha para o serviço... com a garantia de um substancial pagamento, antes e depois do ataque. O assassino, é claro, foi Agca Circlic. Mas foi somente em Roma, poucos dias antes do atentado, que ele recebeu as instruções de um emissário da Fraternidade, enviado de Toulouse com a ordem final de que o papa Gregório XVII seria a vítima. Até hoje Circlic não sabe com certeza quem ordenou e financiou a conspiração nem quem o contratou. Por isso, ele foi totalmente inútil para os investigadores italianos. O arcebispo e a Fraternidade achavam que, com um inocente útil como Circlic preso ou morto... supunham que seria abatido no próprio local, o que seria perfeito para eles... o seu segredo jamais viria à tona, o mundo aceitaria as teorias da "conexão muçulmana" ou da conspiração soviética, o tempo passaria e o assunto seria esquecido. Basicamente, estavam certos. Os muçulmanos de Toulouse, posteriormente, souberam que tinham sido usados; ficaram chocados, mas não a ponto de divulgar o seu papel. A minha impressão, contudo, é a de que o arcebispo e o seu pessoal não desistiram e o Santo Padre continua correndo grande perigo. Estamos diante de ultrafanáticos ideológicos com disposição total, vastos recursos, uma organização altamente profissional e um número considerável de seguidores... Não faço idéia de como vão reagir à excomunhão de seu arcebispo...

Um profundo silêncio baixou sobre a salinha confinada. O monsenhor Sainte-Ange mudou de posição na cadeira. Tim olhou para o teto.

— Muito interessante — disse, finalmente. — Mas você é

capaz de determinar o quanto essa informação está disseminada, se é que está? Quem mais sabe a respeito disso?

— É difícil calcular — respondeu Tim. — Diferentes pessoas estão cientes de diferentes aspectos da conspiração. Os muçulmanos, por exemplo, sabem o que fizeram, mas não têm a informação sobre o que levou os católicos a solicitarem a ajuda deles. O arcebispo Leduc e algumas pessoas da Fraternidade sabem o que planejaram e colocaram em ação. Mas no conhecimento deles há lacunas sobre de que modo os muçulmanos da França e de outros lugares executaram o planejado. Os católicos, ao que parece, confiaram cegamente nos muçulmanos. Portanto, o que fiz, usando o melhor de minha habilidade, foi combinar o máximo possível de informações. O Serviço Secreto Francês, porém, poderia lhe fornecer muita informação útil. Eu achei prudente não me aproximar desse pessoal.

— Entendo — disse o monsenhor, ignorando a observação sobre o SDECE. — Mas existe alguma prova do que me contou? Qualquer prova que seja? Soube que não conseguiu documentar as suas descobertas, o que é compreensível, mas isso significa que podemos contar somente com aquilo que várias pessoas se dispuseram a sugerir a você... Seria esse o caso?

Tim conteve-se para não revelar toda a sua conversa com Leduc, como também os detalhes de seus encontros em Istambul e Paris. Do mesmo modo, omitiu o ataque de Jake Kurtski contra a ele, em Fanjeaux, ordenado pela Fraternidade. Sentia-se cada vez mais intranqüilo com o secretário particular, uma intranqüilidade que aumentava por causa da maneira como ele fazia as suas perguntas. Era como se o monsenhor tentasse refutar ou aniquilar as conclusões que lhe eram apresentadas; sua postura era quase hostil.

— Bem — explicou Tim —, eu me baseio no que consigo saber por intermédio de várias pessoas... não conheço outro modo de se conduzir uma investigação... e julgo o que é verossímil. Também li bastante... história, religião, heresias, biografias, e assim por diante, para melhor entender o contexto no qual se inserem as novas informações. Com isso, surgiram padrões para que algumas ou todas as peças se encaixassem nos seus lugares. É assim que se faz o trabalho de Inteligência. E, como sabe, a prova é o mesmo que a evidência em um caso criminal, e estamos claramente diante de uma. Sem uma prova concreta, ou uma evidência imediatamente à mão, isso não significa que ela não possa se materializar em um momento seguinte. Raramente ocorre uma confissão pública. Por isso, é preciso prosseguir investigando... E, sim, sempre há pontas soltas a serem aparadas. Finalmente, tudo vai depender do que se planeja fazer com todo esse material. Se não pretende ir a público e, em vez disso, manter tudo em segredo, então não é necessária uma prova formal... desde que acredite nas conclusões. Mas não é da minha conta o que pretende fazer com isso.

— Não, não é da sua conta — concordou Sainte-Ange bruscamente. — De jeito nenhum deve comentar esse assunto com ninguém... talvez para sempre. Trata-se de uma ordem expressa do Santo Padre. Enquanto isso, por favor permaneça à disposição a qualquer momento. Talvez eu tenha algumas perguntas adicionais a fazer, após digerir o que me contou e discutir o assunto com Sua Santidade.

— Terei alguma chance de contar pessoalmente as minhas descobertas ao Santo Padre? — quis saber Tim.

— Duvido — descartou o monsenhor. — Atualmente, ele anda muito ocupado. Mas lhe prometo que o Santo Padre ouvirá cada palavra sua, por meu intermédio.

Sainte-Ange bateu de leve na porta, antes de entrar no gabinete papal. Gregório XVII estava à sua escrivaninha, escrevendo à mão, em francês, o primeiro esboço de uma encíclica sobre justiça social *versus* capitalismo que pretendia divulgar no início do ano seguinte. O texto final seria traduzido para o latim, a fim de ser publicado. Elevou a vista, com um ar interrogativo.

— Santo Padre — informou o secretário particular —, o jesuíta americano completou a missão, e acabou de sair, depois de me apresentar as suas conclusões. É um momento oportuno para lhe transmitir o que ele descobriu?

— Sim, claro, prossiga — ordenou o papa. — É tão ruim quanto temíamos, melhor ou pior?

— De fato, é tudo isso junto, se bem que muitos elementos ainda não estejam claramente definidos — comentou o monsenhor. — Mas é o melhor que poderíamos conseguir com as pistas cada vez mais frias. Estava absolutamente certo, Santo Padre, ao decidir fazer a nossa própria investigação secreta, depois que o governo italiano encerrou formalmente o inquérito. Se tivéssemos esperado mais tempo, talvez também perdêssemos o fio da meada do caso. De qualquer modo, concordamos, como deve se lembrar, de jamais revelar as descobertas para o público, fossem quais fossem. Já que ninguém tem conhecimento de nossa investigação... a não ser nós dois, a irmã Ângela e o americano... não haverá pressões para se revelar qualquer coisa. A irmã Ângela, que logicamente não será informada das conclusões, não terá como revelar coisa alguma. Além disso, confio na discrição dela; eu a contratei porque é filha de amigos íntimos meus de Paris. O americano, que é um personagem totalmente obscuro, não tem motivo nem incentivo para romper o sigilo. Tenho certeza de que ele percebe que qualquer coisa que ele possa dizer sobre o assunto será instantaneamente negado pela cúpula da Santa Sé. E não tem prova por escrito do que alega ter descoberto. Portanto, nesse aspecto, não precisamos nos preocupar.

— Se os Arquivos Secretos do Vaticano ainda fossem secretos, talvez pudéssemos guardar lá essa informação — comentou Gregório XVII, com um leve sarcasmo. — Portanto, vamos mantê-lo dentro de nossas cabeças. Mas, por favor, vá logo ao assunto.

— Em primeiro lugar e o mais importante de tudo — relatou o monsenhor — é que a trama não surgiu no interior do Vaticano. Era isso o que mais temíamos. E Savage, o americano, confirmou o que achávamos o tempo todo, que o senhor foi vítima de uma "conexão muçulmana". O turco foi recrutado por uma organização terrorista muçulmana, sem ser informado, até o último momento, aqui em Roma, de que o senhor era a pessoa a ser assassinada. Essa é a boa notícia, pois agora sabemos que Circlic não foi um louco agindo sozinho, como muitos investigadores suspeitaram a princípio. E, como deve lembrar, Santo Padre, ele nunca revelou à polícia italiana nem ao tribunal que o julgou a identidade daqueles que o contrataram e pagaram. Savage afirma ser capaz de estabelecer claramente o vínculo entre Circlic e a organização terrorista turca. Mas não parece ter qualquer indicação de que houve algum governo islâmico por trás disso... pelo menos, não me falou nada a esse respeito. Isso, claro, é muito importante para nós, porque remove qualquer possível dificuldade em seus esforços para fortalecer o diálogo entre a Igreja católica e o Islã. Portanto, a nossa política em relação ao Islã e ao Oriente Médio está segura.

— E a teoria de que a União Soviética e o serviço secreto búlgaro, agindo em nome da KGB, foram os autores e os executores da conspiração? — questionou o papa. — Estou supondo que tenha se tratado de uma conspiração, seja qual for sua origem.

— Também não me parece plausível — afirmou o monsenhor. — O americano não fez qualquer referência a isso, e desconfio que ele concorda com as conclusões da CIA, das quais certamente tem conhecimento, de que Moscou nada teve a ver com o caso. E isso faz sentido; pelo que temos visto, em anos recentes, os soviéticos estão interessados em manter boas relações com o Vaticano, e assassiná-lo não faria avançar a causa deles no mundo, principalmente depois que esse tal de Gorbachev assumiu.

— Alegro-me em ouvir isso — observou Gregório XVII com um sorriso. — Pelo menos, não terei que guerrear contra ele, com todas as "divisões do papa", como certa vez denominou Stalin. Mas, falando sério, é *mesmo* bom saber disso. Lembra do esforço feito, na ocasião, pelos americanos e todos os demais para desacreditar a teoria dos soviéticos, a fim de que eles não fossem forçados a romper relações ou coisa pior com os russos? Creio que foi por isso que a CIA, por via das dúvidas, optou por descartar essa teoria... Mas, se não foram um governo islâmico ou os soviéticos, *quem* organizou a conspiração contra mim? O jesuíta sugeriu alguma coisa?

— Essa, receio eu, seja a má notícia das conclusões dele, e creio que chegou bem próximo da verdade — disse o monsenhor ao papa, com a testa enrugada pela preocupação. — O americano insiste ter obtido informações, durante as várias semanas que passou no Sul da França, de que a conspiração foi originalmente tramada pelo que chama de "fundamentalistas católicos", que usaram os seus contatos com os fundamentalistas muçulmanos de Toulouse para que estes conseguissem recrutar Circlic através de seus contatos na Turquia. Aparentemente, fundamentalistas católicos e muçulmanos são solidários.

— Quer dizer "fundamentalistas de todo mundo, uni-vos"? — comentou o papa como um sorriso. — Mas, talvez, o seu investigador tenha topado em algo. Esses laços, se não alianças de verdade, existem entre os extremistas religiosos por todo o mundo. Você acredita que ele estivesse se referindo ao nosso amigo, o arcebispo Leduc e sua Fraternidade Pio V? Bem aqui, no nosso quintal, no Sul da França?

— Savage não mencionou especificamente Leduc ou a Fraternidade — destacou o monsenhor, com o tom de voz brando que sempre adotava diante do papa, seu velho amigo, principalmente quando dissimulava. — E duvido que, a despeito de seus talentos profissionais e do excelente domínio da língua francesa, ele tenha sido capaz de penetrar a tal ponto na organização deles. Os muçulmanos de lá provavelmente nunca ouviram falar em Leduc e sua Fraternidade. Também não creio que Savage possua um conhecimento suficiente sobre todas as brigas e intrigas dentro da Igreja católica francesa para ter uma percepção clara de tudo isso. Contudo, ele disse que algumas pessoas, com condições de saber a respeito, se recusaram a confirmar ou negar que alguns dos nossos amigos católicos franceses estivessem dispostos a assassiná-lo. O americano também receia que o senhor continue correndo perigo... A minha impressão pessoal é a de que ele está certo em relação aos fundamentalistas católicos, mas são um punhado de indivíduos fanáticos, e não uma organização como a Fraternidade Pio V.

Gregório XVII curvou-se sobre a escrivaninha, passando os dedos da mão direita para cima e para baixo sobre os lábios, como sempre fazia quando estava mergulhado em pensamentos.

— Espero e rezo para que esteja correto em sua suposição — disse, após alguns instantes. — Sei que Leduc me odeia e me despreza, que é um fanático e tem bastante apoio da Igreja católica francesa. Levou o seu pessoal ao cisma, apesar dos meus esforços para negociarmos pelo menos uma trégua com ele, mas isso está bem longe de um plano para assassinar o papa. Por mais que ele me deixe aborrecido e frustrado... me forçando, finalmente, a excomungá-lo... não consigo conceber que Leduc tenha recorrido ao assassinato para acertar diferenças teológicas e litúrgicas com Roma e comigo. Além disso, é um padre, respeita a vida, e devo rejeitar a idéia de que ele possa ser, na verdade, um assassino. É um absurdo... entretanto, eu me pergunto: por que, mesmo fanáticos declarados, agindo individualmente, iriam me querer morto?

— Eu imagino que até mesmo fundamentalistas católicos possam ser paranóicos — sugeriu Sainte-Ange. — Não é preciso muita coisa para pessoas se engajarem em uma conspiração, e a paranóia, mesmo nos casos individuais, é um perigo terrível que não se pode prever. Veja o caso do assassinato do arquiduque austríaco, em Sarajevo, que levou à Grande Guerra, o assassinato de Kennedy e tantos outros na história deste século...

— Por falar em prever — observou o papa —, e o alerta de de Marenches, feito antes da tentativa de assassinato? Isso pode ser bastante relevante diante do que o americano descobriu sobre os católicos franceses que não gostam de mim. Talvez de Marenches tivesse alguma pista ou uma intuição a respeito dos católicos paranóicos. Eu me recordo que aceitei o seu conselho para não dar ouvidos ao alerta dele, porque foi muito vago, ao dizer simplesmente, como você me informou, que eu enfrentaria um perigo vindo da França... e, portanto, não tomamos nenhuma precaução especial. Nem mesmo informamos ao nosso *corpo di vigilanza* à paisana. Creio que você argumentou que, de algum modo, havia o risco de o alerta vazar para a imprensa, e as precauções, se nós a tomássemos, poderiam sugerir que o papa francês não confiava em seus compatriotas. De Marenches não identificou, mais exatamente, a origem do perigo, como um nome ou coisa assim? Você leu a mensagem com o alerta, não leu?

— Sim, eu li a mensagem, e não, ele não entrou em detalhes — respondeu o monsenhor com tranqüilidade. Ele sempre se dispunha a mentir para Gregório XVII, considerando que era para o próprio bem do seu chefe.

— E mais uma coisa — lembrou o papa. — Você me disse, tempos atrás, que o americano estava ciente do alerta, mas não sabia direito o que fazer com esse dado. É possível que, agora, ele possa ligar o alerta com o que descobriu na França?

— É possível, e *isso* se constituiria um problema, Santo Padre — avisou Sainte-Ange. — Foi por isso que eu lhe disse, logo no começo, que parte do material coletado por Savage poderia ser prejudicial para nós.

De seu próprio gabinete, o monsenhor deu um rápido telefonema para Paris, através de sua linha de segurança.

— Receio que esteja na hora de uma reunião de família — falou para a pessoa que atendeu. — Um jantar amanhã seria conveniente? Chegarei no vôo de Roma do final da tarde e planejo passar a noite com a minha irmã. Não darão por minha falta aqui, num domingo.

O alerta de de Marenches não saía da cabeça de Tim Savage, ao deixar Sainte-Ange naquele final de manhã de sábado. Vinha pensando nisso desde a conversa com o arcebispo Leduc na abadia cisterciense, lembrando o que o velho jesuíta lhe dissera, em Roma, meses antes, e o que tinha lido nos recortes de jornais que Ângela localizara para ele. Com Leduc tendo confirmado, de fato, a conspiração que havia gerado, o alerta não levado em conta, feito pelo chefe do serviço secreto francês, era claramente a peça maior do quebra-cabeça, talvez o elemento vital, mas Tim não conseguia encaixá-la. Tinha de haver mais coisas naquele caso, além do que descobrira em suas viagens, mas elas continuavam se esquivando dele. Restava ainda um elo perdido.

Por que, por exemplo, Sainte-Ange não mencionara o alerta quando Tim foi encarregado da missão de investigar os disparos na praça de São Pedro? Fora por um simples acaso que ele tomara conhecimento daquilo e, curiosamente, coincidira com o conselho dado pelo seu amigo, o chefe da divisão da CIA em Roma, de que deveria se familiarizar com a figura de de Marenches. Também continuou estranhando a atitude do secretário particular, ao duvidar de suas descobertas e conclusões. Por que proibiu um relato por escrito? Era pior do que o obsessivo "apenas para os seus olhos" da CIA. Além do mais, Tim estava intrigado com a brusca rejeição que Sainte-Ange fez à sua sugestão de que lhe fosse permitido fazer uma explanação pessoal a Gregório XVII.

Cada vez mais incomodado, ligou à tarde para Ângela, aparentemente para lhe agradecer por ter conseguido o encontro com o monsenhor. Em seguida, perguntou se seria possível jantarem juntos naquela noite. Ela hesitou apenas por um breve instante, e combinaram se encontrar num pequeno e modesto restaurante de frutos do mar nas imediações da Borgo Pio, uma caminhada de cinco minutos partindo-se do Portão de Sant'Anna do Vaticano.

— Esta deverá ser a nossa despedida — disse Ângela, ao se instalarem na pequenina mesa em um canto do ruidoso restaurante. Naquele ano, era o lugar favorito da *jeunesse dorée*, cujos carros e motonetas ficavam estacionados do lado de fora, formando uma parede em volta da entrada. O *menu* era escrito com giz branco e colorido em um enorme quadro-negro apoiado sobre o balcão do bar, e os fregueses gritavam os seus pedidos para os três ou quatro garçons que pelejavam para abrir caminho de ida e volta por entre a multidão. Tratava-se de um excelente local para quem não queria ser notado. Ângela usava um vestido cinza bem simples, quase um hábito de freira, debaixo de uma capa de chuva. Seu rosto estava descorado. Tim lembrou de um quadro de Botticelli, o que não era uma reação incomum entre aqueles que conheciam Ângela.

— Por que uma despedida? — surpreendeu-se Tim.

— O monsenhor Sainte-Ange me disse que você terminou a sua tarefa e que não haveria mais necessidade de um contato entre nós dois.

— Bem, a tarefa é uma coisa, e o contato entre nós é outra — afirmou. Ele estava extremamente aborrecido com o monsenhor, e, na ocasião, não mais apenas por causa da conversa que tiveram pela manhã. — Não está querendo dizer que ele a proibiu de se encontrar comigo, está? Não podemos ser amigos fora do trabalho?

— O monsenhor não disse isso com todas as palavras — explicou Ângela —, mas foi o que pretendeu. Ele gosta de controlar tudo e todos, e creio que estou indo contra as suas ordens, me encontrando com você esta noite. Afinal de contas pertenço à equipe dele na Residência Papal. De qualquer modo, eu não poderia simplesmente ficar grudada em você... sempre. Portanto, *esta* é uma despedida... Eu acredito, porém, que o motivo principal dele em encerrar o nosso contato é fazer sumir todos os vestígios da sua missão.

— Você se arriscaria a infringir essas ordens, se a gente quisesse se encontrar novamente? — perguntou-lhe delicadamente.

Ângela baixou os olhos, em silêncio, na direção do prato, mexendo os seus *scampi* com o garfo. Depois, levantou a cabeça e encontrou os olhos de Tim.

— Por que não aceitamos uma coisa de cada vez, enquanto vão acontecendo? — falou delicadamente, pousando sua mão na dele. — Não temos que tomar decisões definitivas esta noite. No meu caso, com certeza... Você não quer falar sobre os seus últimos dias na França, depois que nos separamos em Paris? Quando estive com o monsenhor, após você visitá-lo esta manhã, por algum motivo tive a impressão de que ele parecia decepcionado com o seu trabalho... Será que ficou mesmo? Tudo parece tão misterioso.

— E é — concordou Tim. — Aliás, citando *Alice no país das maravilhas*, está se tornando "muito estranhíssimo". Foi uma coisa normal encontrar resistência, e mesmo hostilidade, ao fazer o meu trabalho de campo. Era o que eu esperava. Mas achei o monsenhor quase tão hostil e incrivelmente desconfiado em relação ao que lhe relatei. Ele me tratou como se eu estivesse querendo lhe passar o conto-do-vigário. Se ficou decepcionado, não faço idéia do que esperava de mim. Queria que eu confirmasse alguma teoria que ele acalentava ou o quê? Não tenho nenhum interesse pessoal nisso tudo.

Tim fez para Ângela uma explanação quase completa de suas investigações na França, incluindo o encontro com o imame em Toulouse e as conversas com o padre do seminário da Fraternidade Pio V e com o arcebispo Leduc na abadia. Narrou o tiroteio com Kurtski, falando sucintamente sobre o passado de ambos no Vietnã, bem como a explicação dada pelo arcebispo para o ataque em Fanjeaux.

— Portanto, minha conclusão é de que Leduc concebeu e maquinou o atentado contra a vida do papa — afirmou. — Foi a conclusão que apresentei esta manhã ao monsenhor... embora tenha optado por omitir algumas coisas, como o ataque de Kurtski e o meu encontro com Leduc. Tive uma estranha sensação de que não devia dizer a ele tudo o que sei e o que fiz. Mas diria ao papa, se me fosse permitido vê-lo, o que Sainte-Ange vetou. É muito estranho! Sabe, agora me vejo preso entre dois lados hostis: Leduc lá e Sainte-Ange aqui.

— Obviamente, o monsenhor deseja estar no controle total dessa operação — observou Ângela. — Como não ficou contente com o resultado, o que, por algum motivo, parece ser o caso, ele preferiu cancelar sua investigação. É por isso, acho eu, que ele não quis nada no papel.

— Por mim, tudo bem, exceto que, como alertei Sainte-Ange, o Santo Padre continua correndo um grande perigo. A propósito, Ângela, lembra aquela história do alerta de de Marenches, do serviço secreto francês? Você me mandou uns recortes de jornais, e depois lhe pedi para descobrir se Sainte-Ange sabia algo mais a respeito... e ele disse que não sabia, certo?

— Sim, claro que me lembro — confirmou ela. — E, sabe, quando voltei de Paris, o monsenhor quis saber se eu tinha me encontrado com você. Também perguntou, assim por acaso, se você tinha feito qualquer referência a de Marenches.

— É, isso está cada vez mais estranhíssimo — matutou Tim. — Mas, levando-se tudo isso em conta, não consigo entender, em primeiro lugar, por que Sainte-Ange quis uma investigação, e, em segundo, por que me escolheu.

— É muito simples. O meu palpite bem fundamentado é que foi o papa quem exigiu uma investigação, depois que os italianos desistiram dela, e Sainte-Ange teve que obedecer. Ele não costuma deixar pontas soltas a serem aparadas, principalmente as que se referem à sua sobrevivência. A investigação jamais teria sido idéia do monsenhor; nesse caso, ele prefere deixar tudo como está. O papa manifestou algumas dúvidas, após você ter sido escolhido, mas, no final, ele as dissipou...

— Como sabe disso?

— Quando se trabalha lá durante algum tempo, aprende-se a ouvir e lembrar. Afinal de contas trata-se de um lugar muito pequeno. Eu já vi muitas vezes esse tipo de coisa entre o Santo Padre e o monsenhor. Eles sempre entram num acordo.

O monsenhor Sainte-Ange, vestindo um terno cinza simples de flanela da grife Adolfo, foi recebido ao pé da rampa do avião da Air France na pista do Aeroporto Charles de Gaulle, em Paris, por um jovem bem-educado que o conduziu a um carro que o aguardava. Quarenta e cinco minutos depois, entrou em um luxuoso apartamento de um prédio da Avenida Foch no elegante décimo sexto *arrondissement*. Ele havia deixado o Palácio Apostólico por volta do meio-dia, antes da apresentação na janela que Gregório XVII fazia normalmente aos domingos, e informado ao papa que surgira uma emergência envolvendo sua irmã mais velha em Paris, e que voltaria no dia seguinte. O papa lhe desejou boa viagem e o abençoou. Sainte-Ange também deixara instruções rotineiras ao assistente do secretário particular, um monsenhor brasileiro.

Seu primo, Georges de Sainte-Ange, o chefe do SDECE, o serviço secreto francês tipo CIA, esperava-o na sala de estar. Ele havia jogado golfe pela manhã, talvez o último domingo com o tempo decente naquele ano, e ainda estava vestido com roupa esporte.

— Saudações, caro primo Georges — cumprimentou o monsenhor. — Detesto estragar o seu fim de semana, mas temos um probleminha nas mãos.

— Foi o que deduzi — adiantou Georges. — No início da semana, me ligaram da abadia. Foi um telefonema furioso! Estou curioso para saber o que você pode acrescentar a ele. Posso lhe oferecer um champanhe? Veuve Clicquot está bem?

O secretário particular pareceu intrigado.

— Não vejo ligação entre o que vim discutir com você e o

telefonema que recebeu da abadia — ponderou. — Fale-me do telefonema, e depois eu lhe informo a respeito do que eu soube, ontem de manhã, em meu próprio gabinete.

— Foi sobre o tal de Savage, o jesuíta americano — explicou Georges Sainte-Ange. — Isso me faz lembrar, meu caro primo, que não me informou que ele estava trabalhando para você.

— Eu pretendia fazer isso assim que ouvisse o relatório dele — justificou-se o monsenhor. — Lamento muito. Mas, o que tem Savage?

— Bem, para resumir, o seu amigo está fulo de raiva porque o meu pessoal ferrou tudo, o que é verdade, e não conseguiu liquidar o americano.

— Em nome de Deus, do que está falando? — explodiu o monsenhor.

— Na verdade, não havia nenhum motivo operacional para que fosse avisado com antecedência, já que eu não fazia idéia de que Savage trabalhava para você — disse-lhe Georges. — Mas o arcebispo Leduc descobriu, muito recentemente, que o americano sabe bastante coisa sobre o plano para assassinar o seu papa, inclusive o fato um tanto constrangedor de que foi ele, pessoalmente, e sua Fraternidade que cuidaram da contratação do pistoleiro turco. Savage disse a Leduc, no encontro que tiveram um dia desses, que descobrira isso no curso de sua investigação. O que levou o arcebispo, com uma lógica impecável, à conclusão de que não seria aconselhável deixar o americano voltar para Roma e botar a boca no trombone diante de Gregório XVII. Por isso, ordenou que ele fosse morto em Fanjeaux. Você, é claro, conhece os fatos, mas Leduc receava que o papa quisesse ouvir pessoalmente o relato de Savage. Ainda bem que, logo no início, você conseguiu esconder de Gregório XVII aquela parte do alerta de de Marenches... a respeito de Leduc. O arcebispo, contudo, não quis arriscar que Savage fizesse a revelação ao papa, cinco anos após o fato... e depois das mortes de de Marenches e seu coronel. Portanto, mandou matar o jesuíta.

— Isso é extraordinário — exclamou o monsenhor, sentindo-se totalmente desnorteado pela primeira vez em sua carreira. — Savage nada me disse sobre qualquer atentado à vida dele. Aliás, o filho da puta nem mesmo mencionou que havia conversado com Leduc... Mas de que modo o seu pessoal planeja assassinar Savage?

— Receio ter esquecido de lhe informar, há mais tempo, que o meu serviço fornece a segurança de Leduc e da Fraternidade — revelou-lhe o primo. — De qualquer modo, trata-se de uma dessas complicadas situações da política francesa com a qual não queria aborrecer você. Sabe como é, um primeiro-ministro direitista de um presidente socialista, um movimento religioso de direita, o meu ministro e esse tipo de coisa... Os guardas que atuam na abadia, na residência do auxiliar de Leduc, um bispo chamado Laval, e no seminário em Mirepoix são funcionários do SDECE, que se reportam direta e exclusivamente a mim. Do mesmo modo, o são os motoristas e o pessoal de apoio. Temos um escritório especial para isso, em Carcassonne... Portanto, quando Leduc e Laval decidiram eliminar Savage, o arcebispo me pediu para cuidar disso. O chefe de segurança pessoal de Leduc, um dos meus elementos, já tinha na folha de pagamento um mercenário americano, uma descoberta minha, que havia trabalhado para a CIA no Vietnã e faria o assassinato. O meu pessoal cuidou da logística, mas tudo deu errado, e foi Savage quem acabou matando o outro americano. Naturalmente, Leduc subiu pelas paredes...

— Inacreditável — bradou o monsenhor. — Quer dizer que Savage não apenas sabe quase tudo sobre a conspiração, como também está fazendo uma espécie de jogo comigo, por não me contar sobre o encontro que teve com Leduc e a tentativa de assassiná-lo... E ele sabe de algo, talvez não tudo, sobre o alerta dado por de Marenches. Já imaginou o que o maldito jesuíta pode fazer com essa informação? É uma bomba! Como vamos controlá-lo? Teremos que nos livrar dele, custe o que custar? E, a propósito, Georges, como soube que Savage trabalha para mim?

— Ora, meu caro primo, é muito fácil — rebateu o chefe da Inteligência. — Quando Leduc me disse que um jesuíta americano estava investigando o atentado de 1981, deduzi logo que trabalhava para *alguém*. Savage não agiria por conta própria, pois não faz sentido um estudioso de islamismo do Vaticano sair, de repente, investigando conspirações para matar o papa. É claro que mandei checá-lo imediatamente, e, surpresa das surpresas, descobrimos que já foi da CIA, o que, tenho certeza, você já sabia desde o início... Sabe, Romain, é uma vergonha que, como parentes, a gente não tenha contatos mais freqüentes. Ambos poderíamos aprender um bocado...

— Sem dúvida — concordou o monsenhor. — Mas a realidade é que, agora, Savage é um problema e um risco para nós dois, um problema muito maior do que eu imaginava, quando liguei para você ontem. É melhor encontrarmos uma solução antes que seja tarde demais.

— Sim. Só espero e rezo para que Gregório XVII nunca perca a confiança em você. A nossa família não pode se dar a esse luxo.

— Eu matei Jake Kurtski — confessou Tim, em voz baixa, a Paul Martinius.

Almoçavam no restaurante da cobertura do Hotel Eden, do outro lado da rua onde fica a Villa Malta. Do local tinha-se a mais deslumbrante vista de Roma, além do Tibre e do monte

Aventino, com a Basílica de São Pedro assomando majestosamente à distância. Tim ligara para Paul na segunda-feira, dois dias após o encontro com Sainte-Ange e o jantar com Ângela. Precisava contar o que descobrira ao chefe da divisão da CIA. Combinaram se encontrar no dia seguinte, e escolheram o Eden como o lugar mais conveniente das redondezas.

— Você *o quê*? — engasgou-se Paul com a sua cerveja. — Que porra é essa que está dizendo?

— Matei Kurtski com um tiro, porque ele tentou *me* matar a tiros — explicou Tim. — Foi numa cidadezinha das montanhas, chamada Fanjeaux, no Languedoc, na França... Aqui se faz, aqui se paga. Talvez tenha sido o capítulo final do Vietnã para nós dois. Você deve se lembrar do que aconteceu lá, quando me recusei a matar, sob as ordens de Kurtski, me demiti da Agência e coisa tal...

— Puta merda! — exclamou Martinius. — Como aconteceu? Por que o sacana quis matar você? Eu soube que ele andou por Roma, no início do ano... creio que lhe contei isso, na época... mas não fazia idéia de que estava envolvido com esse tipo de coisa.

— Vou lhe contar toda a história, do modo como eu a entendo. A grande notícia é que a conspiração contra Gregório XVII, parte de uma Cruzada secreta contra Roma, foi planejada e mandada executar pelo velho arcebispo Jules Leduc e sua fanática Fraternidade Pio V. Eles agiram através de seus contatos com a comunidade de fundamentalistas islâmicos de Toulouse, que, por sua vez, ajudaram a recrutar Agca Circlic através dos contatos *deles* em Istambul. Eu consegui, principalmente por pura sorte, reconstruir o esquema fundamental de como isso foi feito... até a conspiração ruir, depois do fracasso de Circlic em matar o papa, naquele dia, na praça de São Pedro. Em um determinado momento, entretanto, Leduc e seu pessoal descobriram o quanto eu já sabia... o que, supostamente e para todos os efeitos, me tornava perigoso... e Kurtski surgiu como o meu matador. Mas não creio que fizessem a mínima idéia de nossa história no Vietnã. Foi a coincidência mais estranha do mundo.

Por uma hora inteira, Tim revelou a Martinius cada passo de sua investigação, culminando com a conversa que teve até tarde da noite com o arcebispo Leduc.

— Mas essa coisa continua muito estranha — acrescentou. — Quando me encontrei com Sainte-Ange, sábado pela manhã, para fazer o meu relato oral... pois fui proibido de escrever qualquer coisa, o que achei muito estranho... o monsenhor passou o tempo todo tentando desacreditar a minha história, alegando falta de provas ou evidências. Foi como se me dissesse: "Isso tudo é um monte de merda, e ninguém vai mesmo acreditar em você, se revelar isso." E deixou bem claro que eu não sou ninguém, o que acho ótimo, mas isso não explica a conduta dele. Tive a nítida impressão de que Sainte-Ange, após haver me convocado, agora deseja varrer o assunto para baixo do tapete, esquecer tudo, e que seria melhor eu também esquecer... E, a propósito, não me deixou contar isso diretamente ao papa, que, segundo ele, anda muito ocupado... O que é que você acha?

— Talvez ele não tenha gostado das suas conclusões — sugeriu Martinius —, e falo sério. Não se trata simplesmente de uma tentativa de apagar o papa. Há mais coisa nisso aí... Mas como Sainte-Ange reagiu à história do tiroteio com Kurtski e à sua conversa com Leduc?

— Bem, devo confessar que não mencionei nem uma coisa nem outra para ele. O meu instinto me alertou para que não lhe contasse tudo. E a maneira como me tratou naquele dia mais ou menos justifica minha cautela. Não confio mesmo nele.

— Então é melhor eu colocar você a par de algumas coisas que, a esta altura, já deve saber, mas que não podia lhe contar quando nos encontramos da última vez. Eu lhe sugeri que desse uma olhada nas atividades do falecido Alexandre de Marenches, do SDECE francês, lembra?

— Lembro, e sei que ele alertou o Vaticano de que estava em curso uma trama contra o papa, mas ninguém aqui lhe deu ouvidos. Esse alerta e o que há por trás dele são a grande lacuna na minha pesquisa.

— Deixe-me ver se posso ajudá-lo — atalhou Martinius. — De Marenches enviou para o monsenhor Sainte-Ange um relatório detalhado sobre os preparativos para assassinar o papa, especificando o papel principal do arcebispo Leduc e sua Fraternidade na trama. Como sabe, a Santa Sé preferiu ignorar o alerta... ou melhor, Sainte-Ange decidiu ignorá-lo. Não há meios de se saber se ele contou ou não a Gregório XVII, embora eu tenha as minhas dúvidas...

— Eu, logicamente, não fazia idéia de que Sainte-Ange tinha conhecimento, desde o início, de que era Leduc quem pretendia matar o seu chefe. Mas como você sabe disso?

— Isso é muito interessante, Tim — disse-lhe o amigo. — De Marenches partilhou a informação sobre a trama com a divisão de Paris da CIA e a Interpol de Lyon. Acredito que, seja qual for o motivo, ele também não confiava em Sainte-Ange e quis ter certeza de que outros fossem informados sigilosamente. A Agência e a Casa Branca, naturalmente, nada fizeram a respeito... já que nada havia a ser feito... e, quando a tentativa se concretizou, a decisão política da alta cúpula de Washington foi se manter totalmente fora do caso. Foi por isso, Tim, que a CIA rejeitou, desde o início, a teoria da autoria da KGB soviética. Foi terrivelmente frustrante, mas a vida nesse tipo de serviço é assim mesmo.

— Você sabe por que Sainte-Ange resolveu ignorar o alerta? — indagou Tim.

— Não... essa é a *minha* lacuna nessa história... Mas sou levado a supor que se trata de uma questão envolvendo o Vaticano e a Igreja e a política francesas. Trata-se de um formigueiro que não pretendo cutucar, certamente não aqui de Roma. E, especialmente, porque houve outros eventos envolvendo gente importante, nenhum deles em minha jurisdição.

— Por exemplo?

— Por exemplo, o tal de Marenches, que morreu não faz muito tempo. A história oficial dá conta de que a causa da morte foi um ataque cardíaco. O meu colega inglês, o diretor da Interpol, me contou, na ocasião, que de Marenches não tinha histórico de doença cardíaca e que o cadáver dele foi cremado antes de se fazer uma autópsia. A família ficou terrivelmente irritada. De qualquer modo, as circunstâncias da morte de de Marenches permanecem um segredo bem guardado pelos altos escalões do governo francês. Mas, ao ouvir sua história, passei a imaginar se não há uma ligação entre isso e a trama para assassinar o papa. Sabe, o coronel Bernard Nut, o auxiliar mais confiável de de Marenches, foi morto a tiros, em Nice, pouco depois da morte do seu chefe. Receio que jamais venhamos a descobrir o que aconteceu e de que modo essas intrigas estão vinculadas.

— Meu Deus! — sussurrou Tim.

— E mais um fato para você — continuou Martinius. — Logo em seguida à sua morte, de Marenches foi substituído na chefia do SDECE por Georges de Sainte-Ange, um espião de carreira que dirigia o setor de assuntos soviéticos do Serviço. Acontece que ele e Romain de Sainte-Ange, isso mesmo, o secretário particular do papa, são primos em primeiro grau. Tratase de um canal familiar secreto de informações e decisões. Talvez seja por isso, desconfio eu, que os magistrados italianos encarregados da investigação nunca receberam uma resposta ao pedido de informações adicionais sobre o alerta de de Marenches, que eles conheciam apenas em linhas gerais. É isso aí.

— Mas não se sabe por que Sainte-Ange obstruiu o alerta de de Marenches? — insistiu Tim. — Essa pode ser a peça principal de todo o quebra-cabeça. Além do mais, acredito que os inimigos do papa não desistiram.

— Não, não se sabe — afirmou o chefe da divisão da CIA. — E espero que a gente consiga descobrir, antes que alguém dê outro teco em Gregório XVII... ou em você, amigo velho...

Capítulo Vinte e Cinco

1987

Tim Savage não voltou a se encontrar com Sainte-Ange. O outono transformou-se no inverno e mais uma vez veio a primavera, e, de parte do Palácio Apostólico, aparentemente era como se ele simplesmente não existisse. Retornara ao seu trabalho no escritório, garantindo aos colegas que estava com a saúde totalmente recuperada, e mergulhado de volta nas questões que afetavam os interesses do Vaticano no Irã, Iraque, Sudão e outros países islâmicos. Na Roma papal, as convenções não escritas e a política velada costumeiras o protegiam da curiosidade e dos questionamentos. Tudo seguia normalmente, como se ele nunca tivesse deixado sua escrivaninha do número 1 da Via dell'Erba.

A princípio, após a conversa com Paul Martinius, Tim achava que Sainte-Ange poderia convocá-lo para que fizesse um relato mais detalhado — e mais tranqüilo. Mas talvez, de acordo com Ângela, o secretário particular, decepcionado com o relatório e as suas conclusões, tivesse decidido que o americano esgotara, por assim dizer, sua serventia, e não eram mais necessários outros contatos.

A certeza de Tim era a de que o monsenhor não se preocupava com a discrição dele, não apenas por se tratar de uma questão de sua integridade como homem e padre, mas também porque não desobedeceria às ordens de Gregório XVII, transmitidas por Sainte-Ange, para que mantivesse o eterno silêncio público sobre a missão. De qualquer modo, Tim não tinha a intenção de divulgar a investigação que fizera, por causa do seu treinamento na CIA. A Agência também exigia de seus funcionários um compromisso, por escrito, de sigilo. E não via o ataque feito por Kurtski como uma desculpa para romper o silêncio. Para um profissional de informações, o incidente de Fanjeaux simplesmente fazia parte de um dia de trabalho. Os ataques da Romeu, no Vietnã, com todos os seus perigos, também faziam parte de um dia de trabalho. Ele tampouco considerava as suas conversas com Ângela e Martinius uma violação do cânon da discrição; no passado, comentara o assunto, com cada um deles, no contexto de suas investigações. Ao voltar a Villa Malta, ele tinha queimado na fornalha o diário de investigações, juntamente com todas as anotações e outros escritos que havia acumulado.

E, diante das circunstâncias, não acreditava que corresse mais qualquer perigo físico. A tarefa chegara ao fim, o seu envolvimento no caso do assassinato se encerrara, e ele retornara à proteção do manto seguro do anonimato no Vaticano. E duvidava que Leduc voltasse a ir atrás dele. Como Sainte-Ange havia expressado, com adequação, o assunto da conspiração de assassinato não tinha mais nada a ver com ele. Fizera o seu trabalho, alertando o secretário particular de que, em sua opinião, o papa continuava correndo perigo, mas a tarefa de proteger Gregório XVII cabia à Santa Sé.

Ângela, por outro lado, tinha muito a ver com ele, e não saía de sua cabeça. Sem a premência da investigação, sobrava-lhe tempo — e certamente a disposição — para meditar sobre a própria vida, sem ser de um modo teológico. Percebeu, dentre outras realidades, que nunca estivera seriamente apaixonado, embora se aproximasse da marca do meio século de idade — acabara de fazer quarenta e cinco anos. E não havia dúvida de que o motivo de sua meditação tinha muito a ver com Ângela. Não se tratava mais de um pensamento impuro, da mera e simples luxúria que violava os seus votos; era muito mais profundo. E agora?, conjeturava, olhando o viço da primavera de Roma estendendo-se quase que infinitamente acima de sua janela na Villa Malta. Não conseguia esquecer o toque da mão dela na sua, naquela noite de sábado, no restaurante de frutos do mar.

Padres que se apaixonavam por freiras, como ele sabia, não era algo tão incomum. Como também não o era as freiras corresponderem. Já que o casamento de um padre com qualquer mulher era proibido pela Igreja católica, certamente desde os primeiros séculos do Cristianismo, era inútil considerar essa hipótese, mesmo em seus sonhos mais loucos — e, naquelas noites, estava tendo os sonhos mais loucos. Lembrou do comentário de Santo Agostinho, em *A cidade de Deus*: "Às vezes, sem intenção, o corpo se atiça por sua própria insistência... Outras vezes, ele deixa um amante contido em situação embaraçosa." Talvez os protestantes tivessem razão em deixar o seu clero se casar. Mas isso, também, era irrelevante. A solução óbvia, se quisesse se casar e houvesse uma parceira que lhe correspondesse, seria desdizer os votos e deixar a Igreja. Isso vinha ocorrendo com uma freqüência cada vez maior, por motivos de princípios ou outras razões, ao mesmo tempo em que a Igreja Católica Apostólica Romana perdia o atrativo e um grande número de seus membros. E, Ângela à parte, Tim vinha sentindo, em anos recentes, a sua fé enfraquecer, e emergiam nele dúvidas de que a sua vocação sacerdotal fosse total e absoluta — e não se tratava de uma reação psicológica e espiritual ao trauma do Vietnã. Não queria admitir isso totalmente, nem para si mesmo — não havia se confessado desde que se envolvera com a investigação papal —, mas as dúvidas e o desânimo cresciam.

Vivendo há quatro anos no centro das decisões políticas da Santa Sé, observando de perto as intrigas do Vaticano, a corrupção política com vistas a promoções, a arrogância do poder, a crueldade e a hipocrisia, Tim, como parte da devota burocracia, começava a se perguntar se *acreditar* na Igreja católica e *pertencer* a ela eram uma só e a mesma coisa. E a descoberta que fez das manobras e conspirações mortais do arcebispo Leduc, juntamente com a espantosa experiência que teve com o monsenhor Sainte-Ange e o que soube através de Paul Martinius, serviram para corroer ainda mais sua fé sacerdotal e o compromisso com a rigorosa e cega submissão.

Misteriosamente, lembrou, as suas dúvidas fundamentais coincidiram com a atração que sentiu por Ângela, criando todo um novo dilema. Preocupava-se por não confundir as duas coisas; não devia justificar a decepção com a Igreja por causa do seu amor por Ângela — estava convencido de que era amor, uma nova emoção para ele. Seria errado se dar ao luxo da racionalização. Por fim, não tinha uma idéia clara em relação ao que Ângela sentia por ele e aos votos que *ela* fizera. A cordialidade demonstrada em Paris e o toque na mão, no restaurante, dificilmente poderiam ser encarados como demonstrações de amor.

A coisa mais racional a fazer era voltar a se encontrar com Ângela, tentar avaliar os sentimentos que ela tinha por ele, se é que tinha algum. Podia estar absolutamente errado a respeito da reciprocidade. Uma vez que Sainte-Ange havia cortado o seu vínculo com o Palácio Apostólico e informara Ângela a respeito, ele não podia lhe telefonar diretamente para lá. Supunha que todas as ligações para a Residência Papal, da qual ela fazia parte, eram monitoradas, e ele não podia correr o risco de deixá-la constrangida.

Encontrar pessoas difíceis de serem achadas era supostamente uma das funções mais elementares do pessoal da Inteligência. Tim passou a engendrar um plano, mas este foi vergonhosamente superado poucos dias depois, quando Ângela lhe telefonou e simplesmente o convidou para jantar no apartamento de uma amiga francesa, no centro da cidade.

— Ela está fora, esta semana, e não seremos incomodados — adiantou, contente. — E eu vou cozinhar... Claro que sei...

Ângela parecia belíssima aos olhos famintos de Tim, o jantar foi preparado à perfeição, o vinho era excelente, e ela foi rapidamente ao assunto.

— Há duas coisas que quero lhe dizer, Tim — anunciou, assim que se sentaram à mesa e ela o serviu. — A primeira é que precisa sair de Roma, sem perda de tempo... e para sempre. Estão querendo se livrar de você. Não fisicamente, é claro, mas não tem absolutamente nenhum futuro no Vaticano. A minha impressão é a de que Sainte-Ange não está apenas decepcionado e furioso com o resultado da sua missão, como também acredita que sua presença na Cúria não deve ser mais tolerada. E que você precisa ser castigado de alguma maneira... Ouvi o suficiente, lá no gabinete, para saber de que modo você é considerado pelo monsenhor. E, naturalmente, ele tem poderes para aplicar um castigo. O meu palpite é que será dispensado do Conselho e da Comissão... sem nenhum motivo formal... e não lhe será dado qualquer outro posto no Vaticano. Nem mesmo em uma universidade pontifícia, como a Gregoriana.

— Eu não me surpreenderia — observou Tim. — Sou a última pessoa que ele deseja ver em Roma. Provavelmente, está preocupado com o fato de que, se permanecer aqui e perto do pessoal da Igreja, eu possa, inadvertidamente, durante o transcorrer normal das coisas, revelar algo do que sei, e isso estará instantaneamente por toda a Roma. Imagino que será mais seguro e conveniente para o monsenhor se eu for mandado para um lugar bem longe do mundo, como o Timor Leste ou a Patagônia, onde ninguém vai saber do que estou falando... se eu falar, o que não é mesmo a minha intenção.

— Não cabe a mim lhe dar conselhos sobre o que fazer da sua vida, mas talvez seja melhor se demitir antes de ser demitido — sugeriu. — Mas é você quem decide. Outra coisa que eu queria falar esta noite é... sobre nós...

— Nós? — surpreendeu-se Tim, dominado pela incredulidade, o coração disparando. — Como assim?

— Olhe, eu acredito que as pessoas devem ser francas e honestas. Por motivos que, no momento, não interessam, decidi renunciar aos meus votos de freira. Não quero mais levar esse tipo de vida. Basta dizer que, para mim, o comportamento do monsenhor em relação a você foi a gota d'água. Já vi demais esse tipo de coisa... Não que eu queira me enclausurar em um convento e rezar e torcer para algum dia me tornar madre superiora.

— É miraculoso — interrompeu Tim, incapaz de permanecer calado enquanto ela falava — ouvir você me dizer que vai renunciar aos votos, porque desistir do sacerdócio é exatamente o que está em minha mente e, acredito, em minha alma... E não apenas por causa de minhas recentes experiências como detetive do Vaticano...

— Bem, talvez não seja tão miraculoso assim — observou Ângela. — Nós não nos conhecemos há muito tempo e nem tão bem, mas tenho a impressão de que pensamos de modo bem parecido. E eu confio em você...

— Sim, pensamos, e eu também confio em você — concordou Tim, sem acreditar direito no que estava acontecendo. — O que acha que poderia acontecer, se abandonássemos a Igreja?

— No mínimo, devemos pensar sobre vivermos juntos — ela declarou com firmeza. — Eu lhe disse que sou franca e honesta. Tenho atração por você e acredito que tem atração por mim...

— Meu Deus, claro! — exclamou Tim, tão repleto de alegria que quase não conseguiu articular com coerência a frase seguinte. — Você nem imagina o quanto tenho pensado em você, desde o dia em que nos conhecemos!

— Mas não devemos fazer nada com precipitação — propôs ela. — Por que não pensar em todas as nossas idéias, conversar sobre elas e, se Deus quiser, encontrar um caminho?

Despediram-se com castos beijos no rosto.

O dia 13 de maio de 1987, a comemoração de Nossa Senhora de Fátima, caiu numa quarta-feira. O arcebispo Leduc havia planejado divulgar uma homilia na missa solene do meio-dia da capela do seminário da Fraternidade Pio V, em Mirepoix. No meio da manhã, deixou sua residência na abadia cisterciense, levando o texto pronto à direita do assento de sua possante limusine Mercedes preta blindada. Jean-Pierre, o chefe de segurança, viajava ao lado dele, um rifle de ataque automático aos seus pés. O motorista, de terno preto, assim como o agente de segurança que ia com ele no banco dianteiro, mantinham suas armas ao alcance da mão. Mais adiante da limusine, ia um Citroën preto com quatro agentes armados, e um outro Citroën, com o resto da segurança, seguia mais atrás. Tratava-se do modo rotineiro de Leduc se locomover.

O comboio virou à direita, para pegar a auto-estrada Carcassonne-Mirepoix, em seguida percorreu os cerca de cinco quilômetros de subida em direção a Fanjeaux. No seu ponto mais alto, na praça de Fanjeaux onde estava localizado o café, a estrada fazia uma curva fechada para a esquerda e descia em direção à planície sudoeste. Quando a limusine de Leduc passou do café, seguindo a uma velocidade de cerca de cinqüenta quilômetros por hora, uma pesada carreta branca de três eixos, dessas usadas para transportar toneladas de mercadorias e que estivera estacionada na extremidade da praça por mais de uma hora, investiu repentinamente para a curva da estrada. Eram exatamente 10:23 daquela manhã ensolarada.

A frente do caminhão colidiu com a Mercedes, atingindo-a com tal força que o lado direito do carro, mesmo com suas placas de blindagem, afundou no meio, amassando-o como se fosse uma lata e empurrando-o ravina abaixo, além do acostamento. Em questão de segundos, o veículo explodiu em meio a uma bola de fogo alaranjada, incinerando os seus ocupantes. O caminhão deu marcha à ré, voltou à estrada, virou para a esquerda e desceu a colina a toda velocidade em direção a Carcassonne. Haviam se passado exatos trinta segundos, que era o tempo especificado no detalhado horário estabelecido para ocorrer a batida. A carreta branca já estava fora de vista quando o carro da retaguarda atingiu o topo da colina de Fanjeaux, e os agentes de segurança viram os destroços incendiados da limusine de Leduc.

No exato momento em que a Mercedes do arcebispo explodia abaixo da praça de Fanjeaux, três balas de alta velocidade foram disparadas, sucessivamente, da porta para o altar da pequena igreja ao pé da Via di Porta Ponciana, em Roma, três quarteirões abaixo da rua da Villa Malta, a residência dos jesuítas. Era a igreja onde Tim Savage, quando estava em Roma, costumava celebrar a primeira missa das manhãs de domingo e a das dez das quartas-feiras. Nessa quarta em particular, Tim celebrava a primeira missa na igrejinha desde que retornara da França.

De pé, de costas para o altar, Tim estava diante de uma congregação formada por mais ou menos dez mulheres idosas, quando os tiros foram disparados. O que provavelmente salvou a sua vida foi o fato de a igreja estar na penumbra e ele ter começado a se virar para se ajoelhar diante do altar, o que o transformou em um alvo móvel. Todas as três balas erraram o alvo e se alojaram na parede logo abaixo da estátua do Cristo crucificado. Ele não conseguiu ver o agressor, mas a polícia, posteriormente, encontrou uma Walther automática largada no chão de pedra perto da porta; como era de se esperar, não havia impressões digitais na arma. O atirador provavelmente havia fugido em seu *motorino*, tornando-se impossível de ser localizado, ao se misturar ao engarrafado trânsito de Roma.

De volta ao quarto da Villa Malta, ainda tremendo por causa dos tiros na igreja, Tim ligou a televisão no noticiário do meio-dia da RAI UNO. O assunto principal era uma reportagem de Toulouse, informando que o arcebispo Leduc, o polêmico líder de uma facção tradicionalista da Igreja católica da França, havia morrido naquela manhã, em um acidente de carro, na pequena cidade de Fanjeaux, no sopé dos Pireneus. O rosto de Leduc surgiu na tela, juntamente com algumas cenas de arquivo de passeatas e ocupações de igrejas por militantes da Fraternidade Pio V e um breve áudio original do Vaticano anunciando a excomunhão de Leduc.

A data — treze de maio — também piscou na tela, ao final da transmissão, e subitamente Tim lembrou que era o dia de Nossa Senhora de Fátima, o aniversário da tentativa de assassinato de Gregório XVII feita por Agca Circlic. Aquilo não podia ser considerado uma coincidência — atos letais simultâneos contra duas pessoas diretamente envolvidas na questão do atentado da praça de São Pedro. Tratava-se de um simbolismo diabólico, mas Tim se perguntou: seria um novo atentado contra o papa e aqueles que sabiam demais? Em todo caso, os atos só podiam ter sido perpetrados por alguém que sabia absolutamente *tudo*.

Por outro lado, não fazia sentido. Se os eventos ocorridos no aniversário do atentado de 1981 significassem uma ameaça ao papa pela Fraternidade de Leduc, por que, então, o próprio arcebispo fora morto pela manhã? Tim não acreditou, em momento algum, que a morte de Leduc em Fanjeaux tivesse sido um acidente — simplesmente não era verossímil —, portanto, não fora um aviso para Gregório XVII. Nesse caso, quem desejaria a morte do velho arcebispo? Alguns maus elementos da Fraternidade? Também era igualmente improvável.

O ataque feito a Tim na igreja, na mesma manhã, estava obviamente relacionado à conspiração e sincronizado com o "acidente" de Leduc. Contudo, se fosse por temor que ele revelasse o que sabia, isso só afetaria Leduc e a Fraternidade. Mas Leduc fora executado no mesmo instante, a mais de mil e quinhentos quilômetros de distância. E por que havia sido escolhido para os ataques o aniversário do atentado ocorrido no dia de Fátima? Que tipo de mensagem estava sendo transmitida por quem — e para quem?

Tim e Paul Martinius encontraram-se no início da noite, no bar do Excelsior Hotel, na Via Veneto, um oásis infestado de turistas abastados, onde a multidão da hora do coquetel fornecia uma cobertura perfeita para encontros discretos. Martinius ligou para Tim quando o jesuíta estava para lhe telefonar. Os acontecimentos haviam se precipitado e os dois estavam ansiosos para comparar suas opiniões.

— O meu amigo da Interpol me disse que a morte de Leduc não foi acidental — declarou o homem da CIA. — A polícia francesa, que passou o dia investigando, disse se tratar de puro e simples assassinato. O caminhão esteve quase toda a manhã à espera da limusine do arcebispo, com o motor funcionando e pronto para partir. Quando Leduc surgiu na curva da estrada, o caminhão simplesmente investiu contra a lateral do carro dele, como se fosse um tanque... Depois disso, não se sabe de mais nada, pois o caminhão sumiu. Quem você acha que queria matá-lo?

— Não sei mesmo, Paul. E tem mais uma coisa: não consigo ver nenhum sentido nisso, principalmente por causa da data e do que aconteceu comigo.

— O que está querendo dizer?

— Lembrou que hoje é o dia de Nossa Senhora de Fátima e o aniversário do atentado contra o papa?

— Santo Deus, não... Eu não tinha feito essa ligação! — exclamou Martinius, um pouco alto demais. — E o que aconteceu com você?

— Bem, alguém disparou três tiros de automática contra mim, quando eu estava no altar, celebrando a missa naquela igrejinha ao pé da Porta Ponciana. Como pode ver, não me acertaram. A única coisa, porém, que consegui deduzir disso foi que fizeram os disparos no mesmo momento em que Leduc foi morto em Fanjeaux.

— Pelo menos estava em boa companhia, já que atiraram em você enquanto celebrava uma missa — comentou Martinius, recuperando a confiança. — Houve o caso do padre polonês no século onze, Becket no doze, Romero alguns anos atrás... "*Oh, livrem-me desse padre intrometido!*", lembra-se?

— Obrigado, isso é muito reconfortante. Mas, onde é que isso vai parar? Claramente, as conspirações contra Gregório XVII ainda não acabaram. O lugar transpira ódios, vinganças e *vendettas* romanas... E, a propósito, o seu pessoal checou com o SDECE, para ver se eles acham que foi um acidente que matou Leduc?

— Não — respondeu Martinius. — Nós paramos de trocar informações com a França, depois que de Marenches morreu... Não gostamos do sujeito que veio depois dele.

Mais tarde, naquela noite, o monsenhor Sainte-Ange ligou para o apartamento de Paris pela sua linha de segurança.

— Foi necessário, esta manhã, chegar a tanto, Georges? — questionou. — Pareceu horrível, na televisão, com os destroços e tudo o mais. E tem certeza de que vai se safar com a versão de "acidente"?

— A resposta é "sim" para as duas perguntas — rebateu o primo. — Não se pode fazer autópsia em cadáveres incinerados. E o problema de dar tiros em pessoas é que nunca há a certeza de que se vai acertar... como Leduc descobriu com o tal Circlic, e como o seu pessoal de Roma, também, ao errar os tiros em Savage, na igreja... De qualquer modo, hoje extirpamos um câncer que começava a se espalhar por todo o corpo. Meu chefe, o presidente, acha isso... e eu, como um servidor público, é claro que concordo com ele. Mas precisamos extirpar o quanto antes o outro câncer. Ele também é um profissional e, mais cedo ou mais tarde, vai estabelecer todas as conexões. Embora ninguém vá acreditar nele, se resolver abrir o bico, não podemos nos dar ao luxo de deixar que ele seja um risco em potencial. Seria péssimo para a França e poderia nos queimar com os políticos daqui que sabem que Leduc era íntimo da Frente Nacional e de meus outros amigos conservadores. E que, provavelmente, eu também tinha vínculos com o arcebispo.

— Ora, então, deixarei tudo em suas mãos. Você é *o* profissional...

— Pode contar com isso, meu caro primo — prometeu Georges.

No fim da tarde da quinta-feira, Gregório XVII ligou para Sainte-Ange pela linha privada de ambos e pediu para que ele fosse ao seu gabinete.

— Romain — anunciou o papa, com a voz triste e cansada —, estou muito preocupado com uma série de acontecimentos recentes e espero que você possa me ajudar com algumas explicações.

— Claro, Santo Padre — afirmou o monsenhor com um senso de condenação.

— Fiquei muito chocado com a morte do arcebispo Leduc — disse-lhe Gregório XVII. — Ele pecou, ao levar o seu pessoal ao cisma. Causou muitos danos. Mas sempre mantive um certo respeito por ele, porque tinha, creio eu, um conceito próprio de integridade, mesmo ao realizar ou ordenar maldades. Como tentar me matar...

Sainte-Ange gelou.

— Matar o senhor, Santo Padre? Leduc? Não estou entendendo...

— Sabe, meu caro Romain, uma carta sigilosa do arcebispo Leduc foi entregue a mim... prefiro não revelar por quem... ontem, pela manhã, mais ou menos no momento em que foi assassinado em Fanjeaux. Trata-se de uma carta assombrosa. Nela, o arcebispo escreveu que, como eu estava mesmo para saber a verdade, muito em breve, por intermédio do jesuíta, incluindo o fato de que havia tentado matá-lo porque o americano descobrira tudo acerca da conspiração, resolveu ele mesmo me revelar tudo... E fiquei imaginando se a morte dele foi realmente acidental...

O monsenhor permaneceu em silêncio, com a respiração pesada.

— Leduc revelou que foi ele quem organizou a conspiração contra mim — prosseguiu Gregório XVII — porque, em sua opinião, eu estava destruindo a Igreja católica ao implementar as reformas do Concílio Vaticano e, portanto, acreditava que tinha um mandato divino para liderar uma Cruzada, uma guerra, contra mim. Por se tratar de uma "guerra justa", segundo ele, isso justificava o meu assassinato. E, curiosamente, acrescentou que política e teologia costumam se misturar.

— Ele era um louco, um louco criminoso — bradou Sainte-Ange.

— Talvez, talvez — disse o papa. — Talvez fosse um santo tolo, como alguém o chamou, e talvez um herético. De qualquer modo, implorou o meu perdão, e, é claro, eu estava preparado para perdoá-lo... como perdoei Agca Circlic. Mas há uma coisa que não entendi.

— Que coisa, Santo Padre? — perguntou Sainte-Ange. Ele estava se sentindo fraco.

— Ao receber o alerta de de Marenches, de que estava em curso uma trama contra mim, na França, você me informou a respeito. Por sua recomendação, decidimos ignorá-lo. O motivo que me deu foi o de que qualquer precaução exagerada poderia sugerir que o papa tem medo do seu próprio rebanho. Achava que o alerta de de Marenches poderia vazar para a imprensa... Já discutimos isso um dia desses.

— Exatamente, Santo Padre — concordou o secretário particular. — Estava fazendo o que sempre fiz... tentar protegê-lo de todas as maneiras.

— Mas, Romain, você não me contou que o arcebispo era o cabeça da conspiração — lembrou Gregório XVII. — Leduc disse que, posteriormente, soube do alerta de de Marenches através de amigos do SDECE... É chefiado pelo seu primo, não é mesmo?... E escreveu também que o alerta o identificava como o autor da conspiração. Por que você ocultou isso de mim?

Sainte-Ange desviou o olhar do papa, e fitou um quadro de Nossa Senhora de Fátima na parede mais afastada do gabinete. Tossiu, começou a falar, parou e recomeçou.

— Houve apenas um único motivo — falou mansamente. — Eu estava determinado a evitar um racha final e definitivo na Igreja católica francesa. Sei o quanto é bondoso e compreensivo, Santo Padre, mas achei que não podíamos arriscar uma reação violenta sua contra Leduc, se eu lhe contasse tudo a respeito do alerta de de Marenches. Temia, por exemplo, que Vossa Santidade pudesse denunciá-lo publicamente, antes que eu conseguisse dissuadi-lo...

— Romain, você é meu amigo e ajudante, mas não é o meu irmão guardião — repreendeu-o Gregório XVII. — Não cabe a você tomar decisões por mim. Você parece ter desenvolvido uma certa predisposição... por exemplo, me convenceu, na semana passada, de que eu não deveria receber o jesuíta americano para ouvir o relatório sobre a investigação exigida por mim. Percebo agora que, se eu tivesse sabido a verdade por intermédio do americano, Leduc poderia estar vivo, e o escândalo do assassinato dele não estaria se disseminando por toda a França. Certamente deve perceber que ninguém acredita na hipótese de acidente. Você causou à Igreja católica... e à França e a mim... um terrível dano, Romain...

— Mas tentei fazer tudo certo — desculpou-se Sainte-Ange. — Para protegê-lo. Fui visitar Leduc... sim, pelas suas costas...

depois dos disparos do treze de maio, para lhe implorar que não fizesse outro atentado contra o senhor. Ele nada me prometeu... Por isso, me engajei no esforço de minimizar os danos e cuidei para que ninguém soubesse da conspiração. Com a ajuda do meu primo do SDECE, motivamos a "morte misteriosa" de de Marenches e os tiros que mataram o coronel, o seu principal assessor. Eu achava que o segredo precisava ser mantido a qualquer custo. Quando o senhor exigiu uma investigação, escolhi com todo o cuidado alguém que parecesse altamente qualificado em Inteligência e islamismo... eu estava forçando a tese da "conexão muçulmana" para ocultar o papel de Leduc... mas essa pessoa, por não conhecer a França, acabaria não descobrindo muita coisa. Em suma, eu esperava que a "conexão muçulmana" fosse aceita de uma vez por todas, enterrando para sempre o segredo de Leduc... Oh, meu Deus, como eu estava terrivelmente enganado! Eu queria estar morto!

Gregório XVII levantou-se de detrás da escrivaninha.

— Eu desejo celebrar na basílica, amanhã, uma missa pontifícia solene em memória do arcebispo Leduc — declarou. — Será, é claro, uma missa de acordo com a liturgia tridentina... em latim.

— O monsenhor Sainte-Ange faleceu subitamente, esta manhã, logo após o papa ter celebrado uma missa solene... uma missa tridentina... em memória do arcebispo Leduc — informou Ângela a Tim Savage. — Sofreu um ataque do coração, ou pelo menos foi isso o que o médico particular do papa nos disse. Ele é um homem tão leal, que nem mesmo pensaria em admitir o fato de o monsenhor ter cometido um pecado mortal. Sainte-Ange foi encontrado na cadeira da escrivaninha de seu gabinete. O Santo Padre ordenou que não fosse feita autópsia, e o enterro, em solo santificado, será amanhã. Creio que foi a vontade de Deus as coisas terem terminado desse modo.

Ângela havia telefonado do Vaticano para a Villa Malta, e ela e Tim conversaram rapidamente sobre o monsenhor.

— Sim — concordou ele —, e acho que o Santo Padre não corre mais perigo. Agora que Leduc morreu, a conspiração também morreu. Espero que o próximo secretário particular do papa seja mais sensato no que se referir à proteção dele.

— Bem, creio que só restamos nós — disse Ângela. — Perdi o meu empregador e o meu emprego. O novo secretário escolherá sua própria equipe, e não desejo mais fazer parte dela. Agora, preciso pensar no meu futuro. E estava esperando que nós dois pudéssemos pensar nele juntos. O que você acha?

— Acho que é a melhor idéia que já ouvi em toda a minha vida — anunciou Tim com um entusiasmo irrefreável. — É no *nosso* futuro que precisamos pensar. Sabe, eu percebi que esta fase da minha vida havia chegado ao fim depois que a minha mãe me telefonou ontem, de Washington, para me dar notícias sobre o padre Hugh Morgan. O meu amigo e mentor morreu de câncer, depois de uma longa doença... Acredito que foi um sinal lá de cima.

Quem telefonou em seguida para Tim foi Paul Martinius.

— Achei que você gostaria de saber que Georges de Sainte-Ange acaba de renunciar ao cargo de chefe do serviço de Inteligência francês, e sumiu de vista — anunciou. — Ninguém sabe onde ele está...

Na Santa Sé, o papa Gregório XVII optou por manter em sigilo "toda a verdade" e as suas conseqüências. Passou a trocar correspondência com a mãe de Agca Circlic na Turquia, e o Vaticano anunciou o seu apoio oficial ao pedido de clemência e libertação imediata feito por ele ao tribunal italiano. Dizem que o papa reza pelo pistoleiro que quase o matou.

A Fraternidade Pio V nomeou o jovem bispo Charles Laval, que era o braço direito de Leduc, para substituí-lo, proclamando que agora tinha cerca de um milhão de membros e estava determinada a levar adiante a batalha para "salvar" a Igreja católica.

— *Sic transit gloria mundi*... Assim passa a glória deste mundo... — disse com tristeza Tim Savage, o obscuro jesuíta americano, para a irmã Ângela. — É hora de irmos embora... está na hora de um novo começo.

Posfácio

Um assassino para o papa é uma obra de ficção.

Baseia-se, porém, em acontecimentos, fatos e pessoas reais: a tentativa de assassinato contra o papa João Paulo II, no dia 13 de maio de 1981, suas conseqüências e a investigação secreta ordenada posteriormente pela Santa Sé.

A investigação secreta foi desencadeada após o governo italiano e as agências de Inteligência e as autoridades policiais de todo o mundo terem decidido não prosseguir adiante com o assunto — por causa de complexos motivos políticos. Oficialmente, apesar de o caso ter sido encerrado, o crime continua sem solução, após quase vinte anos, e o terrorista turco que atirou no papa cumpre pena de prisão perpétua na Itália.

O Vaticano optou por não divulgar para o público o resultado de sua investigação secreta, que é o tema principal deste livro. Mas a verdade sobre a investigação e a tentativa de assassinato contra João Paulo II está sendo revelada aqui pela primeira vez.

A forma ficcional adotada para *Um assassino para o papa* teve a intenção de honrar compromissos de discrição com as minhas fontes principais. A maior parte dos dados essenciais foi obtida durante os meus anos de pesquisa, em Roma e fora dela, para a minha biografia de João Paulo II, publicada em 1995. Esta história não poderia ter sido escrita sem a orientação, o conselho e o incentivo de pessoas-chave que conheci durante esse período.

Os personagens deste romance são em geral, quando necessário, composições de pessoas reais, embora muitos deles sejam pura invenção. Determinados fatos periféricos, inclusive datas e acontecimentos específicos, foram alterados, em maior ou menor extensão, para efeito da narrativa. Todas as *dramatis personae* anteriores a 1950, do modo como são descritas aqui, representam elas mesmas e são fiéis à História, como também os eventos anteriores a essa data e do passado remoto.

O papa Gregório XVII, é claro, não existe.

O monsenhor Romain de Sainte-Ange, o secretário particular do papa, foi totalmente criado de acordo com as exigências do enredo. Nenhum secretário papal de que se tenha memória jamais se comportou do modo como é apresentado neste romance, nem morreu em seu gabinete de um ataque do coração — nem cometeu suicídio. Naturalmente, todos os papas tiveram poderosos secretários particulares.

O padre Timothy Savage, o jesuíta americano e personagem principal desta história, é uma figura composta: ele é baseado no homem que realizou a verdadeira investigação secreta, embora tenham sido tomadas algumas liberdades em relação à formação de Tim. Qualquer semelhança entre esse personagem fictício e o ex-chefe do Ofício para o Islã do Conselho para o Diálogo Inter-religioso do Vaticano, um jesuíta americano, o padre Thomas Michael, S.J., é mera coincidência. Colocar o escritório de Savage na Via dell'Erba foi invenção minha, simplesmente em função da narrativa.

O arcebispo Leduc é baseado em um arcebispo francês licenciado já falecido. Este morreu em 1991, quatro anos antes do fictício arcebispo Leduc, aparentemente de causas naturais — e não em um "acidente" de rodovia. Contudo, todas as citações atribuídas a Leduc foram extraídas das obras publicadas pela pessoa que lhe serviu de modelo.

João Paulo II foi realmente atacado por um padre espanhol empunhando uma baioneta, Juan Fernando Kronh, um membro da Fraternidade do arcebispo verdadeiro, no santuário de Fátima, em Portugal, no primeiro aniversário da tentativa de assassinato de 1981. Por outro lado, todos os demais personagens citados no livro como membros ou seguidores da Fraternidade são imaginários.

Alexandre de Marenches, o falecido chefe do Service de Documentation Extérieure e Contre-espionage (SDECE), o equivalente francês da CIA, foi uma figura da vida real e o autor do alerta sobre uma iminente tentativa de assassinato contra João Paulo II. A polêmica em torno das circunstâncias de sua morte — ataque cardíaco, suicídio ou assassinato — persistem até hoje na França, como uma delicada "cause célèbre".

Jake Kurtski nunca existiu; por isso, teve de ser inventado.

A investigação secreta feita pelo verdadeiro Tim Savage foi realizada no início dos anos 90 — no romance, em benefício da narrativa, esta ocorre cinco anos antes. O Vaticano anunciou, no final de 1999, o seu apoio oficial à clemência e à libertação imediata, da Penitenciária de Ancona, do turco que atirou em João Paulo II na praça de São Pedro. Esse ato seguiu-se à aceitação, pela Santa Sé, de seu inquérito sigiloso, que isentava o pistoleiro. Pouco tempo depois, João Paulo II anunciou que viajaria a Fátima, no dia 13 de maio de 2000 — a primeira vez em dezoito anos. Aparentemente, todas as pontas soltas já foram aparadas.

A maioria do material básico deste livro é factual. Parte dele continua sendo mantida sob alto sigilo pelos governos italiano, americano e outros. Muito do meu conhecimento concreto se originou de entrevistas e conversas com pessoas do alto escalão do Vaticano e de Roma — e de fontes de outros países da Europa e do Oriente Médio.

Finalmente, o material textual original inclui o testemunho da CIA perante as comissões do Senado em Washington, relatórios internos da Agência Central de Inteligência americana sobre o ataque a João Paulo II em 1981, o inquérito do governo da Itália, as conclusões do tribunal e dos magistrados investigadores italianos, da Interpol, e citações de editoriais de *L'Osservatore Romano*. Há até mesmo o texto de uma entrevista dada a um jornal francês por Alexandre de Marenches pouco antes de sua morte. E, logo após a morte do papa João Paulo I, em 1978, encerrando o seu reinado de um mês, a *Civilità Cristiana*, uma publicação integrista de Roma, estranhamente, acusou os "liberais" da Igreja católica de matá-lo porque "temiam" que ele recuasse nas reformas determinadas pelo Concílio Vaticano II.

T.S.
Washington, D.C.
Janeiro de 2000

Este livro foi composto na tipologia Aldine 401 em corpo 11/15 e impresso em papel Offset 90g/m² no Sistema Cameron da Divisão Gráfica da Distribuidora Record.